QUÉDATE A MI LADO

QUÉDATE A MI LADO

JENNIFER L. ARMENTROUT

Traducción de Noemí Jiménez Furquet

Papel certificado por el Forest Stewardship Council®

Título original: *Be With Me*
Primera edición: marzo de 2023

Printed in Spain – Impreso en España

ISBN: 978-84-9129-857-1
Depósito legal: B-956-2023

Compuesto en MT Color & Diseño, S.L.
Impreso en Rotativas de Estella, S.L.
Villatuerta (Navarra)

S L 9 8 5 7 1

Dedicado a mi hermano, cuyo cumpleaños coincide con la fecha de publicación original de Quédate a mi lado.

¡Feliz cumpleaños, Jesse James!

1

Por lo que se veía, el té dulce iba a acabar matándome.

Y no porque la cantidad de azúcar que contiene pueda provocar un coma diabético al primer sorbo. Ni porque mi hermano casi hubiera causado un triple accidente al hacer un brusco cambio de sentido con su camioneta tras recibir un mensaje de texto que contenía dos únicas palabras.

Té. Dulce.

Pues no. El problema era que ese té dulce me iba a enfrentar cara a cara con Jase Winstead, la encarnación de todas y cada una de mis fantasías femeninas, habidas y por haber. Y sería la primera vez que lo vería fuera del campus.

Y delante de mi hermano.

Madre del amor hermoso, iba a ser una situación de lo más incómoda.

¿Por qué, oh, por qué había tenido que enviarle mi hermano un mensaje a Jase diciéndole que estábamos por su zona y que si necesitaba algo? Se suponía que Cam me iba a llevar a dar una vuelta por la ciudad para familiarizarme con las vistas. Aunque las vistas de las que disfrutaría en breve, desde luego, iban a ser mejores que las que había tenido hasta entonces del condado.

Como me encontrase otro club de estriptis, iba a pegar a alguien.

Cam me lanzó una mirada mientras descendía a toda velocidad por la carretera secundaria. Hacía años que habíamos dejado la 9. Bajó la mirada de mi cara al té que sostenía entre las manos y enarcó una ceja.

—¿Sabes, Teresa? Existe una cosa llamada portavasos.

Negué con la cabeza.

—Está bien. Lo llevaré así.

—Vaaale —respondió, arrastrando la vocal y con la vista en la calzada.

Me estaba comportando como una perturbada; tenía que relajarme. Lo último que necesitaba nadie en este mundo era que Cam descubriera los motivos por los que actuaba como una mema hasta arriba de crack.

—Esto..., creía que Jase vivía en el campus, ¿no?

Había sonado despreocupada, ¿verdad? Ay, Dios, estaba segura de que la voz se me había quebrado en algún momento al hacer esa pregunta no tan inocente.

—Sí, pero se pasa la mayor parte del tiempo en la granja de su familia. —Cam redujo la velocidad y giró a la derecha en una curva cerrada. El té casi salió volando por la ventana, pero lo aferré como si me fuera la vida en ello. Ese té no se me iba a escapar—. Te acuerdas de Jack, ¿verdad?

Por supuesto. Jase tenía un hermano de cinco años llamado Jack, y el pequeñín lo era todo para él. Me acordaba de absolutamente todo de lo que me hubiera enterado sobre Jase, tal y como imaginaba que les pasaría a las fans de Justin Bieber con su ídolo. Por bochornoso que fuera, así era. Jase, sin que él ni el resto del mundo lo supiera, se había convertido en muchas cosas para mí en los últimos tres años.

Un amigo.

Lo mejor que tenía mi hermano.

El objeto de mis deseos.

Pero hacía un año, justo al empezar el último curso de instituto, cuando Jase acompañaba a Cam siempre que venía a casa, se había convertido en algo más complicado. Algo que una parte de mí quería olvidar. Sin embargo, otra parte se negaba a renunciar al recuerdo de sus labios contra los míos, a la sensación de sus manos recorriendo mi cuerpo, al modo en que había gemido mi nombre como si le causase un dolor exquisito.

Ay, Dios...

Noté cómo se me ruborizaban las mejillas tras las gafas de sol al recordar cada detalle, por lo que volví la cara hacia la ventanilla, medio tentada de bajar el cristal y sacar la cabeza. Tenía que controlarme. Si Cam llegaba a descubrir que Jase me había besado, lo mataría y ocultaría su cadáver en una carretera secundaria como esta.

Y sería una verdadera lástima.

Con la mente en blanco e incapaz de abrir la boca, necesitaba una distracción de inmediato. La condensación del té y el temblor de mis manos hacían que sujetar el vaso me resultara difícil. Podría haber preguntado a Cam por Avery y habría funcionado, porque le encantaba hablar de ella. Podría haberle preguntado por sus clases o por cómo le iba de vuelta con los entrenamientos para las pruebas del D. C. United, que tendrían lugar en primavera, pero lo único en lo que podía pensar era en que por fin iba a ver a Jase en una situación en la que no podría huir de mí.

Que era lo que había estado haciendo durante la primera semana de clases.

Los gruesos árboles que flanqueaban la carretera comenzaron a espaciarse y, entre ellos, empezó a distinguirse el verde de los prados. Cam accedió a una carretera estrecha. La camioneta se bamboleaba por los baches, haciendo que se me revolviera el estómago.

Arrugué el ceño cuando pasamos entre dos postes marrones. En el suelo yacía una alambrada y a la derecha se veía una pequeña señal de madera que rezaba WINSTEAD: PROPIEDAD PRIVADA. Nos recibió un maizal enorme, pero las mazorcas estaban secas y amarillentas, como si les quedasen pocos días para marchitarse del todo y morir. Más allá, varios caballos corpulentos pastaban tras una valla de madera en la que faltaban muchos de los tablones intermedios. Unas vacas deambulaban por la mayor parte del terreno de la izquierda, gordas y felices.

A medida que nos acercamos, apareció ante nuestra vista un granero viejo, de los que dan miedo, como el de *La matanza de Texas*, incluida la veleta siniestra con su gallo girando sobre el tejado. Varios metros más allá se alzaba una casa de dos plantas. Los muros blancos estaban grisáceos e, incluso desde la camioneta, se veía que había más pintura desconchada que adherida a la fachada. Una lona azul cubría varias secciones del tejado y la chimenea parecía medio derruida. Junto a la casa había un montón polvoriento de ladrillos rojos, como si alguien hubiera empezado a reparar la chimenea pero, cansado, hubiera terminado por abandonarlos. También había un cementerio de vehículos inservibles detrás del granero, un mar de camionetas y automóviles oxidados.

La sorpresa me atravesó como una sacudida y me incorporé sobre el asiento. ¿Aquella era la granja de Jase? Por algún motivo, me había imaginado algo un poco más… ¿moderno?

Cam aparcó la camioneta a un par de metros del granero y apagó el motor. Al volverse hacia mí, siguió mi mirada hasta la casa. Mientras se quitaba el cinturón de seguridad, suspiró.

—Hace unos años sus padres pasaron una racha muy mala y todavía están recuperándose. Jase trata de ayudarlos con la granja y demás, pero como ves…

La granja necesitaba más ayuda de la que Jase podía aportar.

Parpadeé.

—Tiene... encanto.

Cam rio.

—Qué amable por tu parte.

Apreté los dedos sobre el vaso, a la defensiva.

—Lo tiene.

—Ya...

Se dio la vuelta a la gorra de béisbol para protegerse los ojos. Mechones de pelo negro asomaban por el borde posterior.

Abrí la boca para decir algo, pero el movimiento que capté por el rabillo del ojo atrapó mi atención.

Por el lateral del granero salió como un rayo un niño sentado en un tractor John Deere en miniatura, chillando entusiasmado. Llevaba los brazos regordetes estirados como palos mientras agarraba el volante con las manitas. Una mata de cabello castaño rizado centelleaba al brillante sol de agosto. Jase empujaba el tractor desde atrás y, aunque apenas lo oía, estaba segura de que imitaba el ruido del motor. Ambos botaban sobre la grava y el suelo irregular. Jase reía mientras su hermanito gritaba: «¡Más rápido! ¡Más rápido!».

Jase satisfizo su petición y, sin dejar de empujar el tractor, zigzagueó hasta detenerse delante de la camioneta mientras Jack se desgañitaba agarrado al volante. En el aire se levantaban nubes de polvo.

Entonces Jase se incorporó.

Guau.

Me quedé boquiabierta. Nada en este mundo podría hacerme apartar la vista del espectáculo que se mostraba ante mis ojos.

Jase no llevaba camiseta y su piel brillaba por el sudor. No sabía bien qué etnias se escondían en su árbol genealógico, pero debía de haber alguien español o mediterráneo, pues lucía un bronceado natural que le duraba todo el año.

Mientras rodeaba el tractor, sus músculos hacían cosas fascinantes, estirándose y contrayéndose. Tenía los pectorales perfectamente formados y los hombros anchos. Poseía el tipo de músculos que a uno se le ponen de levantar balas de heno. El tío estaba mazado. Los músculos del estómago se le tensaban con cada paso. Su tableta de chocolate estaba de lo más definida. Digna de degustar. Llevaba los vaqueros indecentemente caídos, lo bastante bajos como para que me preguntase si llevaría algo puesto bajo la tela desgastada.

Era la primera vez que veía la totalidad de su tatuaje. Desde que lo conocía, había atisbado fragmentos asomando por el cuello de la camiseta, en el hombro izquierdo o por debajo de una manga, pero hasta ese momento no había visto de qué se trataba.

Era gigantesco: un nudo infinito sombreado en negro que partía de la base de su cuello, se enredaba y retorcía sobre su hombro izquierdo y le bajaba por el brazo. En el extremo inferior, dos bucles enfrentados entre sí me recordaron a unas serpientes enroscadas mirándose.

No le podía quedar mejor.

El rubor se me extendió por las mejillas y por el cuello mientras me obligaba a levantar la vista, con la boca más seca que un desierto.

Los fibrosos músculos de sus brazos se flexionaron cuando levantó a Jack del asiento del conductor y lo alzó en el aire por encima de su cabeza. Lo hizo girar en círculos, riendo a mandíbula batiente mientras el niño aullaba con cada vuelta.

Mis ovarios se volvieron locos.

Cuando Cam abrió la puerta del conductor, Jase dejó a Jack en el suelo y le gritó algo a mi hermano, pero no me enteré de qué. Volvió a incorporarse y dejó caer las manos sobre las caderas. Se quedó mirando la camioneta con los ojos entrecerrados.

Jase estaba buenísimo, y no es algo que una pudiera decir de mucha gente en la vida real. Tal vez sí de los famosos o las estrellas de rock, pero era poco común encontrarse con alguien tan impresionante como él.

El pelo, de un rico color teja, le caía sobre el rostro en ondas desordenadas. Tenía los pómulos anchos y bien definidos. Sus gruesos labios podían resultar bastante expresivos. Una sombra de barba incipiente le oscurecía la sólida curva del mentón. No tenía hoyuelos como Cam o como yo, pero su sonrisa era una de las más grandes y bonitas que jamás hubiera visto en un chico.

En ese momento no sonreía.

Qué va, lo que hacía era mirar fijamente a la camioneta con la cabeza ladeada.

Muerta de sed como estaba, bebí un sorbo del té dulce mientras lo miraba a través del parabrisas, absolutamente fascinada por la potencial máquina de hacer bebés expuesta ante mi vista. No era que quisiera ponerme a ello aún, pero no me importaría lo más mínimo practicar un poco.

Cam me miró con cara rara.

—Tía, que ese té es suyo.

—Lo siento —me disculpé azorada, bajando el vaso. Tampoco es que importara; ni que Jase y yo no hubiéramos intercambiado saliva antes.

Al otro lado del parabrisas, Jase formó con los labios la palabra «mierda» y se dio media vuelta. ¿Iba a huir? Ni de coña. ¡Tenía su té dulce!

Me desabroché el cinturón de seguridad a toda prisa y abrí la puerta de un empujón. El pie se me resbaló de la chancla y, como Cam no podía conducir otra cosa que una camioneta de paleto que se levantaba a casi un metro del suelo, había una distancia enorme entre donde estaba este y donde estaba yo.

Antaño me movía con gracia. Joder, era bailarina: una buenísima y debidamente formada, con un equilibrio que habría puesto verde de envidia a cualquier gimnasta; pero eso había sido antes del desgarro que había sufrido en mi ligamento cruzado anterior, antes del fatídico salto que había puesto en suspenso mis esperanzas de convertirme en profesional. Todo —mis sueños, mis objetivos y mi futuro— seguía en pausa, como si Dios hubiera pulsado el botón rojo del mando a distancia de mi vida.

Y estaba a menos de un segundo de comer tierra.

Alargué el brazo para agarrarme a la puerta, pero no llegué. El pie que tocaría primero el suelo estaba conectado a la pierna mala, y esta no iba a aguantar mi peso. Iba a pegarme el batacazo padre delante de Jase y a tirarme todo el té encima de la cabeza.

Mientras iniciaba la caída, recé por caer de morros, porque así al menos no vería la cara que pondría.

De repente aparecieron dos brazos salidos de la nada y unas manos me agarraron de los hombros. En un momento estaba horizontal, con medio cuerpo fuera de la camioneta, y al siguiente había vuelto a la vertical. Agité los pies un segundo en el aire antes de tocar el suelo, con el vaso de té apretado contra el pecho.

—Por Dios, te vas a romper la crisma. —Una voz profunda me estremeció por dentro, haciendo que se me pusiera la piel de gallina—. ¿Estás bien?

Estaba mejor que bien. Giré la cabeza a un lado. Me encontraba en contacto estrecho con el torso más perfecto que jamás hubiera visto. Observé cómo una gota de sudor rodaba entre sus pectorales y bajaba por los abdominales hasta desaparecer entre el fino vello que ascendía desde el centro de su estómago, formando una línea que proseguía por debajo de la cinturilla de los vaqueros.

Cam llegó corriendo a la parte delantera de la camioneta.

—¿Te has hecho daño en la pierna, Teresa?

Llevaba un año sin estar tan cerca de Jase y olía de maravilla, a hombre y a un leve rastro de colonia. Levanté la vista y me di cuenta de que las gafas de sol se me habían caído.

Sus ojos, de un asombroso tono gris, estaban enmarcados por gruesas pestañas. La primera vez que los vi, tuve que preguntarle si eran de verdad. Jase se había reído y me había propuesto meterle el dedo en uno para averiguarlo.

En este momento no se reía.

Nuestras miradas se quedaron prendidas y la intensidad de la suya me arrebató el aliento. Sentí la piel arder como si me hubiera pasado el día entero al sol.

Tragué saliva, haciendo lo posible por que mi cerebro volviera a funcionar.

—Tengo aquí tu té dulce.

Jase enarcó las cejas.

—¿Te has golpeado la cabeza? —preguntó Cam al tiempo que llegaba a nuestro lado.

El calor me abrasó las mejillas.

—No. Tal vez. No lo sé. —Sin soltar el té, me obligué a sonreír con la esperanza de que no resultase espeluznante—. Toma.

Jase me soltó los brazos y cogió el vaso; en ese momento deseé no habérselo plantado delante de la cara, porque tal vez entonces seguiría sosteniéndome.

—Gracias. ¿Seguro que estás bien?

—Sí —murmuré, bajando los ojos. Mis gafas de sol estaban junto a la rueda. Suspiré, las cogí y las limpié antes de ponérmelas de nuevo—. Gracias por... agarrarme.

Se quedó mirándome un momento antes de volverse hacia Jack, que corría hacia él con una camiseta en la mano.

—¡La tengo! —exclamó el niño mientras la ondeaba como una bandera.

—Gracias. —Jase cogió la camiseta y le dio el vaso. Le alborotó el pelo y acto seguido, para mi enorme decepción, se la puso, cubriendo ese cuerpazo. Entonces se dirigió a Cam—. No sabía que Teresa estaba contigo.

A pesar del calor, un escalofrío me recorrió la piel.

—Estaba enseñándole la ciudad para que se vaya familiarizando con el lugar —le explicó mi hermano mientras sonreía al chiquitín, que se acercaba a mí poco a poco—. Nunca había venido por aquí.

Jase asintió antes de coger de nuevo su té. Era más que probable que en ese breve lapso Jack ya se hubiera bebido la mitad. A continuación echó a andar hacia el granero. Había pasado de mí; así, sin más. La garganta comenzó a arderme, pero no le hice caso, deseando únicamente haberme quedado con el té.

—Avery y tú venís a la fiesta de esta noche, ¿verdad? —preguntó Jase al tiempo que tomaba un sorbo.

—Es la fiesta hawaiana; no nos la vamos a perder —respondió Cam con una sonrisa de oreja a oreja que dejó entrever el hoyuelo de su mejilla izquierda—. ¿Necesitáis ayuda para montarla?

Jase negó con la cabeza.

—Ya se encargan los novatos. —Me lanzó una mirada y por un segundo pensé que me iba a preguntar si yo también iría—. Tengo un par de cosas de las que ocuparme aquí primero, luego volveré a casa.

Al instante sentí una punzada de decepción, que se me mezcló con el ardor en la garganta. Abrí la boca, pero la cerré de inmediato. ¿Qué iba a decir delante de mi hermano?

Una manita me tiró del borde de la camiseta y bajé la vista hasta unos enternecedores ojitos grises.

—Hola —dijo Jack.

Esbocé una pequeña sonrisa con los labios.

—Hola.

—Qué guapa eres —comentó con un pestañeo.

—Gracias. —Se me escapó una risita. Era oficial: ese niño me caía bien—. Tú sí que eres guapo.

Jack sonrió radiante.

—Ya lo sé.

Volví a reírme. Desde luego, se notaba que era el hermano pequeño de Jase.

—Vale, ya basta, Casanova. —Jase se acabó el té y tiró el vaso en un contenedor cercano—. Deja de ligar con la chica.

Sin hacerle ni el menor caso, el niño extendió la manita.

—Soy Jack.

—Y yo Teresa —respondí, envolviéndola en la mía—. Cam es mi hermano.

Jack me hizo un gesto con su dedo regordete para que me acercara y me susurró:

—Cam no sabe ensillar caballos.

Levanté la vista hacia los chicos, que seguían hablando sobre la fiesta, aunque Jase no dejaba de observarnos. Nuestras miradas se cruzaron y, tal y como llevaba haciendo desde que había empezado a estudiar en la Universidad Shepherd, interrumpió el contacto visual a una velocidad angustiosa.

Una oleada de frustración se abrió paso en mi pecho mientras volvía a dedicarle mi atención a Jack.

—¿Quieres que te cuente un secreto?

—¡Claro! —replicó con una sonrisa cada vez mayor.

—Yo tampoco sé ensillar caballos. Y ni siquiera he montado nunca en uno.

El niño abrió los ojos como platos.

—¡Jase! —bramó, al tiempo que se giraba hacia su hermano—. ¡Nunca ha montado a caballo!

Bueno, pues adiós a mi secreto.

Jase se quedó mirándome y yo me encogí de hombros.

—Es cierto. Me dan un miedo que te cagas.

—No deberían. Son unos animales bastante tranquilos. Creo que te gustaría montar.

—¡Deberías enseñarle! —Jack echó a correr hacia Jase y prácticamente se le abrazó a las piernas—. ¡Deberías enseñarle para que *saba* igual que yo!

El corazón me dio un vuelco, en parte por la propuesta de que Jase me enseñase cualquier cosa y en parte por mi miedo a esa especie de dinosaurios. A algunas personas les dan miedo las serpientes o las arañas, los fantasmas o los zombis. A mí me daban miedo los caballos. Un miedo totalmente justificado, dado que esos bichos podían matarte de un pisotón.

—Se dice «sepa», no «saba», y estoy seguro de que Tess tiene cosas mejores que hacer que andar montando a caballo.

Tess. Ahogué un gemido; así era como me llamaba. Era la única persona que usaba ese nombre conmigo, pero no me importaba. Ni lo más mínimo. Mientras Jack exigía saber por qué le había dicho que me llamaba Teresa y Jase le explicaba que «Tess» era un diminutivo, yo me vi arrastrada por el recuerdo de la última vez que me había llamado así.

No tienes ni idea de lo que me haces desear —dijo, con sus labios acariciándome la mejilla y provocándome un escalofrío por toda la espalda—. No tienes ni puta idea, Tess.

—¿Te importa si voy al baño antes de que nos marchemos? Tenemos que volvernos —dijo Cam—; le había prometido a Avery que cenaríamos antes de ir a la fiesta.

—Yo te enseñaré dónde está —anunció Jack, cogiéndole la mano.

Jase arqueó una ceja oscura.

—Estoy seguro de que sabe dónde está el baño.

—No pasa nada. —Cam le quitó importancia con un gesto de la mano—. Vamos, colega, guíame.

Los dos se alejaron en dirección a la granja, y Jase y yo nos quedamos oficialmente solos. Un colibrí alzó el vuelo en mi pecho, revoloteando como si fuera a abrirse paso en mi interior a picotazos, mientras se levantaba una brisa cálida que me agitaba el pelo que había escapado de la coleta.

Jase contempló a Cam y Jack alejarse trotando por el césped como quien veía alejarse el último bote salvavidas mientras el

Titanic empezaba a hundirse. La verdad, resultaba un poco ofensivo: ni que quedarse a solas conmigo equivaliese a ahogarse y que se lo zamparan los tiburones.

Me crucé de brazos y fruncí los labios. El cabreo me hormigueaba en la piel, pero era su notoria incomodidad lo que me escocía como un demonio. No siempre había sido así. Y, desde luego, habíamos tenido una relación mucho más cordial, al menos hasta la noche en que me besó.

—¿Qué tal la pierna?

Me pilló por sorpresa que me hablara y farfullé:

—Bah, tampoco tan mal. Ya casi no duele.

—Cam me lo contó cuando sucedió. Lo siento mucho. En serio. —Se detuvo y entrecerró los ojos al tiempo que su mandíbula se tensaba—. ¿Cuándo podrás volver a bailar?

Cambié de postura, incómoda.

—No lo sé. Espero que pronto, siempre que el médico me deje. Crucemos los dedos.

Jase frunció el ceño.

—Sí, crucemos los dedos, pero menuda mierda. Sé lo mucho que bailar significa para ti.

Lo único que pude hacer fue asentir, más afectada de lo que debería por la compasión genuina que le noté en la voz.

Sus ojos grises por fin se encontraron con los míos y me quedé sin aliento. Aquellos ojos... siempre me dejaban pasmada y me daban ganas de hacer alguna locura. En ese momento eran de un gris profundo, como nubes de tormenta.

Jase no estaba contento.

Se pasó una mano por el pelo húmedo y exhaló con fuerza. Empezó a temblarle un músculo del mentón. La irritación que sentía en mi interior se convirtió en algo desagradable, haciendo que la quemazón de la garganta me subiera hasta los ojos. Tenía que repetirme una y otra vez que él no sabía nada, que era imposible que lo supiera, y que el dolor que me había causado su rechazo no era culpa suya. Yo no era más que la hermana pequeña de Cam, el motivo por el que este se había metido en tantos problemas cuatro años antes y por el que Jase había empezado a venir a casa todos los fines de semana. Yo no era más que un beso robado. Nada más.

Estaba a punto de darme la vuelta para regresar a la camioneta a esperar a Cam antes de hacer algo de lo que después me avergonzara, como ponerme a llorar. Las emociones me superaban desde que me había lesionado la pierna y ver a Jase no ayudaba precisamente.

—Tess, espera. —Jase cubrió la distancia que nos separaba con una sola zancada de sus largas piernas. Se detuvo lo bastante cerca como para que sus zapatillas gastadas casi tocasen los dedos de mis pies y, extendiendo el brazo, acercó la mano a mi mejilla. No llegó a tocarme, pero su calor me abrasaba la piel—. Tenemos que hablar.

2

El mechón de pelo que Jase había estado a punto de tocar me rozó la mejilla mientras sus palabras flotaban entre nosotros. Se me encogió el estómago al igual que me ocurría segundos antes de salir al escenario. El miedo se me agarraba como una bola gélida en el centro del pecho siempre que me paraba delante de los jueces y me ponía en posición, esperando a que arrancase la música. No importaba en cuántas competiciones hubiera participado o en cuántos recitales hubiera actuado, siempre había un segundo en el que lo único que quería era huir del escenario.

Pero no había huido en ninguna de aquellas ocasiones y tampoco iba a huir de Jase ahora. No huiría de aquella conversación. Mucho tiempo atrás había sido una cobarde. Había tenido demasiado miedo de decir la verdad sobre lo que Jeremy, el exnovio del infierno, me había estado haciendo. Pero ya no era esa chica. Ya no era una cobarde.

Respiré hondo.

—Tienes razón. Tenemos que hablar.

Jase bajó la mano y volvió la vista hacia la casa. Sin mediar palabra, la posó entre mis omóplatos. Sorprendida por el contacto, di un respingo y me sonrojé.

—¿Vienes conmigo?

—Claro. —El colibrí había vuelto con más fuerza que nunca y me estaba haciendo un agujero en el pecho.

Al final no fuimos tan lejos, pues se nos seguiría viendo desde la casa. En una propiedad como aquella, imaginé que habría lugares que ofrecerían mayor privacidad, pero Jase me condujo hasta el cercado de madera que rodeaba el prado opuesto al campo en el que pastaban los caballos.

—¿Quieres sentarte? —me preguntó y, antes de que pudiera responderle que estaba bien de pie, sus grandes manos me rodearon las caderas. Ahogué un grito cuando me levantó como si no pesase más que su hermanito y me sentó en el listón superior—. Para tu rodilla será mejor.

—Mi rodilla...

—No deberías estar todo el tiempo de pie —dijo, cruzándose de brazos.

Me agarré a la madera tosca, sin contradecirlo, porque lo último que quería era hablar de mi rodilla. Jase me observaba callado y yo me obligué a seguir sentada sin hablar para que no tuviese más remedio que abordar el tema.

Mi silencio duró cinco segundos antes de que soltase lo primero que me vino a la mente.

—Es ridículo.

—¿El qué? —preguntó, arrugando el ceño.

—El nombre de la ciudad.

Jase se apartó de la cara los mechones más largos de cabello castaño.

—¿Estás enfadada por cómo se llama la ciudad?

—¿Es que Spring Mills puede considerarse una ciudad? Porque tú vives en Spring Mills, ¿verdad? —Jase me miró confuso; yo me encogí de hombros—. A ver, ¿no es igual que Hedgesville o Falling Waters? Que hayáis construido un Walmart grandísimo no significa que sea una ciudad.

Jase se quedó mirándome un momento más antes de soltar una carcajada profunda, de sonido rico y apetitoso. Que Dios se apiadara de mí, porque adoraba oírlo reír así. Daba igual lo enfadada que estuviera con él o lo mucho que quisiera arrearle una patada en la entrepierna; cuando reía, era como si el sol brillase en mis ojos.

Se apoyó en la cerca y, dada su estatura, quedamos al mismo nivel cuando se inclinó y me rodeó los hombros con un brazo. Me acercó a él lo suficiente como para que, si levantaba la cabeza, nuestras bocas quedaran a pocos centímetros. El corazón me hizo varios *pliés* en el pecho. Si hablar de falsas ciudades y supermercados Walmart le daban ganas de abrazarme, ya estaba dispuesta a nombrar otros lugares: Darksville, Shanghái...

—A veces creo que estás un poco chalada. —Me estrechó y, cuando apoyó la barbilla en mi cabeza, la respiración se me atascó en la garganta—. Pero me gusta...; me gustas. De verdad. No estoy seguro de lo que eso dirá de mí.

¿Pliés? Mi corazón ahora brincaba como un ninja. A lo mejor esa conversación no terminaría conmigo acurrucada en un rincón. Me relajé.

—¿Que eres genial?

Rio entre dientes mientras su mano descendía por mi espalda antes de apartarse. Se subió a la cerca y se sentó a mi lado.

—Sí, algo así. —Se quedó en silencio antes de volver a mirarme. Sus ojos de pronto parecían azul pálido—. De verdad que me gustas —repitió con voz más suave—. Y eso hace que me resulte mucho más difícil todo esto. No sé ni por dónde empezar, Tess.

El ninja de mi corazón cayó muerto. Yo sí tenía idea de por dónde podía empezar. ¿Qué tal si empezaba por explicarme por qué no había respondido a ningún mensaje de correo ni de texto desde aquella noche hacía un año? ¿O por qué había dejado de venir a casa con Cam? Pero no tuve oportunidad de hacerle esas preguntas.

—Lo siento —se disculpó, y yo parpadeé al tiempo que el aire se me escapaba de los pulmones—. Lo que pasó entre nosotros... no tendría que haber sucedido y, joder, lo siento muchísimo.

Abrí la boca, pero fui incapaz de emitir sonido alguno. ¿Que lo sentía? Era como si me hubiera dado un puñetazo en mitad del pecho, porque que lo sintiera implicaba que se arrepentía. Y yo no me arrepentía, ni un poco. Aquel beso..., la forma en que me había besado demostraba, a mi entender, que realmente existía un tipo de atracción incontrolable, que anhelar más podía provocar el dolor más delicioso y que de verdad podían saltar chispas cuando unos labios se tocaban. ¿Que se arrepentía? Yo había revivido ese beso, lo había puesto en un altar y no dejaba de comparar todos los anteriores, que no habían sido muchos, y todos los posteriores, que eran aún menos, con aquel que él lamentaba.

—Aquella noche había bebido —continuó, mientras el músculo de su mentón temblaba al ritmo de mi corazón—. Estaba borracho.

Cerré la boca de golpe en cuanto digerí aquellas dos palabras.

—¿Estabas borracho?

Jase apartó la vista y, entrecerrando los ojos, se pasó la mano por el pelo.

—No sabía lo que hacía.

Un nudo horrible se me formó en el estómago. Era la misma sensación que había tenido al aterrizar mal aquel salto. Una sensación terrible y arrasadora, preludio del estallido de dolor que llegó después.

—Aquella noche te bebiste unas dos cervezas.

—¿Dos? —Ni siquiera me miraba—. Bah, sé que tuvieron que ser más.

—¿Que tuvieron que ser más? —La voz me salió chillona mientras otro tipo de sentimiento empezaba a enconarse en mi interior—. Recuerdo aquella noche con claridad, Jase. Apenas bebiste un par de cervezas. No estabas borracho.

Él no respondió, pero su mandíbula se movía como si estuviera a punto de romperse las muelas. Disculparse ya era malo de por sí, pero ¿decir que estaba borracho? Era la peor forma de rechazarme.

—Básicamente estás diciendo que, si no hubieras bebido, ¿no me habrías besado? —Me bajé de la cerca y lo miré a la cara, aguantándome las ganas de hundirle el puño en el estómago. Abrió la boca, pero me adelanté—. ¿Tanto asco te dio?

Jase alzó la cabeza súbitamente hacia mí y algo centelleó en sus ojos grises, oscureciéndolos.

—No he dicho eso. No fue asqueroso. Fue…

—¡Pues claro que no fue asqueroso, no te jode! —Había muchísimos momentos en la vida en los que Cam me decía que no sabía quedarme callada. Este tenía todas las papeletas para ser uno de ellos—. Me besaste tú. Me tocaste tú. Fuiste tú quien dijo que no tenía ni idea de lo que te hacía…

—Sé lo que dije. —Sus ojos brillaron furiosos como el azogue. Me fulminó con la mirada al tiempo que se bajaba de la cerca con una habilidad casi propia de un depredador—. Lo que no sé es por qué dije esas cosas. ¡Tuvo que ser la cerveza, porque no hay otro motivo por el que habría hecho o dicho nada de eso!

Un fuego intensísimo sustituyó al dolor. Mis puños se cerraron. No, era imposible que dos cervezas lo hubieran llevado a hacer aquello.

—No eres un peso pluma. Estabas en plena posesión de tus facultades. Y algo debiste de sentir al besarme, porque es imposible besar así sin sentir nada.

En el momento en que aquellas palabras salieron de mi boca, se me encogió el corazón. Pensarlo era una cosa, pero decirlo en voz alta demostraba… lo ingenuas que sonaban aquellas palabras.

—Llevas colada por mí mucho tiempo: pues claro que pensaste que significaba algo alucinante. Por Dios, Tess, ¿por qué crees que llevo todo este tiempo sin hablarte? Sabía que le darías demasiada importancia —explicó mientras las mejillas me ardían—. Fue un error. No me siento atraído por ti, no de esa manera.

Di un paso atrás como si me hubiera abofeteado. Y bien sabe Dios que conocía la sensación. Parte de mí lo habría preferido antes que oír aquellas palabras. Debería haber echado a correr en cuanto dijo que teníamos que hablar, o al menos haber vuelto renqueando a la camioneta. Que le dieran a lo de ser valiente y aceptar la confrontación. El dolor y la vergüenza me subieron por la garganta y me anegaron los ojos. Por lo visto, era más transparente que una ventana, así que agradecía llevar gafas de sol para ocultar mis emociones, aunque Jase debió de ver algo en mi expresión, porque cerró los ojos un instante.

—Mierda —musitó, la piel alrededor de sus labios de un tono más pálido—. No era eso lo que quería decir. Yo…

—Pues yo creo que sí —espeté, retrocediendo un paso más. Jase tenía razón. Aquella noche había sido un error, un beso ridículo al que había atribuido ciertos sentimientos y que había exagerado en mi mente durante su ausencia. No creo que jamás me hubiera sentido tan tonta como en ese momento—. No podrías haberte expresado con mayor claridad.

Volvió a soltar un taco mientras cubría la distancia que nos separaba, bajando la barbilla y haciendo que varios mechones de pelo ondulado le cayeran sobre la cara.

—Tess, no lo entiendes…

Solté una carcajada breve mientras la vergüenza explotaba en mi interior como un dique roto.

—No, creo que lo entiendo a la perfección. Te arrepientes. Vale. Fue un error. Probablemente no quieras que te lo recuerden. Lo siento. Qué más da. Lo que tú digas. —Estaba desvariando, pero no podía evitar hacer todo lo posible por salvar la cara y seguí hablando, sin mirarlo. No podía, así que fijé la vista en sus zapatillas manchadas de hierba—. De todas maneras, tampoco es que vaya a quedarme aquí mucho tiempo. En cuanto tenga la rodilla curada, me largo. Que será más pronto que tarde. Así que no te preocupes por que nos crucemos muchas más veces o por que vuelva a sacar el tema. Tampoco es que seas el único tío que...

—¿... Te ha besado? —Al oír su tono cortante, levanté la vista. Sus ojos entrecerrados apenas dejaban entrever un par de rendijas plateadas—. ¿A cuántos tíos has besado, Teresa?

No tantos. Podía contarlos con una mano y solo necesitaría dos dedos para quienes habían llegado más allá, pero el orgullo me tenía entre sus garras.

—A los suficientes —respondí, cruzándome de brazos—. Más que suficientes.

—¿En serio? —Algo atravesó su semblante—. ¿Y eso lo sabe tu hermano?

Solté una carcajada despectiva.

—Como que a él se lo voy a contar. Además, ni que tuviera nada que decir sobre en quién o en dónde planto mis labios.

—¿En dónde? —repitió, con la cabeza ladeada como si le costase procesar las palabras. En el momento en que decidió lo que podían significar, sus hombros se tensaron—. ¿Dónde plantas los labios?

—Bah, no es asunto tuyo.

Su mirada se endureció.

—Por supuesto que es asunto mío.

¿Es que vivía en un universo alternativo?

—No lo creo.

—Tess...

—No me llames así —le espeté antes de inspirar hondo.

Jase trató de acercarse a mí, pero lo esquivé. Lo último que necesitaba era que me tocase. Sus espectaculares rasgos se tiñeron de determinación.

—¿Dónde...?

La puerta delantera de la casa se cerró de golpe a nuestra espalda, lo que me salvó. Jase dio un paso atrás y respiró hondo mientras su hermanito atravesaba la hierba y la grava a todo correr.

A poco más de un metro, el niño se lanzó hacia Jase, gritando:

—¡La capa de Superman! ¡La capa de Superman!

Este lo atrapó al vuelo y lo hizo girar al tiempo que se aseguraba de que sus bracitos le rodearan bien el cuello. Jack volaba sobre su espalda, como una especie de capa de carne y hueso.

—Siento haber tardado tanto —se disculpó Cam con una sonrisita, sin percatarse de lo que a mí me parecía una tensión insoportable—. Tu madre tenía limonada. Y bizcocho de manzana. No podía irme sin tomar un poco.

Jase sonrió, aunque al mismo tiempo bajó la barbilla.

—Es comprensible.

Me quedé como una estatua. Ya podía haberme cagado un pájaro en la cabeza, que no me habría movido. Tenía los dedos insensibles de tanto apretar los puños.

Cuando Jase se giró hacia un lado, Jack me sonrió.

—¿Vas a aprender a montar?

Al principio no entendí a qué se refería, pero al darme cuenta, no supe qué responder. Dudaba que Jase quisiera volver a verme aparecer por su granja aun cuando tuviera los ovarios de subirme a uno de esos bichos.

Cam me miraba con las cejas enarcadas; Jase, con la mandíbula en tensión, tenía la vista clavada en el suelo, y Jack estaba esperando una respuesta.

—No lo sé —terminé por decir con voz áspera. Obligándome a no parecer aún más boba, esbocé una sonrisa—. Pero, si vengo, me ayudarás tú, ¿verdad?

—¡Sí! —El rostro de Jack se iluminó—. ¡*Podería* enseñarte yo!

—«Podría» —murmuró Jase, enlazando los brazos alrededor de las piernas del niño—. Como ya te he dicho, colega, probablemente tenga mejores cosas que hacer.

—No hay nada mejor que montar a caballo —argumentó Jack.

Sin soltar a su hermano, Jase se incorporó y me lanzó una mirada. Su semblante era inescrutable y deseé no haber mencionado lo de montar. Probablemente creyese que lo decía en serio y que buscaba la manera de verlo.

Después de esto, la verdad es que preferiría no volver a toparme con su cara.

Me dolió darme cuenta de ello. Antes del beso, habíamos sido amigos, buenos amigos. Nos enviábamos mensajes, nos escribíamos por correo electrónico, hablábamos siempre que acompañaba a Cam. Y ahora todo se había ido al garete.

«No voy a llorar. No voy a llorar». Ese era mi mantra mientras volvía a la camioneta y me subía, usando la pierna buena para impulsarme. «No voy a llorar por este imbécil». También me ordené dejar de mirarlo, pero lo observé con su hermano en brazos hasta que llegó el mío.

—¿Lista para volver? —preguntó Cam mientras cerraba la puerta del conductor.

—Lista —respondí con voz inusitadamente ronca.

Cam me lanzó una mirada mientras arrancaba y arrugó la frente.

—¿Estás bien?

—Sí. —Carraspeé—. Es la alergia.

La mirada desconfiada era de esperar. Yo no tenía alergia. Mi hermano lo sabía.

Cam me dejó delante del complejo West Woods. Después de darle recuerdos para Avery, me bajé de la camioneta con todo el cuidado del mundo y enfilé el estrecho sendero que conducía a Yost Hall mientras sacaba la tarjeta de acceso.

Había tenido suerte con el alojamiento. Como me había matriculado tarde, todas las habitaciones en Kenamond Hall y Gardiner Hall, reservadas habitualmente para los estudiantes de primero, ya estaban ocupadas. Estuve a punto de quedarme sin habitación. El día antes del comienzo de las clases, me presenté en el departamento de Alojamientos Universitarios rogando que me pusieran en alguna parte, donde fuese. La alternativa era vivir con Cam y, por mucho que quisiera a mi hermano, compartir piso con él era lo último que deseaba.

Hubo derramamiento de lágrimas. También hubo que tirar de ciertos hilos, pero acabé en un edificio residencial de suites en West Woods, mucho mejor que las cajitas de cerillas que pasaban por dormitorios en otras residencias.

Haciendo uso de mi tarjeta, me adentré en el aire fresco y enfilé la escalera. Podría haber cogido el ascensor hasta la tercera planta, pero imaginé que caminar y subir a pie sería bueno para mi pierna, visto que no me dejaban hacer nada más movido. Aunque pronto me lo permitirían. No me quedaba otra porque, si quería volver al estudio de danza en primavera, tenía que ponerme en forma a la de ya.

Para cuando llegué a la puerta que daba a mi suite, estaba jadeando. Me flipaba cómo en poquísimo tiempo mi cuerpo había pasado de Terminator a Bob Esponja.

Suspirando, deslicé la tarjeta magnética y me adentré en el cuarto de estar. Lo único que deseaba era meterme en la cama, esconder la cabeza bajo la almohada y fingir que ese día jamás había tenido lugar.

Pero eso sería pedir demasiado.

Solté aire al ver la bufanda rosa chicle colgando del pomo de la puerta del dormitorio. Cerré los ojos y dejé escapar un gruñido de frustración.

Las bufandas rosas eran un código: señalaban que si una entraba en la habitación era por su propia cuenta y riesgo. En otras palabras, mi compañera de habitación estaba disfrutando de un momento de dulce intimidad con su chico. O bien estaban ahí dentro discutiendo en voz baja; pero, si ese era el caso, pronto estarían haciéndolo en voz alta.

Al menos aún tenía acceso al cuarto de baño.

Renqueé hasta el gastado sofá marrón y me dejé caer con la gracia de una oveja preñada, soltando el bolso a mi lado. Puse la pierna mala encima de la mesita de centro y la estiré con la esperanza de aliviar el dolor sordo de la rodilla.

Un golpe al otro lado de la pared me hizo dar un respingo. Frunciendo el ceño, miré a mi espalda. Al cabo de menos de un segundo, un gemido ahogado me puso los pelos de punta.

No parecía el sonido feliz de quién está a punto de aullar de placer. Aunque tampoco es que yo supiera cómo sonaba. Las pocas veces que había tenido sexo en los últimos tiempos, había terminado maldiciendo cada novela romántica que me había llevado a creer que flotaría en una nube. En cualquier caso, ese gemido no sonaba bien.

Sin bajar la pierna de la mesa, me incorporé y agucé el oído para averiguar qué pasaba en el cuarto. Debbie Lamb, mi compañera, estaba en tercero y parecía una chica encantadora: no me había crucificado por arruinarle lo que, con toda probabilidad, habría sido un semestre sin compartir habitación hasta que aparecí. Y era realmente inteligente y callada.

Su novio era otra cosa.

Pasaron unos segundos y oí un gruñido masculino de lo más distintivo. Con las mejillas coloradas, me di la vuelta tan rápido que casi me provoqué un latigazo cervical. Agarré un cojín y me tapé la cara.

Era obvio que estaban dándole al asunto.

Y allí estaba yo, sentada y escuchándolos como una pervertida.

—Ay, Dios. —Mi voz sonó amortiguada por la almohada—. ¿Qué hago yo en la universidad?

El dolor sordo que me atravesó la rodilla me recordó el motivo.

Bajé el cojín lentamente. La puerta de enfrente, que llevaba al otro dormitorio que compartía la suite, permanecía cerrada. No había llegado a ver a nuestras compañeras ni una sola vez desde que había empezado el curso. En parte estaba convencida de que eran invisibles, alpacas o parte del programa de protección de testigos, obligadas a esconderse en el dormitorio. Sabía que no estaban muertas, porque las había oído alguna vez desde el cuarto de estar. Siempre bajaban la voz cuando me oían moverme por la suite.

Muy raro.

Me apoyé el cojín marrón en el pecho, alcancé el bolso y saqué el teléfono móvil. Por un momento me planteé enviarle un mensaje a Sadi, pero llevaba sin tener contacto con ella desde julio, cuando dejé el estudio de danza. Desde entonces no había vuelto a hablar con ninguno de mis amigos.

La mayoría vivía en Nueva York. Sadi iba a empezar en la Joffrey School of Ballet, la misma escuela para la cual yo había obtenido una beca que lo cubría todo. Estaba viviendo mi vida, mi sueño. No obstante, aún no había perdido la beca; estaba suspendida y los profesores me habían prometido una plaza en otoño si se me curaba la lesión.

Volví a meter el teléfono en el bolso y me recosté en el sofá sin soltar el cojín. El doctor Morgan, el especialista de la Universidad de Virginia Occidental que me había operado, creía que tenía un noventa por ciento de probabilidades de recuperarme completamente siempre y cuando no sufriera otra lesión. La mayoría de la gente pensaría que eran bastante altas, pero ese diez por ciento restante me acojonaba tanto que me negaba a planteármelo siquiera.

Pasaron unos cuarenta minutos antes de que se abriera la puerta del dormitorio y Debbie saliera al cuarto común, atusándose con la mano las puntas de la melena castaña, que le llegaba a los hombros. Al verme, se sonrojó de la vergüenza.

—¡Oh! ¿No llevarás mucho tiempo aquí?

—No, solo unos minutos... —Mi voz se perdió cuando me fijé en ella mientras se alisaba la blusa de flores. Tenía los ojos hinchados y enrojecidos. Habían vuelto a pelearse. Debían de haber hecho las paces, pero discutían tanto que me preguntaba cómo tendrían tiempo para nada que no fuera o pelearse o reconciliarse echando un polvo.

En ese momento apareció Erik, los dedos volando sobre la pantalla del móvil. Tenía el pelo corto y oscuro, de punta. Era guapo, había que reconocerlo, aunque no entendía que resultase atractivo. Para nada. Era muy popular en la fraternidad a la que pertenecía Jase y había sido una estrella del baloncesto local durante sus años de instituto, pero tenía la personalidad de una hiena acorralada.

Se guardó el teléfono en el bolsillo de los vaqueros y me sonrió, pero era una sonrisa nerviosa, que me hizo sentir incómoda.

—¿Estás bien? —le pregunté a Debbie.

—Por supuesto que lo está —respondió Erik con una carcajada.

Sin hacerle caso, miré a mi compañera fijamente, pero esta asintió con rapidez.

—Sí, fenomenal. Vamos a pillar algo de comer antes de ir a la fiesta. ¿Vienes?

Abrí la boca, pero Erik también respondió por mí.

—Diría que la rodilla anda molestándola, así que es probable que quiera quedarse aquí.

Cerré la boca de golpe.

Debbie parecía abochornada cuando Erik empezó a empujarla hacia la puerta.

—¿Vas a ir a la fiesta?

En realidad no me habían invitado, aunque sabía que, si me presentaba allí, nadie diría nada... Nadie salvo Jase, y no quería volver a verlo. Así que me encogí de hombros.

—Aún no lo sé.

Debbie se detuvo un instante.

—Vale, bueno...

—Venga, cariño, que me muero de hambre, joder. —Erik le agarró el brazo, dejándole la marca de sus dedos en la piel—. Se nos hace tarde.

Sentí que un fuego se me avivaba en el estómago al ver cómo la agarraba. ¿Cuántas veces me había hecho lo mismo Jeremy? Demasiadas para contarlas. Me dieron náuseas. Me hizo pensar en cosas que era mejor olvidar.

La débil sonrisa de Debbie vaciló.

—Mándame un mensaje si quieres... o si necesitas algo.

Erik farfulló algo entre dientes y ambos se marcharon. Yo me quedé allí, con la pierna encima de la mesita baja, mirando hacia la puerta, pero mis pensamientos habían retrocedido a un par de años atrás.

—Sabes que me muero de hambre, joder —dijo Jeremy, inclinándose sobre mí y agarrándome del brazo. Apretó hasta hacerme gemir. De repente, el coche parecía demasiado pequeño. Me faltaba el aire—. ¿Por qué has tardado tanto? ¿Estabas hablando por teléfono?

—¡No! —Traté de quedarme inmóvil, de no tirar del brazo, porque sabía que eso lo enfadaría aún más—. Solo estaba hablando con Cam.

Entonces se relajó y sus dedos dejaron de apretar.

—¿Está en casa?

Negué con la cabeza.

—Estaba hablando...

—¿Por teléfono? —En un segundo, sus rasgos dejaron de ser encantadores para resultar monstruosos. Mi rostro dibujó una

mueca de dolor cuando volvió a clavarme los dedos a través del jersey—. ¿No decías que no estabas hablando por teléfono?

Me sacudí para apartar el recuerdo, feliz al descubrir que lo único que sentía era un resto de enfado. Durante mucho tiempo, el mero hecho de pensar en él me hacía perder los papeles, pero esos días habían quedado muy lejos.

Jeremy había sido un maltratador, pero yo ya no era una víctima.

Había superado lo que me había hecho. Estaba superado, sí, superado.

Apartando la mirada de la puerta, apreté el cojín hasta que me dolieron los brazos. Más allá de un sexto sentido al respecto, no tenía pruebas de que Erik estuviera haciéndole daño a Debbie, y sabía que la mayoría de las marcas no serían visibles. Al menos si Erik era tan listo como Jeremy en su momento.

Pasé el resto de la tarde comiendo snacks de la máquina expendedora del final del pasillo y ojeando los apuntes de Historia antes de irme a la cama pronto. Una vez tumbada, mientras flotaba en la tierra de nadie que precede al sueño, me di pena. Ahí estaba, a pocos meses de cumplir los diecinueve, un sábado por la noche, y casi dormida antes de las diez.

Pena era poco para lo que sentía.

Me puse de lado y, mirando a la pared, me quedé dormida mientras me preguntaba si el rechazo de Jase me habría dolido tanto si no me hubiera fastidiado la pierna.

Tiempo después, el sonido del móvil a lo lejos me despertó. Abrí los ojos, confundida. La luz verde del reloj de la mesilla marcaba la una y cuarto de la madrugada. El teléfono volvió a sonar.

Alcancé el móvil a tientas, lo cogí y entrecerré los ojos para ver el mensaje. Lo leí una vez. Creí estar soñando. Lo leí dos veces. Creí que se me había olvidado leer. Entonces me incorporé y parpadeé varias veces para apartar el sueño. El dormitorio oscuro adquirió nitidez suficiente como para advertir que la cama del otro lado estaba vacía. Volví a bajar la vista al teléfono.

Necesito hablar contigo.

Era de Jase.

El corazón se me aceleró al leer el segundo mensaje.

Estoy fuera.

Jase estaba aquí.

3

Tenía que estar soñando.

Al menos eso fue lo que sentí mientras buscaba las chanclas, me las ponía y agarraba la tarjeta de acceso. Por un instante me planteé no hacer caso al mensaje, pero mi cuerpo parecía tener voluntad propia.

Definitivamente iba a querer darme de tortas a la mañana siguiente.

Mientras salía de la suite, empecé a temerme que se tratara de una especie de broma, porque ¿cómo iba a saber Jase en qué residencia vivía? Y, aunque supiera que era en West Woods, el complejo estaba formado por seis edificios. Dudaba que le hubiera preguntado a Cam.

Se me formaron en el estómago un millar de nudos, pequeños y complicados, mientras bajaba las escaleras agarrándome al pasamanos. La oscuridad se filtraba por las ventanas del descansillo. Puede que en realidad estuviera soñando y aquello fuera una pesadilla. Seguro que el pasamanos iba a convertirse en una serpiente —Dios, cómo las odiaba— como en la peli de *Beetlejuice*.

Con un estremecimiento, aparté la mano del suave metal y bajé cojeando hasta la primera planta. El vestíbulo estaba en silencio, salvo por el suave murmullo de una secadora situada en el cuarto de la colada.

La piel se me erizó al adentrarme en la noche. Deseé haber tenido la previsión de coger una chaqueta. El aire nocturno soplaba sorprendentemente frío.

Me detuve en el porche, aferrando la tarjeta de acceso hasta dejarme pequeñas marcas en la mano mientras recorría con la vista el sendero y los árboles que lo flanqueaban. Todos los bancos estaban vacíos. No había nadie fuera. Más allá del canto de los grillos, el único sonido era alguna risa distante y una débil música, salpicada cada cierto tiempo por un grito alegre.

Salí del porche con el alma en los pies, apartándome el pelo de la cara con la mano libre. Tenía que ser una broma. O puede que Jase hubiera querido enviar un mensaje a otra persona y ahora estuviera esperándola fuera de su residencia. Al imaginarlo mandándole mensajes a una chica a la una de la madrugada, me hormigueó la piel, cosa completamente absurda.

Avancé lentamente varios metros por el sendero, mirando entre los árboles y los arbustos espesos. Las mejillas comenzaron a arderme cuando me detuve en mitad del camino. Cambié el peso de la pierna dolorida a la otra. ¿Qué estaba haciendo ahí fuera? Ni siquiera llevaba el teléfono conmigo. Tenía que ser un error, una broma o...

Una sombra densa salió de debajo de los árboles, moviéndose entre los setos. Su silueta era alta y sólida y, cuando se situó bajo la columna de luz que proyectaba la farola, me quedé boquiabierta. Sí que era Jase, pero ¿qué hacía ahí detrás? Cuando se volvió hacia mí, vi cómo sus manos se alejaban de la bragueta de los vaqueros. Ay, Dios.

—¿Jase? —siseé al tiempo que me acercaba a él a toda prisa.

Al sonido de mi voz, levantó la barbilla.

—Aquí estás —dijo, como si llevara esperándome una eternidad y media. Una de las comisuras de sus labios se elevó—. Has venido.

Algo revoloteó en mi interior al ver su media sonrisa, pero recordar lo que me había dicho ese mismo día me ayudó a hacer caso omiso de la estúpida mariposa en mi pecho.

—¿Estabas meando?

Su media sonrisa se ensanchó.

—Tenía que ir al baño.

—¿En un seto?

—Alguien tenía que regarlo.

Los labios me temblaron cuando alcé la vista hacia él. La mata de pelo alborotado le caía por la frente, rozándole el borde de los ojos. La camiseta vieja de estilo retro que llevaba le tiraba en el torso y los anchos hombros. Al levantar la mano para apartarse el pelo, reveló una franja de piel entre los vaqueros caídos y la camiseta en la que asomaban unos abdominales duros como rocas.

Aparté la vista, porque aquello era lo último que debería quedarme mirando como una boba.

—Estás borracho.

—Eh... —Se tambaleó hacia la izquierda, como si hubiera una especie de atracción gravitacional invisible y desconocida para mí—. Yo no diría tanto como borracho. Puede que animadillo.

Enarqué una ceja cuando se tambaleó hacia la derecha. Entonces me percaté de la cajita rosa que había en el banco.

—¿Eso es tuyo?

Siguió mi mirada y sonrió de oreja a oreja.

—Mierda. Se me había olvidado. Te he traído un regalo.

Mis cejas salieron disparadas cuando, al inclinarse, casi se cayó de bruces antes de incorporarse en el último instante y coger la caja.

—¿Qué es?

Me la tendió.

—Algo que está tan bueno como yo.

Al bajar la vista, se me escapó una carcajada como un ronquido, qué atractiva. A través del plástico transparente de la tapa distinguí un cupcake gigante. Le lancé una mirada a Jase. Este levantó un hombro, como quitándole importancia.

—Los cupcakes están muy ricos. Me dije que iba a ser bueno y compartir uno contigo.

—Gracias.

Abrí la caja y hundí el meñique en el glaseado. Al probarlo, estuve a punto de soltar un gemido ante su delicioso dulzor.

Jase tragó saliva y apartó la vista.

—Creo que voy a sentarme. Tú también deberías..., ya sabes, por lo de tu pierna. —Como si, de alguna manera, se me hubiera olvidado. Jase observó cómo lo hacía, con la pierna más rígida de lo habitual—. ¿Te molesta?

Iba a responder, pero se me adelantó.

—Ni se me pasó por la cabeza. Probablemente no deberías permanecer tanto tiempo cargando peso en ella y...

—Estoy bien. —Le di un mordisco rápido al cupcake. Fue como sentir un orgasmo azucarado en la boca—. ¿Quieres un poco?

—Pues claro.

Partí el cupcake por la mitad y le di la suya. En menos de cinco segundos ya la había devorado. Yo me acabé la mía bastante rápido y, después de tirar la caja en una papelera cercana, respiré hondo.

—No creo que hayas venido solo a invitarme a un cupcake, ¿no?

—Ah, no.

—¿Qué..., qué haces aquí, Jase?

No respondió de inmediato, pero sus ojos grises se posaron en mí, sorprendentemente despiertos.

—Quiero hablar contigo.

—Eso ya lo veo, pero pensaba que ayer ya dijiste todo lo que querías decirme, y que ahora te presentes aquí es lo que menos me esperaba. —Me sentí un poco cabrona por soltárselo así, pero era la verdad. Y, en cierto modo, se lo merecía. Yo no era el felpudo de nadie.

Jase apartó la mirada y tensó los hombros, luego dio un paso adelante y se sentó a mi lado. Cuando me miró, sentí una leve vaharada de alcohol. Sin mediar palabra, alargó la mano y me tomó la que tenía libre. Abrí los ojos de par en par cuando la levantó, la giró y me plantó un beso en la palma.

Sí. Estaba borracho.

Noté un cosquilleo donde se habían posado sus labios, como una ráfaga de electricidad. Sin palabras, vi cómo volvía a dejarme la mano en el regazo.

—Soy un imbécil —dijo.

Parpadeé estupefacta.

—No tenía que haberte dicho todas esas mierdas antes. No estuvo bien y, además, era mentira. —Inspiró hondo y desvió la mirada hacia el banco vacío que teníamos enfrente—. Aquella noche no estaba borracho. Ni por asomo.

El corazón había comenzado a latirme con fuerza en el momento en que me había besado la mano y, mientras hablaba, se me había acelerado. Apenas me salió un hilo de voz.

—Ya lo sé.

—Y tampoco creía que le hubieras dado mayor importancia porque estuvieras colada por mí o lo que fuera. —Una de sus comisuras volvió a elevarse, pero ahí había tenido razón. Aquel beso lo había sido todo para mí—. Es solo que... no debería haberte besado aquella noche; no debería haberte tocado. No porque fuera asqueroso ni nada por el estilo, sino porque eres la hermana pequeña de Cam. Eres intocable.

Mientras lo miraba, la mariposa descendió de mi pecho al estómago. ¿Ese era el problema de Jase? ¿Que se sentía mal porque Cam era su amigo? ¿En serio? Parte de mí quería darle un capón. La otra quería acurrucarse en su regazo porque, si esa era la gran pega, podíamos arreglarlo, ¿no? ¿O tan grave era?

Pero me limité a seguir sentada, mirándolo como todas aquellas veces en las que había ido a visitar a Cam. Como se me escapase una risita tonta, me iba a plantar un puñetazo en toda la cara.

—El momento... se me fue de las manos aquella noche, Tess. Tú... eres una chica preciosa. Siempre lo has sido y, joder, eso no ha cambiado.

Jase pensaba que era preciosa... Espera, ¿cómo? ¿Que el momento se le había ido de las manos? Negué con la cabeza, sin saber si sentirme aliviada o insultada.

—En fin, solo quería decirte que lo siento. —Cuando me miró, la mitad de su cara permanecía oscurecida—. Y, si piensas que soy el mayor imbécil sobre la faz de la tierra, lo entiendo perfectamente.

Lo que me había dicho antes todavía me picaba como si le hubiera arreado una patada a un nido de avispas, pero lo que me estaba confesando ahora aliviaba un poco el escozor.

—No lo pienso.

Jase se quedó callado un instante antes de volverse hacia mí con la cabeza ladeada nuevamente. Nuestras miradas quedaron suspendidas y me di cuenta de que no podía apartar la mía.

—Sigues siendo muy... dulce.

¿Dulce? Resistí la tentación de escupir al suelo. Por supuesto que Jase pensaba que era dulce y encantadora, tan inocente y achuchable como un osito de peluche viejo y raído. No era exactamente como quería que me viera.

Cuando interrumpió el contacto visual, el aire se me escapó de los pulmones. Me humedecí los labios y froté la tarjeta de acceso contra la franela suave de mi pantalón del pijama.

—¿Así que has decidido venir en mitad de la noche para decirme esto?

—No es exactamente la mitad de la noche —respondió, con una leve sonrisa—. Digamos que es la primera hora de la madrugada.

Elevé las cejas.

—Eso no tiene mucho sentido.

—Si te hubieras bebido la mitad de una caja de dieciocho cervezas, sí.

Fruncí los labios al recordar que estaba algo más que un poco achispado.

—¿Por qué no esperaste a, yo qué sé, estar sobrio y a que saliera el sol antes de tener esta conversación?

—No podía esperar —respondió sin pensárselo dos veces, tan rápido que no me cupo duda de lo importante que era para él—. Y la fiesta era una mierda.

—Ah, ¿sí? —Por algún motivo, no podía imaginarme que la gran fiesta hawaiana hubiera sido tan terrible.

Jase asintió y, acto seguido, frunció el ceño.

—Esto... no dejaba de rondarme la cabeza. Traté de acallarlo con alcohol. No funcionó. Decidí que debía decírtelo antes de que acabara con una intoxicación etílica.

Así que no era que la fiesta hubiera sido una mierda, sino que él se sentía lo bastante culpable como para venir a verme. No sabía qué pensar sobre todo aquello. Había estado obsesionada con Jase, e incluso había llegado a convencerme de que estaba locamente enamorada de él. La noche en la que me besó, pensé..., bueno, pensé un montón de chorradas. Que a la mañana siguiente se despertaría y declararía su amor incondicional y su devoción por mí delante de Dios y mi familia al completo. Y que todos se alegrarían ante la idea, incluso Cam. Que, de alguna manera, la relación entre una estudiante de último año de instituto y un universitario de tercero funcionaría. Jase me visitaría a mí en vez de a mi hermano todos los fines de semana, vendría a mis recitales, iría a Nueva York cuando me marchara a la academia de ballet y...

Y nada de aquello sucedió.

A la mañana siguiente, Jase y Cam se marcharon antes incluso de que me despertara, y no volví a verlo hasta que empecé las clases en Shepherd. En algún momento durante el último año, creí haber superado lo de Jase, lo achaqué a fantasías estúpidas e infantiles, y hasta salí con chicos una o dos veces, pero había sido muy raro. Era evidente que no lo había superado. Y ver a Jase, tenerlo cerca, me había recordado todo lo que me atraía de él: su amabilidad, su humor, su inteligencia. Y, aunque algunas de esas cualidades no resultaban tan aparentes en ese momento, yo sabía que seguían ahí. El hecho de que fuera más de la una de la madrugada y hubiera venido a buscarme para disculparse lo demostraba.

Jase se recostó en el banco y estiró sus largas piernas.

—Tess... Tess... Tess...

—¿Qué? —Me obligué a mirarlo después de haber mantenido la vista fija durante demasiado tiempo en un seto cuadrado.

Jase volvía a mirarme con expresión completamente inescrutable. Tenía los ojos muy brillantes, casi plateados, cuando bajó la vista. Emitió un sonido desde el fondo de la garganta, a medio camino entre un gruñido y una palabrota. No lo entendí. Cuando seguí su mirada, se me escapó un jadeo de sorpresa.

Fue entonces cuando me di cuenta de que no llevaba sujetador y de que el aire frío de la noche y la camiseta sin mangas de tela fina eran incapaces de esconder lo que me pasaba.

Y en ese preciso instante, me pasaban muchas cosas.

Mis pezones estaban duros y se me marcaban contra la tela. El calor se apoderó de mis mejillas y comencé a cruzarme de brazos, pero entonces me di cuenta de que Jase estaba mirando, pero mirando de verdad. Y tratándose de alguien que afirmaba que «el momento» se le había ido de las manos...

Un momento. Pero ahora sí que estaba borracho.

Me crucé de brazos.

—¿Qué? —pregunté de nuevo.

Su mirada ardiente se apartó de mala gana, y juraría que se detuvo sobre mis labios.

—¿Por qué has venido? ¿Por qué a Shepherd?

La pregunta me pilló desprevenida, al igual que su tono de voz, como si ni en un millón de años hubiera esperado verme aquí, en la misma universidad que él.

—Pues..., mi pierna... —¿Es que no era capaz de formar frases enteras? Se levantó un leve vientecillo y me revolvió el pelo—. No sabía qué otra cosa hacer.

—Esto de la universidad no entraba en tus planes, ¿verdad?

—No. No así.

—Entonces ¿qué...? —Jase se detuvo y me cogió un mechón de pelo. Al apartármelo de la cara, sus dedos me rozaron la mejilla, provocándome un escalofrío que me recorrió toda la columna vertebral. Su mano permaneció inmóvil quizá un segundo antes de caer al espacio que había entre los dos, un espacio que, de repente, parecía mucho menor—. ¿Qué estás estudiando?

Mi cerebro tardó un momento en procesar la pregunta.

—Educación primaria.

Sin dejar de mirarme, Jase levantó la comisura del labio una vez más al tiempo que extendía el brazo derecho por el respaldo del banco.

—Para eso hay que ser una persona especial.

—¿Y eso?

Había tomado la decisión en el último momento, porque estudiar una carrera normal nunca había entrado en mis planes. Había abierto el libro de especialidades y básicamente había escogido una cualquiera. La docencia me pareció una buena idea, algo estable. Un plan B al que no tenía previsto recurrir.

—Los niños son difíciles, Tess, especialmente a esa edad.

—Bien lo sabes tú. —Sonreí al recordar cómo se comportaba con su hermano pequeño—. Pero me gustan los niños.

Una sombra repentina atravesó su semblante.

—Sí, bueno, será mejor que me vaya. Es tarde y seguro que quieres volverte a dormir. —Había empezado a ponerse en pie, pero se detuvo—. Somos amigos, ¿verdad? ¿Tú y yo? Como..., ¿como antes?

Como antes de que me besara. Soporté como pude el súbito descontrol de mi corazón. Conque era eso. Aunque Jase me consideraba preciosa y se sentía atraído por mí, no iba a hacer nada. Ya fuese por Cam o por algo más, lo que sentía por mí no bastaba. Y ni siquiera importaba. Podía ser su amiga. Tampoco es que pensara quedarme mucho tiempo en Shepherd. En cuanto me dieran el alta, acabaría el semestre y volvería al estudio de danza.

Jase... Jase se convertiría una vez más en un recuerdo.

Me obligué a sonreír.

—Sí. Somos amigos.

—Bien. Perfecto. —Su sonrisa se ensanchó hasta hacerse enorme, una sonrisa que no le restaba ni un ápice de atractivo, una sonrisa que probablemente hiciera caer bragas a plomo por todo el país. Cuando se puso en pie, vi cómo se tambaleaba hacia la izquierda. Extendió las manos tratando de mantener el equilibrio—. Guau.

Cuando se sacó del bolsillo las llaves del coche, me puse en pie. Poco me importaba el dolor de la rodilla.

—No vas a conducir.

Me echó un vistazo antes de romper a reír.

—Estoy bien.

—No, no lo estás. Ni siquiera puedes tenerte en pie.

—Bueno, pues menos mal que no hace falta para conducir.

Abrí los ojos con asombro.

—Jase...

Cuando dio otro paso vacilante, lo agarré. Mis dedos no llegaban a abarcarle del todo el antebrazo. Se quedó atónito por el contacto y volvió su mirada hacia mí. Yo también estaba perpleja. La sensación de calor de su piel me abrasaba, pero aproveché la situación. Le arrebaté las llaves de la mano y lo solté, dando un paso atrás.

—No vas a conducir.

Jase no hizo amago de quitármelas.

—¿Y qué pretendes que haga? ¿Dormir en este banco?

Podría haberle sugerido que llamase a alguno de sus amigos, pero no fue eso lo que dije.

—Puedes quedarte conmigo.

Abrió desmesuradamente los ojos antes de lanzar una breve carcajada.

—¿Quedarme contigo?

—Sí, ¿por qué te resulta tan divertido? —repliqué, ceñuda.

Cuando estaba a punto de responder, Jase pareció pensárselo mejor. Los segundos se alargaron entre nosotros.

—Cam me va a matar.

—Cam me matará a mí si te dejo conducir en este estado. Además, hay un sofá en la suite; no es que vayamos a compartir cama.

Sus ojos fulguraron a la luz de la farola. La mirada que se apoderó súbitamente de ellos hizo que me ardieran las puntas de las orejas.

—En la suite o en la cama, tu hermano me va a matar igualmente —concluyó.

Había una mínima probabilidad de que así fuese, pero Cam se enfadaría aún más si dejaba que Jase condujera. Además, ninguno de los dos iba a llamar a mi hermano para que viniera a salvarle el culo al borracho de Jase. ¿Cómo íbamos a explicarle qué hacía allí en primer lugar?

—No tiene por qué enterarse.

Jase no parecía convencido pero, cuando me di media vuelta y enfilé la entrada, echó a andar a trompicones junto a mí. Permaneció callado mientras me seguía escaleras arriba y cuando abrí la puerta de la suite.

—Debbie no ha vuelto aún. —Encendí la lámpara—. Puede que pase la noche con...

—Erik —me interrumpió Jase, mientras paseaba la mirada por el pequeño cuarto de estar. Dudaba que fuera la primera vez que pisaba una de esas suites—. Siguen en la fiesta. ¿Quién ocupa la otra habitación?

—No lo sé. —Cogí un cojín del suelo y lo coloqué en el sofá, junto al reposabrazos—. No he visto a nadie. Supongo que serán vampiros o algo.

Jase pasó junto a mí riendo flojito y se sentó en el sofá. En menos de un segundo estaba tumbado, con los ojos cerrados y el pecho subiendo y bajando rítmicamente. Guau. Debía de ser maravilloso quedarse dormido como un tronco tan rápido.

Suspiré, entré en mi dormitorio, quité del pie de la cama la colcha que mi madre me había confeccionado y volví al cuarto de estar. Jase no se había movido cuando me coloqué entre la mesita y sus largas piernas, pero se le veía una rendija de los ojos plateados entreabiertos.

—¿Amigos? —murmuró.

La punzada de decepción se perdió ante el brinco que dio mi corazón cuando Jase me sonrió. Era una idiota. Una vez arropado, empecé a retroceder.

Jase se movió más rápido de lo que yo creía capaz a un borracho y me cogió la muñeca, sujetándome con una suavidad sorprendente.

—¿Tess? —Tenía los ojos entrecerrados, como si le pesaran los párpados—. ¿Somos amigos?

La respiración se me cortó cuando comenzó a trazar un círculo lento y perezoso en la palma de mi mano con el pulgar. Su tacto leve me trastornaba el cerebro, cortocircuitándolo por completo.

—Sí. Somos amigos.

—Bien —respondió, repitiendo lo que había dicho fuera—. Perfecto.

Sin embargo, no me soltó, sino que tiró de mí hacia abajo hasta conseguir que apoyara la cadera en el sofá junto a la suya. Los pensamientos se me arremolinaban y no tengo ni idea de por qué dije lo que en ese momento salió de mis labios.

—¿Cómo sabías en qué residencia estoy?

—Tengo mis recursos.

Su mano ascendió por mi brazo, deteniéndose justo bajo el codo, donde deslizó el pulgar sobre el punto más sensible.

¿Qué pretendía? Estaba segura de que eso no lo hacían los amigos. Los míos desde luego que no, aunque tampoco tenía muchos, solo algunos chicos del estudio. Y Jase no me había tocado así nunca, ni siquiera en los segundos previos a aquel beso. Habíamos estado hablando y lo había abrazado para darle las buenas noches, pero cuando fui a apartarme, me había retenido y... el momento se le había ido de las manos. ¿Es que se nos iba a ir otra vez? Jase estaba borracho, así que cabía la posibilidad, y yo sabía que debía apartarme por un centenar de motivos, pero no lo hice.

Eso me convertía en una estúpida.

Aun así, no me aparté.

El suave movimiento en círculo de su pulgar hizo que me estremeciera de anticipación. Los pechos se me llenaron de un anhelo que me descendía por todo el cuerpo. Mis labios se abrieron por instinto. Dios, sabía que debía apartarme. De verdad que sí, pero jamás había respondido de esa manera a un simple toque. Ni siquiera sabía que era posible que mis entrañas se revolucionaran de una forma tan deliciosa por el mero roce de un pulgar en el interior de mi codo.

—Amigos —volvió a murmurar, al tiempo que tiraba de mí hacia abajo.

Con el pulso desbocado, fui incapaz de resistirme. Ni siquiera se me pasó por la mente mientras Jase levantaba la cabeza y su aliento cálido danzaba sobre mis labios y mi mejilla. Cuando su pecho se alzó y rozó el mío, temblé.

Una emoción profunda reverberó en mi pecho, acompañada del sabor del pánico. El autocontrol llegó de la nada. Con una fuerza de voluntad que me sorprendió, me aparté antes de convertirme de veras en un felpudo con la palabra BIENVENIDO tatuada en la frente.

Cuando me incorporé, Jase siguió mi movimiento ascendente. La combinación de mi falta de equilibrio, su borrachera y el punto de apoyo inestable no hacía buenas migas con la colcha con la que tan bien lo había arropado. Al dar un paso atrás, tropecé con la mesita. Jase seguía moviéndose mientras tiraba de mí hacia abajo, medio tumbado, medio sentado. Ambos nos caímos del sofá.

Aterricé de espaldas y, cuando el peso de Jase cayó sobre mí, el aire se me escapó del pecho. Pasó un instante antes de que abriera los ojos. Estaba pegada a la moqueta, incapaz de mover los brazos o las piernas.

—Ay, Dios mío —acerté a pronunciar—. ¿Estás muerto?

Jase rio con ganas mientras apoyaba las manos a los lados de mis brazos y levantaba el tronco de encima de mí. El aire volvió a entrar en mis pulmones.

—No. La leche... ¿Estás bien?

—Sí. ¿Y tú?

Sus pestañas oscuras y espesas descendieron mientras Jase esbozaba una amplia sonrisa.

—No lo sé. Creo que te he roto.

—Te he preguntado que si estás bien —aclaré con una voz que sonaba extraña a mis oídos; su peso y su cercanía hacían que la sangre corriese como un torrente por mis venas—, no que si me has roto.

—Tú me preocupas más, que has parado mi caída. Todo un detalle, por cierto, Tess.

Emitió una risita y, madre mía, sabía que estaba como una cuba, si no dos, pero ¿era necesario que fuera un borracho tan adorable a pesar de su torpeza? Cuando me revolví tratando de liberar los brazos, Jase se deslizó y nuestros cuerpos acabaron tocándose por todos los puntos que importaban. Me quedé petrificada cuando un sonido áspero y sexy ascendió por su pecho. Levanté los ojos y me encontré con los suyos. Ninguno de los dos se movió. Ninguno de los dos habló. Sus labios se abrieron para inhalar rápidamente y de manera entrecortada. Mi pecho subió contra el suyo en una respiración honda y trémula. Lo sentí a través de la tela fina de mi pantalón, justo donde empezaba a endurecerse entre mis muslos. No cabía duda alguna; no había manera de disimular su longitud y su grosor.

Un fuego dulce y embriagador se extendió por mi cuerpo. Varios lugares me palpitaron con fuerza mientras Jase me miraba. En una suerte de trance, vi cómo sus ojos se volvían de plata líquida. Varios escalofríos me bajaron por la espalda. La palpitación en lo más hondo de mí era cada vez más intensa, amplificándose hacia mis extremidades.

Había un leve desenfoque en sus ojos y me dije una vez más que estaba borracho, pero esa certeza no hizo nada por aplacar mi excitación o el calor de su mirada.

—Esto... no era lo que esperaba. —Su voz erizó cada una de mis terminaciones nerviosas—. Tess... —Cerró los ojos y soltó un largo suspiro—. Me gusta tenerte bajo mi cuerpo. Es lo mejor.

El corazón se me detuvo antes de echar a galopar. Sus palabras me despertaban un tipo de pasión con el que tenía poca experiencia y apenas entendía. Lo único que sabía era que quería envolverlo y ceñirlo con fuerza.

—«Lo mejor» no es la expresión correcta. ¿Tal vez «perfecto»? —Casi parecía que estuviera hablando consigo mismo—. La hostia —gruñó al tiempo que sus caderas empujaban lentamente, presionando contra la parte que notaba más sensible. Los dedos de los pies se me crisparon y ahogué un gemido. Un estremecimiento atravesó su enorme cuerpo—. ¿Crees en el destino?

Aunque la pregunta era extraña, no logró atravesar la neblina que se había formado en mi cabeza.

—No lo sé —musité—. ¿Y tú?

—Lo que quiero decir es que ¿crees que algunas cosas simplemente están destinadas a suceder? —murmuró al tiempo que bajaba la cabeza y me rozaba el cuello con los labios. Un nuevo gemido ahogado atravesó los míos—. ¿Que da igual lo que hagas, lo que te digas, porque las cosas van a pasar sin más? ¿Que hay ciertas cosas que no se pueden detener?

Mi cuerpo había anulado el funcionamiento de mi cerebro, por lo que no entendí lo que me decía; ni siquiera estaba segura de que él lo supiera. Tenía el brazo derecho libre, por lo que alcé la mano y apoyé los dedos en los mechones sedosos y fríos de su pelo.

Sus labios volvieron a rozar mi piel y la punta de su lengua se deslizó sobre ella. Me sobresalté, lo que hizo que nuestros cuerpos se apretaran aún más. Me besó en ese mismo punto, mordisqueándome la piel con suavidad para que no quedaran marcas, pero provocando un tumulto en mi interior.

—Tú jamás te enteraste —confesó mientras apoyaba el peso sobre un brazo y curvaba la mano a lo largo de mi mejilla, echándome la cabeza hacia atrás.

Por mis venas se extendió un clamor de truenos, tan peligroso como una tormenta de verano.

—¿Jamás me enteré de qué?

Jase negó con la cabeza mientras la punta áspera de su pulgar me acariciaba el labio inferior.

—No siempre... subía a vuestra casa para ver a Cam. Él no era el único motivo por el que hacía aquel viaje cada fin de semana. —Mientras el asombro me sacudía por dentro, rio y cerró los ojos—. Subía a verte a ti. Eso me convierte en un cabrón, ¿verdad? ¿Cuántos años tenías? ¿Dieciséis? La madre que me parió.

Aquellas palabras, mezcladas con las sensaciones que su proximidad me provocaba, fueron como una explosión, pero apenas tuve tiempo para internalizar su significado, obsesionarme con él o cuestionarlo siquiera. Bajó la cabeza y mi cuerpo se tensó. Jase iba a besarme y yo no iba a rechazarlo. Ya no. No después de lo que acababa de admitir. No con el modo en que mi pecho se henchía, borrando la horrible sensación de malestar anterior.

Sus labios me rozaron el puente de la nariz y, a continuación, me besó la frente antes de quitarse de encima de mí y quedar de lado. La mano que había estado rodeándome la mejilla se deslizó entre mis senos y se detuvo justo por encima del ombligo. La dulzura de su beso anidó en mi pecho, pero esperaba que aquellos labios descendieran aún más.

No lo hicieron.

Giré la cabeza hacia la suya y abrí los ojos. Me quedé boquiabierta al tomar conciencia de la situación. Tumbado en el suelo junto a mí, Jase se había quedado dormido.

4

Forrest Gump se me había instalado en la cabeza, repitiendo en bucle la frase: «Tonto es el que hace tonterías». Debería haber pasado del mensaje de Jase. Debería haberle dado la razón cuando dijo que era un imbécil. Debería haber llamado a alguien para que se lo llevase con la curda a otra parte. No debería haber anhelado algo más que un beso en la frente. Y en ningún caso debería haber creído nada de lo que dijo la noche pasada, por mucho que lo desease, porque estaba borracho.

«Los borrachos y los niños siempre dicen la verdad», solía sentenciar mi padre, pero yo no creía que fuera cierto. No una vez llegada la luz del día.

La noche anterior no había logrado que Jase se subiera al sofá, por lo que había terminado por ponerle un cojín bajo la cabeza y echarle la colcha por encima. Después me había sentado en el sofá, con intención de levantarme y marcharme a la cama enseguida, pero se me había ido el santo al cielo mientras lo veía dormir. Lo dicho: tonto es el que hace tonterías. Mientras observaba en sus rasgos una suavidad jamás presente cuando estaba despierto, me había quedado dormida.

Al despertarme el domingo por la mañana, la colcha con la que lo había arropado me estaba tapando a mí y el cojín sustituía al reposabrazos. Jase se había ido.

Una enorme parte de mí quería creer que me había dicho la verdad y que sus palabras significaban algo, porque aquel beso... había sido de lo más dulce. Sin embargo, en aquel momento llevaba una buena cogorza y luego se había largado. Agradecía que se hubiera disculpado; ahora podíamos seguir adelante y ser amigos, pero quería darme de tortas por haber salido corriendo en mitad de la noche a hablar con él, como si estuviera desesperada y deseosa de que me besase.

En cualquier lugar menos la frente, aunque había sido de lo más... dulce.

—Joder —me lamenté, hundiendo la cabeza entre las manos.

Pero es que me había sorprendido un montón su mensaje. Joder, si hasta pensaba que había perdido mi número a propósito y..., en fin, que una no era de piedra. Esa era mi excusa. «No somos más que amigos», me repetía una y otra vez para ver si conseguía grabármelo en esta cabeza dura.

—No parece que hayas pasado buena noche.

Levanté la vista al oír la voz de Debbie. Estaba de pie en el umbral con un par de cafés en las manos.

—Mmm...

Con el cabello castaño recogido con una pinza morado chillón, me puso una taza caliente entre las manos.

—Tengo una pregunta que hacerte.

—Vale. —Me senté en mi cama y crucé las piernas—. Puede que tenga una respuesta que darte.

Me lanzó una sonrisa rápida mientras se quitaba las sandalias empujándolas con los dedos de los pies y se dejaba caer sobre la cama de enfrente.

—Esta madrugada llegué a casa sobre las... cuatro, digamos, y pensé que los ojos me engañaban, porque me encontré a un cierto Jase Winstead tirado en el suelo de nuestro cuarto de estar y a ti dormida en el sofá, acurrucadita como un bebé.

Un calor lento se extendió por mis mejillas.

—Pues..., bueno, sí...

A Debbie se le escapó una risita al verme tartamudear.

—A ver, cuando una se topa con Jase en lugares insospechados, espera que sea en una cama y no en el suelo; yo solo te lo digo. Pero venga, desembucha: ¿qué hacía aquí? Anoche lo vi en la fiesta y no parecía que quisiera estar allí... ¡Oh! ¡Ahora lo entiendo! —Su sonrisa se ensanchó—. Es que quería estar en otro sitio y ese sitio era aquí, contigo.

Como deducción lógica, era exageradísima.

—No es eso. —Cuando Debbie me miró con expresión dudosa, di un sorbo al café azucarado y resistí las ganas de preguntarle en qué «lugares insospechados» se había topado con Jase—. En serio, nos conocemos desde hace tiempo. Ya sabes que mi hermano es muy amigo suyo, ¿verdad?

—Sé quién es tu hermano. Todo el mundo lo conoce. —Se alisó el flequillo con la mano—. Lo que no sabía es que tú fueras «tan» buena amiga de Jase.

Me encogí de hombros.

—Estaba borracho, así que no podía dejarle coger el coche. Durmió en el sofá. Eso es todo. No hay nada interesante que contar.

Debbie enarcó una de sus cejas oscuras.

—¿Y qué hacía aquí estando borracho?

Joderrr. Buena pregunta. Traté de ganar algo de tiempo dándole un trago larguísimo al café.

—Habría ido a ver a alguien, o yo qué sé. Estaba pedo y me mandó un mensaje diciéndome hola.

Debbie arrugó la nariz.

—Vaya, pues qué muermo.

Solté una carcajada.

—Lo siento.

—Maldita sea, y yo que esperaba algún detalle guarrindongo para poder vivir la experiencia a través de ti. —Cuando abrí los ojos con espanto, soltó una carcajada—. Venga, mujer, es que Jase tiene..., no sé, una especie de intensidad... Como si fuera el tipo de tío que te echa un polvo y te cambia la vida.

—¿Que te echa un polvo y te cambia la vida? —repetí como una mema. Las pocas veces que había tenido relaciones sexuales no habían sido tan impresionantes—. Pues menudas habilidades fálicas más espectaculares.

Debbie se tumbó de espaldas sin dejar de reír y sin derramar una sola gota de la taza de café.

—¿Habilidades fálicas? Me muero...

Se me escapó una sonrisa mientras agarraba con fuerza la taza.

—Erik no vino contigo, ¿no?

—No.

Sentí cómo la tensión abandonaba mi cuello. Si hubiera estado Erik, seguro que le habría contado a Cam o algún miembro de la fraternidad lo de Jase.

—¿Puedo pedirte un favor? No le digas a Erik que Jase estuvo aquí. No quiero que la gente se imagine lo que no es...

—Como harían, con toda seguridad —bromeó.

—Exacto. Y no quiero que Cam se cabree por una bobada.

Debbie se puso de lado y dejó la taza en la mesilla.

—¿Cam es uno de esos hermanos superprotectores?

Resoplé.

—Ni te lo imaginas.

—Pero es bonito lo de tener a alguien que mira por ti. —Debbie estiró las piernas—. Aunque supongo que se pone muy pesado cuando se trata de novios.

Le di otro trago al café y decidí que era el momento de cambiar de tema.

—Hablando de novios, me sorprende que Erik no viniera a casa contigo.

Debbie se mordió el labio.

—Quería volverse a la fiesta, así que...

Si Erik quería algo, había que hacerlo sí o sí. Igual que Jeremy. Me quedé mirando la taza con ganas de decir algo más, pero sentí que sería pasarme de la raya. No obstante, me mataba seguir callada. En el instituto nadie decía nada cuando veían que Jeremy me agarraba del brazo o me gritaba por el más mínimo desliz. Todo el mundo se hacía el sueco. Era más fácil así.

Cerré los ojos con fuerza al notar cómo la sensación de impotencia regresaba como un viejo y fastidioso amigo del que una no consigue librarse. Yo ya no era esa chica. No era una víctima.

Cuando a Debbie le sonó el teléfono, abrí los ojos y vi cómo se lo sacaba del bolsillo a toda velocidad.

—Hola, cariño, estaba... —Se calló de repente y mi cuerpo se tensó—. Ya lo sé..., sí. ¡Sí! Solo he salido a por un café. Tú... —Se giró y apoyó los pies en el suelo. Al ponerse en pie, su mirada se cruzó con la mía. Las mejillas se le tiñeron de escarlata y, apartando la vista a toda prisa, salió corriendo del dormitorio—. Erik, cariño, lo siento. No lo sabía...

Se detuvo en la puerta y, al agacharse para coger las sandalias que se había quitado antes, se le subieron las perneras del pantalón corto, dejando expuesta la zona bajo la cadera. Ahogué una exclamación, asombrada, pero el sonido debió de pasarle inadvertido frente a lo que Erik le estuviera diciendo.

Su piel mostraba una serie de marcas que iban del morado al amarillo. Algunas eran antiguas; otras, recientes, de un púrpura tan vívido que sabía que se las habían hecho en las últimas veinticuatro horas.

Debbie se irguió con las sandalias colgando de las puntas de los dedos.

—Voy ahora mismo. Solo necesito repostar... Ya sé que anoche me dijiste que tenía que echar gasolina, pero era tarde... —Cogió aire—. Lo siento.

Sentí una enorme presión en el pecho al verla salir por la puerta. Cerré los ojos, pero fui incapaz de borrar lo que había visto o lo que significaba. Todos aquellos moratones, aquel conjunto enorme de manchas, habían sido infligidos donde no se veían normalmente.

Los habían ocultado.

La camiseta se me empezaba a pegar en mitad de la espalda y la rodilla derecha me dolía. La caminata desde la clase de Historia, en el pabellón Whitehall, hasta la de Apreciación musical, en el campus oeste, era una verdadera putada con tanto calor. Y lo peor era que, si quería comer algo, luego tenía que mover el culo de vuelta al campus este.

—Deberías haber cogido el autobús —me advirtió Calla Fritz mientras se pasaba la bandolera al otro hombro—. No hay motivo para que vayas andando hasta tan lejos.

—Estoy bien.

—Mira, se me acaba de disparar el detector de gilipolleces.

Calla se tiró de la coleta, que se le había quedado pillada por la correa. Solo la conocía desde la semana anterior, cuando habíamos empezado las clases. Íbamos juntas a Historia y Música, pero en tan poco tiempo ya había descubierto que, cuando quería, podía ser de una franqueza brutal.

Más allá de Debbie, probablemente fuera mi única amiga. Avery no contaba, porque era la novia de mi hermano y no le quedaba más remedio que llevarse bien conmigo. Mamá me había dicho justo antes de mudarme que algunas de sus amistades más duraderas habían comenzado en el primer año de universidad.

No creía que fuera a sucederme lo mismo.

Ni siquiera mi amistad con Sadi, y llevábamos bailando juntas desde los cinco años, había sobrevivido.

—Empezaste a cojear cuando llegamos al campo de fútbol —añadió.

El sudor hacía que las gafas de sol se me resbalasen nariz abajo. Mientras me las subía, le sonreí. Bajita y curvilínea, Calla Fritz me recordaba a las *pin-ups* de los años cincuenta. El tipo de chica que baila burlesque y se saca una pasta.

Solo que, al igual que yo, Calla estaba lejos de la perfección.

Una abultada cicatriz le cubría la mejilla izquierda, desde la comisura de la boca hasta la oreja. Con maquillaje, no se veía más que una leve marca. No sabía cómo se la había hecho y tampoco le había preguntado. Imaginaba que ya me lo contaría cuando quisiera.

—Siempre cojeo —le respondí. Era absurdo disimular cuando llevaba la rótula decorada con una bonita y sonrosada cicatriz. Habría preferido ocultarla, pero no soportaba el calor de finales de agosto—. Y necesito hacer ejercicio.

Calla soltó una carcajada desdeñosa.

—¡Los cojones! Son mis muslos los que necesitan hacer ejercicio. Lo que tú necesitas es una hamburguesa.

—Pero ¿tú me has visto el culo? Mantiene una sólida amistad con las hamburguesas. Y está liado con las patatas fritas.

—Ni tan mal. Mis muslos andan enrollados con los batidos.

Me eché a reír y suspiré mientras entrábamos en el túnel que conectaba las dos zonas del campus. Como era subterráneo y estaba alumbrado con luz artificial, dentro haría unos siete grados menos.

—¿Tú crees que alguien se daría cuenta si me echase una siestecita aquí en medio? —preguntó Calla.

—Probablemente, pero seríamos dos.

Mi compañera se pasó el resto de la caminata quejándose de que, a pesar de estudiar Enfermería, la obligaran a cursar Apreciación musical. Yo no la culpaba; aunque no era difícil, tampoco era lo más interesante del mundo. Y el profesor no hacía grandes esfuerzos; después de todo, casi todos los alumnos estábamos en aquella aula porque no nos quedaba más remedio.

Lo de la universidad resultaba curioso. Era igual que el instituto, pero sin influencia paterna. Teníamos que seguir asistiendo a clases que no queríamos, y encima había que pagar por ellas, lo que daba muchísimo por saco.

El auditorio ya estaba medio lleno, por lo que nos sentamos en la parte trasera. La rodilla me lo agradeció de inmediato cuando me acomodé en el centro de la fila, y ahogué un gemido de alivio. Me subí las gafas de sol, asqueada por el sudor que me perlaba la frente. Nada como asistir a clase sudorosa y hecha un cuadro. A ver si llegaba el otoño de una vez.

—Despiértame cuando queden diez minutos para irnos —me dijo Calla mientras se arrellanaba en el asiento, sin quitarse las gafas de sol—. Así tendré la impresión de haber prestado algo de atención en clase.

—Lo haré —respondí con una sonrisita cómplice.

Mientras la gente iba entrando, comencé a hojear mi cuaderno en busca del punto en el que había estado tomando apuntes la semana anterior. No me di cuenta de que alguien se acercaba al asiento libre que había a mi izquierda hasta que lo oí crujir. Cuando levanté la vista, me quedé de piedra.

Jase Winstead se había despatarrado con arrogancia a mi lado, las largas piernas dobladas en el hueco del asiento y los brazos extendidos con indolencia sobre los respaldos contiguos. Con sus vaqueros desvaídos y su camiseta, se diría que tenía todo el derecho del mundo a estar ahí, especialmente porque tenía la mochila apoyada en una de las piernas.

Pero yo no acertaba a imaginar qué hacía en esa clase.

Elevó la comisura de los labios en una media sonrisa divertida.

—Hola.

Miré a mi alrededor para asegurarme de que estaba en la clase que era. Desde el otro lado, Calla clavó la vista en Jase mientras se quitaba las gafas de sol. Sí, estaba en el lugar correcto.

—Hola.

—Pareces sorprendida. —La sonrisa de Jase se ensanchó un par de centímetros.

—Lo estoy —respondí, recobrándome del estupor—. ¿Qué haces tú aquí?

Jase dio un toquecito con el dedo en el cuaderno.

—La semana pasada me reuní con mi tutor para asegurarme de que tenía todos los créditos que necesito. Resulta que me faltaban los de Apreciación musical y esta era la única clase que no estaba llena. Así que me matriculé a última hora. —Se calló y recorrió lentamente mi rostro con los ojos. Su cuerpo estaba relajado a más no poder, pero su mirada mostraba un grado desconcertante de queda intensidad—. La verdad es que estaba sentado delante de ti. Tú no me has visto, pero yo a ti sí.

Era imposible que Jase conociera mi horario, por lo que su presencia no tenía nada que ver conmigo ni con su visita del sábado a última hora. Yo lo sabía, claro, pero eso no evitó que la esperanza y la ilusión creciesen en mi interior.

—Vaya, pues..., me alegro.

Curvó la otra comisura de la boca también.

Con las mejillas ardiendo, me apresuré a apartar la vista. Vale, no era para tanto. Jase y yo habíamos dejado las cosas claras. Estábamos bien. Todo estaba bien. Éramos amigos. Y no importaba lo que hubiera dicho ni las sensaciones que su cuerpo hubiera provocado sobre el mío el sábado. Estaba borracho. Había sido otro error. Me aferré a esa idea, porque pensar cualquier otra cosa era el camino más directo a un mundo de dolor.

Le dirigí una mirada de soslayo. Él seguía con la suya clavada en mi rostro, aunque la bajó lentamente a mi regazo. Tenía la pierna derecha estirada y el modo en que sujetaba el cuaderno no ocultaba la longitud de la cicatriz que me cubría la rodilla. Sentí que me ponía aún más colorada y deslicé el cuaderno para tapármela.

—Esta clase es un rollazo —declaró Calla al tiempo que hacía un gesto con la mano que desvió la atención de Jase—. Soy Calla, por cierto.

Jase alargó el brazo izquierdo y le estrechó la mano, paseando fugazmente la vista por su cara. No se detuvo en su cicatriz y solo por eso ya ganó puntos en cuanto a compasión.

—Yo soy...

—Jase Winstead —completó la frase mientras se reclinaba en el asiento—. Te conozco. Bueno, no es que te conozca de conocer, pero he oído hablar de ti.

La parte superior de las mejillas de Jase se tiñeron de rosa pálido. ¿Se estaba sonrojando?

—¿En serio?

Calla asintió y formó una sonrisa íntima, casi cómplice, con los labios.

—Creo que todas y cada una de las chicas del campus han oído hablar de ti.

Puse los ojos en blanco. A Jase se le escapó una risita.

—Ya veo...

—Ah, ¿sí? —Enarqué una ceja.

Fijando la mirada en la parte delantera del auditorio, por donde el profesor entraba en ese momento, Jase se mordió el labio inferior. La acción tuvo algo de juvenil y, de un modo extraño, también sensual. Los músculos de mi estómago se tensaron ante una imagen repentina: Jase mordisqueándome el labio inferior a mí, igual que había hecho con mi cuello. Sentí un cosquilleo en la piel en ese punto preciso al recordarlo. Una especie de descarga eléctrica se extendió por mis venas al rememorar la forma en que había empujado con las caderas.

Por todos los santos, necesitaba echar un polvo o algo.

—Hay quien diría que soy bastante popular... —comentó al fin.

—¿Entre las «señoritas»? —espeté mientras sacaba un bolígrafo del bolso.

Sus espesas pestañas descendieron al tiempo que me miraba de reojo.

—Quizá.

—Desde luego —murmuró Calla entre dientes.

Sonreí maliciosa mientras Jase se rebullía en el asiento. ¿Lo incomodaba hablar de su reputación estelar? Madre del amor hermoso.

—A ver —intervine, incapaz de resistirme a picarlo. Bajé la voz porque el profesor había empezado a discutir los seis elementos de la música—. ¿Y estas señoritas tienen cosas buenas o malas que decir sobre ti?

Jase se quedó callado mientras apuntaba las palabras «ritmo» y «melodía» en su cuaderno. No creía que fuera a responder.

—Depende de a quién preguntes.

—¿De qué depende?

Volvió a sonreír con un lado de la boca.

—De distintos factores, pero te aseguro que la mayoría tiene muchas cosas buenas que decir. —Sus ojos gris claro buscaron nuevamente los míos mientras inclinaba la cabeza hasta que sentí su aliento cálido danzando por mi mejilla—. Cosas buenísimas, en realidad.

El corazón me latió errático. ¿Estaba ligando conmigo?

—¿Qué tipo de cosas?

Jase no respondió, por lo que me obligué a prestar atención a la clase. Noté cómo Calla me miraba. Ella no tenía ni idea de por qué conocía yo a Jase y con toda probabilidad creería que era una de esas chicas que tenían muchas, muchísimas cosas buenas que decir de él.

Lo que habría dicho yo era que su comentario rezumaba arrogancia y poco más, pero sabiendo lo condenadamente bien que besaba, estaba segura de que el resto también se le daría de perlas. Seguro que había chicas alardeando de sus proezas en varios foros de internet.

Jase se movió en el asiento y yo me quedé petrificada al sentir su respiración en el cuello, debajo de la oreja, estimulando el punto sensible que me hacía desear retorcerme de placer, el mismo punto que él había mordisqueado, lamido y luego besado.

—Creo que sabes exactamente de qué tipo de cosas hablan bien —me susurró.

No tengo la menor idea de qué se trató en Apreciación musical. Saber lo cerca que tenía sentado a Jase me distrajo por completo. Cada vez que su pierna o su brazo me rozaban, perdía completamente el hilo.

Y me quedaba un semestre entero así.

Había una parte de mí que quería quejarse, pero sería mentirme. Saber que iba a ver a Jase tres veces a la semana incrementaba sustancialmente mis ganas de asistir a esa asignatura.

Al fin y al cabo, ¿qué tenía de malo alegrarse la vista de vez en cuando?

Jase salió con Calla y conmigo, y se diría que la temperatura había aumentado seis grados y que el sol pegaba más fuerte.

—¿Adónde os dirigís? —preguntó Jase al tiempo que se pasaba una mano por las ondas alborotadas.

—Yo me vuelvo a mi residencia —respondió Calla mientras se ponía las gafas de sol. Se volvió a mí—. ¿Tú no tenías que regresar al campus este?

Pensando en el camino zigzagueante que me esperaba, asentí.

—Sí, en algún momento. A la una tengo clase en Knutti, así que me queda una hora para llegar hasta allí.

—Puedo llevarte yo —se ofreció Jase, mientras se detenía al final del patio que rodeaba el departamento de Arte. Bajó la vista un instante, pero no lo suficientemente rápido como para que no me diera cuenta de que me había echado un vistazo a la pierna.

Me puse tensa—. Puedo ser tu chófer personal —añadió con una sonrisa no carente de malicia.

Por un momento me quedé atrapada en esa sonrisa y en los remolinos que me formaba en la barriga, pero conseguí negar con la cabeza.

—Gracias, pero no tienes por qué desviarte de tu camino.

Jase saludó con la mano a alguien que lo llamó desde lejos, pero su atención no se apartó de mí.

—Te llevaré. De todos modos tengo el coche aquí mismo, en el aparcamiento trasero.

—Pero...

—No es nada. —Entrecerró los ojos cuando lo deslumbró el fuerte reflejo de la luna de un coche al pasar—. Me pilla de paso.

—Todo un detalle por tu parte —terció Calla mientras me ordenaba con la mirada que me callase la maldita boca—. La rodilla le molesta un montón.

Me sonrojé, apurada.

—No es para tanto y me hace falta el ejercicio. Caminar es bueno... —Solté un gritito cuando Jase me rodeó la cintura con el brazo y se agachó, echándome sobre su hombro como si no pesase más que un saco de azúcar. La mochila se me resbaló del brazo y cayó con fuerza al suelo—. ¿Qué haces?

—Estar aquí plantado con semejante calor discutiendo tu capacidad para ir andando hasta el campus este me agota la paciencia.

Me agarré a la espalda de su camiseta, incapaz de ver a través del pelo que me caía por la cara.

—¡Pues pírate! ¿Qué demonios tiene que ver eso con que me cargues al hombro como un cavernícola?

—Que no vas a ir andando hasta allí. —Me pasó el brazo por encima de los muslos, con la mano a punto de tocarme el culo—. Eso es lo que tiene que ver.

Calla rio.

—Bueno, es una manera de zanjar la cuestión.

Levanté la cabeza y le lancé una mirada asesina a través del pelo.

—No estás ayudando.

Me dirigió una sonrisa pícara al tiempo que recogía mi mochila con los libros y se la entregaba a Jase, que ya tenía la mano tendida.

—Te veo luego.

—Traidora —murmuré.

—Gracias. —Jase se dio la vuelta y, cuando echó a andar, me agarré a él como si me fuera la vida en ello—. ¿Qué tal por ahí arriba?

—¿Tú qué crees? —espeté.

Cuando pasamos junto a un grupo de alumnos, rompieron a reír. Uno de ellos gritó:

—¡Conque así es como Jase consigue a las chicas!

Mi cuerpo entero se tensó. Jase se giró de repente y yo solté un gritito. Siguió caminando hacia atrás y rio, ufano.

—Con algunas hace falta tener buena mano.

—A mí no me importaría que la tuvieras conmigo —se oyó decir a una voz dulce y femenina—, cuando no estés tan ocupado.

Solté una palabrota. Jase chasqueó la lengua al tiempo que volvía a caminar hacia delante.

—Esa boca, Tess, esa boca...

Mientras me sujetaba con una mano, le pegué en los riñones con la otra.

—¡Ay!

Mis labios formaron una amplia sonrisa.

—Si llego a tener libre la otra mano...

Sabía exactamente a lo que se refería.

—Que ni se te pase por la cabeza... ¡Ay! —Ahogué un grito cuando de repente echó a andar con mayor energía—. Capullo.

—Creo que te hacen falta unos buenos azotes.

Abrí la boca para soltarle una respuesta afilada, pero ya había llegado a su coche y, por algún motivo, lo de los azotes no sonaba «tan» mal. Pero tenía que estar de coña, porque no iba a atreverse a tocarle el culo a la hermana pequeña de Cam.

Jase soltó mi mochila y abrió la puerta. Entonces movió la mano, deslizando los ásperos callos de sus palmas por mis muslos. Sentí un escalofrío a pesar del calor y maldije mentalmente a mi cuerpo por reaccionar así.

—Ya puedes soltarme la camiseta —dijo, agarrándome de las caderas.

—Oh. —Lo hice de inmediato.

Sus hombros se agitaron por la carcajada y, acto seguido, mi torso se deslizó contra el suyo. El aire se me quedó atascado en la garganta por el escalofrío inesperado que me provocó. El contacto reverberó por ciertas partes de mi cuerpo. A pesar de que mis pies ya pisaban el suelo, sus manos seguían en mis caderas.

—Ya está —dijo Jase, con la voz más grave que antes, mientras me soltaba—. Puedes subirte sola, ¿verdad?

Apartándome el cabello de la cara, respiré hondo.

—No soy una inválida.

—No he dicho que lo fueras.

—Puedo andar, ¿sabes? Y subirme a un Jeep.

Jase cogió mi mochila y la dejó en el asiento trasero.

—Estoy seguro de ello.

Cuando enarcó una ceja, me di cuenta de que realmente iba a quedarse ahí parado hasta que me montara en el coche. Suspiré, me di media vuelta y me subí. Entonces me dirigió una sonrisa, cerró la puerta y rodeó el vehículo por delante.

Arrancó el Jeep y salió un chorro de aire caliente por las rejillas que me revolvió el pelo alrededor de la cara. Los ojos de Jase parecían de un gris acerado y cristalino cuando los posó en mí.

—A ver, ¿por qué no querías que te llevase en coche?

Me encogí al ver que sus palabras estaban desprovistas de cualquier humor.

—No es que no quisiera que me llevases.

—¿En serio? —Levantó la mano y desenganchó las gafas del parasol. Mientras se las ponía, se acomodó en el asiento. Varios mechones se le cayeron hacia delante, rozando el borde de la montura de aviador.

Madre mía; las gafas de sol le quedaban de vicio.

Aunque no se le veían los ojos, era imposible escapar de su mirada. Nadie miraba como Jase Winstead. Era como si te atravesara con los ojos, exponiendo una capa tras otra de tu interior.

—¿Es por lo del sábado por la noche? Llevaba un buen pedo. Mierda, no recuerdo nada desde el momento en que entré en tu residencia.

Sentí un hormigueo en la nuca.

—¿Nada?

Jase negó con la cabeza.

—A saber qué dije y qué hice, pero algo debí de decir para que no quisieras subirte al Jeep conmigo.

Una parte de mí quería arrearle un puñetazo en los huevos aunque sabía de sobra que había estado lo bastante borracho el sábado como para no recordar haberme dicho que yo era uno de los motivos por los que visitaba tanto a Cam ni nuestro pequeño interludio en el suelo. Me costó no echarle la bronca, pero ¿de qué serviría? Él llevaba una curda monumental y había sido yo quien bajó a buscarlo y lo dejó entrar en la residencia. Al fin y al cabo, todo esto era algo temporal y no podía permitir que empeorase aún más una situación de por sí desagradable.

Inspiré hondo y dejé salir el aire lentamente.

—Ni hiciste ni dijiste nada para cabrearme.

Jase tardó un instante en responder.

—Pero yo dormí en el suelo y tú en el sofá…

—Sí..., digamos que te caíste y allí te quedaste. —Encogí un hombro—. Y yo me quedé dormida en el sofá.

—Pues qué bonito. —Se le escapó una breve carcajada. Pasaron algunos segundos y me planteé salir pitando del coche—. Somos amigos, ¿verdad?

A pesar de tener clarísimo en qué punto se encontraba nuestra relación, el alma se me cayó a los pies.

—Sí.

—Corrígeme si me equivoco, pero los amigos llevan en coche a sus amigos, ¿no?

Asentí, sabiendo adónde pretendía llegar.

—Así que ¿cuál es el problema?

Aparté la vista y exhalé un largo suspiro. Pasar tiempo con Jase no iba a ayudarme en mi determinación a poner fin a ese enamoramiento tan estúpido, pero había otro motivo más.

—No quiero que la gente piense que... —Empecé a toqueteearme el bajo de los pantalones cortos y negué con la cabeza—. Hay montón de cosas que no puedo hacer ahora mismo: bailar, hacer ejercicio, correr..., ni siquiera un trote tranquilo. Pero puedo andar. A eso se reduce mi actividad física.

Me sentí tonta después de decirlo y dudaba que él entendiera lo difícil que era para mí pasar de ser alguien activo a convertirme en un perezoso. Y ni siquiera de los peluditos y monísimos.

—Y yo pensando que deseabas en secreto que te llevara en brazos —bromeó mientras metía la marcha atrás.

Me reí.

—Siento decepcionarte.

—Jamás me decepcionarías. —Mientras miraba a su espalda para salir, sonrió, y yo me pregunté si notaría la manera en que mi pulso se había acelerado ante sus palabras—. Entiendo lo que quieres decir: es duro cuando estás acostumbrado a hacer algo tan natural como respirar.

—Sí que lo es. —Tiré de un hilo que me colgaba del bajo—. Echo de menos el subidón de bailar y correr, ¿sabes? La energía. Me calma y es algo solo mío... —No estaba segura de que lo que decía tuviera sentido—. Y me he quedado sin ello.

Jase puso la palanca en posición de conducción y sus manos se relajaron en el volante. No abrió la boca hasta salir del aparcamiento.

—Hay otras cosas que podrías hacer.

¿Como echar un polvo? Seguro que resultaba de lo más relajante.

—¿Sabes cuál es una de las actividades más calmantes que conozco? —me preguntó, sin imaginar siquiera que mi mente estaba feliz pensando cochinadas—. Montar a caballo.

Parpadeé.

—Ah...

Jase sonrió de oreja a oreja.

—No hay nada igual. En serio, Tess. ¿Alguna vez te ha parecido que volases mientras bailabas?

—Sí —musité, algo anonadada. Era lo que más echaba de menos.

—Pues así es como te sientes a lomos de un caballo. Deberías probar, creo que te encantaría.

Me removí en el asiento sin saber qué responder. ¿Era una invitación a la granja de sus padres? Aunque qué más daba. Para mí, subirme a una silla de montar equivalía a tocarle las narices a un tiranosaurio malhumorado.

—¿Tienes hambre? —me preguntó, cambiando de tema antes de que pudiera responderle—. Voy a la cafetería. Cam y Avery están allí. La comida suele ser mejor que en la cantina.

Era cierto. Me encogí de hombros.

—Vamos, anda. —Alargó el brazo y me dio un empujoncito—. Vente a comer con nosotros.

Los labios me temblaron cuando lo miré. Ese..., ese era el Jase que recordaba: bromista, extrovertido, divertido. Alguien con quien podía hablar con total sinceridad. Por ridículo que fuese, de repente deseé que recordase lo que había pasado después de que entrara en mi residencia. Aunque, a decir verdad, probablemente fuera mejor que no lo hiciera.

—No quiero parecer la típica hermana pequeña que se acopla.

—No lo eres.

Le dirigí una mirada más seca que el Sáhara.

—Llevo media vida acoplándome. Lo he seguido hasta la universidad.

—No lo has seguido, Tess. —Jase se calló mientras frenaba ante una señal de stop y me miró. Su media sonrisa había vuelto—. Y ¿sabes qué?

Mis labios se curvaron al responder:

—¿Qué?

—A Cam no le importa si lo has seguido hasta aquí. Está feliz de tenerte cerca —afirmó—. Y a mí tampoco me importa que lo hayas seguido. Estoy feliz de que lo hayas hecho.

5

No tardé en dejar de pelearme con Jase por lo de ir en coche o andando, especialmente cuando las hojas de los enormes arces plantados por todo el campus pasaron del verde chillón a una bella gama de rojos, dorados y marrones. Septiembre dio paso a octubre con una serie de lluvias que parecían no tener fin. Ya bien entrado el otoño, el aire helado que ascendía del Potomac por la mañana y la noche nos advertía que ese podría ser un invierno muy frío y húmedo.

Al menos una vez a la semana, Jase tenía un cupcake en el Jeep esperándome en la neverita del asiento trasero para mantenerlo fresco. Compartíamos ese delicioso manjar de camino al campus este. Si seguía así iba a engordar cinco kilos, pero hasta el momento habíamos disfrutado de una amplia variedad: Twix, Oreo, fresa, chocolate blanco, Skittles (ese cupcake estaba un poco asqueroso) y plátano y chocolate, además de un cupcake de chocolate negro tan indecente que, después de comerlo, sentí que debería ir a confesarme.

Ese día compartimos un *red velvet* con una especie de glaseado de queso crema.

Estaba divino.

La tienda que preparase esos cupcakes merecía la medalla de oro al puto mejor establecimiento del mundo entero.

Era miércoles y, cuando salimos de clase de música, unas nubes gordas y espesas encapotaban el cielo. Iba a llover. Otra vez. Tal y como tenía la rodilla, debía ser supercuidadosa con las aceras que resbalaban. Caerme de culo sería tan bochornoso como devastador.

Me despedí de Calla con la mano mientras me subía al Jeep. En cuanto Jase arrancó el motor, se oyó la emisora de Elvis Presley de la radio XM. Puaj. Cuando se echó hacia atrás, yo me eché hacia delante y puse la emisora de rock Octane.

Jase se detuvo en seco en mitad del aparcamiento.

—¿Acabas de hacer lo que creo que acabas de hacer?

—¿El qué? —pregunté con voz inocente.

Los coches hacían fila a nuestra espalda, pero el Jeep les impedía el paso. Por la cara de Jase, parecía que no le importase.

—¿Acabas de quitar al rey para escuchar... —echó un vistazo a la radio con una mueca— ... a Godsmack?

—Oye, no te metas con Godsmack, ¿eh?

—No tengo ningún problema con el grupo. —Sonó un claxon, pero no le hizo caso—. A menos que afecte a Elvis.

—No soporto a Elvis.

Jase abrió la boca y sus cejas salieron disparadas.

—Entonces no podemos seguir siendo amigos.

Se me escapó una risita. Jase entrecerró los ojos y por fin, gracias a Dios, el Jeep comenzó a moverse.

—Menos mal que eres mona, si no te sacaría del coche de una patada.

Solté una buena carcajada mientras me arrellanaba en el asiento.

—Podría decir lo mismo sobre ti y esos gustos tan cuestionables. —Cuando me lanzó una mirada de disgusto, mis labios formaron una amplia sonrisa—. Nada de country en mi presencia.

—Ay, no tienes ni idea de qué es buena música. —Jase giró a la izquierda—. Voy a tener que educarte.

Traté de ignorar la cálida sensación que me subía por el pecho. Seguimos picándonos con la música mientras Jase buscaba dónde aparcar. Tardó un poco, ya que pasó junto a varias plazas disponibles algo alejadas. Sabía por qué: no quería que caminase mucho y, aunque normalmente me ponía nerviosa que le prestasen demasiada atención a mi pierna, no dije nada mientras daba vueltas por la calle principal hasta que quedó un hueco libre entre Sara Creed y la cafetería. Qué detallista por su parte, diría que hasta considerado, aunque no me permití imaginar que significase nada más.

—¿Cómo está Jack? —le pregunté cuando empezó a defender las canciones de Johnny Cash.

Sus ojos se iluminaron, con orgullo, y me derretí por dentro.

—Genial. Este año ha empezado preescolar. Su maestra, la señora Higgins, dice que es el niño más listo de su clase.

Sonreí mientras me bajaba del asiento.

—¿Estás seguro de que es tu hermano?

—¿Qué quieres decir? —Se plantó delante de mí y agarró el bolso del asiento trasero antes de que pudiera moverme siquiera. Había algo raro en su mirada gris—. Pues claro que es mi hermano.

—Era broma. —Alargué la mano, pero Jase se echó el bolso al hombro—. Ya sabes, si es el niño más listo de la clase, dudaba que estuvierais emparentados.

El recelo se esfumó de su mirada. Jase sonrió.

—Ja. Que sepas que Jack ha heredado la inteligencia, el atractivo y el encanto de mí.

—Claro, claro.

Con una risa ronca, sujetó mi bolso bajo un brazo y con el otro me rodeó los hombros. El peso repentino me distrajo, haciendo que se me erizara la nuca y me bajaran pequeños escalofríos por el brazo.

Para Jase, esa familiaridad no significaba nada. Seguro que ni siquiera se daba cuenta de las miradas que nos lanzaban desde las escaleras que llevaban a la cafetería al pasar junto a gente que lo conocía. Porque todo el mundo lo conocía. No me costó recordar la primera vez que había hecho algo así. Fue la noche en la que se presentó en casa sin avisar.

Fue el fin de semana después del… incidente de Cam. Mi hermano se había encerrado en el sótano después de haber bebido gran parte de la colección de whisky de papá. Por lo visto, Jase había estado mensajeándose con él y había empezado a preocuparse. Por lo que lo había dejado todo y había conducido durante varias horas para ir a verlo.

Me había quedado de piedra al descubrir a Jase en el recibidor, hablando con papá y mamá. Era el chico más guapo que jamás hubiera visto; en aquella época llevaba el pelo más corto, pero igualmente indomable, y sus ojos de un gris metalizado se detuvieron donde yo había estado más o menos escondiéndome, espiando por el resquicio de la puerta del salón.

Algo cambió en su mirada en aquel momento, y temí que lo único que viera fuese la fuente de los problemas de Cam. Aquella noche hacía un tiempo glacial, como solía suceder en diciembre, pero de repente el calor de la casa se me hizo sofocante.

Volví a esconderme, aunque esta vez en el exterior, acurrucada en una de las sillas de rafia del patio, contemplando el titilar de las estrellas y preguntándome cómo era posible que las cosas hubieran alcanzado semejantes proporciones.

Fue así como Jase me encontró. En lugar de sermonearme sobre lo que había pasado con Jeremy y todo lo que Cam había hecho al enterarse, me habló de la Navidad, de ballet, de mi asignatura favorita…, de cualquier tema que no tuviera nada que ver con lo que había estado a punto de acabar con nuestra familia. Desde entonces, jamás me había preguntado por Jeremy ni había sacado el tema de Cam. Para nosotros dos, era como si no hubiera sucedido.

Para cuando mis dedos se habían convertido en bloques de hielo, Jase me había pasado el brazo por los hombros y conducido de vuelta a la casa, al calor de su interior. Creo que fue en ese preciso segundo cuando me enamoré de él.

Ese era el motivo por el que este gesto tan sencillo probablemente no significara nada para él. A mí, sin embargo, se me formaron en las entrañas un sinfín de pequeños y complejos nudos. La sensación empeoró cuando me pilló con el brazo la punta de la coleta y tiró de mi cabeza hacia atrás. Un ardiente cosquilleo me atravesó el cuero cabelludo. Levanté la vista con la respiración entrecortada y mi mirada se cruzó con la suya en el momento en el que nos detuvimos delante de las puertas azules y doradas.

Sus iris parecían de plata, de un gris tan intenso y brillante que contrastaba de forma brusca con las pupilas negras. No fui capaz de descifrar su expresión, pero tenía algo tan sexy y tan intenso que me cautivó. Mis labios se entreabrieron.

Jase bajó sus largas pestañas. Estaba a punto de decir algo cuando se abrieron las puertas y la corriente de aire frío cortó sus palabras. Aquella media sonrisa extraña y enigmática volvió a aparecer en sus labios, y apartó la vista.

Separó su brazo de mí en el momento en que entramos en la cafetería por la zona en la que se hacían los pedidos. Solo entonces me devolvió el bolso. Mis dedos rozaron los suyos cuando agarré la correa y las mejillas se me encendieron.

Jase bajó la cabeza y, con los labios peligrosamente cerca de mi mejilla, dijo:

—Me he dado cuenta de algo sobre ti.

Su proximidad hizo que mi corazón latiera más fuerte por dos motivos distintos. Sin ser consciente de ello, busqué con la mirada la mesa en la que solía sentarse mi hermano. Por suerte, se encontraba en la otra punta de la sala. Atisbé la coronilla rojiza de Avery; estaban de espaldas a nosotros.

—¿Qué? —pregunté, con la respiración contenida.

Jase no respondió de inmediato. Compartir con él un instante tan íntimo en público me estaba destrozando los nervios.

—Ahora te sonrojas mucho más.

Aquello hizo que mis mejillas ardieran aún más.

Su sonrisa se ensanchó.

—Hace que sienta mucha curiosidad por saber qué piensas.

Preferiría morirme mil veces antes que confesarle lo que se me pasaba por la cabeza.

—No pienso nada.

—Va a ser eso. —Recorrió mi mejilla sonrojada con un dedo al tiempo que se apartaba y se erguía. Se volvió hacia la fila que se estaba formando y dijo—: No sé tú, pero yo me muero de hambre.

Asentí lentamente y lo seguí hasta el final de la cola. También me moría de hambre, pero no de comida, sino de él. Me moría por que volviera a tocarme, a besarme, a mirarme con aquella media sonrisa que me provocaba un efecto tan curioso..., y no debería pensar ese tipo de cosas.

Sobre todo cuando estábamos a escasos minutos de sentarnos con mi hermano, quien desde luego no apreciaría que estuviera babeando por su mejor amigo.

Aproveché el tiempo de espera para recobrar la compostura y elegí una ensalada de pollo crujiente, diciéndome que la verdura compensaría las calorías de la deliciosa fritanga. Jase pidió una cesta de patatas fritas y el tipo de hamburguesa que a mí se me iría directa al trasero.

Con los platos ya en la mano, nos dirigimos hacia nuestra mesa. Las chicas volvían la cabeza al vernos pasar, susurrando y riendo con disimulo mientras nos abríamos paso entre el laberinto de mesas cuadradas blancas. Dudaba mucho de que no se diera cuenta, menos aún cuando sus labios se curvaron en una sonrisa petulante.

Lo miré con incomodidad.

—¡Ey! —Avery dio una palmadita en el asiento vacío a su izquierda y esbozó una amplia y cálida sonrisa. Era realmente preciosa, con su melena arrebolada y sus ojos enormes—. Empezábamos a preguntarnos dónde os habíais metido los dos.

Reprimí la oleada de calor que me despertaron las palabras «los dos», como si fuéramos juntos, como una pareja.

—Hola.

Cam me miró con cara rara mientras se apoyaba en el respaldo y enredaba sus dedos en el pelo de Avery. Empezaba a creer que le era imposible permanecer sin tocarla de alguna manera, daba igual el día y la hora.

—¿Qué os contáis? —preguntó.

—Poca cosa, pero seguro que más que tú —respondió Jase al tiempo que se acomodaba enfrente de donde iba a sentarme y le dirigía a mi hermano una breve sonrisa.

Este puso los ojos en blanco.

—Qué gracioso eres.

—La verdad es que sí.

Divertida, me senté junto a Avery y saludé a Brit y a Jacob con un gesto de la mano. No los conocía demasiado bien. Solían sentarse con nosotros, pero la obsesión de Brit por las patatas con mayonesa me revolvía el estómago. Ese día, gracias a Dios, la rubia estaba comiendo pizza. A su lado, Jacob estaba inmerso en un grueso libro de texto, con la frente arrugada en un gesto confuso.

—¿Ha empezado ya a llover? —preguntó Avery.

Negué con la cabeza mientras desenvolvía el tenedor de plástico.

—Diría que no va a tardar.

Suspiró al tiempo que se volvía hacia Brit.

—Va a empezar a jarrear en cuanto vayamos camino del campus oeste.

—Qué suerte tenemos. —Brit le dio un codazo amistoso a Jacob—. ¿Me prestas tu sombrero si empieza a llover?

Este levantó la barbilla y se tocó el bombín con la mano. Se me daba un aire a Bruno Mars.

—Sí, claro, y que se me moje el pelo. Lo siento por ti.

Brit le clavó un dedo en el costado.

—Pero qué poco caballeroso.

—Nadie ha dicho que sea un caballero, ¿no? —Los ojos le brillaron maliciosos antes de volverse hacia mí—. Ay, corazón, espero que escojas mejores amigos que esta que tengo al lado.

—¡Oye! —Brit lo miró boquiabierta—. Pero ¿qué dices? Si soy una amiga de primerísima calidad. Tú pregúntale a Avery.

Esta asintió al tiempo que su mano desaparecía bajo la mesa.

—Eso es verdad.

Sonriendo, pinché un pedazo de pollo crujiente.

—Yo creo que Brit es buena gente.

—Gracias —respondió, dirigiéndole una sonrisa asesina a Jacob.

Mientras me terminaba los pedazos de carne de la ensalada, la conversación prosiguió tranquila alrededor de la mesa, pasando del entrenamiento de Cam para las pruebas de selección del D. C. United que tendrían lugar en primavera a la fiesta que se iba a celebrar ese fin de semana.

—No sé yo si irá mucha gente. —Jase había devorado la hamburguesa y ahora estaba con las patatas fritas—. Se supone que Erik y Brandon se encargarán de todo. Tú vas, ¿verdad? —le preguntó a Cam.

Este miró primero a Avery. Qué monos.

—¿Vamos?

Su novia se mordió el labio y asintió.

—Sí, ¿no?

No conocía demasiado bien a Avery, pero sabía que, para ella, ir a una fiesta suponía un esfuerzo. No parecía demasiado juerguista.

Brit y Jacob tenían pensado asistir. Yo me volví a mi ensalada y me dediqué a apartar los pedazos de pepino. En el instituto no solía ir a fiestas por el ballet, por lo que no tenía demasiada idea de qué esperar de una universitaria. Tampoco tenía pinta de que fuera a descubrirlo en un futuro próximo.

—Tú también vienes, ¿verdad? —preguntó Jase. No sabía bien a quién se dirigía, pero entonces noté cómo me tocaba el pie con el suyo por debajo de la mesa y levanté la cabeza. Él enarcó las cejas—. Tess, que si vienes.

No pude sino parpadear, pillada por sorpresa.

—Sí —balbuceé, antes de carraspear—. Sí, por qué no.

—Un momento. ¿Cómo? —Cam soltó a Avery. ¡La madre que me parió! Atención, atención, que había dejado de tocarla. Se inclinó hacia delante y me observó con sus ojos azules, idénticos a los míos—. Tienes dieciocho años.

—Casi diecinueve —lo interrumpí, con la certeza de que constituía una enorme diferencia. Al fin y al cabo, cumplía años el 2 de noviembre y quedaba menos de un mes.

—Aun así, todavía no puedes beber legalmente. —Cam se volvió hacia Jase—. ¿De verdad acabas de invitar a mi hermana pequeña a una fiesta en una fraternidad?

Por Dios, iba a matar a mi hermano.

—Qué momento más incómodo —murmuró Jacob, cerrando el libro.

Jase se metió una patata frita en la boca.

—La misma fiesta a la que tú vas a llevar a tu novia.

—Eso es distinto —replicó.

Suspiré.

—Cam, cállate la…

—No me gusta la idea de que andes por una fraternidad. Los miembros son…

—Como yo —lo cortó Jase, guiñándome un ojo.

Me sonrojé.

—Justo —prácticamente rugió Cam—. Con eso ya lo dices todo.

Brit soltó una risita.

—Cam, ¿cuándo empezaste a ir tú a fiestas de fraternidad?

—Y no me vengas con que es distinto —añadí yo al tiempo que pinchaba una hoja de lechuga—, porque a los quince ya andabas de jarana.

Cuando Cam se recostó en la silla, vi que la mano de Avery había permanecido todo el tiempo sobre su muslo. Falsa alarma. Por supuesto que no habían dejado de tocarse.

—Es distinto —insistió mi hermano—. Yo soy un tío.

—No jodas, ¿en serio? —exclamó Jase, abriendo los ojos con pasmo. Yo me reí—. Y yo pensando que eras una chica.

—No soy yo quien necesita un corte de pelo. —Cam cogió su botella de agua—. Me siento tentado a hacerte unas trenzas.

—¡Me lo pido! —terció Jacob, sonriente—. Se me da fenomenal.

Jase se mordió el labio inferior.

—Creo que paso, pero gracias.

Jacob suspiró.

—Siempre igual.

Avery se colocó un mechón detrás de la oreja.

—De verdad que deberías venirte con nosotros. Cam... —Le dirigió una mirada que hizo que callara toda queja al instante—. Cam está de acuerdo. De hecho, te llevaremos nosotros en coche.

Mi hermano hizo ademán de responder, pero esta vez fue Jase quien se le adelantó.

—Y si Cam no quiere llevarte, te llevo yo. En cualquier caso, irás a la fiesta. Es oficial.

—Si no, te llevo yo —se ofreció Brit—, aunque no soy la mejor conductora, así que...

—Yo la llevaré. —Cam suspiró—. Qué más da...

Mi sonrisa se ensanchó al ver que mi hermano había perdido la batalla. Me invadió una oleada de emoción y me sentí algo ridícula, pero es que era mi primera fiesta universitaria. Me quedé con la mirada perdida; necesitaba algo bonito que ponerme. Una blusa sexy estaría bien. Tal vez pudiera convencer a Avery para que se viniera de compras.

Jacob, con la mirada fija en algo a nuestras espaldas, negó con la cabeza.

—Joder, ya empiezan otra vez.

Brit bajó la barbilla, abochornada, y se tapó los ojos con la mano.

—Es que no puedo ni mirar, en serio. Menuda vergüenza ajena.

Nada más girarme vi a qué se referían. Se me cayó el alma a los pies al observar a Debbie y a Erik de pie al otro lado de la sala, delante de la mascota de la universidad pintada en la pared, un carnero. Él hablaba a mil por hora y ella estaba pálida.

—¿Esa no es tu compañera de habitación? —me preguntó Jase bajando la voz.

Asentí, mirándolos a mi espalda.

—Sí, su novio es..., es...

—Gilipollas —respondió Jase, ante lo cual me volví sorprendida. Él cogió otra patata—. Un gilipollas de campeonato.

—Eso es cierto. —Cam se volvió hacia Avery y la enlazó por la cintura, apoyó la barbilla en su hombro y cerró los ojos—. A ver, cuando quiere puede ser majo, pero no sabe comportarse. —Se detuvo y la besó en el cuello—. No como yo.

Jase soltó una carcajada burlona.

—No seas celoso —murmuró Cam.

Mi mirada se cruzó durante un segundo con la de Jase; no pude evitarlo. Luego volví a echar un vistazo. Erik había agarrado a Debbie por los brazos y ahora eran los labios de ella los que se movían a toda velocidad. No sabía qué estaría diciendo, pero estaba llamando la atención de la mesa que había delante.

Quise levantarme y quitarle las manos de Erik de encima. De hecho, quise levantarme y arrearle una patada en los huevos. Mientras me obligaba a darme la vuelta, las palabras se me agolpaban en la garganta; unas palabras que delatarían mis sospechas.

Jacob sacudió la cabeza y levantó los brazos para estirarse.

—Las tías sois idiotas. Sin ánimo de ofender...

Brit hizo una mueca.

—Por supuesto.

—¿Te importaría explicármelo? —Avery se acurrucó entre los brazos de Cam; eran la viva imagen de cómo deberían ser las parejas de enamorados.

—Venga ya, a mí no me importa lo que guarde bajo los vaqueros ni lo inteligente o lo simpático que sea. —Jacob se echó hacia atrás, sin dejar de mirar a Debbie y Erik, que se habían desplazado hasta el umbral de las puertas abiertas y seguían discutiendo. Debbie parecía al borde de las lágrimas—. Si una chica aguanta esas mierdas, es tonta del culo.

Me quedé helada, con el tenedor a medio camino hacia la boca, la hoja colgando. A Brit esas palabras no la habían afectado. Ni ella ni Jacob tenían la menor idea de que yo había sido una de esas idiotas. Y, aunque nunca volviera a serlo como tal, ¿acaso no seguiría siendo siempre de ese tipo de chica?

Unos dedos fríos descendieron por mi columna vertebral. Bajé la mano; definitivamente había perdido el apetito. Avery se había quedado callada, al igual que Jase y mi hermano. Ellos lo sabían, claro. A Avery no se lo había contado yo, sino Cam, ya que, en cierta medida, le había jodido la vida tantos años después.

Como no había tenido las agallas o el sentido común o lo que sea necesario para decir la verdad o para, simplemente, dejar a Jeremy, mi silencio había desencadenado una serie de acontecimientos que estuvieron a punto de destruir a mi hermano.

—Me voy a ir yendo a clase. —Cogí la bandolera, me la crucé y me levanté—. No quiero que me pille la lluvia.

—Teresa —me llamó Cam, con voz calmada—. Tú...

—Os veo luego.

Cogí la ensalada sin levantar la vista, ya que no me atrevía a mirarlos a ninguno. Tras tirarla a la basura, me encaminé a la entrada por la que habíamos llegado, evitando cruzarme con Debbie y Erik. Grandes nubes negras se cernían en el cielo y había un fuerte olor a humedad, pero la tormenta aún no se había desatado.

Cuando salí a la acera, tenía un nudo en la garganta. Jacob no había querido hacerme daño, lo sabía, pero la verdad en sus palabras seguía escociéndome. No era solo por la vergüenza. No quería volver a pensar en Jeremy nunca más; sin embargo, para mi desgracia, seguía surgiendo en mi vida sin avisar, como una jodida calentura. Si hubiera podido borrar de mi memoria el tiempo pasado con él, lo habría hecho sin dudar.

«Puede que aún no hayas superado lo que te hizo», me susurró una desagradable vocecilla interior, a la que mandé callar de inmediato.

—Tess.

Me detuve en mitad de la pendiente y me di la vuelta. El corazón se me aceleró, como cada vez que oía su voz. Daba igual que acabara de pasar más de dos horas con él o que mi sórdido pasado hubiera salido a relucir en mitad del almuerzo. Estaba visto que lo mío no tenía remedio.

Jase se me acercó con una leve sonrisa antes de agarrarme suavemente del brazo para apartarme del camino y de la gente que pasaba. Nos detuvimos bajo un árbol; yo aferré con fuerza mi bandolera.

—Te has ido demasiado rápido —me dijo—. No he tenido oportunidad de preguntarte una cosa.

Seguía asiéndome el brazo, su mano cálida y fuerte contra mi piel.

—¿El qué?

Jase me miró como si Jacob jamás hubiera dicho nada, como si yo no hubiera huido con el rabo entre las piernas. Simplemente sonrió y deslizó sus largos dedos por mi brazo hasta rodearme la muñeca.

Por el amor de Dios, como Cam saliera en ese momento y lo viese…

—¿Qué tienes que hacer mañana después de clase?

Los ojos se me abrieron de par en par y, madre mía, fue como si un millón de preguntas invadieran mi cerebro en tropel. ¿De verdad? ¿Es que…? ¿Jase iba a…? Tuve que parar y obligar a mi cabeza a funcionar correctamente.

—Eeeh…, salgo de clase a la una, después no tengo ningún plan.

—Bien.

Esperé a que me diese una explicación un poco más precisa, pero no llegó.

—¿Bien?

—Sí. —Jase se me acercó tanto que las puntas de nuestros pies se tocaron—. Ahora ya lo tienes.

6

Calla estaba delante de la puerta con una barrita de regaliz en la mano.

—Así que no tienes ni idea de adónde vas.

—No. —Tiré hacia abajo de mi top—. Lo único que me ha dicho Jase es que me vistiera para estar en el exterior. Así voy bien, ¿no?

Calla examinó mis vaqueros y mis zapatillas.

—Sigue haciendo un poco de calor, tía; yo que tú me pensaría lo de los vaqueros.

Miré con añoranza el pantalón corto que descansaba en mi minúsculo armario, pero no quería pasarme todo el rato preocupada por que Jase se quedase mirándome la cicatriz. No debería importarme, pero estaba claro que sí. Y, de todas formas, no hacía tanto calor, o al menos no tanto como el mes pasado.

—Me quedo con ellos.

Calla me observó mientras jugueteaba con la punta de su coleta entre los dedos.

—No se te nota tanto, ¿sabes? Yo solo te lo digo. Por cierto —prosiguió antes de darme tiempo a responderle—, ¿dónde está Debbie?

Volví la vista hacia la cama vacía, en la que no había dormido nadie esa noche.

—No lo sé.

Llevaba sin verla desde ayer y apenas había pasado unos segundos por el cuarto antes de salir corriendo otra vez.

—¿Y el resto de las compañeras?

—Buena pregunta. —Aparté la vista de la cama—. Aún no les he visto el pelo.

—Qué raro —murmuró al tiempo que se daba la vuelta y se acercaba de puntillas a su puerta—. Dan ganas de llamar.

—¡No!

—Pero...

El sonido del teléfono me sobresaltó y el corazón se me puso a mil por hora. Cogí el móvil, que estaba encima de la cama, y leí rápidamente el mensaje.

—Jase está fuera esperándome.

Calla sonrió de oreja a oreja.

—¡Pues venga!

Cogí el bolso y, tras enviarle una rápida respuesta, metí dentro el teléfono. De camino a la salida pasamos delante de varias puertas abiertas, con gente que seguramente tendría compañeros de habitación normales.

—Así que ¿esto es una cita? —preguntó Calla mientras se dirigía al ascensor, impidiéndome bajar por las escaleras—. Sí, ¿no?

—No.

Me miró con una ceja enarcada mientras se cerraban las puertas del ascensor.

—Creo que le gustas.

Por un instante, imaginé que fuese una cita, que Jase tuviera ganas de pasar tiempo conmigo. «Estoy feliz de que lo hayas hecho». Una risita me subió por el pecho. Vale, puede que montarme películas no fuese una buena idea. Negué con la cabeza.

—Ya te lo he dicho: lo conozco desde hace tiempo. Es el mejor amigo de...

—Cam —terminó la frase por mí—. Ya lo sé. Pero no ha quedado con Cam, ha quedado contigo. Y dudo mucho que haya organizado lo que sea esto pensando en tu hermano.

Abrí la boca para responder, pero la cerré enseguida. No me planteaba la posibilidad de que hubiera quedado conmigo por la amistad que lo unía a mi hermano, pero ¿y si ese era el verdadero motivo? Me puse la mano en el vientre. No quería su piedad o lo que fuese. O aún peor, ¿y si lo hacía porque me consideraba una especie de hermana pequeña?

No. Esa última explicación no se sostenía.

—Esto... Tu cara ahora mismo da un poco de miedo.

Traté de relajar mi expresión.

Calla soltó una carcajada mientras el ascensor se detenía y las puertas se abrían.

—Mejor.

—¿En serio?

Cuando asintió, me pasé las manos por el pelo para atusarlo y, bajándolas de nuevo, salí de la cabina. El vestíbulo se encontraba atestado. La mitad de la gente estaba desperdigada por los sofás y butacas. Me detuve en la puerta al ver su Jeep parado en la zona de prohibido aparcar.

—¿Puedo decirte una cosa? —me preguntó Calla mientras salíamos al exterior.

El corazón ya se me había acelerado.

—Claro.

Una sonrisa se abrió paso lentamente en su bonito rostro, haciendo que la fina línea de su cicatriz resultase menos visible.

—Es que no me lo puedo aguantar, ¿vale? Ese chico...

—¿Qué? —inquirí, parada a varios metros del coche.

Calla era de esta zona. Al igual que yo, era un poco más joven que Jase, pero tal vez estuviera al corriente de cosas que yo desconocía. Aunque no es que importara. No podía importar. No éramos más que amigos.

Y yo empezaba a sonar como un disco rayado.

Calla suspiró mientras empezaba a alejarse de mí.

—Ese chico está buenísimo, eso es todo.

Mis labios formaron una sonrisa y me eché a reír. La tensión de mis músculos se relajó.

—Sí, ahí tengo que darte la razón.

Sonriendo, echó un último vistazo al Jeep y se despidió agitando los dedos.

—Que te diviertas.

Me despedí con la mano, respiré hondo y me encaminé adonde Jase me esperaba. Cuando se inclinó hacia delante para abrirme la puerta desde el interior, varios mechones de cabello castaño intenso se le cayeron por la frente, rozándole las pestañas. Por la radio se oía a Luke Bryan.

—Buenas, mi bella dama.

—Hola. —Me subí al coche y cerré la puerta, encantada con tal recibimiento. Aquello no era sano. Mientras alcanzaba el cinturón de seguridad, volví a mirarlo, tratando de no babear.

No llevaba camiseta.

Era probable que Jase tuviera el cuerpo mejor torneado del mundo; estaba dispuesta a apostarme una cantidad de dinero que no poseía. Incluso sentado, sus abdominales estaban perfectamente definidos y parecían tan duros como el hormigón al tacto. Mi mirada descendió por los músculos fibrosos de su antebrazo, siguiendo el complejo motivo de su tatuaje.

—¿Lo tienes? —me preguntó, tratando de reprimir una sonrisa de lado.

No tenía ni idea de a qué se refería, así que simplemente me quedé mirándolo. Se rio entre dientes antes de quitarme el cinturón de las manos. Cuando tiró de la correa del otro lado, el dorso de sus dedos me rozó el pecho.

La respiración se me cortó cuando una sensación salvaje se abrió paso por mis venas.

Jase me abrochó el cinturón antes de levantar la cabeza. Sus ojos plateados centelleaban.

—¿Bien?

Asentí.

Sin dejar de sonreír, se acomodó en su asiento y cogió una caja rosa que hasta entonces no había visto. Menuda observadora estaba hecha.

—Ya me he comido la mitad —dijo mientras me la tendía—. No he conseguido esperarte.

Sonriendo, abrí la caja y le di un mordisco al cupcake. Era un momento que siempre esperaba con impaciencia. Había algo emocionante en la idea de no saber qué iba a degustar.

Con tan solo un bocado, gemí de placer.

—Ay, mi madre, ¿lleva caramelos de mantequilla de cacahuete?

Jase asintió.

—Sí. ¿A que está buenísimo?

—Quiero casarme con él.

Jase rio con ganas mientras ponía en marcha el Jeep. Yo no me atreví a hablar hasta que mi mitad se acabó y la adrenalina de aquel roce, probablemente accidental, dejó de correr por mis venas. Para entonces ya estábamos en la carretera principal en dirección a Martinsburg.

—¿Adónde nos dirigimos? —pregunté.

—Es una sorpresa. —Me miró de soslayo—. Puede que lamentes haberte puesto vaqueros. Han dicho en el tiempo que esta tarde vamos a llegar a los treinta.

Era un calor poco común para el mes de octubre, pero no me importó.

—Estoy bien.

Su sonrisa de lado se ensanchó.

—Sí que lo estás.

Lo miré incrédula antes de romper a reír.

—¿En serio? Eso ha sido...

—¿Graciosísimo?

Negué con la cabeza, sonriendo como una idiota integral.

—Lamentable.

Jase rio entre dientes y alargó la mano hacia la radio para poner una emisora de blues.

—Y yo que creía que había sido sutil.

Me corté antes de preguntarle por qué quería ser sutil. Si respondía, era más que probable que sus palabras me hicieran sentir estúpida.

Me volví hacia la ventanilla y entrelacé las manos sobre el regazo.

—Bueno, y... ¿qué tal las clases?

Me estremecí de la banalidad de mi pregunta, pero Jase no pareció darse cuenta.

—Bien. Si consigo aprobar el resto de las asignaturas el semestre que viene, en primavera tendré el título.

—Eso es genial. —Mis labios formaron una gran sonrisa, quizá demasiado grande. No tenía ni idea de lo que Jase pretendía hacer una vez acabados sus estudios, pero dudaba mucho que se quedase por la zona. Tampoco era de mi incumbencia—. ¿Qué vas a hacer después de graduarte?

Jase se removió en el asiento; tenía una mano en el volante y otra apoyada en la pierna.

—Bueno, con un diploma en Ciencias Medioambientales, podría ir a cualquier parte, la verdad, pero me quedaré aquí o iré y volveré a Washington a diario si consigo colocarme en el Departamento del Interior o en la Universidad de Virginia Occidental. Ya sabes que tienen un centro de investigación agrícola a las afueras de Kearneysville.

—¿No vas a irte? —pregunté sin pensar.

—No puedo —respondió antes de añadir a toda prisa—: es decir, me gusta vivir aquí.

No se me escapó la repentina tensión en sus hombros. Me mordí el labio inferior y volví a mirarlo.

—¿No puedes?

Jase no respondió, simplemente se echó hacia delante y volvió a poner una emisora de country. Alguien comenzó a cantar no sé qué sobre una lágrima en su cerveza, pero no presté demasiada atención. ¿Qué quería decir con lo de que no podía irse? No había nada que lo retuviera aquí. Realmente podría ir a cualquier lugar, sobre todo si conseguía una plaza de funcionario.

Jase se pasó una mano por el pelo alborotado y me miró.

—¿Y tú?

—¿Yo?

Estaba más claro que el agua que quería cambiar de tema.

—Sí, tú. ¿Vas a quedarte por aquí? —Su tono burlón me descolocó—. ¿Dando clase?

Sentí cómo la indignación crecía en mi interior.

—¿Qué quieres decir?

Jase rio, pero, por algún motivo que se me escapaba, la carcajada sonó áspera y falsa.

—Venga, Tess, ¿vas a enseñar a un puñado de niños de primaria? ¿En serio?

Cruzándome de brazos, me volví hacia él.

—Vale. No entiendo nada. Creía que lo de hacerme maestra te parecía bien, y yo...

—Sí me parece bien, pero es que no...

—¿Qué? —exigí saber, completamente a la defensiva—. Que no, ¿qué?

—Que no te pega. —Me lanzó una mirada mientras se incorporaba a Queen Street—. No es tu estilo.

Lo miré boquiabierta antes de prorrumpir en una carcajada seca.

—Menuda chorrada. ¿Qué vas a saber tú lo que me pega o no? —La cólera se había apoderado de mí y no quería indagar demasiado en los motivos—. Si apenas me conoces, Jase.

—Sí que te conozco.

Resoplé desdeñosa.

—No, no me conoces.

Aquella exasperante media sonrisa volvió a hacer acto de presencia.

—Ay, Tess...

—Ni «Ay, Tess» ni nada. Quiero saber por qué estás tan convencido de que sería una maestra horrible.

—Yo no he dicho que vayas a ser una maestra horrible. —Su rostro seguía mostrando una expresión divertida; ¿qué demonios era tan gracioso?—. Serías una maestra genial. Seguro que los niños te adorarían y puede que tú fueras feliz, pero no es eso lo que deseas de verdad.

—Para tu información, me gustan los niños. En el estudio de danza, me presenté voluntaria a ayudar con las clases de iniciación. —Por la ventanilla vi cómo los centros comerciales y los apartamentos daban paso rápidamente a los árboles y al campo abierto—. Qué vas a saber tú.

—Vale. Veo que no entiendes lo que quiero decir.

—Es evidente que no —respondí con acidez.

Jase suspiró.

—Serías una maestra estupenda, Tess, pero tú eres..., eres una artista. Eso es lo que siempre has querido.

Cerré los ojos con todas mis fuerzas, como si así pudiera negar la verdad.

—No es lo que siempre he querido.

—¿No?

—No.

—No te creo —respondió—, y te voy a decir por qué: llevas bailando desde que aprendiste a andar, te irás de aquí en cuanto vuelvas a poder hacerlo, ¿no? Toda esta movida de enseñar no es más que un plan B por si tuvieras que dejarlo. No es lo que realmente quieres hacer. Si ya me lo habías dicho.

Abrí la boca con la firme intención de responderle que se equivocaba, pero aquellas no fueron las palabras que me salieron de sopetón.

—Hace un año no pensaba que estaría aquí sentada, matriculada en la universidad; es que ni se me había pasado por la cabeza. Y tienes razón. Cuando el doctor Morgan me diga el mes que viene que dentro de tres meses o lo que sea podré volver a bailar, es lo que haré, porque es lo que amo. ¿Qué tiene eso de malo? No estaré aquí, donde parece que no entiendo nada.

Jase se quedó callado unos instantes.

—No tiene nada de malo.

Tenía la impresión de haberme desnudado por dentro y haber montado un numerito para nada. Frustrada, levanté las manos en el aire.

—Entonces ¿a qué viene esta conversación?

Jase sonrió y encogió un hombro.

—No lo sé. Has sido tú la que ha empezado.

—¡Claro que no!

—Claro que sí. Me has preguntado qué tenía pensado hacer y yo te he devuelto la pregunta.

Puse los ojos en blanco.

—Es que me dan ganas de pegarte.

Jase ahogó una carcajada.

—Y ahora aún más —añadí, fulminándolo con la mirada.

Redujo la velocidad del Jeep cuando entramos por una carretera estrecha que me resultaba vagamente familiar. Jase ladeó la cabeza, pero se quedó callado un instante.

—En cualquier caso, si decides quedarte aquí y dar clase, lo harás de maravilla. Si no, también bien. Sé lo mucho que la danza significa para ti.

No tenía la más mínima idea de qué responderle. Por suerte, en ese momento me di cuenta de dónde estábamos. Me incorporé en el asiento y eché un vistazo al cartel que colgaba de la cadena.

—¿Estamos en la granja?

—Sí.

Un repentino nerviosismo se apoderó de mí.

—¿Por qué?

—Se me ha ocurrido una cosa, eso es todo. —Me guiñó un ojo y tuve que reprimir un gruñido al tiempo que se me formaba un nudo en el estómago—. Ahora verás.

Con los ojos muy abiertos, fijé la vista al frente mientras recorríamos el camino irregular y lleno de baches. Más allá de las mazorcas de maíz y de los prados en los que pastaban las vacas, vi el objetivo que Jase probablemente tuviera en mente.

Un escalofrío me recorrió la espalda al recordar nuestra conversación sobre ballet y equitación.

—Oh, no...

Jase rio entre dientes mientras aparcaba el Jeep delante del granero.

—Ni siquiera sabes a qué le estás diciendo que no.

Con el pulso acelerado y un nudo en la garganta, me froté las palmas sudorosas contra los vaqueros. Lo último que quería era sufrir una muerte atroz delante del chico por el que albergaba unos sentimientos profundos.

—Jase, no estoy segura de que sea una buena idea. Los caballos son gigantescos y yo nunca he montado en uno. Me voy a caer, voy a...

Di un respingo cuando Jase me posó la áspera punta del dedo sobre los labios.

—Basta —me dijo con voz dulce mientras sus ojos grises se sumergían en los míos—. No tienes por qué hacer nada que no quieras, ¿vale? Tú solo tienes que confiar en mí... y confías en mí, ¿verdad?

Antes de que pudiera responder, movió la mano, acariciando con el dedo mi labio inferior. Me estremecí al sentir cómo descendía por mi mentón antes de alejarse.

—¿Tess?

Asentí con la respiración entrecortada. En ese momento habría aceptado jugar en el interior de una trituradora de ramas solo por volver a sentir su tacto sobre mis labios.

—Confío en ti.

—Bien.

Detecté una rápida sonrisa en su rostro antes de bajarse del vehículo.

Algo mareada, lo seguí con la vista. Era la verdad. Confiaba en él y, tratándose de mí, no era poca cosa. Llevaba sin fiarme de ningún tío desde lo de Jeremy, a excepción de mi hermano.

Sin embargo, confiaba en Jase desde el momento en el que lo conocí.

7

No iba a morir ese día. Al menos eso era lo que no dejaba de repetirme cuando salimos al calor pegajoso. Por aquellos lares, el verano se negaba a aflojar.

Las manos me temblaban cuando Jase llegó a mi lado. Por desgracia, se había puesto una camiseta blanca, arruinándome las vistas. Era una verdadera lástima, porque, si me rompía el cuello, al menos lo habría hecho contemplando su torso y sus abdominales.

En ese momento se abrió la puerta del granero y salió un hombre maduro. Aunque era la primera vez que lo veía, al instante entendí que era el padre de Jase. Era como verlo a él con treinta años más.

Con el cabello del mismo castaño resplandeciente y la piel oscura de pasarse la vida al sol o de algún ancestro largamente olvidado, era tan alto y delgado como su hijo. Sus ojos de acero gris se desviaron de Jase hacia mí antes de abrirse como platos.

Frunciendo las cejas oscuras, soltó sobre la grava el cubo de metal que llevaba en la mano y su rostro hermoso esbozó una leve sonrisa de sorpresa.

Jase sonrío igualmente al tiempo que posaba una mano sobre mi espalda.

—Hola, papá. Te presento a Teresa, la hermana de Cam.

Mi nombre pareció despertar algo en él.

—¿La hermana pequeña de Cam? Ah, sí, ¡la bailarina!

Noté cómo se me sonrojaban las mejillas. ¿Cómo lo sabía? Si mi hermano le había proporcionado esa información, a saber qué más le habría contado.

—En efecto —respondió Jase, subiendo la mano unos centímetros por mi espalda.

—Hola —le dije al tiempo que lo saludaba con la mano de la manera más torpe posible.

La sonrisa del padre de Jase se intensificó cuando echó a andar hacia nosotros con la cabeza ladeada. El gesto me recordó al de su hijo.

—Qué vas a ser familia de Cam; imposible. Una chica tan guapa como tú no puede compartir ADN con ese espantajo.

De la sorpresa, se me escapó una carcajada. Ese hombre empezaba a caerme bien.

—Y tampoco hay manera de que hayas venido con este —prosiguió, refiriéndose a Jase, que arrugó el entrecejo—. Seguro que te has perdido.

Vale. El tipo me caía genial.

—Tiene razón. Ni siquiera lo conozco.

El semblante de Jase se ensombreció antes de bajar la mirada hacia mí.

—¿Cómo?

Yo sonreí encantada. Su padre me guiñó el ojo y en ese instante entendí que Jase no solo había heredado su atractivo, sino también su carácter.

—Pero ¿qué andáis haciendo por aquí? —preguntó al tiempo que se sacaba un pañuelo rojo del bolsillo trasero y se limpiaba las manos—. Jack está con tu madre, han ido a merendar a Betty's.

—Ya lo sé. Es adonde va cada día después del colegio. —Jase apartó la mano y sentí un cosquilleo en la espalda donde la había tenido apoyada—. Voy a enseñarle los caballos a Tess.

El señor Winstead se quedó mirando a su hijo.

—Está bien. Si me necesitas, estaré ahí detrás.

—No hará falta, papá —respondió Jase, dándose la vuelta.

—No te lo decía a ti. —El hombre me dirigió una mirada pícara—. Si este muchacho se pasa de la raya, tú avísame y yo me encargo.

—Por Dios, papá —gruñó Jase, pasándose una mano por el mentón—. Es una amiga.

—Sí, sí. —Su padre cogió el cubo y echó a andar—. Si una chica tan guapa no es más que una amiga, es que algo estás haciendo mal, hijo.

La sonrisa me llegaba a las orejas cuando me volví lentamente hacia Jase.

—Ni lo sueñes —me advirtió. Parecía que quisiera estrangular a su padre cuando extendió la mano y envolvió con ella la mía—. Venga, vámonos antes de que lo avergüence liándome a porrazos como un buen paleto.

Su padre rio entre dientes antes de fijar la mirada en nuestras manos unidas.

—Conque amigos, ¿no?

—Papá... —Jase suspiró.

Se me escapó una risita mientras tiraba de mí hacia el cercado y su padre desaparecía en el granero.

—Me gusta tu padre.

Jase resopló con desdén.

—No me sorprende.

—Vista su reacción, se diría que no sueles traer a... chicas por aquí.

—No. —Deteniéndose, me soltó la mano, se dio media vuelta y pasó por encima de un murete—. Acabas de conocerlo, así que entenderás por qué no lo hago.

Una parte de mí se sintió halagada por que me hubiera llevado a su casa, un lugar que no había pisado ninguna otra chica.

Pero también era posible que se debiera a que yo era su amiga y las otras no.

—Por aquí —dijo al tiempo que colocaba las manos sobre mis caderas y me levantaba por encima del murete como si para él no pesase más que una pluma—. Ya está.

—Podría haberlo hecho sola —murmuré.

—Ya lo sé —respondió Jase, encogiéndose de hombros. Me tomó de nuevo la mano y me condujo con precaución por la hierba alta hasta un cercado de tablones—. Ten cuidado. Hay una marmota, o una puñetera familia entera, viviendo en la granja. Lo tienen todo lleno de agujeros.

—Vale.

No estaba yo con la cabeza para granjas ni para marmotas. Estaba tan concentrada en el peso y la sensación de su mano envolviendo la mía que no quedaba sitio para preocuparme por los hoyos en el suelo.

En silencio, me guio hasta la talanquera. Entonces me soltó para abrir el pestillo. Los goznes chirriaron cuando las puertas de metal se abrieron.

Yo dudé.

—No tengo claro que sea una buena idea.

Con una sonrisa divertida en los labios, Jase se acercó hasta donde me encontraba con paso tranquilo.

—Venga, Tess. Has dicho que confías en mí.

Cambiando el peso de un pie al otro, miré más allá de su espalda. Al otro lado del enorme cercado pastaban dos caballos. Sus colas negras se agitaban indolentes.

—Y confío en ti.

—Pues ven conmigo.

Uno de los caballos, de pelaje blanco y negro, levantó su imponente cabeza y volvió el hocico hacia nosotros. Ninguno de los dos estaba ensillado.

—No te van a matar de una coz. —Jase volvió a tomarme la mano—. Y ni siquiera tengo pensado que montes a ninguno.

Levanté la cabeza sorprendida.

—¿No?

Jase esbozó una sonrisa al tiempo que atrapaba y me apartaba un mechón de cabello que me revoloteaba por la cara.

—No. Esta es solo una primera toma de contacto.

—Jamás he hecho una primera toma de contacto con un caballo.

—Te va a encantar. —Tiró de mí hacia delante y sentí un cosquilleo en los labios—. Son muy dulces. Jack los ha montado un millón de veces y, si los considerase peligrosos, no le dejaría acercarse a ellos.

Ese era un argumento sólido.

—Está bien —respondí, cogiendo aire—. A por ello.

No dejó que me lo pensase dos veces. En cuestión de segundos estábamos dentro del cercado. En el suelo había otro cubo de acero lleno de grano.

—Voy a llamarlos, ¿vale? Vendrán volando. Queda poco para su hora de comer. Así que estate preparada.

Asentí con un nudo en la garganta.

Mi miedo parecía algo ridículo hasta que Jase se llevó dos dedos a su boca perfecta y soltó un silbido agudo. Los caballos levantaron la cabeza al instante y se pusieron en marcha; sus cascos golpeaban con fuerza la tierra pisada mientras se nos acercaban a toda velocidad.

Joder.

Al dar un paso atrás, choqué con el muro infranqueable que formaban los músculos de Jase y reboté. Cuando fui a apartarme, un brazo me rodeó la cintura desde atrás y me clavó firmemente en el lugar, su torso pegado a mi espalda.

—No pasa nada. —Noté su aliento cálido en la oreja y no supe si me ponían más nerviosa los dinosaurios que se nos aproximaban o el estar en brazos de Jase—. Lo estás haciendo genial.

Me aferré a su brazo y cerré los ojos con fuerza. El corazón me saltaba en el pecho a medida que el sonido atronador de los cascos se aproximaba y hacía temblar el suelo. De repente se levantó una nube de polvo y una corriente de aire caliente y húmedo me acarició el rostro. Al tratar de alejarme, me pegué aún más a Jase.

—Tienes visita, Tess. —Jase apoyó la barbilla en mi cabeza, haciendo que el pulso se me acelerase aún más—. Dos visitas, para ser exactos.

—Vale.

Se produjo una pausa.

—¿Tienes los ojos cerrados?

—No.

Jase levantó la barbilla de mi cabeza y, acto seguido, en su pecho retumbó una carcajada.

—Claro que los tienes cerrados. —Volvió a reír—. Ábrelos.

Con varias palabrotas en la punta de la lengua, abrí un ojo y di un respingo. El brazo de Jase me sujetó con firmeza.

—Oh, guau.

El caballo blanco y negro era el que estaba más cerca, a poco más de un metro de mí. El marrón, no mucho más lejos, sacudía la cabeza y resoplaba con suavidad. Mis ojos, desmesuradamente abiertos, observaban a ambos animales.

—No son carnívoros, ¿verdad? Porque, con ese tamaño, podrían comerme sin problemas.

Jase emitió una carcajada gutural al tiempo que su mano ascendía y se apoyaba en el centro de mi estómago, justo por debajo de los senos.

—Los caballos no comen gente, boba.

Sobresaltada, entrecerré los ojos.

—Siempre hay una primera vez.

El caballo blanco y negro retrajo los belfos como si se burlase de mí.

—¿Ves a este de aquí? ¿El señor Quieres-ser-mi-amiga? Jack lo llama Bubba Uno —dijo en voz baja y tranquilizadora. Sin embargo, el aire se me quedó atrapado en la garganta cuando su pulgar se movió en círculos sobre el fino material de mi top, rozándome el aro del sujetador—. Y al marrón, Bubba Dos.

Con la boca seca, me humedecí los labios.

—Nombres fáciles de recordar.

A Jase se le escapó una risa entre dientes mientras su meñique y su índice comenzaban a moverse arriba y abajo, hasta el ombligo y vuelta a empezar. Casi se diría que no se daba cuenta de lo que hacía ni de la respuesta electrizante que aquellos leves movimientos me provocaban.

—A mí también me lo parece, pero en realidad se llama Relámpago.

El caballo en cuestión sacudió la cabeza, agitando las crines.

—Le pega mucho más —admití, relajándome a medida que pasaban los segundos. Puede que esa fuera su intención: distraerme con sus caricias suaves y casi inocentes. Funcionaba—. ¿Y Bubba Dos?

—¿El que está mirando el cubo como si fuera la meca de los cereales? —Su mejilla rozó la mía cuando rio—. Ese es Trueno. Vamos a darles de comer. Juntos.

La fricción de sus dedos en la camiseta me provocó una serie de minúsculos escalofríos por la espalda.

—¿Con la mano?

La carcajada con la que me respondió hizo que las comisuras de mis labios se elevaran.

—Sí. Con la mano.

—Pero ¿tú has visto esos piños? No creo que sea una buena idea.

—No te va a pasar nada. —Jase apartó la mano de mi estómago y me rodeó la muñeca con ella. La levantó delante de mí poco a poco—. No te muevas.

El corazón me dio un vuelco.

—Jase...

Relámpago se aproximó y posó el hocico húmedo en mi mano. Yo me encogí por la sensación, esperando que devorase mis pobres dedos, pero no lo hizo. Al contrario. Me dio un empujoncito en la mano al tiempo que relinchaba suavemente.

Jase guio mi mano a lo largo de su quijada hasta llegar a las orejas puntiagudas e inquietas.

—¿Ves? —murmuró—. No está tan mal, ¿verdad?

Negué con la cabeza mientras le acariciaba el suave pelaje. Relámpago parecía anticiparse a la dirección de mis caricias, apretando su imponente cabeza contra mi mano mientras mis dedos se enredaban en su crin. No estaba nada mal, no.

Jase se removió a mi espalda y, en cuestión de un instante, los caballos se esfumaron de mi cabeza. Su cadera estaba perfectamente alineada con la mía. Me mordí el labio inferior mientras trataba de centrarme en la mancha blanca que cubría el hocico de Relámpago.

Lo notaba contra mí. Sentía a Jase. Y no había la menor duda de que la proximidad entre nuestros cuerpos también lo afectaba. Esta idea y la sensación de su miembro contra mí, me dio vértigo, igual que hizo el sábado por la noche. Un calor casi insoportable se extendió hasta mi nuca. En mi mente, trataba de racionalizar su reacción física. Era un hombre. Estábamos pegados el uno al otro. Bastaba una brisa cerca de los genitales para que un tío se excitara. Así pues, simplemente debía fingir que no pasaba nada; pero mi cuerpo no compartía esa opinión, iba a su aire. En mi bajo vientre se había despertado un dolor sordo. Por mis venas corría un deseo agudo aunque agradable.

—Ya no tienes miedo, ¿verdad? —Su voz sonaba más grave y profunda—. Son como perros. Bueno, si un perro pudiera cargar con cien kilos, si no más. —Retirando su mano de la mía, dio un paso atrás. La falta repentina de su cuerpo contra el mío tuvo el efecto de una ducha fría—. Confía en mí.

Entonces me dio un azote en el trasero.

Solté un chillido de sorpresa, con los ojos como platos. Cuando estaba a punto de volverme hacia Jase, Relámpago, que se había cansado de la falta de atención, me dio un empujoncito en el brazo con el hocico.

—Eeeh...

—No pasa nada. Hace un momento estabas acariciándolo y no te comió la mano.

Deliberé mientras Relámpago me miraba con sus ojos oscuros. Le rasqué detrás de la oreja, aunque seguía muerta de miedo. De cerca, el tamaño de aquellos animales impresionaba. A decir verdad, era incapaz de imaginarme sentada sobre uno de ellos, especialmente si tenía un nombre como Relámpago.

Jase volvió a mi lado y depositó el cubo entre nosotros. Trueno lo siguió, agitando la cola con aire impaciente. Jase se arrodilló, cogió un puñado de cereales y volvió a ponerse en pie. El hocico marrón se acercó de inmediato a su mano mientras Jase me miraba.

—Es así de fácil.

Aunque jamás habría imaginado dejar que un caballo comiera de mi mano, no dije nada cuando Jase vertió un puñado de avena en mi palma abierta. Con el rostro arrugado en una mueca, le ofrecí los cereales a Relámpago.

—¡Tendrías que verte la cara! —Jase rio, negando con la cabeza—. Estás monísima.

Y probablemente un poco ridícula. Las mejillas se me sonrojaron mientras Relámpago hociqueaba la avena en mi mano.

—¿Se está poniendo melindroso?

Jase, todo sonrisas, le rascó el cuello a Trueno con la mano libre.

—Creo que se está tomando su tiempo porque le gustas.

—¿Tú crees?

Sonreí a la vez que, lentamente, alargaba la otra mano para acariciar su hocico elegante. Transcurrió un largo momento en el que reflexioné sobre cómo había acabado ahí. Era más que un primer contacto con un caballo y ya. Entendía lo que Jase pretendía hacer. Todo se remontaba a la conversación en su Jeep. Se trataba de sustituir la adrenalina y el placer que me procuraba el ballet por algo distinto.

Me conmovió que se preocupara tanto por mí y me dedicara su tiempo. Tanto o más que aquel beso robado un año atrás o los breves roces de estos días. La emoción me obstruía la garganta mientras Relámpago continuaba comiendo su avena, acariciándome la palma con los belfos.

No entendía por qué Jase hacía esto por mí. Sí, éramos amigos... desde hacía un tiempo ya. Cuando visitaba a Cam, también me visitaba a mí, pero, a mis ojos, este tipo de cosas no se hacían solo por amistad.

Aunque, una vez más, no era precisamente experta en la materia.

Allí parada, mientras la suave brisa era incapaz de secar la leve película de humedad que cubría mi piel, me di cuenta con claridad meridiana de que en realidad... no tenía amigos. Si Sadi o la gente del estudio de danza realmente hubieran estado a mi lado, habríamos seguido en contacto a pesar de todo. No era solo una cuestión de celos o amargura por mi parte. Sin el ballet, no teníamos nada en común.

Tragué saliva para aliviar el fuego repentino que me quemaba la garganta.

—¿Realmente da la impresión de volar?

Jase me lanzó una rápida mirada y asintió.

—Sí.

Reprimiendo mi tristeza, volví la atención a Relámpago. Cuando se hubo terminado el primer puñado de avena, me agaché para coger otro. Había cierto efecto calmante en todo aquello, en el silencio de la granja y la sencillez de la propia actividad.

—No está mal esto —admití en voz baja.

—Lo sé. Y será todavía mejor cuando entiendas hasta qué punto es precioso el momento presente.

Me mordí el labio al recordar lo que me había dicho en el Jeep.

—¿Cuándo te volviste tan sabio?

—Siempre he sido extremadamente sabio. Hasta el punto de considerarlo una maldición.

Reí con suavidad.

—De hecho, es fruto de la experiencia. Pocas veces en la vida las cosas suceden como uno espera, Tess. Créeme. De la noche a la mañana, los acontecimientos pueden cambiar completamente tu existencia..., lo que creías querer, la persona que creías ser. Pueden hacer que te cuestiones todo y, aunque al principio parezca terrible... —Se encogió de hombros y se quedó mirando a Trueno—. A veces las cosas salen mejor de lo que uno hubiera imaginado.

La claridad de pensamiento en su voz me llevó a pensar que, sin duda, Jase había tenido que enfrentarse a algo así.

—¿Sabes una cosa? —preguntó Jase al cabo de unos minutos—. Lo que Jacob dijo ayer en la cafetería no es cierto.

El repentino cambio de tema me pilló desprevenida. Levanté la vista mientras Relámpago seguía comiendo de mi mano.

—¿Cómo?

Trueno, que ya había acabado, dio media vuelta y se alejó al trote. Jase se limpió las manos en los vaqueros, se acercó a mí y, como yo había dejado de hacerlo, se puso a rascar perezosamente a Relámpago detrás de la oreja.

—Ya sabes a qué me refiero, Tess. Igual que yo sé por qué te marchaste de repente.

Mi primer reflejo fue negarlo. Siempre era más fácil que encarar la realidad, sobre todo cuando esta resultaba tan humillante.

Pero Jase conocía mi verdad de primera mano y, de hacerlo, habría quedado como una estúpida.

—No quiero hablar de ello.

—Tess...

—Podría vivir feliz el resto de mi vida sin volver a oír jamás su nombre ni pensar en él ni en cómo era estar con él y creer que... —Sin querer, la voz se me quebró, por lo que me obligué a respirar hondo para serenarme—. No quiero recordar cómo me hacía sentir todo aquello.

Se produjo un momento de silencio.

—Sin embargo, sabes que no vas a olvidarlo, y tienes que entender que lo que dijo Jacob no es verdad.

Con un suspiro, contemplé cómo Relámpago comía los últimos granos de avena.

—Lo que dijo es cierto.

—No...

—Es cierto. Yo fui una de esas «tontas del culo» que dejan que un tío les pegue. —Solté una carcajada, pero sonó falsa a mis oídos—. Casi le arruiné la vida a mi hermano al permitir que la situación se agravase. Créeme, lo sé de sobra.

—No sabes una mierda, por lo que se ve. —Jase tomó mi mano en la suya y me limpió los restos de avena—. No estuviste a punto de arruinarle la vida a tu hermano. Fue Cam quien decidió ir a por aquel cerdo, no tú. Y tampoco puedo echárselo en cara. Si hubiera sido yo, ese hijo de puta estaría bajo tierra.

Mis ojos se volvieron hacia él de repente, y no vi en los suyos más que sinceridad.

—No, no lo habrías hecho, Jase.

Jase enarcó las cejas.

—Sí, claro que sí. Y sabes que, aunque estuviera mal, la decisión habría sido mía. Igual que lo que hizo Cam fue solo decisión suya. No es y nunca ha sido culpa tuya. Da igual lo que pasara entre ese gilipollas —escupió esta última palabra— y tú. Lo que sucedió en Acción de Gracias no fue culpa tuya.

Me quedé mirándolo a los ojos y, Dios mío, quería creerlo. El peso de aquella terrible culpabilidad era mucho peor que el del futuro que se me había ido al garete. Parte de la responsabilidad pareció desvanecerse, eso sí. Bajé la cabeza y observé cómo Relámpago se alejaba. En cuanto habíamos dejado de prestarle atención, había decidido echar a trotar detrás de Trueno.

Jase aún me sostenía la mano y sus dedos ascendieron hasta mi muñeca.

—Y no eras una idiota.

Se me escapó una carcajada al tiempo que alzaba los ojos.

—Vale, pero ¿por qué me cuentas todo esto? ¿Por qué intentas hacer que me sienta mejor?

—Porque es la verdad. —Sus labios formaron una fina línea al tiempo que sus facciones adoptaban una expresión inquieta—. ¿Cuántos años tenías cuando empezaste a salir con ese tío?

Encogí un hombro.

—¿Cuántos, Tess? —preguntó con determinación.

Negué con la cabeza y traté de soltarme, pero no me dejó. Toda la conversación me daba ganas de esconderme bajo los enormes montones de paja a nuestra espalda.

—Catorce; empezamos el verano anterior a mi primer año de instituto. ¿Contento?

No lo parecía.

—Eras muy joven.

Cerré la mano sin darme cuenta.

—Sí, pero él...

—¿En ese momento no te pegaba? —soltó Jase con tanta brusquedad que me estremecí. La tensión alrededor de su boca se relajó—. ¿Cuándo empezó a hacerlo?

No me costó nada rememorarlo. El recuerdo seguía fresco en mi mente.

—Acababa de cumplir los dieciséis. Le pisé sin querer sus Nike nuevas.

Jase apartó la mirada. Un músculo le temblaba en el mentón. Habían pasado casi diez meses entre la primera vez que Jeremy me pegó y la última. Diez meses de secretos, de esconder los moratones, de preguntarme qué había hecho mal para merecer los golpes.

Diez meses que no quería revivir jamás.

—Incluso con dieciséis años, eras muy joven. Aún lo eres —dijo al cabo de un instante con tono tranquilo, aunque se notaba que se estaba conteniendo—. No puedo ni imaginar por lo que pasaste, pero no eras más que una niña, Tess. No eras idiota. Estabas muerta de miedo.

De repente se me hizo un nudo en la garganta. Cuando hablé, mi voz sonó ronca.

—Estaba convencida de que era culpa mía.

—No lo era. —Sus ojos centellearon de un intenso color plateado—. Por favor, dime que sabes que no fue culpa tuya.

—Ahora sí. —Carraspeé al tiempo que parpadeaba rápidamente—. Lo que hizo no fue culpa mía, pero mi silencio tampoco ayudó.

—Tess...

—Entiendo lo que quieres decir, pero debería habérselo contado a alguien. Ahí sabes que tengo razón. El silencio no es una virtud, es una puñetera enfermedad, un cáncer que te corroe desde dentro y te come la cabeza. Ahora lo sé, pero entonces no y... —Mi voz se perdió en un hilo, por lo que negué con la cabeza y, con la respiración entrecortada, tomé aire. En ese momento pensé en Debbie—. Bueno, ahora las cosas son distintas.

—Eso es cierto, pero no eras idiota y no fue culpa tuya. Y, como te lo digo yo, es así. Se acabó la discusión.

Lo miré con incredulidad.

—¿Se acabó la discusión?

Jase asintió y sus labios comenzaron a curvarse.

—Pues sí; yo siempre tengo razón.

—Claro, claro.

Mi sonrisa se ensanchó mientras él me tiraba ligeramente del brazo. El color de sus ojos se había suavizado y en ese momento tiraba hacia el gris claro.

Cuando rompí a reír, me sorprendió poder hacerlo después de una conversación tan seria y tan triste.

—No tienes ninguna autoridad.

Jase sonrió con picardía.

—Por supuesto que sí, siempre, pero es una autoridad tan discreta que ni siquiera te das cuenta de que está ahí.

Puse los ojos en blanco; no obstante, una vez que el dolor que había despertado en mí aquella conversación incómoda comenzó a desaparecer, reconocí el valor de sus palabras. Aunque me costaba aceptar que aquel berenjenal no había sido culpa mía, sabía que Jase creía firmemente lo que había dicho. Y eso era fundamental para mí.

—Bueno, ¿qué te ha parecido este primer contacto? —me preguntó, y fue como si una nube negra hubiera pasado por encima de nuestras cabezas. Oficialmente volvíamos a pisar terreno seguro—. No ha estado tan mal, ¿eh?

—No. —Le sonreí—. No ha estado nada mal.

—La próxima vez, tal vez puedas montar a alguno. ¿Quizá a Relámpago?

El estómago se me encogió.

—Esto…

—Yo estaré contigo —añadió, inclinando la cabeza—. De principio a fin.

Me imaginé sentada prácticamente sobre su regazo, su brazo alrededor de mi cintura, pegada a él y… me entraron los calores. Necesitaba echar el freno antes de montarme una peli porno en la cabeza.

Jase rio por lo bajo, con un sonido profundo y sexy, mientras se acercaba a mí. La punta de sus zapatillas tocaba las mías, y tuve que echar la cabeza hacia atrás para mirarlo a los ojos.

—Veo que la idea no te disgusta.

—¿Cómo? —Fruncí el ceño, con la esperanza de parecer implacable y no medio boba—. Qué va. Estaba pensando en la clase de música de mañana. ¿No íbamos a abordar el Barroco? De lo más estimulante. Me muero de ganas.

En sus labios se formó una sonrisita maliciosa.

—No creo que sea eso lo que te estimula ni por lo que te mueres de ganas.

—No es por ti.

—Lo que tú digas. —Su mirada adquirió una chispa burlona—. Estabas pensando en mí.

Se me escapó una carcajada, parecida al ronquido de un cerdo.

—Anda ya. Pero si no pienso nunca en ti.

—Mientes fatal.

—Y tú tienes un ego exageradísimo. Aún peor que el de mi hermano, y ya es decir.

—Tú dirás lo que quieras, pero yo sé lo que sé. —Cuando bajó la cabeza y sus labios rozaron mi mejilla, prendió en ella un millar de pequeños fuegos—. ¿Ves? Te estás sonrojando y ni siquiera he hecho nada.

—Es por el sol —repliqué, retrocediendo para no hacer ninguna tontería, como agarrarle la cara entre las manos y corromperlo—. Me va a dar un golpe de calor.

Jase ahogó una carcajada.

—Pero si ni siquiera ha salido el sol.

Arrugué la nariz.

—Y eso qué más da.

—¿Sabes una cosa?

Ladeé la cabeza y esperé a que continuara. Aquella sonrisa que me sacaba de mis casillas parecía estar grabada en su rostro.

—Es una monada.

—¿El qué? —Esperaba que no estuviera pensando en mí, porque quería ser algo más que «una monada» a sus ojos.

—Tú. —Me agarró un mechón de pelo y empezó a acariciarme el cuello con las puntas mientras yo reprimía las ganas de sacar la lengua—. Todo este numerito. Intentas hacerme creer que no te pasas el tiempo pensando en mí. Estoy seguro de que, cuando estás en tu habitación, escribes mi nombre una y otra vez en tu pizarra magnética.

—Ay, Dios mío. —Me eché a reír.

—Y luego sueñas conmigo, ¿verdad? O te quedas despierta y...

Mis carcajadas lo interrumpieron y traté de golpearlo con la mano libre en el pecho. Lo que decía se pasaba de ridículo. Vale, puede que no lo de los sueños: unos cuantos sí que había protagonizado. En cualquier caso, mi mano no llegó a darle. Me la atrapó en el aire con unos reflejos desconcertantes y tiró de mí hacia su pecho en un movimiento rápido y fluido.

Impresionante.

—No está bien eso de pegar —dijo, sonriendo de oreja a oreja—. Y tampoco lo de engañarse a una misma.

La sensación de mi pecho contra el suyo hacía que me costase seguir la conversación. Sentía un fuerte cosquilleo en la punta de mis senos.

—Deberías escucharte. Fuiste tú quien dijo que se arrepentía de haberme besado, así que ¿para qué iba a perder el tiempo pensando en ti? He pasado página, amigo mío.

En el momento en el que aquellas palabras salieron de mi boca y mi mirada se cruzó con la suya, me di cuenta de que acababa de cometer un error. No sabía qué estaría pensando, pero la intensidad de sus ojos plateados me consumía. De alguna manera, habíamos pasado de las bromas inofensivas y la palabrería, porque todo lo que le había dicho no eran más que chorradas, a esto... y ni siquiera sabía lo que era.

Todo rastro de humor había desaparecido de su semblante.

—Jamás he dicho que me arrepentía de haberte besado.

—Estoy segura de que lo hiciste.

Sus pupilas refulgieron como la plata líquida.

—Y yo estoy seguro de que no.

Negué con la cabeza lentamente. Estaba completamente perdida, no sabía qué decir.

—No me arrepiento de haberte besado.

Al oír sus palabras, mi corazón comenzó a hacer triples saltos mortales en el pecho.

—¿No?

—No. —Apartó la vista un breve instante, con la mandíbula contraída, antes de enlazar nuevamente su mirada con la mía—. Debería. Ojalá.

—Yo no —susurré antes de poder detenerme—. No me arrepiento en absoluto.

Se quedó mirándome un momento mientras sus manos, que me rodeaban las muñecas, experimentaban un espasmo. A continuación extendió los brazos, interponiendo algo de distancia entre nuestros cuerpos. Tenía que haberme callado la puta boca.

—Joder —dijo con voz ronca antes de tirar nuevamente de mí hacia él.

Jase inclinó la cabeza y, antes de que me diera cuenta, su boca encontró la mía. A mi cerebro le costó entender lo que sucedía, pero Jase me besaba, me estaba besando. Sus labios se movían contra los míos y no había nada de dulce o suave en su beso.

En cuestión de segundos estaba ardiendo.

Sin despegar su boca de la mía, tomó mis mejillas entre sus manos y me echó la cabeza hacia atrás. Me puse de puntillas sobre las deportivas y apoyé las manos en su pecho. Bajo mi palma, su corazón latía tan fuerte como el mío. Se estremeció cuando sus dedos se abrieron, y creo que dejé de respirar.

Después de más de tres años colada por él y de uno desde la última vez que nuestros labios se habían tocado, Jase..., ay, madre..., Jase por fin me estaba besando.

Con la cabeza dándome vueltas y los sentidos a flor de piel, me estremecí mientras me mordisqueaba el labio inferior igual que había hecho antes con mi cuello y, acto seguido, pasaba la punta de la lengua entre mis labios, invitándolos a abrirse. Entonces ahondó el beso, degustándome, haciéndome suya y, al mismo tiempo, liberándome. Este beso no tenía nada que ver con el que habíamos compartido un año antes. Lo dejaba a la altura del betún. Un gemido ronco y casi primitivo escapó de mi pecho.

Me estaba devorando.

Durante un segundo, me inquietó que su padre nos encontrara así porque... menudo bochorno. Pero la idea se esfumó en cuanto sus manos se deslizaron a lo largo de mi cuello, por mis hombros y hasta mis caderas. ¿Que nos pillaran? No me importaba lo más mínimo.

Tenía el corazón tan acelerado que en cualquier momento me explotaría. Jase afianzó sus manos sobre mis caderas y me alzó sin interrumpir el beso. Guiada por el instinto, rodeé su cintura con las piernas al tiempo que enlazaba mis brazos alrededor de su cuello y hundía los dedos entre sus mechones sedosos.

Cuando echó a andar, no tenía la menor idea de hacia dónde se dirigía, pero me asombró su capacidad de hacer varias cosas al mismo tiempo: su lengua se enredaba con la mía, sus manos se curvaban sobre mis nalgas y no trastabilló ni una sola vez.

Un torrente de sensaciones me atravesó cuando Jase se arrodilló y mi espalda tocó el heno. Su cuerpo poderoso se cernió sobre el mío, haciéndome su prisionera. Las delgadas briznas de paja se me clavaban en los brazos, pero yo no sentía más que sus labios marcándome a fuego y, cuando su cuerpo se apretó contra el mío, me quedé sin aliento. El heno acogió la suma de nuestros cuerpos, acunándonos, al tiempo que una de las manos de Jase descendía hasta mi muslo y envolvía mi pierna sobre la suya. Aquello no tenía nada que ver con la noche en la que fue a verme borracho. Ambos éramos perfectamente conscientes de lo que hacíamos. Los dos estábamos en el presente.

La presión en el punto donde él estaba más duro y yo más blanda dejaba poco lugar a la imaginación. Yo lo sentía contra mí y cuando empujó con sus caderas, gemí al sentir cómo me atravesaba un latigazo de placer. Yo alcé las mías, siguiendo su movimiento. El gruñido con el que respondió retumbó en mi sangre como un trueno.

—Hostia —gimió contra mis labios hinchados—. Hostia puta, Tess...

Su boca volvió a fundirse con la mía, pero esta vez había algo más profundo y lento en su beso. Algo casi tierno. Tuve la impresión de que su mano temblaba sobre la curva de mi cintura cuando la deslizó bajo mi camiseta. De lo que estaba segura era de que mis manos sí lo hacían mientras mis dedos se enredaban en su pelo. La piel áspera de su palma se deslizó sobre mi vientre y me estremecí bajo su tacto. Quería mucho más. Necesitaba mucho más.

En ese momento, cuando no parecía existir nada más allá de sus besos, de su sabor, de su tacto, me sentí dispuesta a llegar hasta el final.

En una granja.

Junto a un granero.

Sobre el heno.

Cuando sus labios se apartaron de los míos, gemí. Ya los estaba echando de menos. Su risa de satisfacción envió un sinfín de dardos de deseo por mis venas. Entonces sus labios trazaron una senda de fuego por mi cuello. Eché la cabeza hacia atrás, ofreciéndole todo el acceso que deseaba.

No se hizo de rogar.

Besó el punto sensible bajo mi mandíbula, frotando dulcemente su nariz contra mi cuello. Sus labios calmaron la irritación que me había dejado su barba incipiente alrededor de la boca. Mi cuerpo entero lo deseaba, deseaba mucho más que esto.

Como si me hallase dentro de un túnel, oí el ruido lejano del motor de un vehículo. Al principio pensé que sería mi imaginación; recé por que así fuera. Pero, a medida que transcurrían los segundos, el sonido se iba amplificando.

Jase se separó de mí súbitamente, se puso en pie y se apartó. A pesar del calor, de repente sentí el aire helado sobre la piel. Aturdida, lo observé de la cabeza a los pies. Tenía pajas pegadas a la camiseta y al vello fino de sus brazos. Mi mirada quedó atrapada por debajo de sus caderas antes de prestarle atención a mi propio aspecto.

Tenía la camiseta arrugada bajo el sujetador.

El vehículo traspasó la curva de la carretera y una carrocería roja se dejó ver más allá del maizal verde y amarillo.

Mi capacidad de procesamiento aún no estaba a la altura de las circunstancias, por lo que no estaba preparada cuando Jase se acercó y tiró de mí para ayudarme a ponerme en pie. Me tambaleé hacia la derecha y traté de recuperar el equilibrio sin tener que apoyarme en la pierna mala. Jase me agarró antes de que sucediera y me sujetó mientras yo jadeaba como si en ese instante hubiera acabado de hacer piruetas sobre el escenario.

—Mierda, Tess —susurró, deslizando los dedos por el borde de mi camiseta. Tiró hacia abajo mientras yo seguía plantada como una imbécil—. Eso...

El vehículo se detuvo junto al Jeep de Jase y la puerta del pasajero se abrió al tiempo que una pequeña silueta se apeaba. Se oyó gritar a una mujer.

—¡Jase! —exclamó una voz infantil. Su hermano pequeño corría hacia el cercado—. ¡Jase!

Me quedé petrificada. Sabía que estaba cubierta de paja y que tenía la piel enrojecida, como si realmente hubiera pillado una insolación. Mi mirada inquieta se dirigió hacia Jase.

—Lo siento. Esto no debería haber ocurrido —se disculpó Jase antes de darse la vuelta y alejarse de mí.

8

Jack se echó en los brazos de Jase, que ya lo esperaban. Alzó al niño en el aire y lo hizo girar en grandes círculos. Cualquiera que estuviera en las proximidades habría perdido un ojo de haberse acercado demasiado. Jack chillaba con alborozo, los ojos cerrados y la boca abierta.

Sentí una opresión en el pecho al verlos juntos. Jase... sería un gran padre algún día. No es que yo fuera a vivir la experiencia de primera mano, teniendo en cuenta que, para él, no era más que un enorme error andante. Aquella idea me picaba más que si hubiera ido y le hubiera dado una patada a un avispero. No entendía por qué me dolía tanto. La idea de tener hijos no podría estar más lejos de lo que tenía previsto hacer en un futuro próximo, pero saberlo no hacía que se disipara el dolor de mi corazón.

Jack se revolvió para que lo bajara y, en cuanto sus pies tocaron el suelo, echó a correr hacia mí. Me envolvió la pierna con los bracitos y, levantando la vista hacia mí, me sonrió de una manera que me derritió el corazón. Aquel niño era adorable.

—¿Has aprendido a montar a los caballitos? —me preguntó, sorprendiéndome con su buena memoria.

Me obligué a sonreír.

—Lcs he dado de comer, pero no he aprendido a montar. —Y, por lo visto, al ritmo al que Jase y yo íbamos, jamás aprendería.

—¿Y por qué no le has *puedido* enseñar? —preguntó Jack, estirando el cuello hacia su hermano.

—Es «podido» —lo corrigió Jase con aire ausente al tiempo que se nos aproximaba y agarraba a Jack por los hombros—. Eres como una pequeña ameba.

Jack frunció el ceño mientras se aferraba a mi pierna.

—¿Qué es una *meba*?

Jase rio con dulzura y tiró nuevamente de él.

—Algo que tiene tendencia a pegarse a otras cosas. Deberías soltar a Tess.

Durante un segundo pareció que no fuera a obedecer a su hermano, pero entonces aflojó aquel apretón sorprendentemente fuerte. Jase levantó la vista al tiempo que separaba a su hermano de mí. Nuestras miradas se cruzaron, pero él la desvió al instante.

Genial. El viaje de vuelta a la residencia iba a ser divertidísimo.

Aunque no tan incómodo como conocer a su madre con la pinta que tenía de haberme pegado un revolcón en un pajar... Que en cierto modo era lo que había hecho.

Mientras seguía a los dos hermanos hasta el Jeep, la señora Winstead me dedicó una sonrisa cálida, aunque su rostro denotaba sorpresa. Era una mujer hermosa, con finas arrugas alrededor de la boca y los ojos. Ataviada con vaqueros y una camisa vieja, parecía saber manejarse en una granja y no tener miedo de mancharse las manos.

Respirando, le tendí la mano mientras Jase cogía a su hermano y se lo subía al hombro como un saco de patatas. No iba a presentarnos, no como había hecho con su padre, no después de lo que había pasado. Me sentí incómoda, totalmente fuera de lugar, como si no pintase nada allí, lo cual era cierto. Me empezó a arder la garganta y el dolor se extendió hasta mi corazón.

Las mejillas se me tiñeron de rojo.

—Hola. Soy Teresa. —Jase se volvió hacia mí en cuanto oyó mi voz áspera. Carraspeé, sin apartar la vista de su madre—. La hermana de Cam.

Una chispa de reconocimiento brilló en sus profundos ojos marrones.

—Ah, sí. ¿Cómo está tu hermano?

De vuelta en terreno conocido, empecé a relajarme un poco.

—Bien. A principios del año que viene se presenta a las pruebas del D. C. United.

—¿En serio? Me alegro mucho. —Volvió la vista hacia Jase, que nuevamente jugaba a la capa de Superman con su hermano. Dios, eran adorables. Suspiré—. ¿Sabías que Jase también jugaba al fútbol?

—Mamá... —refunfuñó Jase.

—Sí —respondí, asintiendo—. Cam lo ha mencionado alguna vez; lo que nunca me ha contado es por qué lo dejó.

En el momento en el que la señora Winstead abrió la boca, Jase dejó a Jack con cuidado en el suelo.

—Tenemos prisa, mamá. —Apenas me miró—. Vamos, Tess.

Me crucé de brazos y di un paso atrás, mordiéndome la lengua. Yo no era un perro; no obedecía órdenes.

—¡Yo también quiero ir! —exclamó Jack, echando a correr hacia el Jeep.

Jase lo alcanzó.

—Lo siento, colega, pero esta vez no.

Al niño comenzó a temblarle el labio inferior.

—Pero quiero ir contigo.

—Ya lo sé, pero tengo que llevar a Tess de vuelta a la residencia, ¿entiendes?

Jack hizo un mohín; estaba a punto de agarrar una rabieta monumental. Jase se arrodilló delante de él con las cejas alzadas y posó las manos en sus hombros. Se había puesto a su altura, algo poco común entre los tíos de su edad.

—Vuelvo enseguida, ¿vale? Y luego nos comemos un helado. ¿Qué te parece la idea?

A Jack se le iluminaron los ojos, pero la madre frunció el ceño.

—Luego no querrá cenar. Otra vez.

Jase sacó la lengua.

—Claro que querremos cenar, ¿verdad?

El niño soltó una risita.

—¡Claro!

—Está bien. Ahora ve corriendo a casa, ¿vale? —Jase se levantó y condujo al niño hasta donde esperaba la señora Winstead—. Vuelvo en un rato.

Entonces se dio la vuelta y yo me tensé. Incómoda como un bailarín que pisa por primera vez el escenario, me despedí con la mano de Jack y de la señora Winstead.

—Ha sido un placer.

Con una sonrisa de oreja a oreja, la mujer lanzó una mirada a Jase antes de volverse hacia mí.

—Espero que volvamos a vernos.

Mierda. Ahora la situación era aún más incómoda.

Asentí, porque ¿qué otra cosa podía hacer? Jack escapó de entre los brazos de su madre y me dio un último abrazo. Yo lo estreché, consciente de que sería difícil no adorar a aquel pequeñín.

Una parte de mí habría preferido hacer autostop hasta el campus, pero habría resultado demasiado raro. Por lo que, en cuanto Jack me soltó, me dirigí al Jeep. Jase, tan caballeroso cuando quería, me abrió la puerta.

No le di las gracias.

Cuando se montó en el vehículo, dejó escapar un suspiro que habría rivalizado con cualquiera de los míos, lo que me tocó las narices porque ¿por qué estaba molesto? Con la mandíbula apretada, dio media vuelta con el coche y se dirigió hacia el camino de grava. No abrió la boca hasta que llegamos al final.

—Tess...

—Cállate —le espeté—. Ahora mismo no creo que haya nada que puedas decirme que quiera escuchar. Y como vuelvas a repetir que lo que ha pasado es un error... —La voz se me quebró de una manera bochornosa—. Te voy a arrear un puñetazo en la garganta. En serio.

Sus labios se curvaron como si creyese que estaba de broma.

—No debería haberlo formulado de esa manera, pero...

—Que te calles —le advertí, pues intuía que lo que dijera iba a empeorar aún más las cosas—. Llévame a casa y ya. —Apreté los labios para que no me temblaran como a una cría. Noté cómo me miraba—. Solo quiero irme a casa.

Se produjo un momento de silencio antes de que soltara:

—Joder.

En lugar de salir a la carretera, colocó la palanca del Jeep en posición de estacionamiento y se quedó en reposo. Jase se giró en el asiento para mirarme de frente.

—No lo entiendes, Tess.

Yo puse los ojos en blanco, a punto de soltar un comentario hiriente, pero me detuve al sentir un nudo en la garganta.

—Ahí tienes razón: no lo entiendo. Yo te atraigo. Me deseas, pero no haces más que rechazarme. ¿Es por Cam? Porque, en serio, menuda chorrada, Jase. Es mi hermano, no el guardián de mi castidad.

—Vale. —El rostro de Jase se contrajo como si hubiera comido algo ácido—. Esa es una imagen mental que no necesitaba.

—Cállate, anda.

Su rostro se relajó, pero sus manos aferraban el volante con fuerza.

—Vale, no es por Cam. Puede que al principio sí, porque enrollarme con su hermana pequeña rompe todas las reglas imaginables, pero eso lo puedo superar.

—Es evidente que ya lo has hecho —murmuré, desviando la mirada hacia la ventanilla—. O digamos que tu polla lo ha superado por ti.

Jase se atragantó y empezó a toser.

—Tess, yo…, eres tú quien no quiere estar conmigo. Créeme.

Solté una carcajada de incredulidad.

—Guau, esto sí que es nuevo. ¿No eres tú quien me rehúye, sino que soy yo quien te rechaza a ti? Bravo, chaval.

—No es eso —insistió—. Créeme. Hay cosas que desconoces sobre mí y, si las supieras, no querrías seguir sentada a mi lado.

Volviendo la mirada hacia él, enarqué una ceja.

—¿Has matado a alguien? ¿Lo has descuartizado y se lo has dado de comer a los cerdos?

—¿Qué? —arrugó la frente—. Claro que no.

—¿Has pegado o violado a una chica? ¿Tienes secuestrado en algún sótano a un puñado de niños? ¿Eres un terrorista?

Jase puso cara de asco.

—Joder, no.

—Vaaale —respondí lentamente—. Entonces no sé qué habrás hecho exactamente, pero no parece que sea tan terrible.

Jase apartó la mirada y negó con la cabeza.

—No lo entiendes, Tess. No puedes ser mía.

—Pero ya lo soy —susurré antes de cerrar la boca de golpe.

¿De verdad acababa de decir eso? Horrorizada, vi cómo sus ojos se abrían desmesuradamente.

Ay, Dios mío, lo que acababa de decir en voz alta.

Pero era verdad. Lo supiera Jase o no, me quisiera o no, yo ya le pertenecía. No podía cambiar lo que sentía ni lo que deseaba.

—No —dijo, mientras una sombra veló sus ojos—. No quiero hacerte daño.

Pero… Había un «pero» que no había pronunciado que se me había clavado en el alma.

Cerré los ojos tratando de respirar a duras penas mientras la presión me oprimía cada vez más el pecho. Le había abierto mi corazón, de una manera patética además, ¿y eso era todo lo que podía decirme? Humillada como jamás en la vida, lo único que quería era irme.

—Por favor, llévame a casa.

Jase permaneció inmóvil en el asiento del conductor.

—Tess...

—¡Que me lleves a casa!

El silencio se intensificó durante un instante. Jase dejó caer las manos sobre su regazo.

—¡Es mi hijo! —bramó, sobresaltándonos a ambos. Entonces bajó la voz, como si aún no se pudiera creer lo que me estaba diciendo, y repitió—: Jack es mi hijo.

9

Al principio no estaba segura de haberlo entendido. Sin duda, los oídos me estaban jugando una mala pasada, porque no era posible que Jack fuera su hijo. ¡Jack era su hermano!

Pero, al observarlo con detenimiento, advertí la palidez de su cara y la seriedad en sus ojos grises, y supe que lo que acababa de decirme era algo tan secreto y desconocido para casi todo el mundo… que debía de ser verdad.

Negué con la cabeza, atónita.

—¿Que Jack es tu hijo?

Jase me sostuvo la mirada un instante más antes de volver la vista al frente. Transcurrieron varios segundos antes de que retomara la palabra.

—Mierda. Yo… Nadie lo sabe, Tess. Solo mis padres. Y Cam también, pero jamás diría nada. Nadie más lo sabe.

No me sorprendió que Cam estuviera al tanto, pero sí que no me lo hubiera contado. Aunque, en realidad, no era asunto mío.

Seguí mirándolo sin saber cómo procesar la información. El cerebro me iba a mil por hora. Jack y Jase se parecían un montón, sí, pero como cualquier par de hermanos. Jase tenía una relación muy estrecha con el niño, pero igual que muchísimos hermanos.

Jase parecía poner a Jack por delante de un sinfín de cosas, pero era algo que también hacían los hermanos.

Sin embargo, no eran hermanos.

Eran padre e hijo.

Hostia puta.

De repente, muchas cosas cobraron sentido. Además de cómo se comportaba con Jack, estaba la conversación que habíamos tenido antes. Cómo parecía saber de primera mano que las mejores cosas de la vida no se planean. Eso explicaría por qué había dejado el fútbol y por qué, acabada la universidad, no pensaba aceptar ningún trabajo que lo obligase a mudarse. Quería estar cerca de su hijo, sin importar la relación de parentesco que los uniera. Y también explicaba por qué nunca llevaba a chicas a casa: tenía un hijo y, aunque no lo estuviera criando él como tal, puede que algún día sí lo hiciera. Y eso era muy fuerte como para que una chica lo encajara. Era comprensible. Yo misma estaba en shock.

Jase era padre.

Desde luego, era un PQMF: un padre que me follaría.

Cerré los ojos con fuerza. Ay, Dios, no podía creerme que hubiera pensado algo así. Pero es que era padre.

Casi sin aliento, tragué saliva mientras observaba cómo Jase alargaba la mano y apartaba algo, una brizna de paja, de mi pelo. La hizo rodar entre los dedos mientras yo seguía mirándolo boquiabierta.

—¿Él... lo sabe?

Jase negó con la cabeza.

—No. Está convencido de que sus abuelos son sus padres.

—¿Por qué?

La pregunta se me escapó antes de darme cuenta de lo entrometida que había parecido. Por Dios, menuda maleducada estaba hecha. Aunque quería saberlo; necesitaba saber por qué Jase, quien a todas luces amaba a aquel pequeño más que a nada en el mundo, permitía que lo criasen otros.

—Es complicado —respondió, apoyando la espalda en el asiento. Se frotó la cara con una mano y suspiró—. Llevan criándolo desde que nació. Hasta lo adoptaron. Eso me deja a la altura de la mierda, ¿verdad? —Inclinó la cabeza hacia mí y sus ojos inyectados de dolor hicieron que el pecho se me contrajese—. Ni siquiera estoy criando a mi propio hijo. Son mis putos padres quienes lo están haciendo y él ni siquiera lo sabe. Soy un partidazo, ¿eh?

Parpadeé rápidamente, con la boca abierta y sin saber qué responder.

Jase soltó una risa ronca y echó la cabeza hacia atrás contra el asiento. La tensión se desvaneció de sus hombros.

—No estoy criando a mi propio hijo —repitió, y de pronto entendí que era algo que se decía a sí mismo con frecuencia—. Desde hace cinco años son mis padres quienes se encargan de él. Me gustaría que eso cambiase, pero no puedo borrar todo el tiempo transcurrido y ¿cómo volver atrás? Si ahora le dijera la verdad, destruiría su mundo, y me niego. Además, les rompería el corazón a mis padres, porque lo consideran su propio hijo. —Cerró los ojos—. Como padre, soy un fracaso.

Cuando Jase volvió a reír irónicamente, me erguí en el asiento.

—No lo eres.

—Venga ya. —En sus labios apareció una sonrisa llena de críticas hacia sí mismo—. Acabo de confesarte que tengo un hijo. Aún no he cumplido los veintidós y ya tengo un hijo de cinco años al que están criando mis padres. Tú calcula, Tess. Tenía dieciséis cuando lo concebí. Dieciséis. Aún estaba en el instituto. Desde luego, no es algo de lo que enorgullecerse.

—¿Es algo de lo que te avergüences?

Su mirada se afiló mientras parecía darle vueltas a la pregunta.

—No —respondió en voz baja—. No me avergüenzo de Jack. Jamás me avergonzaré de él. De lo que sí me avergüenzo es de no asumir mi responsabilidad como padre con él.

Me mordí el labio. Tenía tantas cosas que preguntarle... Una camioneta pasó junto al camino de entrada a toda velocidad.

—¿Tenías dieciséis años cuando lo concebiste? No eras más que un crío, ¿no? Igual que yo era una cría cuando lo de Jeremy.

—Eso es distinto. —Cerró los ojos—. Y no es excusa para mis actos.

—¿Cuántas personas de dieciséis años conoces que puedan ser padres?

—Hay muchos que lo son.

—¿Y? Eso no quiere decir que cualquier adolescente esté preparado. Yo, desde luego, no habría estado lista. Y mis padres me habrían ayudado. —Me interrumpí al darme cuenta, como una tonta, de que para fabricar un bebé, que yo supiera, hacían falta dos personas—. Además, tú no eras el único responsable. ¿Y la madre? ¿Dónde está...?

—No voy a hablar de ella —espetó, y su tono me estremeció—. Nada de esto tiene que ver con ella lo más mínimo.

Guau. Sin duda había un problemón con la madre.

—Y ayudar no es lo mismo que adoptar. —Sus ojos entreabiertos formaron finas rendijas—. Cuando les conté a mis padres lo que pasaba, ilusión no les hizo, desde luego, pero querían que acabase el instituto, que fuera a la universidad y que siguiera jugando al fútbol. No querían que lo dejase todo.

—Lógico —respondí en voz baja, pero ¿y la madre?

—Así que era eso o entregar a Jack en adopción, porque yo no estaba listo. Sé que suena fatal, pero al principio no lo quería. No quería tener nada que ver con él; ni siquiera había nacido, ni siquiera lo había visto y ya lo había abandonado de la peor de las formas... —La voz se le enronqueció y tuvo que carraspear. Era evidente que, quienquiera que fuese la madre, se había esfumado en el momento en que Jack nació, y me moría de ganas de saber por qué—. Así que solicitaron la adopción y se la concedieron. Echando la vista atrás, entiendo que fui un puto egoísta. Debería haber cumplido con mi responsabilidad en aquel momento, pero no lo hice, y ahora ya no puedo hacer nada por cambiarlo.

—Pero formas parte de su vida, Jase. Y se nota que te arrepientes de no haber hecho las cosas de otro modo. ¿No es eso lo más importante? ¿Que lo quieres a pesar de todo?

Jase volvió a echar la cabeza hacia atrás y exhaló lentamente.

—Lo quiero más que a mi vida, pero eso no es excusa para las decisiones que he tomado.

La ira me invadió hasta el punto de olvidarme de la historia de la madre.

—No hace tanto tiempo me dijiste que, con dieciséis años, yo era demasiado joven y que no debía sentirme responsable por haberme callado y no haberle contado a nadie lo de Jeremy. Así que ¿mi edad y mi inocencia a mí me eximen, pero a ti no?

Abrió la boca.

—¿Por qué? —insistí—. No estás siendo justo ni objetivo. —Me había embalado y no había manera de callarme—. ¡No puedes decirme que me olvide de las decisiones y acciones pasadas cuando tú te niegas a hacer lo mismo!

Jase se hundió un poco más en el asiento; su garganta se movía como si buscase la respuesta adecuada pero no la encontrase.

—Joder, ahí me has pillado.

—Pues claro, coño.

Sus labios se curvaron, pero una sombra seguía velando sus ojos.

—Tú..., tú no te mereces todo esto. —Sus ojos atormentados se posaron sobre mí—. Eres joven y tienes toda la vida por delante.

Enarqué las cejas.

—¿Y qué coño tiene que ver eso? Me importas, Jase, y mucho, ¿vale? Quiero estar contigo. —Las mejillas me ardían, pero proseguí—. Eso es evidente, pero tú tomas decisiones a tu bola y te montas películas en la cabeza sin preguntarme siquiera lo que opino o lo que siento.

—¿Y qué es lo que sientes, Tess? —La mandíbula de Jase se tensó y en sus ojos brilló una chispa provocadora—. ¿Realmente quieres estar conmigo? ¿Ahora que lo sabes todo? ¿Crees que es una buena idea que tú y yo estemos juntos? ¿Y si empezamos a salir? ¿Y si estableces un vínculo con Jack?

Me crucé de brazos.

—¿Por qué no quieres que tenga ningún vínculo con él? Creí que habías dicho que yo...

—Tienes pensado irte, Tess. No vas a quedarte a vivir aquí, y ni de coña voy a dejar que el niño sufra simplemente porque tú quieras echar un polvo.

Di un respingo, herida. Con un nudo en la garganta, noté cómo las lágrimas me quemaban en los ojos. ¿Eso era lo que creía? ¿Después de todo lo que le había dicho? ¿Después de todo lo que él había dicho y hecho por mí? Conque para él, ¿todo se resumía en que yo quería echar un polvo?

Enterarme de lo que opinaba en realidad me hizo más daño que su rechazo.

—¿Sabes una cosa, Jase? —La voz me temblaba, pero no me importó—. Que tengas un hijo al que están criando tus padres o que no seas capaz ni de pronunciar el nombre de la madre no es lo que me aleja ni hace que piense mal de ti. Son tu comportamiento y tus conclusiones de mierda los que lo consiguen.

10

Jase no vino a clase el viernes.

Cuando la lección sobre la música del Barroco comenzó sin él, no me sorprendió demasiado. Durante el regreso al campus el día anterior, una vez que arrancó el Jeep, estuvimos en un silencio tenso.

Lo que le había dicho era verdad. Sí, enterarme de que Jack era su hijo me había dejado estupefacta; era lo último que me esperaba. Cuando uno ya sabe las cosas, parecen obvias, y, joder, hasta qué punto era cierto en este caso. Aun así, mi opinión sobre Jase no había cambiado, no en lo esencial. Bueno, a ver, eso tampoco era cierto del todo. Por supuesto que lo veía un poco distinto, ¡que era padre, por el amor de Dios! No conocía a ningún padre de mi edad, pero no me había decepcionado ni mis sentimientos por él habían cambiado. Bien es cierto que no sería fácil tener una relación con él.

Fácil no habría sido en ningún caso.

Tenía un hijo a quien tal vez dijera la verdad algún día y la mujer que quisiera compartir el futuro con él debería aceptarlo y estar lista para ello. Quién sabe si yo lo estaría. Pero, vamos, ni siquiera me había dado la oportunidad.

Como le había dicho, lo que me había hecho daño era cómo me veía, que creyese que yo podría entrar en la vida de Jack y estrechar lazos sin tener en cuenta cómo le afectaría mi marcha repentina.

Durante el trayecto de vuelta, la mirada de Jase se cruzaba con la mía de vez en cuando, pero apartaba los ojos a toda prisa. Lo único que me dijo fue «adiós». Y ya.

Aquello me había dolido en lo más profundo.

Jase no me había llamado y yo me negaba a ser quien tomase la iniciativa, como la última vez, para que me ignorase y para que me tratase con frialdad.

«Jack es mi hijo».

Por muy estúpida que pareciese, me daba pena. Aunque se hubiera comportado como un capullo conmigo, Jase quería a ese niño, y todas las decisiones que había tomado cuando no era más que un crío lo estaban matando.

Igual que mis decisiones me atormentaban a mí.

Además, estaba el misterio de la madre, de quien se negaba a hablar. ¿Dónde estaba? ¿Todavía vivía por la zona? ¿Acaso el tono cortante de Jase ocultaba un corazón roto?

Sentí una punzada en el corazón y quise darme de tortas. ¿Cómo iba a sentirme celosa de una mujer de quien no conocía ni el nombre? De todas maneras, allí había algo, algo enorme. Me daba la impresión de que la aversión de Jase a implicarse en una relación seria tenía más que ver con ella que con Jack.

¿Acaso importaba?

Me había dicho que lo mío había sido un error y, a pesar de haberme confesado con sinceridad algo tan importante, su opinión sobre mí seguía siendo la misma. Sí, entendía por qué me había apartado de su lado, pero el resultado era el mismo.

No debería haberle permitido besarme; ni que no supiera cómo iba a acabar todo. Aun así, se me encogió el pecho al ver el asiento vacío a mi lado. Apenas había dormido esa noche y, de madrugada, un dolor lacerante, en el que se entremezclaban todo tipo de sentimientos y pensamientos, se había instalado en mi interior.

Pero ahora…

Ahora estaba cabreada.

No era yo quien lo había besado, ni esta vez ni la primera. No era yo quien tenía motivos para no mantener una relación. Era él, igual que era él quien me buscaba, quien me besaba de una manera que me embriagaba el alma para luego rechazarme de la peor forma.

Yo no tenía mucha experiencia con los tíos, con el sexo ni con las amistades, pero sabía lo suficiente como para entender que Jase me deseaba incluso antes de haberme besado. Su cuerpo lo había demostrado en el momento en el que me rodeó con sus brazos mientras alimentábamos a Relámpago. También entendía que el deseo y el amor eran dos cosas completamente distintas.

Joder, pero si hasta yo podía verme abrumada por el deseo tres veces por semana según a quién viera.

Igual que entendía que tener un hijo no significaba que no quisiera echar un polvo, y Jase me deseaba, sí, pero ¿eso era todo?

Tenía que haber algo más. Jase quería ayudarme a experimentar algo distinto del ballet, y lo que había dicho el día anterior, que lo sucedido con Cam no había sido culpa mía, había significado mucho para mí. Eso demostraba que le importaba, ¿verdad? A menos que lo hiciera porque se trataba de la hermana de Cam… Mierda.

Me estaban entrando picores de la mala leche. Me rebullí en el asiento y agarré el bolígrafo con tanta fuerza que el tapón se rompió. En mi interior seguí atizando las llamas hasta transformarlas en una bola de cólera: esta siempre era mejor que el dolor.

Lo que me tocaba las narices aún más era que estaba sentada en la maldita clase de Apreciación musical e iba a suspender el parcial porque me había pasado los últimos treinta minutos obsesionada con ese capullo.

—Durante el periodo barroco tuvo lugar el nacimiento de la tonalidad —explicaba el profesor Gibson—. La tonalidad es un lenguaje musical en el que los sonidos se organizan de manera jerárquica alrededor de un centro tonal, la tónica, y su triada.

¿Qué?

Como no había bajado a la tierra hasta la mitad de la lección, no tenía la menor idea de lo que estaba diciendo Gibson y, cuanto más avanzaba, más perdida me sentía.

—Los compositores más conocidos del barroco son Johann Sebastian Bach…

Un «Sebastian Bach» era lo que le iba a arrear yo a Jase en toda la jeta.

—¿Te encuentras bien? —me preguntó Calla al acabar la clase.

Guardé mi cuaderno y asentí.

—Sí, solo estoy cansada.

Calla se levantó en silencio. Durante la clase de Historia me había preguntado por el día anterior y, como no tenía ni idea de cómo referirme a lo sucedido sin soltar unas cuantas palabrotas, le dije que todo había ido genial.

A pesar del sol, hacía frío al salir del edificio de Humanidades, así que por una vez me alegré de llevar vaqueros. A la pobre Calla, con sus pantalones cortos de algodón rojo, se le iba a congelar el trasero.

—¿Sabes? Cuando Gibson habla de Sebastian Bach, siempre pienso en el cantante de rock de los ochenta que estaba buenísimo. Dudo mucho que el verdadero… —Cuando doblamos la esquina, respiró hondo—. Ay, madre.

Seguí su mirada con curiosidad al tiempo que me cruzaba de brazos. Amusgué los ojos. Un chico de cabello castaño muy corto atravesaba el aparcamiento atestado. Había una fila de coches entrando y saliendo, y se abrió paso entre un Volkswagen y una furgoneta. Con su pantalón de nailon azul oscuro y la camisa gris cubriéndole unos hombros cuadrados y un torso musculoso, parecía recién salido del folleto de bienvenida de una universidad.

Me había cruzado con él varias veces en los alrededores de Whitehall. Sus facciones angulosas y sus labios gruesos y expresivos llamaban la atención. Le lancé una mirada a Calla.

—¿Ese quién es?

—¿No lo conoces? —Calla se tiró del bajo del pantalón corto—. Es Brandon Shriver.

—¿Brandon Shriver? —Saqué las gafas de sol del bolso y me las puse—. Me gusta el nombre.

—Y a mí, pero me sorprende que no lo conozcas. Es amigo de Cam y Jase.

Me obligué a sonreír. Jase. De momento, había decidido fingir que no existía. Aunque la estrategia no estaba funcionando demasiado bien.

—Llegó el semestre pasado, en primavera, pero es mayor que yo. —Los huecos de sus mejillas se colorearon. Calla tenía veinte años, así que me pregunté cómo era posible, pero me facilitó la información antes de que pudiera preguntar—. Ha pasado dos años en el ejército, destinado en el extranjero. Creo que estudia Educación. Es raro; está demasiado bueno para hacerse maestro.

—¡Oye! —Le di un codazo—. Que yo también voy a serlo.

—Pero contigo no quiero engendrar unos bebés monísimos. Con él, sin embargo... —Suspiró, soñadora—. Ay, que viene para acá.

En efecto, se subió a la acera y atravesó el patio. Se encontraba a pocos metros cuando giró la cabeza hacia nosotras. Entonces advertí que tenía los ojos de un verde profundo, cosa que hasta ese momento no había distinguido por la distancia. Su mirada brillante se posó en Calla antes de desviarse hacia mí para luego regresar a la rubia.

Calla lo saludó con un leve gesto de la mano. Tenía las mejillas tan coloradas como su esmalte de uñas.

—Hola. —Tenía una agradable voz grave. Miró hacia atrás antes de acercarse a nosotras—. Hoy hay un tráfico infernal. Espero que no tengáis pensado salir del campus en breve.

Pasó un segundo antes de que Calla negase con la cabeza.

—No durante las próximas dos horas. ¿Y tú?

Sabía de sobra que yo no iba a ir a ninguna parte, pero entré en el juego.

—No, supongo que caminaré hasta el campus este.

Después de haber ido con tanta frecuencia en coche, se me iba a hacer raro. Todo cambiaba de un momento al otro, como el tiempo. Desterré aquel pensamiento sombrío de mi cabeza.

Brandon asintió al tiempo que se daba un toquecito con el cuaderno en el muslo.

—Tu cara me suena —dijo, entrecerrando los ojos hasta que apenas se distinguía una fina línea de color esmeralda—. ¿Vamos juntos a alguna clase?

Si fuera el caso, seguro que habría prestado más atención en el aula. El sol se escondió tras las nubes interminables. Me levanté las gafas de sol, echándome hacia atrás los mechones más cortos de pelo.

—Conoces a su hermano —terció Calla.

—Ah, ¿sí? —respondió Brandon, volviéndose hacia ella.

—Sí. —Calla había vuelto la cabeza de manera que Brandon solo le viera la mejilla sin cicatriz—. Es la hermana de Cameron Hamilton.

—No fastidies. —Sus labios formaron una sonrisa sincera y me pregunté si habría algún lugar en el mundo en el que yo fuera otra cosa que la hermana de Cam—. Ahora sí veo el parecido, sí, en los ojos.

Noté cómo me sonrojaba.

—Pues es un buen chaval. —Brandon cambió el peso de pie—. ¿No estaba en la fraternidad esa? ¿La de Jase Winstead?

Joder, no había forma de escapar de Jase.

—No, pero es buen amigo suyo y de otros miembros; por eso va a muchas de sus fiestas.

—¿Como la de este fin de semana? —preguntó. Cuando asentí, se volvió hacia Calla, que permanecía sorprendentemente silenciosa—. ¿Tú vas a ir?

Esta carraspeó.

—No, tengo que trabajar.

Una chispa de interés iluminó por un instante su expresión, por lo demás estoica.

—¿Dónde trabajas?

Madre mía, presenciar aquella conversación era como tener delante a dos monos tratando de jugar al fútbol. Aunque era muy gracioso ver a Calla lanzarle miraditas a Brandon. Mientras mi compañera respondía a la pregunta, paseé la mirada a mi alrededor. De repente, sobresaltada, di un paso atrás. Un Jeep negro y gris que conocía muy bien adelantó a una furgoneta antes de detenerse junto a la acera. Contemplé boquiabierta cómo se bajaba la ventanilla.

Jase estaba al volante, con una gorra de béisbol azul oscura puesta del revés. Sus sedosos rizos marrones escapaban por debajo.

Ay, sentía debilidad por los tíos con gorra.

Y, por lo visto, sentía debilidad por los tíos con gorra que, además, eran padres.

Sus ojos grises como el acero se posaron sobre mí antes de fijarse en Brandon. La expresión sombría que atravesó su rostro hizo que el alma se me cayera a los pies.

—Ey, Shriver, ¿qué pasa?

Brandon sonrió.

—Nada nuevo, tío. ¿Y tú, qué andas liando?

Buena pregunta.

—He venido a buscar a Tess. —Esbozó una sonrisa tensa—. ¿Estás lista?

Pero ¿qué coño? Mis cejas salieron disparadas hacia arriba. ¿Había venido a buscarme después de lo del día anterior? ¿Después de saltarse la clase de música? ¿Después de besarme y luego disculparse por haberme besado y soltarme la bomba de lo de la paternidad e insultarme de nuevo? ¿Es que vivía en un mundo alternativo en el que ese tipo de cosas eran aceptables?

—¿Tess? —me llamó; la impaciencia resonaba en su voz como un timbre.

La cólera me clavó sus garras por dentro y me sentí fuertemente tentada de darme la vuelta y largarme de allí, pero Brandon y Calla me observaban con curiosidad. Aunque me moría de ganas por hacerle una peineta en plena cara a Jase, lo último que quería era montar un espectáculo en mitad del campus. Atraería demasiado la atención, y los únicos espectáculos que me gustaba dar eran sobre el escenario. Supongo que tendría que ver con las numerosas escenitas que me había montado Jeremy en el pasado.

Agarré con fuerza la correa del bolso y me volví hacia Calla y Brandon.

—Hasta luego.

Brandon me miró con cierta sorpresa mientras se despedía con la mano. Calla sonrió como si acabara de aceptar una propuesta de matrimonio. Sí, vamos.

Atravesé el patio y abrí la puerta del pasajero para cerrarla con un golpetazo una vez montada. Jase tenía sobre el regazo una caja rosa, pero, como me la tendiera, era probable que le estampase el cupcake en la cara.

El color de sus ojos se ensombreció mientras observaba cómo me abrochaba el cinturón de seguridad. Transcurrió un instante antes de que hablase.

—¿Brandon Shriver?

Me recosté en el asiento con los labios fruncidos.

—Creo que me he perdido el comienzo de esta conversación, porque no tengo ni la más remota idea de por qué pronuncias su nombre.

La mandíbula de Jase se tensó.

—Estabas hablando con él.

—Sí —respondí con lentitud—, igual que Calla. En realidad ni lo conozco.

Jase se removió en el asiento, sin dejar de mirar al frente.

—No es eso lo que me pareció. Sabes que es mayor que yo, ¿verdad? Es demasiado mayor para ti...

Me erguí y lo miré con incredulidad.

—No me jodas. Estás de puta coña, ¿no?

Jase parpadeó antes de mirarme con los ojos entrecerrados.

—No hace falta soltar tacos.

—Soltaré tacos si me da la puta gana soltar tacos —espeté—. Hostia ya.

Cuando vi que le temblaba el labio, mi ira comenzó a desvanecerse.

—En serio, Brandon es..., digamos que ha tenido una vida difícil y, créeme, no quieres inmiscuirte en sus movidas.

—Ay, muchas gracias por el consejo, papá. —Jase me lanzó una mirada asesina, que yo le devolví—. Pero, que yo sepa, no te lo he pedido. La última vez que lo comprobé, podía hablar con quien quisiera... —El músculo vital, pero completamente estúpido, que me latía en el pecho me dio un vuelco—. Espera. ¿Estás celoso?

—¿Qué? —Lanzó una carcajada desdeñosa mientras se aproximaba al aparcamiento situado delante de las residencias—. Qué voy a estar celoso. Te lo digo desde la objetividad total. Brandon es buen chaval, pero...

—¡Lo tuyo es que es increíble, joder! —Di tal bote en el asiento que el bolso se me resbaló del regazo—. No entiendo ni qué hacemos hablando de Brandon.

Se produjo una pausa.

—Había un accidente en la 45 cuando venía de la granja, así que no me ha dado tiempo a llegar a clase —dijo, como si aquello lo explicase todo—. Aquí tienes tu cupcake. Lleva pedacitos de Snickers...

—¡Que le den al cupcake! —Lo fulminé con la mirada. Él me miró como si hubiera sugerido arrojar a un bebé en mitad de la carretera. La cabeza me iba a mil por hora—. ¿Qué demonios tiene que ver con nada de esto?

—No he faltado a clase a propósito. No quiero que pienses eso. —Que era exactamente lo que pensaba, pero, como era lógico, no iba a admitirlo. Jase se pasó la mano por la gorra, calándosela aún más—. Por eso no aparecí antes, pero ahora ya estoy aquí. Y no ha pasado nada, porque estabas esperándome...

—No estaba esperándote.

Me lanzó una mirada de desconfianza.

—Entonces estabas hablando con Brandon.

—Por el amor de Dios. —Lancé las manos al aire—. Esta conversación es una chorrada y no es de lo que deberíamos estar hablando.

—¿De qué deberíamos estar hablando, Tess? —preguntó mientras salía a la carretera y se paraba. El tráfico estaba detenido por una señal de stop.

—Sabes de sobra de lo que deberíamos estar hablando. Ayer...

—Ayer fue ayer. —Echándose hacia atrás, se frotó el mentón con la mano—. Nos dejamos llevar. Son cosas que pasan.

No me lo podía creer.

—¿Cosas que pasan? ¿A ti te pasan a menudo? ¿Andas por ahí y de repente acabas besando a cualquiera? Te tropiezas y caes sobre la boca de una chica? Porque, si ese es el caso, tiene que ser una vida de lo más curiosa la tuya.

—Bueno... —Sus labios esbozaban una sonrisa pícara, pero me negaba a entrar en su juego. Suspiró—. Tess, eres una chica preciosa y yo soy un tío y...

—Cállate, anda.

Abrió los ojos como platos.

—No acabes la frase, porque va a ser la excusa más cutre de la historia de las excusas cutres. Yo te atraigo.

—No he dicho que no sea así. —El tráfico no había avanzado ni un centímetro, pero el músculo de su mentón temblaba como la aguja de un velocímetro.

—Y ese es el problema, ¿verdad? Yo te atraigo. Me deseas, pero no vas a hacer nada al respecto por Jack, ¿no? —La ira hacía que el corazón me latiese a toda velocidad y que se me soltase la lengua, pero las palabras que me quemaban por dentro tenían que salir sí o sí—. Ya, claro, y porque a mí lo único que me interesa es echar un polvo.

Jase golpeó el volante con ambas manos. Hirviendo de frustración y otro medio millón de emociones, me desabroché el cinturón de seguridad.

Él se tensó.

—Tess...

—Cállate, en serio. Esto no se hace: no puedes besarme y luego disculparte. Y ya van dos veces. Es insultante. Y tampoco puedes emborracharte y, qué casualidad, no acordarte de lo que me has dicho. —Me agaché a coger el bolso. Tenía que largarme antes de acabar asestándole un puñetazo o echándome a llorar. Las dos cosas serían igualmente bochornosas y, por raro que parezca, satisfactorias—. Sabes que me gustas. ¿Cuánto tiempo hace que lo sabes? Joder, si hasta me lo has echado en cara. Pero tú querías que fuéramos amigos, y yo entiendo que no eres un tío normal, que tienes un hijo.

—No lo estoy criando yo...

—¡Me la suda! ¡Eres padre! —grité y, cuando lo vi echarse hacia atrás, traté de controlarme—. Escucha, yo hago lo que puedo por llevarlo todo bien. Pero no puedes besarme si solo somos amigos. No puedes darme la tabarra porque hable con otros tíos si solo somos amigos.

El pecho de Jase se alzó cuando inspiró hondo.

—Tienes razón.

Se me formó un nudo ridículo en la garganta. Que me diera la razón no era lo que quería. No sé por qué, porque había sido lo mejor, lo más sencillo. Jase arrastraba equipaje como para vestir a un regimiento, pero eso no era suficiente para aliviar mi dolor. Agarré la manija de la puerta. Una cosa llamada orgullo me impedía quedarme dentro del coche a escuchar lo que tuviera que decir.

—Hasta luego.

—¡Tess! —Trató de agarrarme, pero ya me había bajado del Jeep en mitad de la calzada atestada de vehículos—. Por favor, no me hagas esto. Tenemos que...

—No tenemos que nada. Que te vaya bien.

Cerré de un portazo y me alejé. El peso que sentía en el pecho amenazaba con subirme por la garganta y, de hacerlo, no iba a ser agradable de ver. De hecho, iba a ser tremendo. Como cuando una ve *El diario de Noa*.

No obstante, seguí andando y esquivando a toda prisa los coches. Cuando oí que me llamaba, no le hice caso. Tenía la impresión de acarrear en el fondo del estómago una piedra enorme, pero de algún modo conseguí recoger los pedazos de mi dignidad hecha añicos.

Jase, sus besos, sus lecciones de equitación y todo lo que tuviera que ver con él podían irse a tomar por saco. Siempre era Jase el que se largaba, ¿no? Pues esta vez me tocaba a mí.

11

Esa noche lloré como un bebé rechoncho y cabreadísimo. Por suerte, Debbie se había ido con Erik, así que no hubo testigos para el festival de la llantina. Lo que le había dicho a Jase, bien dicho estaba. Si queríamos intentar ser amigos o, al menos, tolerarnos, debía acabarse lo de besarnos y demás. Vale que mientras sucedía era maravilloso, pero después no tanto. Sí, yo le atraía físicamente. Sí, yo le importaba. Sí, yo lo deseaba. Sí, tenía un hijo, con su correspondiente madre perdida en algún lugar del mundo. Pero, sintiera lo que sintiese por mí, no bastaba para superar sus inseguridades o la línea invisible que había trazado entre nosotros.

Saber todo eso no hacía que la situación me doliera menos.

Y, a decir verdad, dudaba que realmente pudiéramos ser amigos. Siendo sincera: me veía incapaz de separar su amabilidad de lo que sentía por él, y no hacía más que dotar de significado a lo que no era nada. Además, él se dejaba llevar por la atracción física a la mínima de cambio. Ni siquiera habíamos pasado tanto tiempo juntos pero, en cuanto nos habíamos quedado solos, había pasado algo.

Siempre iba a pasar algo.

Eso me dolía aún más, porque sabía que, si diese rienda suelta a mis hormonas, probablemente acabaría obteniendo lo que deseaba. Era cuestión de tiempo. Pero no sería suficiente y, teniendo en cuenta cómo me sentía en ese momento por culpa de Jase, no me hacía falta sufrir más.

Además, eso no haría sino confirmar su opinión sobre lo que quería de él.

Las sienes me retumbaban y no eran ni las nueve de la mañana cuando Debbie apareció con Erik a remolque.

—Hola. —Erik se dejó caer en mi cama y estiró sus largas piernas—. ¿Qué te cuentas?

Me quedé mirándolo un momento antes de volverme hacia Debbie, quien me dirigió una mirada de disculpa.

—No gran cosa. Estoy intentando estudiar un poco —respondí, señalando mi libro de biología—. Eso es todo.

Erik se incorporó, apoyándose sobre los codos.

—¿Estás estudiando un sábado por la mañana? —Cuando se carcajeó, me imaginé echándolo de mi cama de una patada—. Guau. No debes de tener nada mejor que hacer.

Entrecerré los ojos.

—Puede que simplemente se lo tome en serio —terció Debbie al tiempo que se sentaba en el borde de la cama y me sonreía—. Es biología, ¿verdad? Es una asignatura bastante difícil y...

—Biología I no es difícil —la interrumpió Erik antes de echarse a reír de nuevo. Por una vez tenía razón, pero solo porque daba la casualidad de que las ciencias me interesaban—. Lo que Deb se ha olvidado de contarte es que suspendió Biología en segundo y tuvo que volver a matricularse.

Las mejillas se le colorearon al tiempo que se cruzaba de brazos.

—Muchas gracias, Erik.

Este se encogió de hombros.

—Menos mal que estás buena. —Me lanzó una sonrisa que seguramente a él le parecería encantadora, pero que daba bastante grima—. Porque en cuanto a inteligencia..., en fin.

Me volví hacia Debbie. Había que estar ciego o ser la persona menos observadora del mundo para no advertir en su semblante que se sentía herida y humillada. La cólera me subió por dentro como una serpiente lista para atacar y la boca se me abrió antes de darme cuenta.

—Eres gilipollas.

Erik se volvió hacia mí rápidamente, los ojos desorbitados. Debbie ahogó un grito de sorpresa.

—¡¿Cómo?!

Era demasiado tarde para dar marcha atrás, y tampoco me apetecía.

—Ya me has oído. —Cogí mi libro de texto y el cuaderno, me puse en pie y me los guardé en el bolso—. Lo que has dicho es una gilipollez, ergo, eres gilipollas.

Debbie se quedó petrificada y boquiabierta sobre la cama. Se le habían formado un par de puntos rojos en las mejillas. Erik movió los labios como si tuviera un cargamento de insultos que echarme encima, pero estuviera tratando de filtrarlos. Me apostaría algo a que ese filtro tenía un nombre.

Cam.

—Me voy a la biblioteca. —Con una sonrisa almibarada, me puse la bandolera y me volví hacia Debbie—. Lo siento.

Sus ojos tenían un brillo extraño, algo vidrioso, que me revolvió el estómago. La satisfacción se esfumó en cuanto salí del cuarto. Hasta que no estaba en el pasillo no caí en la cuenta de lo que esa mirada significaba.

Era miedo.

Durante las horas que pasé en el silencioso frescor de la biblioteca, no conseguí quitarme la sensación de inquietud y nerviosismo. No debería haber insultado a Erik. No es que no fuese un gilipollas, que lo era, pero el miedo en los ojos de Debbie me había recordado al mío.

Nadie había llamado gilipollas a Jeremy, al menos a la cara. Pero, de haber sucedido, me habría echado la culpa a mí, y me apostaría algo a que Erik también lo pagaría con Debbie. La idea me puso mala.

Al darme cuenta de que no recordaba lo que había leído en el último capítulo, me froté la cara con las manos. De poco servía estudiar. Las palabras se me entremezclaban. Ni la cadena alimentaria ni los componentes de los ecosistemas me decían nada, cuando sí deberían.

Cerré el libro y me quedé contemplando las mesas vacías a mi alrededor. No había ni un alma en la segunda planta. Con un suspiro, saqué el móvil de la bandolera. Ni llamadas perdidas ni mensajes de texto. Normal. No sé ni para qué miraba. Tampoco es que esperase ni desease que Jase se pusiera en contacto conmigo.

No sabía mentir.

Cuando por fin me armé de valor como para volver a la residencia, encontré nuestra suite vacía. La cama de Debbie estaba hecha. No había nada roto o fuera de su sitio, pero tampoco me sorprendió. Erik todavía no había sufrido ninguna crisis destructiva. A Jeremy tampoco le había dado nunca por romper nada.

Eran las ocho cuando decidí meterme en la ducha y prepararme para la fiesta. Una parte de mí habría preferido cancelar el plan, pero era la primera fiesta a la que me invitaban y, o iba y me enfrentaba a la posibilidad de encontrarme con Jase, o me quedaba lamentándome en mi habitación.

Decidí dejarme de penas por una noche.

Además, aquella fiesta era una buena oportunidad para demostrarme a mí misma que había pasado página y que podía cruzarme con él sin perder los papeles.

Después de secarme el pelo, me lo recogí en un moño flojo y me enfundé un par de mallas negras. Nada de ponerme un top mono, sino una blusa holgada de lunares y mi falda vaquera favorita, gastada de tanto uso. Mientras me calzaba unas bailarinas, sonó el teléfono.

Me lo guardé en el bolsillo trasero junto con la tarjeta de acceso, respiré hondo y salí. Esa noche iba a pasármelo bien. Esa noche iba a ser normal. Esa noche iba a ser como cualquier otra chica de diecinueve años que salía de fiesta. Iba a divertirme.

El coche de Avery estaba aparcado en la acera, con Cam al volante. Al acercarme a la puerta trasera, vi a mi hermano apartarse del asiento del copiloto. Avery estaba más colorada que los corazoncitos de una tarjeta de San Valentín.

Me monté con una sonrisa pícara.

—Me sorprenderá si sois capaces de acabar la universidad sin haber gestado a un equipo de fútbol entero.

Avery abrió desmesuradamente sus ojos marrones.

—Ay, Dios, ni de coña...

Me abroché el cinturón con una carcajada, al tiempo que los ojos de Cam aparecían en el espejo retrovisor. Le dirigí una gran sonrisa.

—¿Qué? ¿Nada de niños?

—Eeeh, por el momento no —respondió.

—¿Eso significa que ya lo habéis pensado? —Me pregunté si Jase se había planteado si quería hijos con la madre de Jack. Probablemente no cuando tenía dieciséis años, pero sí más tarde, en el futuro.

Avery se sonrojó aún más.

—La verdad es que no. Es una decisión muy seria. No es que lo nuestro no sea serio... —se corrigió, apoyando la mano en el brazo de Cam, que le había lanzado una mirada de reojo. Se dio la vuelta y sonrió—. En fin. Estás muy guapa. Me encanta la blusa.

—Gracias, tú también. —Y era cierto. Llevaba unos vaqueros y un top verde que complementaba a la perfección su color de piel—. ¿Va a haber mucha gente en la fiesta?

—No demasiada —respondió Cam, al tiempo que giraba el volante—. No es una de las grandes. Es probable que te aburras.

—No se va a aburrir —dijo Avery, toda sonrisas—. Jacob ha tenido que anular, pero Brit sí que viene.

Me arrellané en el asiento a pesar del nudo que se me estaba formando en el estómago.

—Genial.

—¿Viene Ollie? —le preguntó a mi hermano.

Se me dibujó una sonrisa en los labios. Había coincidido varias veces con Ollie, el antiguo compañero de piso de Cam. Se había graduado en primavera y, aunque no lo conocía mucho, me caía bien.

—Creo que se pasará más tarde —respondió Cam, al tiempo que le tomaba la mano a Avery sin mirar y entrelazaba los dedos con los suyos.

Un poco incómoda, fijé la vista en la ventanilla. No me molestaba que fuesen pegajosos; siempre lo habían sido. Pero tenía instalada a una pequeña arpía de ojos verdes en la boca del estómago. No debería sentirme celosa.

Negué con la cabeza y me aclaré la garganta.

—¿Qué era lo que iba a estudiar ahora?

—Ha entrado en Medicina.

Abrí los ojos desmesuradamente.

—¿En serio? La leche, no creí que fuera... —A ver, ¿cómo decirlo finamente?—. Pensaba que se había cargado la mayoría de sus neuronas con tanto fumeteo.

Avery rio entre dientes.

—Eso creía yo también.

—Ollie es más listo de lo que la mayoría de la gente cree —respondió Cam en el momento en el que pasaba junto a un autoservicio Sheetz, y me dieron ganas de comerme un pretzel de jalapeño con queso—. Hostia, es más listo de lo que él mismo piensa.

Avery y Cam se enzarzaron en una discusión sobre una supuesta relación entre Brit y Ollie; ambos estaban convencidos de que había algo entre ellos, pero ninguno de los dos había reconocido nada. Cerrando los puños con tanta fuerza que los nudillos me dolieron, centré mi atención en las sombras que desfilaban al otro lado de la ventanilla. Cuando Cam giró a la derecha y se introdujo en una urbanización de calles oscuras sin farolas, se me cortó la respiración.

Paró cerca del final de la calle y estacionó en una plaza vacía frente a un gran edificio de tres plantas que parecía tener todas las luces encendidas. Con el estómago contraído, me bajé del coche e inhalé hondo el fresco aire nocturno. Me planteé confesarle a Cam que sabía lo de Jack en un momento en el que estuviéramos a solas, pero no me pareció adecuado, como si no fuera asunto mío.

Avery se colocó a mi lado y enlazó su brazo con el mío.

—¿Lista?

Asentí. Mientras los tres cruzábamos la calle y nos dirigíamos hacia la puerta delantera, lo único en lo que podía pensar era en la reacción que tendría Jase al verme. ¿Le molestaría encontrarme allí? ¿Se alegraría? ¿Se enfadaría?

A la mierda. Qué más daba. No había ido para verlo a él.

Cam sujetó la puerta y Avery me condujo al interior. Era la primera vez que entraba en una fraternidad, así que no sabía muy bien qué esperar, pero igualmente me sorprendió.

El recibidor estaba limpio y olía bastante bien. Junto a la puerta había una fila de zapatillas y no se veía ningún agujero en las paredes. No sé por qué era algo que me esperaba.

—¡Ey! —bramó Cam al tiempo que nos adelantaba y entraba en el salón—. ¿Qué pasa?

Avery, me soltó el brazo y puso los ojos en blanco.

—Vaya, casi no se le ha oído.

En el cuarto de estar había varios chicos apiñados alrededor de un sofá y un televisor. Sentí un escalofrío al reconocer a Erik, quien levantó la vista un momento antes de volver a enfrascarse en la partida. Estaba sentado demasiado recto. A su lado, Debbie parecía encontrarse bien. Sonrió y me saludó con un pequeño gesto de la mano.

Le devolví el gesto, deseosa de disculparme por lo de antes, aunque sabía que no sería una buena idea hacerlo con Erik cerca.

Brandon Shriver estaba a su lado, con un mando en la mano y una cerveza en la otra. Me saludó con un gesto de la cabeza antes de volverse hacia Cam y acercárselo.

—¿Te apetece jugar?

—No. —Cam se dio la vuelta a la gorra de béisbol—. Todo tuyo.

—Tienes el barril ahí fuera, tío —dijo un chico rubio al que no había visto nunca. Estaba sentado en el reposabrazos de un viejo sillón desgastado. Sus ojos oscuros se posaron en Avery antes de detenerse en mí. Tomó un sorbo de su botellín y sonrió—. Creo que también hay en marcha una partida de *beer-pong*.

Le devolví el gesto. Era atractivo, aunque no tenía el cabello oscuro ni los ojos grises. A decir verdad, en ese momento me venía bien. Mi sonrisa comenzó a ensancharse.

—Fantástico —dijo Cam rodeándole los hombros a Avery con un brazo—. Y deja de mirar así a mi hermana, mamón.

Me quedé boquiabierta.

—Señor, sí, señor —respondió el chaval, guiñándole el ojo con una carcajada.

—Cam... —Avery le propinó un golpecito en el estómago mientras yo me daba la vuelta con el rostro encendido—. Para —le advirtió, repitiendo el toque.

Mi hermano encogió un hombro al tiempo que se encaminaba hacia la puerta abierta que conducía al garaje.

—Oye, dije que podía venir, no dije que no fuera a arrepentirse.

Me apresuré a ponerme a su altura para darle un codazo en el costado al pasar. Al oírlo gruñir, me invadió un placer intenso.

—Que yo sepa, no me hace falta pedirte permiso, atontao.

—Eso es cierto —confirmó Avery con voz cantarina.

Cam hizo una mueca. Le lancé una mirada advirtiéndole de que, como volviera a abrir la boca, le haría daño de verdad. Dándome un capirotazo en el moño, esquivó mi brazo, se inclinó y besó a Avery en la mejilla.

—¿Te apetece jugar al *pong*?

Esta negó con la cabeza.

—Por ahora, paso. ¿Y tú?

Yo no tenía ni idea de cómo se jugaba.

—Yo también paso.

—¿No te importa quedarte sola? —le preguntó Cam en voz baja y, cuando Avery negó con la cabeza, volvió a besarla en la frente—. Estaré ahí mismo.

Enarqué las cejas. «Ahí mismo» quería decir delante de las sillas de jardín vacías. Mientras él se aproximaba al grupo de chicos que se agolpaban alrededor de una mesa de ping-pong, nosotras dos fuimos hasta el barril y volvimos a las sillas con un par de vasos de plástico rojos llenos hasta el borde.

Durante unos momentos, observé a mi hermano y a sus amigos mientras daba un sorbo a la amarga bebida. Di otro.

—No se ven muchas chicas por aquí.

Avery se recostó en el asiento y estiró las piernas.

—Yo no suelo venir, pero creo que, más que fiestas, son como veladas tranquilas. Así que normalmente solo vienen las novias.

Cerré los ojos y tomé otro sorbo.

—Así que soy una intrusa, por así decirlo.

Avery me sonrió.

—Bueno..., ¿quieres la verdad o algo que te haga sentir bien?

Solté una carcajada.

—La verdad pura y dura.

Alrededor de sus ojos se formaron un sinfín de arruguitas cuando su sonrisa se ensanchó.

—Digamos que, si quieres conocer a alguien, estás en el sitio perfecto.

Resoplé, con la vista fija en la mesa de ping-pong.

—Como que eso va a suceder con Cam vigilando.

—Cierto. ¿El chico del cuarto de estar? —Avery dio un trago a la cerveza y bajó las manos—. Se llama Eddie. A mí me parece un tío bastante majo, así que...

Miré a mi espalda; no podía ver el cuarto de estar, pero se oían los efectos sonoros del videojuego y risas.

—Si le dirijo la palabra, seguro que Cam le hace una llave de lucha libre al pobre chaval.

Avery se carcajeó.

—Yo lo distraigo.

Nos pasamos la siguiente hora planeándolo, pero la conversación se desvió al viaje que Cam y ella querían hacer a los montes Pocono durante las vacaciones de otoño.

—Suena superromántico.

Sus mejillas adoptaron casi el mismo tono que su pelo.

—Ha sido idea suya.

—Ayyy. —Lo observé con una sonrisa de oreja a oreja. ¿Quién iba a imaginar que mi hermano fuera así de cuqui?—. Estoy orgullosa de él.

Avery rio.

—Tengo mucha suerte.

—Más suerte tiene él.

Una pelota pasó volando a nuestro lado hasta estrellarse en la pared junto a la diana. Avery negó con la cabeza mientras uno de los chicos medio corría medio se tambaleaba en su busca.

—¿Qué tal tu rodilla?

—No va mal. Solo me duele de vez en cuando. Tengo consulta la semana antes de Acción de Gracias.

—Cruzo los dedos por ti. —Volvió la vista hacia la mesa. Cam estaba haciendo lo que me pareció un baile de la victoria. Eso o le había dado un ataque epiléptico.

—¿Tú echas de menos bailar? —le pregunté.

—Sí. Muchísimo. —Transcurrió un instante durante el cual tragó saliva—. ¿Tienes un recital favorito?

Sus ojos se iluminaron cuando le hablé de mi último recital, el último antes de que la cagara. Aunque llevaba años sin hacer ballet, era obvio que le apasionaba. En ese momento me prometí que, antes o después, la haría bailar.

Me quedé mirando el vaso vacío y me pregunté dónde estaría Jase. No había visto su Jeep aparcado delante, pero sabía que había quien prefería dejar el coche en la parte trasera. No pregunté por él porque no había ido a la fiesta para verlo.

En absoluto.

Pero ¿por qué vivía en la fraternidad y no en la granja? ¿No querría estar más cerca de Jack? ¿O necesitaba más bien interponer distancia?

Me tomé otro vaso de cerveza, y uno más mientras Cam le ponía ojitos a Avery desde el grupo de tíos entre los que se encontraba. En algún momento apareció otra chica, pero por el modo en que uno de los chicos le rodeaba la cintura con el brazo, imaginé que sería su novia.

Entonces llegó Brittany, con el cabello rubio y corto recogido en una cola de caballo. No habían pasado ni tres minutos desde que nos saludara con un abrazo, cuando Ollie atravesó el portón abierto del garaje con el pelo suelto rozándole los hombros.

Levantó los brazos cuando casi todo el mundo gritó su nombre, con una sonrisa atravesando su hermoso rostro.

—¡Veo que me habéis echado de menos, chavales!

Brit puso los ojos en blanco, pero antes de que pudiera decir nada, Ollie se colocó muy cerca de ella.

—Avery, señorita Teresa, ¿cómo se encuentran ustedes esta bella noche?

Se me escapó una risita al tiempo que negaba con la cabeza.

—Estamos bien.

—Me alegro. —Agarró la minúscula coleta de Brit—. Necesito que vengas un momento conmigo, ¿sí?

Brit elevó los ojos al cielo, aunque sus mejillas se tiñeron de un bonito color rosado.

—Vuelvo enseguida. No creo que el señor Gilipollas me robe mucho tiempo.

—Vosotras esperadla sentadas —la corrigió, haciendo que se ruborizara aún más.

Nos quedamos mirando cómo se adentraban juntos en la noche antes de que me volviera hacia Avery.

—Interesante... —murmuró.

—Imagino que están juntos —respondí con una sonrisa picantona.

Avery asintió con las cejas enarcadas.

—Desde luego, tiene toda la pinta de que algo hay.

La combinación de la situación Erik-Debbie con la ausencia de Jase no le hizo demasiado bien a mi pobre hígado; en cambio, cada vez me encontraba de mejor humor. Cuando iba por la mitad del cuarto vaso de cerveza, ya no me importaba que no estuviera Jase. Puede que más tarde, en cuanto Avery engatusara a Cam para que la acompañase fuera, tal y como habíamos organizado, iría a buscar a Ernest... o Edwin, o como se llamara. Entonces demostraría que los tíos sin un pasado a rastras besaban tan bien como Jase, si no mejor. Ese era el plan. Pero primero tenía que hacer pis para no morirme.

—Tengo que ir al baño. —Una vez más, una pelota de ping-pong atravesó volando el garaje y rebotó en la diana—. ¿Necesitas algo?

Avery negó con la cabeza tras echar un vistazo a su vaso de cerveza casi entero.

—Mejor usa el de arriba, en la segunda planta —me sugirió, alzando la mirada con una sonrisa—. No da tanto repelús.

—Pero un poco sí, ¿no?

Asintió.

—Bastante.

—Pues deséame suerte.

Con una risita, arrugó la cara en una mueca de asco.

—La vas a necesitar.

En cuanto me dirigí a la puerta de la casa, Cameron abandonó la mesa y salió disparado hacia Avery. Era como si hubiera estado esperando a que me fuese para robarle un beso. Y vaya que si la besó. Le tomó el rostro entre las manos y su cabeza descendió hasta que no quedaba espacio entre ellos.

Mis labios formaron una sonrisa, pero sentí una punzada en el pecho, un aguijonazo de envidia. Y eso estaba mal. No debía envidiar la relación de mi hermano. Él y Avery se merecían ese amor; era solo que yo también quería saber lo que se sentía. Quería conocer de primera mano el tipo de amor que sanaba en lugar de lastimar.

Vale, puede que estuviera un poquitín achispada.

En el cuarto de estar, los dedos de Erik y de Brandon volaban sobre los mandos. Mostraban la misma concentración y determinación en el semblante. Debbie levantó la vista desde el reposabrazos donde estaba sentada junto a su novio. Por la expresión de su bonito rostro, parecía morirse de aburrimiento.

Le dirigí una sonrisa de ánimo sin preguntarle por qué seguía allí si no le interesaba la partida. Ya sabía la respuesta: Erik la quería a su lado, donde pudiera verla, donde pudiera controlarla. Un sabor amargo me subió por la garganta al enfilar las escaleras. Tenía que alejarme de allí antes de volver a insultar a su novio y rematarlo, además, con un gesto grosero.

Tardé unos instantes en subir las escaleras. Mi percepción de las distancias no parecía funcionar demasiado bien. Al llegar al rellano superior, me detuve y observé el pasillo.

—Buah…

Había varias puertas a cada lado, la mayoría cerradas, a excepción de la del fondo, y era evidente que se trataba del dormitorio de un coleccionista de botellas de Mountain Dew. Puaj.

No me quedaba más remedio que empezar a abrirlas, por lo que empecé por la más cercana a mi izquierda. Llamé con suavidad y, cuando nadie respondió, probé el picaporte. Estaba cerrada con llave. Esperaba que no fuera el cuarto de baño. La siguiente era un dormitorio vacío y, la de después, un lavadero con vaqueros y calcetines amontonados por el suelo.

Madre mía, a esos tíos les hacía falta una niñera o algo.

Cerré la puerta antes de ponerme a hacerles la colada a aquellos pobres desgraciados, rodeé un par de zapatillas tiradas en mitad del pasillo y me aproximé a la siguiente puerta. Golpeé suavemente con los nudillos y, al no oír respuesta, giré el picaporte. La puerta se abrió fácilmente, dando acceso no a un cuarto de baño sino a una habitación bastante limpia y…

Ay, Dios.

La habitación no estaba vacía.

Sabía lo que estaba viendo y no tardé más que unos segundos en comprender lo que sucedía, pero mi cerebro iba un poco lento a la hora de procesar la información. La escena pareció alargarse una eternidad.

Jase estaba sentado en una silla, de espaldas a un escritorio bien ordenado. Encima había una caja de color rosa. Sabía bien lo que contenía y, por algún motivo, eso… hizo que la situación me doliese aún más. Llevaba la camisa medio desabrochada, como si se hubiera cansado de pasar los botoncitos por los ojales. Tenía las piernas abiertas, la mandíbula tensa y los brazos caídos a ambos lados.

No estaba solo.

12

Jase tenía delante al tipo de chica que me hacía sentir como un vómito seco de la semana anterior, y eso si tenía un buen día. Era magnífica. Su larga y densa melena negra brillaba como el cristal y su cuerpo fibroso y bronceado parecía ablandarse justo donde hacía falta.

No llevaba camiseta.

Solo vestía una falda vaquera y un sujetador de encaje rojo que demostraba hasta qué punto ciertos senos podían desafiar la gravedad.

Y daba la impresión de que aquellos monumentos eran naturales.

La había visto un par de veces por el campus, siempre acompañada de chicas igual de preciosas. Ignoraba su nombre, pero en ese instante la odié como si compitiéramos por el mismo papel en un recital. Y era incapaz de dejar de mirarla. Puede que fuera la cerveza. Puede que fueran sus tetas. En cualquier caso, debía parar.

Transcurrieron varios segundos desde que abrí la puerta hasta que Jase y su chica se volvieron hacia mí. Algo pasó fugaz por sus ojos gris acero y la boca se le abrió por la sorpresa. Cuando nuestras miradas se cruzaron, sentí frío y calor.

Así que ahí era donde había estado todo el rato.

Por lo que se veía, echar un polvo con otras chicas no era un problema para él.

Se me escapó una carcajada. Cerré la boca de golpe. Había sonado casi histérica. No debería haber bebido tanto.

La chica enarcó las cejas perfectamente delineadas cuando me miró fijamente. Su boca formó un mohín de irritación.

—¿Perdona?

El estómago me dio un vuelco tremendo. Por un momento me sentí incapaz de moverme. Un sentimiento aplastante me invadió. ¿A ella también la invitaba a cupcakes? Dios mío..., la idea se me hizo insoportable.

Entonces recuperé el habla y las facultades motrices.

—Lo siento. Estaba buscando el baño.

—Pues aquí está claro que no es —respondió con descaro.

Con las mejillas ardiendo, sentí un nudo en la garganta. Jase me había besado no hacía ni cuarenta y ocho horas. Me había tocado. Me había confesado la verdad sobre Jack. Claramente le había dado demasiada importancia a esos momentos.

—Lo siento —repetí, lanzando una mirada fugaz a Jase, que se había levantado—. Yo...

El nudo que se me había formado en el fondo de la garganta me impidió continuar. Tenía tanta prisa por alejarme de allí, que me giré demasiado rápido y me golpeé la rodilla en la jamba. Se me escapó un siseo de dolor.

—De verdad... —murmuró la chica.

Con la cara como un tomate, me di la vuelta. Tenía que salir pitando de allí.

—Tess —dijo Jase—, espera un momento. ¡Tess!

No me detuve. Ni cuando él me llamó a mí ni cuando la chica lo llamó a él. Olvidando por qué había subido a la segunda planta, bajé las escaleras a toda prisa. El corazón me latía a una velocidad que me estaba dando náuseas. Avergonzada y sorprendida, evité el cuarto de estar y enfilé directamente hacia la puerta de la cocina.

Mi sentido común se había ido por la ventana, había desaparecido como la camiseta de esa chica. Salí al aire frío de la noche y… continué andando. Caminé por la acera agrietada y cubierta de malas hierbas, y me abrí paso entre dos coches. Giré a la derecha y seguí dando un paso tras otro.

Una pequeña voz en el fondo de mi mente me decía que estaba exagerando y comportándome como una imbécil, pero me había lanzado de cabeza al maravilloso mundo del melodrama. Lo único que sabía era que no quería seguir en esa fiesta. Después de lo que estaba claro que acababa de interrumpir, no habría podido mirar a Jase a la cara…, ni a nadie más, a decir verdad.

El timbre de mi móvil sonó amortiguado, pero no respondí.

Quería volver a casa.

A mi casa de verdad, no a la residencia. Quería retroceder hasta mayo y no dar ese estúpido salto que lo había mandado todo al garete. Si hubiera podido, me habría esfumado. No quería estar cerca de Jase.

Para cuando alcancé el último bloque antes de llegar a las calles oscuras que desembocaban en la carretera principal, me di cuenta de que debería haberle pedido a Avery que me llevase a la residencia, pero no quería estropearle la noche. Podría habérselo pedido a Debbie, pero Erik habría puesto el grito en el cielo. Yo…

El teléfono me vibró de nuevo en el bolsillo trasero. No le hice caso.

La cerveza atenuaba el dolor de la rodilla. O tal vez fuera la presión en el pecho la que hacía que todo lo demás pareciera insignificante. Puede que fuese culpa de la bebida que estuviera dispuesta a recorrer a pie los más de dos kilómetros de vuelta al campus en mitad de la noche.

La última casa de la urbanización estaba en silencio y a oscuras. Una camioneta pasó junto a mí a tal velocidad que el pulso se me disparó. Me detuve al final de la calle, levanté las manos y me aparté de la cara los mechones que se me habían escapado del moño.

Me había besado. Me había tocado. Me había abrazado. Había intentado ayudarme a encontrar una alternativa al ballet para que volviera a sentir que volaba.

Unas malditas lágrimas me estaban ardiendo en los ojos, debidas en parte a la frustración y en parte..., bueno, a un motivo aún más absurdo que volver a casa a pie. Me solté el pelo y el viento atrapó algunos de los mechones, agitándolos.

¿Qué estaba haciendo? Cam iba a asustarse un montón cuando no me viera de vuelta. Era probable que llamase a los equipos de rescate. ¿Y Jase? Era probable que pensase que estaba completamente loca, pero me había dicho que..., y yo había creído que...

Me había equivocado.

Cerré los ojos con fuerza para reprimir las lágrimas. Ver a Jase con otra chica dolía como una patada en toda la cara. Llegué a dudar si había subestimado lo que sentía por él, porque... nadie reaccionaba así cuando veía al chico que simplemente le gustaba montándoselo con otra.

Abrí los ojos; tenía las pestañas húmedas. Detesté todo aquello. Yo no era así. Yo no era ese tipo de chica. Yo no era...

Dos faros iluminaron de repente la calle, aproximándose a toda velocidad. Me giré un poco y el alma se me cayó a los pies. Era un Jeep, pero no podía ser él.

Imposible.

Los frenos rechinaron cuando el coche se detuvo a mi lado. De repente vi a Jase por la ventanilla abierta del lado del pasajero. Sus ojos estaban velados por la oscuridad, pero sus labios formaban una fina línea. Estaba furioso.

—He estado llamándote.

No sabía cómo responder a ese comentario sin mandarlo a la mierda.

Jase se inclinó todo lo que pudo sobre el asiento del pasajero y entonces sí pude verle los ojos, de un gris profundo como un cielo de tormenta.

—Monta.

—No. —El monosílabo me salió solo y, joder, me sentó de maravilla.

Jase me fulminó con la mirada.

—Que te montes, Tess.

—Que no.

Apartó la mirada e inspiró hondo antes de volverse nuevamente hacia mí.

—¿Qué estás haciendo aquí sola? Y más vale que no sea lo que creo que es, porque no puedes ser tan tonta.

Esa fue la gota que colmó el vaso. Rebosé de ira. Del mundo del melodrama me mudé derechita al de las locas del coño.

—¿Que no puedo ser tan tonta? Tu pregunta sí que es increíblemente tonta. ¿Es que no se ve? Me voy a casa.

Se quedó mirándome como si acabara de reconocer que tenía pene.

—¿Que te vas a casa?

—¿Acaso he tartamudeado? —espeté. No era la más brillante de las respuestas, pero me sentí recompensada al ver su expresión ceñuda.

—¿Es que se te ha ido la pinza?

Como no le respondí, soltó una palabrota y pegó el vehículo a la acera. Sin apagar el motor, se bajó del Jeep y al instante se plantó delante de mí. Era tan alto que daba miedo, pero lo único que veía era que seguía con la camisa desabrochada.

—Para empezar, estás a punto de meterte en una autovía. Un coche podría pasar demasiado cerca del arcén y matarte. ¡Podría matarte, Tess! —Como para confirmar sus palabras, en ese momento pasó volando un coche con la música a todo trapo. Menuda sincronización. Me crucé de brazos—. Peor aún, podría detenerse alguien. —Cuando empecé a volver la cara, me agarró del mentón para obligarme a mirarlo a los ojos—. Y no alguien interesado en llevarte a casa y ya. ¿Me entiendes?

Me quedé pálida.

—Sí, pero...

—Y luego está lo de tu rodilla. ¿Es que eso no lo has pensado? —Joder, había cogido carrerilla. Además, no me soltaba, como si me retase a parpadear siquiera—. ¿Crees que caminar tanta distancia es bueno para tu lesión? ¿Y todo por qué?

Abrí la boca para decir algo que, con toda seguridad, no iba a mejorar las cosas, pero no fue eso lo que salió por mis labios, sino:

—¿El cupcake era para ella?

¡La madre que me parió! No iba a volver a beber una gota de alcohol en la vida. Puta cerveza y el barril que la trajo.

Jase me sostuvo la mirada durante lo que me pareció una eternidad antes de bajar la mano y soltar una palabrota.

—Móntate en el coche, Tess, y no discutas. —Comenzó a darse la vuelta, pero entonces se giró de sopetón hacia mí—. A la mierda.

Ni siquiera me dio la oportunidad de seguirlo. Igual que el primer día de clase de música, de un momento al otro mis pies abandonaron el suelo y me vi cargada sobre su hombro. El mundo quedó del revés y el cabello se me cayó hacia delante hecho una maraña.

—Pero ¿qué coño? —chillé, agarrándole la camisa con los puños—. ¡Bájame!

—Ah, no. No me voy a quedar aquí parado discutiendo contigo. —Echó a andar hacia el Jeep y abrió la puerta de golpe—. Tú y yo tenemos que hablar...

—¡No quiero hablar contigo! —Le di un guantazo en la espalda. Se dio la vuelta sin abrir la boca y me dejó caer sobre el asiento delantero—. Eres un...

—Te juro por Dios que, como te muevas, me siento encima de ti —me advirtió.

—Yo no... ¿Cómo? ¿Que te vas a sentar encima de mí? Pero ¿tú cuántos años tienes? ¿Dos?

Jase agarró la puerta.

—Quieta.

—No soy un perro.

Jase se inclinó hacia delante, su rostro a pocos centímetros del mío. De cerca, sus ojos tenían un asombroso tono plateado.

—Estate quieta. Como te bajes, te perseguiré. Como un perro.

Arrugué la nariz.

—Qué imagen mental más atractiva.

—Pues concéntrate en ella unos segundos —espetó al tiempo que retrocedía y cerraba la puerta.

No tuve tiempo suficiente para plantearme la opción de echar a correr y que me persiguiera. Antes de que mi cerebro procesara los acontecimientos, ya se había subido al coche y había arrancado.

—El cupcake no era para ella.

Menuda trola.

—Era para ti. Joder, no me puedo creer que te fueras andando para casa —dijo, negando con la cabeza mientras se pasaba los dedos por el pelo—. ¿Por qué? ¿Por mí?

—Qué va. Para nada. Solo quería irme a casa.

—Claro que sí. Mientes fatal.

—Malinterpretas las cosas —repliqué, cruzándome de brazos. La cerveza me chapoteaba por el estómago—. Además, ¿qué haces aquí? ¿No tienes a una tía medio en pelotas esperándote en el dormitorio?

—¿Y eso no tiene nada que ver con que te largaras?

Abrí la boca, pero la cerré de inmediato. Mierda. Volví la vista hacia la ventanilla con los labios fruncidos.

—Es evidente que os interrumpí.

—La verdad es que me alegro de que nos interrumpieras.

Solté una carcajada sin humor.

—Segurísimo.

Se produjo un momento de silencio mientras Jase giraba a la derecha.

—No es lo que te imaginas. ¿Allí dentro? No iba a pasar nada.

—No soy tonta, Jase. Y, de todas maneras, ¿me debes alguna explicación? No. Somos amigos, ¿recuerdas? Puedes hablar o tirarte a quien quieras. Y yo puedo hablar y tirarme a quien quiera. Al fin y al cabo, lo único que quiero es echar un...

—Sí que te debo una explicación, hostia. —Aferró con fuerza el volante—. Espera un momento... ¿Cómo que tirarte a quien quieras? ¿A quién coño te quieres...?

Mi respiración se entrecortó y noté cómo las lágrimas me quemaban en los ojos.

—No quiero hablar.

—Pues tenemos que hacerlo —me interrumpió con tono duro—. Tendríamos que haber hablado ayer.

—No sé si sabrás que tengo teléfono. —Me volví rápidamente hacia él y apoyé una mano en la guantera—. No me has llamado ni nada.

Me miró de soslayo.

—Quería dejar que te calmaras. Si no hubiera estado Cam, habría ido a hablar contigo esta noche.

—Ay, pero imagino que andabas demasiado ocupado, ¿no?

Joder, sabía que me estaba comportando como una niñata malcriada. Tenía que callar la boca. Jase respiró hondo.

—Yo no la invité a mi habitación, Tess. Subió ella sola.

—¿E imagino que se quitó la camiseta sin avisarte? ¿Es algo que te pase a menudo? —Me reí con amargura—. Tu vida tiene que ser interesantísima. Te caes sobre la boca de las tías, haces desaparecer su ropa...

Su media sonrisa habitual volvió a hacer acto de presencia.

—Reconozco que es una vida envidiable…

—Cállate.

Jase suspiró.

—Tess, no te estoy mintiendo, ¿vale? Se llama Steph. Hemos hecho el tonto alguna que otra vez, pero últimamente no. Ni siquiera sabía que estaría en la fraternidad esta noche. Subió a mi habitación y se quitó la camiseta. —Solté una carcajada burlona y vi cómo le temblaba un músculo en el mentón—. Ella quería más y, no te voy a mentir, por un momento me lo pensé, porque soy un tío, pero no hice nada, porque no es a ella a quien deseo. Y no pasó nada. Se había quitado la camiseta un minuto antes de que entraras.

Me quedé mirándolo un instante antes de apartar la vista. Creerlo equivalía a echarme bajo las ruedas de un coche en movimiento. Pero, joder, quería hacerlo. Los latidos en mi pecho me suplicaban que lo creyera.

—Mierda, Tess, si hasta había ido a buscar ese cupcake para ti. —Se produjo una pausa—. ¿Crees que me habría tirado a una tía sabiendo que tú estabas en la fiesta?

—No sabías que estaba allí.

—Sí que lo sabía.

Vale. Y qué. Me encogí de hombros.

—Joder, Tess, ¿de verdad lo crees? —Volvió a soltar un taco—. ¿De verdad?

—Me has besado y luego te has arrepentido. Me has dicho cosas estando borracho de las que no te acuerdas, así que…

Jase pisó el freno y nos detuvimos en mitad de una calle oscura. Atónita, me volví hacia él.

—Pero ¿qué…?

—Hace meses que no pasa nada entre Steph y yo, Tess. Nada. ¿Y sabes qué? Nunca la he besado.

Parpadeé con incredulidad.

—¿Cómo?

—Nunca. Si te digo la verdad, hace años que no beso a una chica, así que no vengas contándome que sabes lo que estaba pasando. No tienes ni idea.

Era más que probable que un coche llegase a toda velocidad y se estampase contra nosotros.

—Pero me has besado a mí.

—Sí, joder. Te besé y…

—¿Cómo voy a creérmelo?

Mejor aún, ¿por qué iba a creérmelo? No importaba. En realidad, no importaba.

Jase volvió a soltar una palabrota y, de repente, rodeó mi nuca con la mano. Cuando tiró hacia él, el corazón me dio un vuelco. Me besó. Y no había nada de tierno en aquel beso. Era violento y apasionado. Jase me besó como si quisiera demostrar algo o como si llevara muchísimo tiempo sin hacerlo. En mis venas, la sangre se transformó en lava. Cuando separó sus labios de los míos, no pude sino quedarme mirándolo con el corazón desenfrenado.

Lo creía.

No sé cómo ni por qué un beso iba a demostrar lo que decía, pero así era. Creería lo que acababa de decirme hasta el día de mi muerte.

Volvió a acomodarse en su asiento, con la respiración pesada, y pisó el acelerador. El coche se puso de nuevo en movimiento.

—Eso. Eso es lo que no ha llegado a haber entre ella y yo. Nunca, Tess.

Tal vez fuera la cerveza. O la necesidad de demostrar que yo también podía ser tan sexy, atrevida y tentadora como la chica de su habitación sin quitarme la camiseta o tener sus tetas. O tal vez fuera el beso. También podría haberse debido a todas las emociones que me ascendían por el pecho o al deseo que se me acumulaba entre las piernas. Tal vez fuera la mezcla de todo. Qué más daba. Mi cerebro había desconectado y ya me estaba moviendo antes de formar ningún pensamiento racional, de plantearme las consecuencias, de pensar que Jase tenía problemas que solucionar primero... o de preocuparme por mis sentimientos heridos.

Me incliné sobre la consola central y presioné mis labios sobre la comisura de su boca. Jase no se movió cuando mis dedos se deslizaron entre sus muslos. Sí lo hizo cuando mi mano cubrió sus partes, pero para apretarse contra mí. Estaba duro, apenas cabía bajo la cremallera.

—Diosss —gimió.

Cuando aparté la cabeza, vi que la mano más alejada de mí agarraba el volante con tanta fuerza que los nudillos se le habían puesto blancos. Jase me miró de soslayo con los ojos velados de deseo.

—¿Qué estás haciendo?

—Es evidente, ¿no? —respondí al tiempo que mi mano ascendía siguiendo su impresionante envergadura.

Jase inspiró hondo, volviendo la vista hacia la calzada.

—Nada es evidente cuando se trata de ti. —Habría podido retirar mi mano o decirme que parase—. Nada de lo que haces en este puto mundo es evidente.

Sus palabras se entremezclaban con la extraña y cálida neblina que invadía mis pensamientos. Mis manos sabían qué hacer. Tenía experiencia. Solo lo había hecho un par de veces, pero imaginé que sería como montar en bicicleta. Ni se olvida ni puede hacerse realmente mal.

Qué manera tan poco sexy de pensar en eso.

Le desabroché el botón de los vaqueros y, cuidadosa, le bajé la cremallera. Su leve sonido me pareció más fuerte que el del aire que entraba por las ventanillas parcialmente bajadas.

La respiración de Jase se había vuelto pesada. Introduje los dedos y los envolví alrededor de su piel cálida y dura para facilitar su extracción.

—Tess —jadeó.

Un estremecimiento lo recorrió de parte a parte y se agitó contra mi mano mientras lo tocaba. El Jeep iba perdiendo velocidad.

Su piel enrojecida, suave como la seda, me maravilló. Durante unos segundos, el simple hecho de sentirlo contra mi mano me dejó anonadada. Volví a ascender de la base hasta la punta, y el vientre se me contrajo.

—Dios mío, me vas a volver loco —murmuró con voz ronca—. Realmente eres...

Me estiré todo lo que pude y bajé la cabeza. El sabor salado de su piel danzó por mi lengua. Descendí lentamente con la mano mientras seguía explorando e introduciéndomelo en la boca.

—Tess —gruñó, al tiempo que su cuerpo se crispaba mientras lo paladeaba por primera vez. Al ascender nuevamente, recorrí la punta con la lengua—. Hostia puta, ¿dónde has aprendido eso? No respondas. Joder, no quiero saberlo. Prefiero pensar que es un talento innato.

Una carcajada me subió por la garganta y reverberó contra él. Jase soltó un taco y su cuerpo se tensó en respuesta. Mmm. No tenía ni idea de que la risa, en esa posición, pudiera tener tal efecto. Palpitaba contra mi mano y en mi boca. Parecía que mi instinto tomaba las riendas: ambas empezaron a moverse a un solo ritmo.

—Me vas a matar...; nos vas a matar. —Su cadera se agitó, y oí rugir el motor—. Joder —gimió cuando yo aceleré—. Me estás matando.

Sonreí al tiempo que pasaba nuevamente la lengua por la punta. Una ola de calor me invadió y descendió a lo largo de mi cuerpo. El deseo se concentró en mi entrepierna. Las pocas veces que había hecho eso mismo no me había excitado. No así. Se diría que era la primera vez que realmente tenía ganas de hacerlo, y me estaba poniendo muy caliente.

Se me escapó un murmullo de triunfo amortiguado cuando la mano de Jase se posó sobre mi nuca. Enredó sus dedos en mi pelo, aflojándome el moño, cuando presionó levemente mi cabeza. Me guio durante unos segundos antes de que su mano se deslizara, envolviendo mi cuello. Su pulgar encontró mi pulso y empezó a acariciarme la piel suavemente hasta que tuve que apretar los muslos.

—No voy a durar mucho. Joder, voy a... —Sus caderas se elevaron y, temblando, me asió con más fuerza de la nuca—. Tess, tienes que parar; si no, voy a...

No tenía intención alguna de retirarme. No sé por qué. Nunca me lo había tragado. Normalmente me repugnaba la mera idea, pero con él era distinto. Por lo visto, había una estrella del porno en mí. Bastó un nuevo movimiento de la lengua, una nueva caricia con la mano, para que Jase gritara mi nombre al tiempo que experimentaba una convulsión.

Cuando hubo acabado, lo besé antes de levantar la cabeza, taparlo y subirle la cremallera de los vaqueros. La mano le temblaba contra mi cuello cuando me incorporé en mi asiento, la presión de sus dedos marcándome a fuego la piel.

Jase miraba al frente con los labios entreabiertos; su pecho subía y bajaba con rapidez. Su semblante era inescrutable. Miré por la ventanilla. La vía era oscura y larga. No reconocía los alrededores, así que no estábamos en la carretera 45. Era sorprendente que no nos hubiéramos estrellado.

Cuando Jase bajó la mano, volví a mirarlo. Tenía la mandíbula tensa y seguía respirando con dificultad. El corazón se me aceleró antes de desinflarse como un globo. Ay, Dios. No debería haberlo hecho. Había mil, qué digo mil, un millón de motivos por los que no debería haberlo hecho. Tantos que podría haber escrito una guía tochísima al respecto. ¿Tal vez una no debía hacerles mamadas a los tíos con hijos? ¿Cómo iba a saberlo?

De inmediato empecé a recopilar excusas. Había bebido. Estaba pedo. Ese día no había comido gran cosa. Tal vez tenía diabetes y hacía cosas sin darme cuenta. Ay, sí, eso sonaba creíble. Debía apuntármelo para más tarde.

Sin abrir la boca, Jase volvió la vista hacia mí..., no, al arcén. Se hizo a un lado y frenó de golpe. Alargué el brazo y apoyé la mano en el salpicadero para no darme de bruces.

Una vez parado el motor, Jase abrió la puerta del conductor y, envuelto en un silencio inquietante, se bajó. ¡Se bajó del coche! Se encendió la luz de cortesía.

—La madre que me parió —murmuré mientras lo veía pasar por delante de los faros, su extraordinaria silueta recortada contra la fuerte luz amarilla.

¿Iba a sacarme del coche en medio de ninguna parte? ¿Iba a obligarme a volver andando? Como reacción, parecía un pelín exagerada, ¿no? Al fin y al cabo, gracias a mí había tenido un orgasmo que flipas. Debería darme las gracias...

Jase abrió de golpe mi puerta y bajé los ojos. Sus vaqueros seguían desabrochados y, madre del amor hermoso, la visión resultaba supersexy.

Inspiré hondo.

—Jase...

Me tomó la cara entre las manos y su boca se abalanzó sobre la mía. El beso fue como el que habíamos compartido justo antes de tener la brillante idea de chupársela. Ávido. Apasionado. Un beso que no permitía sino sentirlo, degustarlo. Su lengua se abrió paso entre mis labios y atrapó mi jadeo. Inclinando la cabeza, su beso se hizo más profundo. Sus manos se deslizaron por debajo de mi falda hasta envolverme las caderas. Entonces levantó la cabeza y, con sus ojos clavados en los míos, me giró hasta ponerme frente a él.

Se me escapó un pequeño chillido de sorpresa cuando tiró de mí hasta el borde del asiento. Recostándome, apoyé las manos en el del conductor y doblé los codos. Su semblante se tiñó de una ferocidad salvaje cuando me levantó el trasero y metió los dedos bajo el elástico de mis mallas.

Mi mente se iluminó con un fogonazo de comprensión. Jase tiró de las mallas y me las bajó hasta los tobillos. Atónita, me sonrojé mientras la respiración se me entrecortaba en el pecho. Vale. No estaba enfadado. En absoluto…

Jase me levantó los faldones de la blusa y echó la cabeza hacia atrás. Tragó saliva con dificultad.

—La hostia, Tess, ¿no llevas bragas?

¿Cómo? ¿Que no llevaba bragas? Joder, se me había olvidado. Una nueva oleada de calor me inundó.

—Pues…, no me gusta llevarlas con mallas.

Jase salió disparado hacia delante y me pasó una mano por la nuca.

—Perfecto. —Volvió a besarme, introduciendo su lengua en mi boca—. Joder, es perfecto.

Entonces su boca se alejó de la mía y se quedó mirándome. Sus manos, grandes y oscuras, contrastaban con la piel de mis muslos. Después de tantos años bailando con medias, maillot y vestidos mínimos, había mantenido la costumbre de depilarme casi entera. Y, en cuanto me abriera las piernas, no habría forma de esconderlo.

Jase dejó escapar un sonido ronco y sexy.

—Eres preciosa, Tess, mucho más de lo que jamás habría imaginado.

La boca se me secó al tiempo que mi cuerpo ardía por dentro.

—Ábrete para mí —murmuró.

Aguanté las ganas de cerrar las piernas. Cualquiera podría pasar al lado con un coche. No tenía ni idea de dónde estábamos, a qué distancia de su fraternidad o de cualquier otro edificio. Podría pasar hasta la mismísima policía. Sin embargo, obedecí.

—Más.

Con el corazón desbocado, abrí las piernas. Las mallas se estiraron en mis tobillos. Sus manos se deslizaron sobre mi piel hasta detenerse en mis caderas. Aquello era una locura, era surrealista. Era como un sueño que me producía escalofríos y agudizaba mis sentidos. El corazón me latía tan rápido que me notaba a punto de sufrir un ataque.

Jase bajó la cabeza sin apartar su mirada de azogue de la mía. Se lanzó sin más, con el mismo arrojo y determinación que yo había demostrado antes, pero esto... era distinto. De una intimidad absolutamente única. Me estremecí al sentir cerca su aliento cálido y gemí cuando su boca se posó entre mis piernas... con un beso dulce y arrebatador.

Entonces me devoró.

Su boca, caliente, húmeda, devastadora, me recorrió entera. Su lengua me acariciaba con seguridad, juguetona y ligera, avasalladora y profunda. Mi cabeza cayó hacia atrás y una vorágine se apoderó de mi mente. Sin dejar de jadear, mis caderas se agitaban al tiempo que las sensaciones embravecidas me invadían. Una tempestad arrollaba mi cuerpo. Estaba fuera de control. Mis manos se deslizaron sobre el vinilo y mi cabeza tocó el asiento del conductor. Arqueé la espalda cuando lo sentí adentrarse más y más.

—Jase —gemí, con el cuerpo entero en tensión, todos y cada uno de mis músculos, de los dedos de las manos a los de los pies. Era como estar sobre el escenario en el instante en que daba comienzo la melodía y ejecutaba el primer movimiento, ese momento en el que la totalidad de mi cuerpo se tensaba, listo para florecer en respuesta a la llamada de la música.

—Si sigues pronunciando mi nombre así... —Sus dedos se clavaron en mi piel, arrancándome un suspiro de placer—. No pararé. Te lo juro.

Si seguía, iba a morir. Ya estaba muriéndome. Grité, perdida en las sensaciones que me abrumaban mientras mi cuerpo se contraía y se volvía líquido. El orgasmo me atravesó como un latigazo, vibrante y ensordecedor, y me cortó la respiración. Mis piernas temblaron y mis manos se abrieron y cerraron en el vacío. En el Jeep resonaban unos extraños sonidos quedos, y tardé varios segundos en percatarme de que era yo quien los articulaba.

No fui del todo consciente de que Jase se movía hasta que sentí sus labios sobre los míos y mi sabor en su boca. Aún no había vuelto a la realidad cuando su mano me acarició la piel de los muslos y susurró mi nombre. Sus dedos callosos bajaron por mis piernas. Me subió las mallas, me colocó bien la blusa y me ayudó a incorporarme, posando mis pies de nuevo en el Jeep. Había perdido un zapato en el proceso. Lo encontró y me lo calzó.

Con la cabeza apoyada en el respaldo, respiré con fuerza mientras me abrochaba el cinturón de seguridad. Un estremecimiento me recorrió cuando Jase deslizó una mano por mi brazo arriba hasta detenerse en mi mejilla. Me giró la barbilla hacia él. Abrí los ojos.

—Como digas que no deberíamos haberlo hecho o te disculpes… —Bostecé. Qué sexy—. Te arreo un puñetazo en los huevos.

Los labios brillantes de Jase se curvaron de un lado.

—No iba a decir nada de eso.

—Ah, ¿no?

—No. —Me acarició el labio inferior con el pulgar—. Solo iba a decirte que nunca…, nunca había disfrutado tanto conduciendo por estos caminos.

13

De camino a mi residencia, Jase se detuvo en un McDonald's y compró un té dulce, que compartimos. Creo que a ambos nos había dado bastante sed. Yo me sentía como si no tuviera huesos ni músculos y flotase en el asiento, retenida únicamente por el cinturón de seguridad. La euforia corría por mis venas. Era como si, al terminar un número de danza en una competición, hubiera abandonado el escenario sabiendo que iba a ganar.

De hecho, esto era mejor, más tangible. Si cerraba los ojos, aún notaba sus manos en las piernas y su aliento cálido sobre mi lugar más íntimo.

Era probable que al día siguiente no supiera ni dónde meterme de la vergüenza, pero en ese momento no me importaba. No quería pensar en nada. Solo quería dejarme llevar por aquella marea de sensaciones, porque hacía meses que no me sentía tan bien.

Jase aparcó en una plaza cerca de la entrada de mi edificio. Mientras salía del coche y lo rodeaba hasta llegar a mi puerta, traté de que mis extremidades volvieran a funcionar. Cuando la abrió, todavía estaba quitándome el cinturón. No era capaz de controlar mis dedos.

Al bajarme del Jeep, lo miré a los ojos. Con una sonrisa radiante abriéndose paso en sus labios, se acercó y me tomó la mano entre las suyas. Cuando cerró la puerta y di un paso adelante, me tambaleé hacia la derecha.

Jase rio bajito, asiéndome la mano con firmeza.

—Cuidado. Si sigues así, al final voy a creer que realmente te he hecho volar.

Se me escapó una risita. Me había hecho volar, de eso no cabía duda. Me guio hasta la acera, pero los pies se me enredaron. Cuando trastabillé, reí otra vez.

Jase se detuvo y me miró. Bajo la luz de las farolas y el juego de sombras que proyectaban en su rostro, me pareció salido directamente de un sueño.

—¿Has bebido en la fiesta?

—¿Puede?

Su sonrisa relajada se esfumó.

—¿Cuánto has bebido esta noche?

—Eeeh... ¿Tres? ¿Cuatro vasos? No sé. —Me quedé parada—. Normalmente no bebo. Por el ballet, ¿sabes? Si estoy borracha, no puedo bailar. Bueno, podría, pero no sería recomendable.

—Mierda. —Dejó caer la cabeza hacia delante y tomó aire, vacilante—. ¿Estás borracha?

—¡Dios mío, ni que fueras mi padre! —exclamé.

Me miró con cara de palo.

—Vale, yo no diría que esté borracha. —Con un bostezo, me giré hacia la residencia antes de volver la vista hacia él. Seguía asiéndome de la mano, pero nuestros brazos se habían estirado—. Ojalá pudiera teletransportarme a la habitación.

Jase enarcó las cejas.

—Pues sí, estás achispada.

¿En serio? No me había dado cuenta. Aquella sensación de embriagadora felicidad podía deberse tanto a la cerveza como al orgasmo.

—Creo que prefiero el orgasmo.

—¿Cómo? —Jase rompió a reír con ganas.

Sonreí cuando echó a andar tras tirarle del brazo.

—Me siento bien..., hacía meses que no me sentía así. Y prefiero pensar que se debe al orgasmo y no a la cerveza.

Una nueva carcajada, profunda y sexy, escapó de sus labios.

—Me lo tomaré como un cumplido.

—Deberías.

La puerta seguía estando horriblemente lejos y Jase no avanzaba lo bastante rápido. Tal vez debería quedarse. No creía que Debbie volviese en mucho tiempo. Tendríamos el cuarto para nosotros solos, había una cama y...

—No sabía que habías estado bebiendo.

Me detuve al percatarme de la seriedad en su voz. Cuando me di la vuelta, faltó poco para que perdiera el equilibrio, lo que no obró en mi favor. Jase apoyó las manos en mis caderas para enderezarme.

—Ahora te arrepientes, ¿verdad? —Mi burbuja de felicidad estaba a punto de romperse—. No estoy pedo. Sabía exactamente lo que estaba haciendo. Lo hice porque quería. Puede que no fuera la idea más brillante...

—Joder, ahí no te doy la razón —me interrumpió, con una repentina chispa en los ojos—. Ha sido una idea genial; aun así... —Sus rasgos se suavizaron cuando me posó la mano en la mejilla—. Si hubiera sabido que habías bebido, te habría parado.

Incliné la cabeza a un lado, tratando de averiguar qué quería decir.

—¿Y si no hubiera bebido?

—Creo que ya conoces la respuesta.

Probablemente.

—Pero no estoy borracha. Quería hacértelo. Quería...

Jase gruñó.

—Tienes que dejar de hablar así.

—¿Cómo? —pregunté, frunciendo el ceño.

—Tienes que dejar de decirme que querías hacerlo. No me malinterpretes: me encanta, pero me dan ganas de dejarte hacerlo de nuevo. Y de hacértelo yo a ti. Solo que no usaría solo la lengua. —Apretó su frente contra la mía y la proximidad me cortó la respiración—. Empezaría por ahí, pero luego querría usar las manos y luego tampoco me bastaría.

Sus palabras prendieron fuego a mis mejillas, y tal vez estuviera algo más afectada de lo que creía, porque me invadió una osadía repentina.

—No te detendría.

Jase cerró los ojos y un sonido grave subió desde el fondo de su garganta.

—Por Dios, Tess...

Tragué con dificultad y levanté la cabeza hasta que nuestros labios quedaron frente a frente.

—¿Jase?

Dudó un momento antes de besarme con dulzura, apenas acariciando mis labios. Ese contacto tan leve de alguna forma me conmovió más que todos los demás besos.

—Sé que has bebido. No quiero que eso se interponga entre nosotros.

—Pero...

—Hablaremos más tarde, ¿vale? Ahora mismo, tú solo déjame acompañar a ese culito bonito, que no está borracho pero sí un poco achispado, hasta su cuarto.

—¿Crees que tengo un culo bonito?

Dio un paso atrás, riendo.

—Cariño, tu culo es terreno sagrado a mis ojos.

—Ay, madre...

Sonrió de oreja a oreja.

—Venga, anda.

—No me puedo creer que acabes de decir que mi culo... ¡Ay! —chillé cuando Jase me rodeó la cintura con el brazo y me levantó, estrechándome contra su pecho. Durante unos segundos las estrellas se arremolinaron en mis ojos—. ¿Qué haces?

Bajó la vista hacia mí con las cejas enarcadas.

—Te llevo a tu cuarto.

—¿En brazos? ¿Te parece necesario?

—Pues sí. —Atravesó el patio a grandes zancadas—. ¿Tu tarjeta?

Me revolví, tratando de sacarla del bolsillo trasero de la falda. Jase me alzó y la cogió sin dejarme caer. No protesté cuando me pidió que abriera la puerta y la sujetó con el pie. Con la cabeza apoyada en su torso, cerré los ojos. Transcurrieron varios segundos mientras, mecida suavemente por sus pasos, me dejaba llevar a un estado de agradable placidez. Teníamos que hablar. Sobre cosas. Cosas serias. Y era probable que esperar al día siguiente fuera una mala idea, pero me acurruqué contra su pecho. Estar entre sus brazos...

Al día siguiente le podía ir dando del derecho y del revés.

Durante gran parte del camino hasta mi cuarto tuve la impresión de hallarme bajo el agua. Abrir los ojos exigía demasiado esfuerzo. Como de costumbre, nuestra suite estaba vacía. Jase encendió la luz con el codo.

—¿Estás segura de que hay gente viviendo en el otro cuarto? —preguntó al tiempo que se giraba y, haciendo malabares, cerraba la puerta conmigo en brazos.

—Sí, sí —murmuré soñolienta antes de abrir los ojos lo suficiente para confirmar que mi habitación también estaba vacía—. De vez en cuando se oyen ruidos.

Jase atravesó el cuarto.

—¿Y no has hablado nunca con las ocupantes?

—No.

Me depositó en la cama y, cuando quise abrir los ojos, ya había retrocedido hasta el pie de la cama.

—Dime una cosa.

—Una cosa.

Sonrió con los ojos entrecerrados. Desde el cuarto de estar entraba luz suficiente para iluminarlo solo a él.

—¿Tu hermano sabía que estabas bebiendo?

Cam era la última persona en la que quería pensar en ese momento.

—¿Tess? —insistió al tiempo que tiraba de una de mis bailarinas. Cuando agité los dedos, atrapó mi pie y lo sostuvo en la mano.

Dejé que los párpados se me cerraran de nuevo.

—No. Estaba demasiado ocupado comiéndose a Avery con los ojos.

—Tendría que haberte prestado algo de atención.

Me quitó el otro zapato y lo dejó caer en el suelo. Se me escapó un ronquido de lo más sexy.

—¿Por qué? No soy una niña. Tengo derecho a beber si me apetece.

—Ajá. —Sus dedos danzaron por la planta de mi pie, haciéndome cosquillas; traté de retirarlo, pero no fui lo bastante rápida. Jase me soltó para arroparme con la colcha—. ¿Así que ahora vas a convertirte en parte del paisaje en este tipo de fiestas?

Ovillándome sobre un lado, abrí los ojos y le sonreí mientras me tapaba.

—No lo sé. Tampoco he visto a demasiadas chicas.

Jase se sentó a mi lado, tirando de una esquina de la manta para que me cubriera el hombro.

—Salvo las habituales, no suele haberlas.

—¿Las habituales?

—Las chicas que suelen venir a las fiestas, pero no son novias de nadie.

No me gustó cómo sonaba aquello.

—¿Como la chica de tu dormitorio?

Se pasó una mano por el pelo, despeinándolo.

—Sí, como ella.

—¿Cómo dijiste que se llamaba?

Jase se removió antes de recostarse sobre un codo.

—¿Importa?

Buena pregunta. ¿Teniendo en cuenta lo que acababa de suceder entre nosotros?

—Sí.

—Es buena gente.

—Ya...

Jase bajó la barbilla, al tiempo que sus labios se curvaban.

—En serio. Le gusta divertirse, eso es todo...

—No quiero saber nada de ese tipo de diversión.

Jase rio; yo fruncí el ceño.

—Cam también se ha enrollado con ella.

—Puaj. —Arrugué la nariz—. ¿Y tú también?

—No al mismo tiempo.

—Joder, espero que no. —Cuando volvió a reírse, le di un empujoncito con la rodilla—. ¿Te das cuenta de que eso significa que te has enrollado con Cam?

—¿Qué? No jodas, no. —Vi al contraluz cómo daba un paso atrás—. Te he dicho que no...

—Si él se la ha tirado y tú también, por asociación, os habéis tirado el uno al otro.

—Eso es repugnante.

Sonreí maliciosa.

—Lo que es repugnante es que los dos se la hayáis metido y...

—¿Podemos cambiar de tema?

Mi sonrisa se ensanchó aún más. Era más que probable que al día siguiente no me hiciera tanta gracia, pero en ese momento su incomodidad me parecía la monda.

—Quizá ahora te lo pienses dos veces antes de hacer algo de lo que no vayas a sentirte orgulloso.

Jase enarcó una ceja antes de fijar la mirada en la cama vacía al otro lado del cuarto.

—Lo que te dije es cierto, Tess. Conozco a Steph desde hace años y sí, hemos hecho el tonto alguna vez, pero no ha pasado nada desde el semestre pasado. Y yo... —Ladeó la cabeza y suspiró—. No la he besado. Eso también era verdad. Llevo sin besar a una chica desde que...

Mi corazón empezó a latir con fuerza.

—¿Desde cuándo?

Jase negó con la cabeza y soltó una carcajada seca, desprovista de humor.

—Desde hace mucho tiempo.

Lo observé en silencio. Algo había cambiado en él; no estaba segura de qué exactamente, pero algo distante, casi triste, traslucía en su semblante, tensando aquellas facciones que volverían a cualquier artista loco por dibujarlas.

Sabía que hablaba de la madre de Jack, que le había hecho daño y que llevaba todos estos años con el corazón roto.

Dios mío, puede que sí que estuviera borracha, porque no tenía ni idea de si Jase había llegado a estar enamorado de ella. Era un tío, y los tíos no penan en secreto durante años los males de amor. Los olvidan, ya sea a base de alcohol o de polvos.

Cada vez me costaba más mantener los ojos abiertos.

—Ojalá hubieras traído el cupcake.

Jase se rio y negó lentamente con la cabeza.

—Te habría encantado. Este también llevaba Snickers. Supongo que el destino no quería que te lo comieras.

—Eso parece. —Pasó un instante—. ¿Te quedas?

Jase no respondió de inmediato. Noté cómo su dedo se deslizaba por mi mejilla, recogía un mechón de pelo y me lo apartaba.

—Me quedaré hasta que te duermas.

—No voy a tardar mucho. —Traté de abrir los ojos, pero estos no querían—. Y tenemos que hablar...

—Duerme, Tess. —La cama se inclinó y noté cómo sus labios se posaban en mi frente—. Te prometo que hablaremos mañana... si tu hermano no me mata antes.

Había una persona minúscula viviendo en mi cabeza, y ese día había decidido despertarme a martillazos. Con un gemido lastimero, me puse de lado y abrí los ojos.

La pequeña ventana junto a la cama de Debbie dejaba entrar demasiada luz. Me cubrí la frente dolorida con la palma de la mano al tiempo que arrugaba la cara.

—Aaay —gemí al incorporarme.

La colcha se deslizó hasta mi cintura, revelando la ropa con la que me había quedado dormida la noche anterior.

Una risa cantarina se oyó por el cuarto.

—Andaba preguntándome cuándo ibas a despertarte.

Aturdida, me volví hacia la puerta. Debbie estaba apoyada en el quicio con una sonrisa divertida en los labios. Con un sabor en la boca como si la víspera hubiera tomado las peores decisiones, miré el reloj.

—Me cago en la leche.

Era casi la una de la tarde. Debbie se rio de nuevo.

—Anoche te dejaste llevar, ¿eh?

—Sí —grazné.

Debbie se alejó de la puerta y abrió el pequeño frigorífico. Después de sacar una botella de zumo de naranja, cogió un frasco de la mesa. Se acercó y se sentó en mi cama.

Sentía el cerebro amodorrado, como si durante la noche se me hubiera llenado de algodón, mientras la veía sacar dos aspirinas del frasco.

—Toma. —Me tendió el zumo y las aspirinas—. Te ayudará.

Según estaba, me habría pegado hasta un tiro en la cabeza si eso me hubiera ayudado. Me tomé las pastillas y bebí un buen trago de zumo.

—Oficialmente ya eres universitaria —me anunció Debbie mientras cerraba el frasco de las aspirinas.

—Ah, ¿sí? —Lo que era oficial era que estaba hecha un guiñapo.

—Tienes tu primera resaca en la uni. Es una tradición.

—Es una mierda. —Me apreté la cabeza con la mano—. Pero bien gorda.

—Ey. —Me dio una palmadita en la pierna doblada—. Al menos no has vomitado.

Cerré los ojos con fuerza.

—Cierto.

—¿Qué te pasó anoche? —preguntó Debbie, girándose para sentarse con las piernas cruzadas—. Te vi subir al piso de arriba, pero no llegaste a bajar. Como una hora más tarde, Cam entró buscándote.

Abrí los ojos desmesuradamente cuando los acontecimientos de la víspera me vinieron en tromba a la memoria. Sentí un escalofrío seguido de un calor infernal en la piel.

Ay. Dios. Mío.

Jase y yo nos habíamos lanzado a los juegos orales.

¿Había sucedido de verdad? Un recuerdo de su boca y su lengua sobre mí, dentro de mí, me atravesó el cerebro como un relámpago. Me ruboricé y el corazón se me aceleró. Un nuevo tipo de dolor se apoderó de mis senos antes de descender mucho más abajo.

Sí. Había sucedido de verdad.

Me volví rápidamente, sin prestar atención al dolor agudo en las sienes, y agarré el móvil que descansaba en la mesilla. No recordaba haberlo dejado allí. Seguro que Jase me lo había sacado del bolsillo. No había llamadas perdidas de Cam. Imaginé que

Jase habría vuelto a la fraternidad y le habría explicado que me había traído a la residencia. Sin entrar en detalles.

Al menos, eso esperaba.

Por mucho que desease estar con Jase, y, madre, cuánto lo deseaba, no quería que tuviera problemas con mi hermano. Joder. Eso dificultaría bastante hacer pública nuestra relación.

Si es que algún día llegábamos a tener una relación.

Tampoco había llamadas perdidas ni mensajes de Jase.

Con un nudo en el estómago, dejé caer el teléfono a mi lado, sobre la cama.

—Volví a la residencia —terminé por decir.

—Eso ya me lo imaginé. ¿Pasó algo para que te fueras?

—No. —Me obligué a encogerme de hombros antes de darle un nuevo trago al zumo—. Solo quería volver.

—Oh. —Se mordió el labio y respiró hondo—. Entonces ¿Erik no te dijo nada?

—No. —Me acabé el zumo—. ¿Por qué? —Una vez hecha la pregunta, imaginé que podría deberse a que lo había insultado. Me sentí culpable—. Debbie, siento haberle llamado gilipollas. Solo...

—No te disculpes. —Le quitó importancia con un gesto de la mano—. A veces se comporta como un gilipollas. El caso es que subió al cuarto de baño poco después de que fueses al piso de arriba y tuve miedo de que te hubiera dicho algo.

Un mechón de cabellos castaños se le escapó de la pinza y le acarició la frente. Se lo apartó. Mi mente iba a toda pastilla, obnubilada por Jase y su lengua increíble, insaciable. Entonces me acordé de los moratones que le había visto en las piernas a Debbie y del modo en que Erik le hablaba.

Tenía que decirle algo. Que sabía por lo que estaba pasando. Alguien debía dar un paso al frente, porque sabía por experiencia propia que, de no hacerlo nadie, las cosas irían a peor. La piel me ardía. Era duro. Aún me costaba reconocer que yo había estado en una relación como esa. Y no era solo por una cuestión de culpa o de vergüenza. Era... ese puto miedo que nunca me abandonaba, que se alimentaba de la herida gangrenada de los recuerdos.

Aparté la vista hacia la botella vacía.

—Debbie, ¿te puedo hacer una pregunta?

—Claro —respondió, sonriente, al tiempo que lanzaba el frasco de pastillas al aire y lo atrapaba entre las manos—. Dispara.

Armándome de valor, alcé los ojos.

—¿Erik... te pega?

Pasaron un segundo o dos antes de que se echara a reír. Demasiado alto.

—¿Qué? No. ¿P-por qué crees eso?

Me puse a juguetear con el tapón de la botella de zumo.

—Porque no es demasiado amable y...

—Que diga chorradas de vez en cuando no quiere decir que me maltrate. —Estiró sus largas piernas y se levantó de la cama a toda prisa. Me encaró, cruzándose de brazos. Tenía las mejillas encendidas—. No me pega.

Negación. Yo también había jugado esa carta cuando mamá me había visto los hematomas. Aparté la colcha y, sentándome en el borde de la cama, la miré a los ojos. Debbie apartó la mirada. Inspiré brevemente.

—Te he visto los moratones en las piernas.

El rostro se le tornó pálido.

—¿Moratones? —Se miró los vaqueros—. ¿Cómo?

—El otro día. Llevabas pantalón corto.

Sus cejas se fruncieron, su boca se abrió y se cerró de golpe.

—Hace un par de días me di un golpe con la esquina de la cama. Probablemente sería eso lo que viste.

En tal caso, debía de chocarse con la esquina de la cama con mucha frecuencia. Dejé la botella en la mesilla.

—Debbie...

—Mira, gracias por preocuparte por mí, pero no hace falta. —Quitó su teléfono del cargador y cogió un gorro de lana que había encima de su cama estrecha—. Tengo cosas que hacer. Luego nos vemos.

Me puse en pie.

—Necesito hablar contigo...

—Ahora no tengo tiempo.

—Por favor. No lo entiendes. No pretendo disgustarte ni juzgarte. Solo quiero que... —La puerta se cerró de golpe—... entiendas que sé bien cómo te sientes —murmuré en el cuarto vacío.

Pues vaya, menudo éxito. Suspirando, me dejé caer sobre la cama. La cabeza me dolía menos, pero aún sentía una especie de película desagradable cubriéndome la piel, lo cual era lógico teniendo en cuenta que me sentía como una auténtica basura tras la conversación con Debbie.

Aun así, estaba convencida de que mis sospechas eran bien fundadas.

Cogí mis artículos de aseo y me dirigí al cuarto de baño. Mientras estaba bajo el chorro de agua bien caliente, reviví en mi cabeza lo sucedido la noche anterior. La chica en la habitación de Jase. Yo largándome hecha una furia. Jase en el Jeep. Su sabor en mis labios. Su cabeza morena entre mis piernas.

Esa imagen de él quedaría grabada para siempre en mi mente.

Me tapé la cara con las manos mientras me daba la vuelta para dejar que el agua me cayese por la espalda. Las mariposas que sentía en el pecho bajaron hasta mi vientre y una sonrisa se asomó entre los dedos. Lo que sentía era... extraño. Como si no solo me hubiera despertado con resaca, sino siendo una persona distinta. Como si hubiera madurado durante la noche. Realmente no sabía qué pensar. Era absurdo: el sexo oral no le cambiaba a una la vida.

Sin embargo, esa era la impresión que tenía.

Se me escapó una risita al deslizar las manos por mi pelo mojado.

Mientras la espuma que me escurría del cuerpo se iba acumulando a mis pies, me mordí el labio. La noche anterior había pasado de verdad y, que recordase, Jase no me había rechazado. Se había quedado conmigo hasta que me dormí. Ni se había disculpado ni había dicho que se arrepintiera.

Salí de la ducha y me sequé a toda prisa. En cuanto me puse unos pantalones cómodos y una camiseta, volví al cuarto de estar. Eché un vistazo a la puerta de la otra habitación, aguzando el oído.

Aguanté la respiración. Se oyeron pasos acercándose a la puerta antes de alejarse de nuevo. Me acerqué de puntillas, aferrando mis artículos de aseo contra el pecho.

—¿Hola?

Silencio.

Al cabo de unos segundos, negué con la cabeza y volví a mi cuarto. Lo primero que hice fue comprobar el teléfono. Nada. Una sensación desagradable se me instaló en el estómago. Me senté en la cama y cogí el ordenador portátil.

Por si la conversación con Debbie no hubiera sido lo bastante incómoda, a última hora de la tarde se presentó con Erik. Para entonces, ya había hablado con Avery y le había contado lo mismo que a mi compañera de habitación. No había mencionado a Jase.

Tampoco había tenido noticias suyas.

Sin embargo, en ese momento no pensaba en él.

Erik estaba de pie delante del escritorio mientras Debbie cogía lo necesario para pasar la noche fuera. Dejé el ordenador portátil sobre la almohada. Metió una muda en una pequeña bolsa de viaje marrón y rosa sin dirigirme la mirada.

—¿No vas a dormir aquí esta noche?

—No —respondió Erik con una mirada de prepotencia—. Se va a quedar conmigo.

Aquello colmó mi paciencia.

—Se lo he preguntado a ella.

—¿Te crees que estoy sordo? —Se volvió hacia mí con una ceja enarcada, y me dieron ganas de quitarle aquella sonrisa petulante de un guantazo—. ¿O tal vez idiota? Sé que se lo has preguntado a ella, pero...

—Erik... —Debbie suspiró. Cerró la cremallera de la bolsa y se dio la vuelta, con las mejillas coloradas—. ¿Podemos dejarlo para otro momento?

Las pupilas de su novio se dilataron y este giró la cabeza lentamente.

—¿Acabas de interrumpirme?

Noté cómo se me ponía la piel de gallina mientras me levantaba. La frialdad y la dureza de su voz me hicieron retroceder varios años. Noté un nudo en el estómago. Me moría por huir de la habitación, porque en ese momento a quien veía era a Jeremy con el rostro contraído por la ira.

No recuerdo muy bien qué pasó después.

Erik agarró la bolsa de viaje de Debbie, pero esta no la soltaba. O tal vez no sabía lo que su novio trataba de hacer. En cualquier caso, su reacción lo enfureció aún más. La cara se le enrojeció y sus bíceps se flexionaron. Tiró con fuerza de la bolsa, haciendo que Debbie perdiera el equilibrio cuando la correa se le escapó de la mano. De forma instintiva, di un paso adelante para intentar agarrarle el brazo e impedir que se cayera. Erik escupió una serie de insultos al tiempo que, en un gesto circular, me empujaba con la bolsa para apartarme. Cuando esta me golpeó en la cadera, perdí el equilibrio. Sin pensar, agité los brazos para agarrarme a algo, pero solo encontré aire.

Lo único que distinguí fueron los ojos incrédulos de Debbie al verme frenar la caída de forma instintiva con la pierna dominante, la derecha.

De inmediato, esta cedió bajo mi peso y un dolor lacerante me estalló en la rodilla. Se me escapó un grito ahogado. Caí de culo y se me cortó la respiración. El dolor era atroz, como si alguien hubiera cogido un cuchillo y me lo hubiera clavado atravesando músculos y cartílagos.

—¡Teresa! —exclamó mi compañera de cuarto.

Al notar que se me saltaban las lágrimas, cerré los ojos con fuerza, negándome a mirarme la rodilla. No era capaz. Dios mío, no quería verlo.

—¿Es la rodilla? —preguntó Debbie—. Ay, madre, ¿es la rodilla?

Con la mandíbula apretada, asentí. El mundo exterior, más allá de la puerta y el cuarto de estar, se estrechó sobre mí.

—Ha sido sin querer —dijo Erik con voz aguda—. Se ha metido por medio. Ha sido un accidente. ¡Dile que ha sido un accidente!

Con el corazón latiéndome errático, cerré los puños.

—Teresa —me susurró Debbie. Sentí cómo se arrodillaba junto a mí. Me posó una mano fría y temblorosa en el brazo—. Di algo.

Negué con la cabeza, apretando los labios. No podía hablar. No podía mirarme la rodilla porque, joder, lo sabía. Es que lo sabía. El dolor era demasiado intenso, demasiado prolongado. No era un simple dolor.

Me había reventado la rodilla.

Otra vez.

14

Erik desapareció enseguida; prefería esperar a Debbie en el recibidor de la planta baja. Estaba de suerte, porque, si hubiera podido caminar como una persona normal, lo habría sacado a patadas del campus.

—Lo siento —se disculpó Debbie por centésima vez mientras me ayudaba a meterme en la cama—. De verdad que...

—Basta —espeté antes de respirar hondo, sacudida por un doloroso espasmo en la pierna—. Deja de disculparte. No ha sido culpa tuya.

Debbie dio un paso atrás, con las manos unidas.

—Erik no quería hacerte daño.

Abrí la boca, pero una nueva punzada de dolor me atravesó la pierna y tuve que inspirar de nuevo.

—¿Te traigo hielo? —propuso.

Apreté los dientes y asentí. Para cuando volvió con una funda de almohada envolviéndolo, había conseguido estirar la pierna y levantarme la pernera del pantalón. Tenía la rodilla hinchada. Mala señal. Siseé mientras me ponía el hielo encima.

—Teresa...

Volví a inspirar suavemente y me giré hacia mi compañera de cuarto.

—Puede que no tuviera intención de hacerme daño, pero estaba tan furioso que no se paró a pensar cuando lanzó la bolsa de viaje. O puede que sí, pero le dio igual.

Los ojos se le anegaron.

—Sé que no era su intención —dijo con la voz quebrada.

Sin decir nada, me recoloqué el hielo. No podía pensar con claridad. En la cabeza se me mezclaban demasiados pensamientos.

Junto a la cama, Debbie cambiaba el peso de un pie al otro, vacilante. Tardó varios segundos en hablar.

—Por favor... Por favor, Teresa, no se lo digas a nadie.

Mi cabeza se volvió hacia ella como una bala. No podía creer lo que me estaba pidiendo, pero entonces el corazón me dio un vuelco. ¿Acaso yo no le había pedido exactamente lo mismo a mamá, y luego a Cam? «Por favor, no se lo digas a nadie». Todo por miedo a la reacción de Jeremy.

Ese era el momento de contárselo a Debbie. Sin embargo, esta se apresuró a abrazarme y susurrarme:

—Por favor.

No dije nada hasta que se hubo marchado, porque no era una promesa que estuviera segura de poder cumplir. Bajé la vista y levanté la bolsa de hielo improvisada. Tenía la piel enrojecida por el frío.

Una hora después me sonó el teléfono, pero ni lo miré. Permanecí tumbada, apoyada en mi espalda, con un cojín bajo la rodilla para mantenerla en alto. Para cuando tuve que salir renqueando a por más hielo, el dolor era constante; simplemente aumentaba de intensidad de vez en cuando, como si alguien me acercara la llama de una cerilla a la piel.

La rodilla seguía hinchada. El hielo y la elevación no estaban sirviendo de nada. No había sentido ningún chasquido cuando me caí, pero la hinchazón no auguraba nada bueno. Y sabía que no era capaz de tenerme en pie sobre ella. Todavía no.

Esa noche recibí otras dos llamadas. De un total de tres, dos fueron de Jase, pero no me sentí con fuerzas de responder. La noche anterior..., parecía haber pasado una eternidad desde entonces.

Me quedé mirando el teléfono con los labios temblorosos. Acababa de llegar un mensaje. Cuando la pantalla se apagó, lo cogí, pero no hice nada. Aún no podía hablar con él. Era muy probable que me derrumbara.

Porque todo cambiaba si me había fastidiado la rodilla de nuevo. Ya no sería algo temporal. No volvería jamás al estudio de danza. Todo esto..., pensé mirando a mi alrededor, se convertiría en mi vida. De verdad. Hasta entonces no había sido más que un simulacro.

Subí la mano y me la puse sobre la frente. Un nuevo espasmo me sacudió la pierna. No quería volver a pasar por todo: el dolor, la cirugía, la rehabilitación. Y esta vez... Me estremecí. Esta vez sería distinto, porque lo peor que se le podía hacer a un ligamento cruzado roto era lesionarlo de nuevo, porque aumentaba la probabilidad de provocar una inestabilidad permanente de la rodilla.

Eso significaba que no podría volver a bailar.

Cuando por fin me quedé dormida, creo que no soñé. Al despertar, la hinchazón había aumentado hasta duplicar el tamaño de mi rodilla. Ni siquiera intenté ir a por hielo. Sabía que no serviría de nada. Además, no tenía muletas, así que no iba a poder ir a clase. Me quedé en la cama mientras el estómago se me llenaba de ácido.

Mi móvil sonó a los pocos minutos de que comenzara la clase de música. Pensé que serían Calla o Debbie, quien me había enviado un par de mensajes preocupándose por mí a los que no había respondido, pero me sorprendió ver que era de Jase. Aún no había leído su otro mensaje.

Dónde estás?

Cerré los ojos hasta hacerme daño antes de incorporarme. Merecía una respuesta a pesar de todas las veces en las que había pasado de mí. Esto no tenía nada que ver con él. Le mandé un mensaje rápido.

No me encuentro muy allá.

Respondió de inmediato.

Estás bien?

Me froté los ojos empañados antes de enviarle un rápido «sí» y arrojé el teléfono a los pies de la cama.

Sabía que tenía que llamar al doctor Morgan y a mamá, pero la simple idea de hacerlo me oprimía el pecho. El dolor, la hinchazón: ya sabía lo que significaban. Mi futuro y mis sueños se habían esfumado. No me hacía falta un médico para entenderlo.

Me estremecí de nuevo. Me puse de lado, me ovillé y rodeé la almohada con el brazo antes de hundir la cara en ella. La tela suave se mojó enseguida. No eran lágrimas enormes, sino un llanto interminable y silencioso. El dolor en la boca del estómago era tan fuerte como el de la rodilla.

Poco después de las doce y media, alguien llamó a la puerta con firmeza. No tenía ni idea de quién podía ser. ¿Tal vez esas compañeras de suite a las que aún no conocía? Frunciendo el ceño, me limpié las lágrimas a toda prisa y me incorporé antes de aclararme la garganta.

—Adelante.

Me tapé la pierna derecha con la colcha. No sé para qué quería esconderla. Tal vez creía que, si nadie la veía, no sería verdad. Era una tontería, pero apenas era capaz de pensar con lucidez. Estaba a nada de tirarme al suelo y llorar a grito pelado.

La puerta se abrió y tuve que parpadear dos veces, creyendo que la vista me engañaba, pero la persona que tenía delante no se desvaneció.

Jase entró en mi cuarto como si lo hubiera hecho cientos de veces. Vestido con vaqueros y una camisa negra de manga larga, una bolsa de plástico pendía de sus esbeltos dedos. Cuando posó su mirada sobre mí, se quedó inmóvil y sus ojos grises se tiñeron de inquietud.

—Guau. No parece que te encuentres bien, no.

Me estremecí. Debían de ser los ojos hinchados.

—Gracias.

Una rápida sonrisa se abrió paso en su rostro al tiempo que se me acercaba.

—Tampoco estás tan mal. —Se sentó en el borde de la cama y dejó la bolsa en el suelo, entre sus pies—. ¿Debería preocuparme?

Enarqué las cejas, sin comprender. Aún estaba demasiado atónita por su llegada como para entender lo que quería decir con aquella pregunta.

—¿Lo que tienes es contagioso? —se explicó.

—Ah, no. —Me detuve y lo observé a través de las pestañas mojadas—. ¿Por qué estás aquí?

—¿Que por qué? —Se le escapó una carcajada nerviosa—. Diría que es evidente. —Se agachó, cogió la bolsa y sacó un recipiente de plástico—. Sopa de pollo. No para el alma, sino para esa enfermedad que, con suerte, no será contagiosa.

Las puñeteras mariposas volvieron a revolotear como locas en mi pecho. Cogí la sopa caliente y la cuchara de plástico. A continuación aparecieron una botella de *ginger ale*, que Jase dejó en la mesilla, y una caja rosa. Un cupcake. Quise echarme a llorar.

—Si tanto te preocupa ponerte enfermo, ¿por qué has venido?

Su boca se curvó otra vez por uno de los lados.

—Bueno, teniendo en cuenta lo que hicimos el sábado por la noche, creo que da igual.

—Sí... —musité sonrojada.

—Y me dije que merecías que me arriesgara —añadió, enrollando la bolsa antes de tirarla a la papelera que había junto al escritorio—. Estoy seguro de que, solo con saberlo, ya te sientes mejor.

Me reí, pero la sonrisa desapareció de mi rostro en cuanto le quité la tapa al recipiente. Lo que había hecho me conmovió hasta lo más profundo. No estaba enferma, pero era imposible negar lo que sentía. A pesar del dolor intenso de la pierna y lo que significaba para mi futuro, un dulce calor invadía mi pecho.

—Gracias —le dije con voz ronca—. Es..., es todo un detalle por tu parte.

Jase se encogió de hombros.

—Tampoco es para tanto.

Sumergí la cuchara en la sopa de pollo, bien cargada de fideos, y me comí una enorme cucharada tratando de aliviar el nudo de la garganta. Lo que había hecho Jase sí era para tanto. Las lágrimas volvieron a aflorarme en los ojos. Me estaba convirtiendo en una llorica, pero esta vez era distinto. Habría querido arrojarme entre sus brazos y cubrirle de besos aquella cara tan guapa. Habría querido levantarme y hacerlo sin cojear. Que hubiera acudido no implicaba una confesión de amor eterno, pero significaba algo. Mucho más que unos besos robados.

Cuando lo miré, me di cuenta de que estaba observándome con demasiada atención. Volví a concentrarme en la sopa.

—Anoche me preocupé —admitió en voz baja—. Cuando no respondiste, pensé..., vaya, pensé que pasabas de mí.

Me acerqué el recipiente a la boca y recogí algunos fideos con la cuchara.

—Para nada.

—No podría culparte, especialmente después de que yo te hiciera lo mismo. —Se pasó los dedos por el pelo y, en cuanto dejó caer la mano, los mechones volvieron a derramarse por su frente—. Creo que todavía no me he disculpado por ello.

El corazón empezó a latirme a toda velocidad. ¿A qué venía todo esto? ¿Y por qué en este momento, cuando sentía que la rótula se me iba a salir de la rodilla como si fuera el monstruo de *Alien*?

—Así que lo siento mucho. Y también por aquel comentario que hice sobre que solo querías echar un polvo. Sé que no es eso lo que quieres. Vales mucho más y mereces mucho más. Sé que no significa gran cosa, pero confieso que no lo hice bien y, al final, tampoco ha servido de una mierda, porque no soy capaz de permanecer lejos de ti. —Se giró hacia mí y se inclinó por encima de mis piernas—. Lo de Jack ya lo sabes, pero...

Sin darse cuenta, presionó la cadera contra mi rodilla y di un respingo. Me doblé instintivamente cuando el dolor insoportable me subió por la pierna. Jase alargó la mano a la velocidad del rayo y cogió el recipiente para que la sopa no se me cayera encima. Con la cara más blanca que la cal, agarré las sábanas con las manos y cerré los puños.

—¡Joder! ¿Qué ha pasado? —Jase se levantó de un salto como si le hubieran mordido el culo—. ¿Estás bien?

Sacudida por el dolor, tan solo pude asentir. Inspiré. Espiré. Al cabo de unos instantes, la punzada agudísima dio paso a un dolor sordo. Mis dedos se relajaron e hice un esfuerzo por levantar la cabeza.

Jase me observaba con atención. Me lanzó una mirada a la pierna antes de regresar a mi cara.

—No estás enferma, ¿verdad? Has estado llorando. Por eso tienes esa cara. —Antes de que pudiera responderle, agarró la colcha y la apartó—. Hostia, Tess, tu rodilla. La madre que... No tenía ni idea. Lo...

—Para —lo interrumpí con voz áspera—. No lo sabías. No pasa nada.

Sus ojos como platos se encontraron con los míos.

—¿Qué ha pasado?

—Tuve una mala caída el domingo por la noche. —Era más fácil mentir que confesar la verdad. Aun así, la culpabilidad me pesó como una piedra en el estómago. Con la mano temblando, me aparté un mechón de la cara—. Creo que la he cagado de verdad.

—¿En serio? —Dejó el recipiente de sopa en la mesilla—. ¿Cuánto te duele?

Vi cómo se sentaba con precaución al borde de la cama.

—El dolor va y viene.

—Que me sentara encima tampoco ha ayudado, ¿verdad?

En la boca se me dibujó una sonrisa tenue.

—No pasa nada.

Jase alargó la mano, cogió el mechón que no dejaba de caérseme por la cara y me lo apartó.

—¿Se lo has dicho a Cam? ¿Y a tu madre?

Negué con la cabeza.

—No quería preocuparlos.

—¿Quieres más sopa? —Cuando asentí, me la tendió. Llevaba sin comer desde la tarde del día anterior, por lo que le estaba sentando bien a mi tripa—. Pero piensa que seguir aquí sentada con la pierna así no sirve de nada, Tess.

—Ya lo sé —musité, apartando la mirada.

Fijé la vista en su mentón al tiempo que cogía una cucharada de fideos. Era una parte de su cara que me agradaba observar. Una ligera sombra le cubría la parte inferior de la mejilla. Le daba un aire sexy y viril.

Jase se pasó una mano por el pelo.

—Entonces supongo que no habrás llamado al médico...

Asentí al tiempo que tragaba otra cucharada de sopa de pollo.

—Vale. Eso es lo primero que hay que hacer. Espera. —Cuando se acercó y me pasó el pulgar por la barbilla para limpiarme una gota de sopa, me ruboricé—. Tenemos que llamar. Y no me vengas con chorradas. Hay que hacerlo y, cuanto antes, mejor.

Dejó que me acabara la sopa antes de coger el teléfono que estaba al pie de la cama. Me lo tendió y esperó de brazos cruzados hasta que encontré el número del médico. Tuve que dejar un mensaje en el buzón de voz, pero me llamaron enseguida. Me dieron cita para la mañana siguiente. Tenía el corazón encogido por lo terrible de la situación.

—Te acompañaré —anunció Jase al volver del pasillo, adonde había ido a tirar el recipiente de la sopa.

—¿Cómo? —Me erguí hasta apoyar la espalda en el cabecero.

—Que te acompañaré mañana —repitió con llaneza—. La consulta está en la Universidad de Virginia Occidental, ¿verdad?

—Más o menos, sí, pero...

—Todavía no se lo has contado ni a Cam ni a tu madre, así que ¿cómo piensas ir? ¿Haciendo autostop? —Esbozó una sonrisita arrogante—. Puedo saltarme las clases de mañana. No es para tanto. Y, si no quisiera hacerlo, no me ofrecería, conque no me vengas con excusas.

—Ya lo sé —respondí—. Pero ¿por qué quieres acompañarme? Calentar el asiento en clase siempre es mejor que madrugar y conducir durante horas. A ver, es que hasta preferiría ir a Apreciación musical.

Riendo, Jase se sentó y apoyó la mano al otro lado de mi cadera.

—Pues sí que tienes que detestar ir al médico para preferir ir a esa clase. Hoy te la has perdido. A tu amiga Calla se le cayó la cabeza hacia atrás; roncaba y todo.

—Calla no ronca —respondí con una carcajada—. Lo sé porque raro es el día que no se echa una cabezadita en esa asignatura.

Sus párpados descendieron, velando aquellos ojos magníficos.

—Quiero acompañarte. Déjame hacerlo.

Mi boca se abrió y estuve a punto de soltar el típico «¿por qué?». Pero ¿acaso importaba? La situación en la que Jase y yo nos encontrábamos en ese momento me tenía completamente confundida. Algo había cambiado desde la noche del sábado, como si hubiera evolucionado. Jase ya no me apartaba y huía, más bien al contrario. ¿Tan bien se me daban las mamadas? Casi se me escapó una carcajada, menuda estupidez.

—Vale —terminé por responder.

Jase sonrió y, de repente, sentí que había accedido a mucho más que a un simple viaje en coche.

Odiaba el ambiente que se respiraba en las clínicas médicas: la pintura blanca, la decoración cursi, el olor a desinfectante. Daba igual la especialidad, todas estaban cortadas por el mismo patrón.

Antes de pasar a la consulta con el médico, de mediana edad, me habían hecho una radiografía. Me habían plantado el trasero en la temida silla de ruedas y me habían llevado, abandonando a Jase en la sala de espera principal. Una vez aparcada en la consulta donde me vería el médico, me bajé de la silla como pude y me senté en una de plástico. Fulminaba con la mirada la silla de ruedas cuando una de las enfermeras de la recepción abrió la puerta ruborizada e hizo entrar a Jase.

—Hemos pensado que te gustaría tener compañía —dijo al tiempo que se atusaba el cabello rubio con la mano.

Jase me guiñó un ojo al entrar con paso ligero.

—Seguro que la espera se le estaba haciendo insoportable sin mí.

Solté una carcajada burlona.

La enfermera rio entre dientes y se marchó a toda prisa de la habitación. Miré a Jase con una ceja enarcada.

—¿Cómo te las has ingeniado para que te dejen entrar sin ser de la familia?

Se subió de un salto a la mesa de exploración en la que yo debería estar sentada y comenzó a dar pataditas con sus largas piernas como un chiquillo travieso.

—Es mi encanto natural, Tess.

—Eso es verdad —concedí con una sonrisa divertida.

—Y un gran encanto conlleva una gran responsabilidad; hay que usarlo con mesura —continuó con ojos chispeantes—. Solo en caso de necesidad.

—Bueno es saberlo. —Me rebullí en la incómoda silla. Menos mal que lo tenía allí conmigo, porque los nervios empezaban a hacer mella—. Gracias una vez más. De verdad que aprecio el gesto.

—De nada. Tú solo recuerda tu promesa.

Soltando una carcajada, negué con la cabeza.

—Cómo iba a olvidarla...

—Te va a encantar. —Bajó la barbilla y los mechones rebeldes le cayeron por la frente—. Y no tengas miedo de nada. Estaré a tu lado.

El estómago me dio un vuelco al pensar en montar a caballo. Jase se había pasado todo el viaje convenciéndome para ir más allá de la primera toma de contacto con los animales: básicamente que me subiera en uno. Jase estaría conmigo y accedí porque confiaba en él y porque así me preocuparía por algo que no fuera mi pierna.

—Cam me ha mandado un mensaje —anunció Jase.

Me volví hacia él, pero su semblante era inescrutable.

—¿Le has dicho que estabas conmigo?

—¿Se lo has dicho tú?

—No. Sigue creyendo que estoy enferma. —Me enrosqué la coleta entre los dedos—. ¿Y tú?

Jase negó con la cabeza.

—Supuse que me preguntaría por qué estaba contigo yo y no él. Y entonces me haría otras preguntas y, bueno, pensé que sería mejor no responderlas por teléfono.

—¿Crees que es mejor contestar ciertas preguntas cara a cara? —pregunté con aire dudoso. Habida cuenta lo que Jase iba a decirle, no me costaba imaginar que, más que cara a cara, la conversación acabaría puño a cara.

Jase rio.

—Tendré que volver a desplegar mis encantos.

—No creo que ese tipo de encantos funcionen con mi hermano.

—Mujer de poca fe —respondió, curvando un lado de la boca. Su mirada pícara me aceleró el corazón.

Frunciendo los labios, me pregunté qué le diría a Cam. Sin duda, sería mejor que no supiera demasiado, independientemente de lo que pasara entre Jase y yo a partir de ese momento. Recorrí con la mirada los contornos casi perfectos de su rostro antes de descender hasta sus amplios hombros. Cuando alcé la vista, me sonrió para infundirme ánimo.

Con la respiración entrecortada, me di cuenta de que podría enamorarme fácilmente de él.

Si es que no lo estaba ya.

—¿Qué piensas? —inquirió, mordiéndose aquel delicioso labio inferior.

La tensión se me arremolinó en el bajo vientre. Estaba bien jodida. Aparté la vista, sintiendo cómo las mejillas se me encendían.

—No me apetece contártelo.

Jase emitió una carcajada ronca y grave.

—Pues qué rollo.

—Lo siento.

Gracias a Dios, en ese momento se abrió la puerta y entró el doctor Morgan. La verdad es que prefería concentrarme en mi rodilla a prestar demasiada atención a lo que me pasaba en el corazón y la cabeza.

Con la bata blanca ondeando sobre las rodillas, el médico tenía el pelo corto y rizado, salpicado de gris. Al ver dónde estaba yo y dónde estaba sentado Jase, sonrió.

—¿Tengo un paciente nuevo?

Tratando de no hacerme ilusiones al ver tal sonrisa, carraspeé.

—Este es Jase. Es…, mmm, mi amigo. Ha venido a acompañarme.

—Encantado. —El bueno del médico se acercó y le estrechó la mano. Cuando Jase hizo ademán de levantarse, el doctor Morgan le indicó con un gesto de la mano que no era necesario—. No te muevas. Estamos bien así.

Se sentó en una de las sillas de ruedas y dejó la carpeta con mi radiografía en la mesa. Se acercó a mí, agarró otra silla y la aproximó. Me levantó la pierna con suavidad y la posó encima.

—Vamos a echar un vistazo a esta pierna.

Me subí la pernera del vaquero, arrugando la cara al revelar la rodilla hinchada. Qué sexy. El médico soltó un silbido bajo.

—Ya sabes cómo funciona esto.

En efecto. Cerré los ojos y, uniendo las manos, las apreté contra el estómago. Los dedos del doctor Morgan estaban fríos cuando los presionó contra mi rodilla. No me dolió, aún no. Aplicó algo más de presión, comprobando la estabilización. Sentí un latigazo y apreté los dientes.

—Del uno al diez, ¿cuánto te duele? —preguntó en voz baja.

—Uf. —Esas cosas se me daban fatal. ¿Cómo saber a qué correspondía cada número? Necesitaba uno de esos dibujos con monigotes como guía—. ¿Seis?

—Vale. —Apretó un poco más y di un respingo—. ¿Y ahora?

—¿Siete? —grazné.

Mientras seguía torturándome, abrí los ojos de repente cuando percibí cómo una mano envolvía la mía. Ni siquiera lo había oído moverse. Jase estaba arrodillado junto a mí y, en cuanto mis ojos se toparon con los suyos, fui incapaz de apartar la mirada.

—¿Y ahora? —preguntó el doctor Morgan. Al oír mi jadeo áspero, apartó las manos—. No hace falta ni que respondas. —Sonrió con amabilidad mientras me bajaba la pernera—. Muy bien. ¿Te has puesto hielo y has mantenido la pierna en alto?

Asentí sin dejar de mirar a Jase.

—Sí.

—Pero ¿ha servido de algo?

—No. —Me humedecí los labios y Jase sonrió. Aparté la vista de él para no parecer una pringada de marca mayor y miré al médico. Mientras hablaba, Jase se las apañó para separarme las manos y entrelazar sus dedos con los de mi mano izquierda—. No es tan doloroso como la primera vez y no oí ningún chasquido, pero creo que me la he fastidiado de verdad.

—Necesito saber exactamente lo que estabas haciendo cuando te hiciste daño el domingo —me advirtió, dejando caer las manos sobre las rodillas—. ¿Estabas andando? ¿Perdiste el equilibrio?

Bajé la vista a los largos dedos del médico. A pesar de su delgadez, los nudillos eran sorprendentemente gruesos y redondos. La garganta se me cerró.

—Dijo que simplemente perdió el equilibrio —señaló Jase; la mano que tenía libre se me cerró formando un puño.

—¿Estabas caminando cuando te sucedió? ¿Te bajaste de la cama o de una silla? —El doctor Morgan se detuvo—. Es muy importante saber exactamente lo que estabas haciendo.

La sangre me bombeaba en los oídos cuando, lentamente, levanté la vista. La verdad. Mierda. La verdad siempre era una cabrona pesada e indiscreta. Negué con la cabeza y me mordí el labio.

—Yo... estaba en mi habitación. El novio de mi compañera llevaba una bolsa en la mano. Una bolsa de viaje. El caso es que estaba demasiado cerca cuando la lanzó con fuerza, en círculo. La bolsa me golpeó la cadera y, al caer hacia atrás, apoyé el peso en la pierna derecha.

Los dedos de Jase me apretaron tanto la mano que noté cómo empezaba a aplastarme los huesos antes de aflojar y soltarme. No me atrevía a mirarlo, pero notaba sus ojos horadándome.

—Así que fue por una acción imprevista; no fruto de un esfuerzo físico importante. Ahora entiendo mucho mejor las circunstancias. —El doctor Morgan cogió la carpeta de mi historial y la abrió—. ¿Qué quieres primero: la buena noticia o la mala?

El corazón me dio un vuelco y me volví hacia Jase, que me miraba con ojos acerados y expresión pétrea.

—¿La buena? ¿Creo?

—La buena es que la radiografía no muestra desgarros adicionales —explicó, haciendo que mis hombros se relajaran de inmediato—. Sé que ese era tu mayor miedo. La rotura original se está curando.

Respiré hondo.

—Y entonces ¿la mala?

El doctor Morgan sonrió incómodo.

—Lo que muestra esta lesión es que tu ligamento cruzado anterior es inestable. En tu caso, había entre un cuarenta y un sesenta por ciento de probabilidades de que se repitiera el daño. Ahora, como ya te he dicho, no parece que se haya desgarrado de nuevo, así que no hace falta volver a operar y creo que el problema se resolverá si vuelves a usar una ortesis y muletas durante los próximos días.

En lugar de sentirme mejor, las paredes comenzaron a cerrarse sobre mí.

—Pero…

—Pero… —El doctor Morgan me sonrió, pero sus ojos seguían serios. Era el tipo de sonrisa que ofrecen los médicos antes de asestar el golpe mortal—. Esta lesión demuestra que el ligamento no es estable y es eso lo que me preocupa, Teresa. Cuando te desgarraste el ligamento, hablamos de la posibilidad, poco probable en aquel momento, de que la inestabilidad fuera permanente y...

Mi cerebro dejó de escuchar en ese instante, aunque asentí y seguí mirándolo, apenas consciente del modo en que Jase se iba tensando a medida que el médico hablaba. Hasta sonreí cuando el doctor Morgan me dio una palmadita en la mano y me dijo que todo iba a ir bien. Claro que sí. Todo iba a ir de puta madre. Y no dije nada cuando entró la enfermera y me volvieron a colocar la ortesis azul en la rodilla. Acepté las muletas de buen grado. Seguí respirando. Inspira, espira. Inspira, espira.

No sé cómo, me vi en el exterior, montada en el Jeep de Jase, mirando a través del parabrisas.

—Tess...

Me volví hacia él y, cuando nuestras miradas se cruzaron, negó con la cabeza. Tenía el rostro pálido.

—Joder, lo siento muchísimo.

Inspiré hondo y, al espirar, me estremecí. La inestabilidad era una mala noticia, malísima. Peor que pasar por el quirófano porque significaba una cosa: tendría la rodilla débil el resto de mi vida. Siempre tendría problemas con ella, incluso una vez recuperada por completo del desgarro. La posibilidad de desarrollar artritis antes de lo habitual prácticamente se había duplicado.

Mi carrera como bailarina ya no era una opción. Había terminado. Adiós a la danza. No volvería al estudio, ni a dar clases ni a participar en recitales o competiciones. Sería una estupidez intentarlo siquiera. Además, mis profesores no lo permitirían. Y tampoco la Joffrey School.

La universidad había dejado de ser una solución temporal. Ser maestra ya no era el plan B: era la única salida.

Ay, Dios.

Sacudí la cabeza y abrí la boca, pero no me salió palabra alguna.

Jase maldijo entre dientes y yo… estallé en sollozos. Como si dentro de mí se hubiera roto una compuerta.

Las lágrimas salieron en tromba, rodando por mis mejillas, y una vez que empecé no hubo forma de parar. El interior del vehículo se emborronó; Jase desapareció en la neblina.

Un sonido profundo escapó de su interior y sus brazos me rodearon. En un momento pasé de estar sentada sola, con la sensación de que mi mundo se venía abajo y, al siguiente, Jase me aferraba contra él, sosteniéndome.

15

Loré tanto y durante tanto tiempo que fue peor que si tuviera resaca, y le mojé a Jase todo el delantero de la camisa. No fue bonito de presenciar.

No acababa de entender por qué no me desasía los brazos y me apartaba, pero ahí seguía, abrazándome, una mano por detrás de la cabeza, estrechándome contra su pecho lo mejor que podía, teniendo en cuenta que teníamos la palanca de cambios en medio, y acariciándome la espalda con la otra. Al mismo tiempo, me susurraba bobadas al oído hasta que al final me hizo reír.

—Siempre he sabido que sería de lo mejorcito como clínex humano. —Bajó la cabeza hasta apoyar el mentón en mi coronilla—. Gracias por hacer realidad mi sueño.

Era un pañuelo de papel muy resistente.

Cuando por fin me calmé, dejamos Morgantown. Tenía que llamar a mi madre, pero no me atrevía. Sabía que estaría a mi lado sin importar lo que decidiera hacer con mi vida, pero le encantaba verme bailar y competir. En cierto modo, también había sido su sueño.

Cuando nos acercábamos a Martinsburg, le lancé una mirada a Jase.

—¿Tenemos que volver ya sí o sí?

—No. Podemos hacer lo que quieras.

Volver a la residencia significaba confrontar la realidad y mi futuro, empezando, por ejemplo, por todas las clases que tenía que comenzar a tomarme más en serio.

—Lo digo porque probablemente tendrás...

—Estoy donde quiero estar —replicó Jase con una mirada que me cerró la boca—. Tú no quieres volver aún. Vale. Sé del lugar perfecto al que podemos ir.

—¿En serio? —dudé con una voz que parecía congestionada. Me pregunté qué pinta tendría, sin atreverme a mirarme en el espejo.

—Sí —respondió, guiñándome un ojo.

Las comisuras de mis labios se curvaron al tiempo que me quitaba la goma del pelo. El silencio se extendió entre nosotros mientras accedíamos a la carretera que llevaba a la granja de los padres de Jase, pero este viró a medio camino y se introdujo entre dos gruesos robles.

Me agarré al asidero del techo, con los ojos llenos de espanto.

—¿Esto es una carretera?

Jase sonrió divertido.

—Sí y no.

No era más que una franja de tierra aplastada en la que apenas brotaba algún parche de hierba.

—Si esto es una carretera, más bien se parece a la que tomarían los protagonistas en las pelis de la saga *Wrong Turn*.

Jase echó la cabeza hacia atrás y rio con ganas.

—Confía en mí, nosotros vamos a un sitio bastante mejor.

—Anda que sueltas prenda...

Con la mano aferrando el asidero, tragué saliva mientras el Jeep se bamboleaba por los baches. Jase agarraba con firmeza el volante y la enorme sonrisa que lucía mientras se abría paso entre árboles y rocas resultó contagiosa. Las sacudidas no me repercutían en la rodilla gracias a la ortesis que la envolvía. Antes de darme cuenta, me estaba riendo de los botes que pegábamos. En esos momentos preciosos, era capaz de olvidarme de todo.

—Agárrate bien —me advirtió Jase.

El Jeep se introdujo en una hondonada y di un grito triunfal al volver a salir. Los árboles fueron desapareciendo poco a poco hasta revelar una pradera salpicada de minúsculas flores blancas. Varios cientos de metros más allá se encontraba una masa de agua con un muelle de madera de aire solitario.

Jase ralentizó hasta detenerse a pocos metros del muelle.

—Bienvenida al lago Winstead —dijo al tiempo que apagaba el motor.

—¿Se llama así?

—No. —Rio—. En realidad no es más que un estanque, pero lo bastante hondo como para nadar en verano, y tiene un montón de peces. En realidad, es donde Jack pescó su primer pez. Lo hizo la primera vez que lo traje aquí.

Sonreí al imaginarlos a los dos sentados en el borde del muelle, con las cañas en la mano, uno tan grande y otro tan chiquitín.

—¿Cuántos años tenía?

—Tres —respondió con una sonrisa en los labios—. Lleva la pesca en la sangre.

—¿Y la equitación? —pregunté mientras me desabrochaba el cinturón de seguridad.

—También. Y además dibuja monigotes de maravilla. —Cuando me reí, sus labios se ensancharon aún más. Me alegraba de que pudiera hablar de Jack con tanta naturalidad ahora que yo conocía la verdad—. No te muevas, ¿vale?

Agarré el tirador de la puerta.

—¿Pasa algo?

Jase se bajó de un salto y fue hasta la parte trasera del vehículo. Abrió el maletero y volvió a cerrarlo. Al cabo de unos segundos, reapareció a pocos metros. Me recliné en el asiento, bajé la mano a la rodilla y me recoloqué la ortesis a través del pantalón mientras Jase extendía una manta azul oscura sobre las florecillas.

La emoción me inundó la garganta y no podía tragar. Madre mía, estar con Jase era como ver cumplirse todas mis fantasías femeninas, pero ni siquiera mi imaginación habría podido idear una escena como la que se presentaba a mis ojos.

¿Todo aquello era real?

Mis dedos se deslizaron por la ortesis. Sí, era real. Lo bueno y lo malo.

Cuando volvió al Jeep, Jase abrió la puerta y se detuvo con semblante preocupado.

—¿Estás bien? No te habrás hecho daño en la rodilla durante el viaje, ¿no?

—Estoy bien. —Parpadeé sonriente. Que alguien me medicase o algo—. ¿Puedo moverme ya?

—No.

—¿No?

Jase esbozó una sonrisa de lado al tiempo que alargaba los brazos y me movía de modo que las piernas me colgasen fuera del Jeep. Nuestros ojos se encontraron cuando me pasó un brazo por debajo de las rodillas y el otro por detrás de la espalda.

—Agárrate bien.

El corazón me dio una voltereta perfecta.

—No hace falta que me lleves en brazos.

—Ya lo sé —respondió—. Tú agárrate.

Enlacé los brazos alrededor de su cuello y me agarré a su camiseta por los hombros.

—Puedo usar las muletas.

—Y yo puedo usar mis músculos espectacularmente fuertes.

—Sí que son espectaculares —admití.

Jase sonrió de oreja a oreja.

—Ya te digo. ¿Lista?

En cuanto asentí, me levantó sin esfuerzo. En cierto modo me sentí estúpida mientras me cargaba hasta la manta, pero el suelo era irregular y las muletas podrían haberme traicionado. Cuando me depositó en el suelo, lo solté a regañadientes.

—Usar las muletas en el campus va a ser una mierda.

—Sí. —Jase se sentó a mi lado, mirando al estanque—. Pero, por lo que ha dicho el médico, no parece que las vayas a necesitar mucho tiempo.

Estiré las piernas en la manta y me incliné para reajustarme la ortesis a través de los vaqueros. La primera vez me había costado la vida acostumbrarme. De solo pensar que tendría que llevarla durante semanas, si no meses, mi humor se desplomó como si se hubiera tirado de lo alto del Empire State.

Me coloqué los mechones sueltos tras las orejas y solté todo el aire que no me había percatado de estar aguantando. No se oía ruido alguno salvo el canto de los pájaros desde los árboles a nuestro alrededor. Era plácido aquel lugar; un lugar al que me pregunté si Jase acudiría cuando necesitaba pensar o alejarse de todo.

—¿Pasa mucha gente por aquí?

—Estamos a más de tres kilómetros de la granja, donde están mis padres, pero aún pertenece a la propiedad —explicó—. No viene nadie más que nosotros, y ellos no van a acercarse a la zona, así que podemos quedarnos el tiempo que queramos.

Dejé caer las manos en el regazo.

—Gracias por traerme.

—De nada. —Me dio un empujoncito amistoso en el brazo—. ¿Estás segura de que no quieres ir a por esos analgésicos que te ha recetado el médico?

El papel me quemaba en el bolsillo.

—No. Es decir, estaría genial tomármelos y pasar de todo, porque así es como me hacen sentir, pero tengo que enfrentarme al dolor, ¿sabes?

—Lo entiendo, pero no estás obligada a pasarlo mal.

—Tampoco me duele tanto. —Y eso era cierto. Dolía, pero era soportable. A mi lado, Jase se tumbó y se pasó los brazos por debajo de la cabeza. Por un instante, me quedé absorta viendo el perfil recto de su nariz y sus pestañas de una longitud indecente—. ¿Me dirías una cosa?

—Una cosa.

Sonreí al recordar lo que le había respondido estando borracha el sábado por la noche.

—¿Por qué no vives en la granja? Te encanta estar cerca de Jack. Me sorprende que no estés aquí instalado. ¿Te importa que te lo pregunte?

—No —respondió de inmediato, arrugando levemente el entrecejo—. ¿Sabes? Me encantaría pasar más tiempo con él, pero no creo que sea una buena idea. Es más... difícil, especialmente cuando mis padres lo están criando. Me dan ganas de entrometerme, y eso no haría más que confundirlo.

—Es comprensible. —Me humedecí los labios—. Lo siento.

—¿Por qué?

Me encogí de hombros.

—Porque lo que estás viviendo con Jack es duro. Intentas hacer lo correcto, pero ¿qué es en realidad lo correcto? Nadie lo sabe. Tiene que ser duro.

—Lo es. Por eso no estoy seguro de que sea bueno contarle la verdad —admitió, y me alivió que fuera capaz de hablar conmigo de ello, porque eso era más importante que la idiota de mi pierna—. Por otro lado, ¿no debería saberlo? ¿Y si se entera por casualidad cuando sea mayor? Son estas movidas las que no me dejan dormir por la noche.

Alargué la mano y le apreté la suya.

—Estoy segura de que, llegado el momento, sabrás qué hacer.

Jase no respondió, pero hubo algo en el modo en que me miró que me obligó a seguir hablando.

—Yo sí que no sé qué hacer —musité, desviando la mirada hacia las aguas tranquilas. Así era como me sentía, en calma chicha, como si hubieran pulsado el botón de pausa de mi vida—. Creía... Siempre pensé que volvería a bailar. Estaba segura de ello y ahora... —mi voz se perdió en un hilo y negué con la cabeza.

—Todo ha cambiado —añadió en voz baja.

Asentí al tiempo que soltaba aire. Jase prosiguió:

—Te lo dije antes y te lo repito ahora: a veces, en la vida, las mejores cosas surgen de las situaciones más inesperadas. —Alzó los ojos hacia mí. La intensidad de su mirada me desestabilizó, como si sus palabras significaran más de lo que decía—. Soy consciente de que ahora mismo no es fácil de digerir, pero es la verdad.

Asentí de nuevo.

—¿Te refieres a Jack?

—Sí.

Le lancé un vistazo por encima del hombro. Tenía la mirada perdida en el cielo azul sin nubes. Una de las comisuras de su boca se curvó.

—¿Sabes? Vas a ser una maestra estupenda, Tess.

Se me escapó una risa ahogada.

—Dijiste que no sería feliz dando clase.

—No —replicó—. Dije que serías feliz, pero que no era lo que querías.

—¿Y no es lo mismo?

Me miró de reojo.

—Es completamente distinto. La docencia puede convertirse en algo que quieras y que adores hacer. Solo necesitas tiempo.

El tiempo era algo extraño y caprichoso. A veces se nos escapaba y, en otros momentos, parecía interminable.

—Estoy convencido de ello —remarcó con voz queda.

Sentí una opresión en el pecho. Tal vez tuviera razón. Quizá al día siguiente, o al cabo de una semana o un mes, todo aquello ya no me parecería una sentencia de muerte. Pero en ese momento me sentía como si estuviera en caída libre, agitando los brazos sin tener dónde agarrarme para frenar el golpe.

—No quiero seguir hablando de esto —le rogué con voz ronca, al tiempo que cerraba los ojos con fuerza.

—¿Qué quieres?

—Pues... no quiero pensar en ello. Puede que eso me convierta en una cobarde.

—No —respondió, y sentí cómo se giraba hasta tumbarse de lado.

—Ahora mismo no quiero sentir nada de esto, este vacío, esta incertidumbre y esta confusión. —Inspiré de manera temblorosa—. Simplemente no quiero sentirlo.

Tal vez debería haber ido a por los medicamentos que me habían recetado.

Transcurrió un momento, tan solo un mero instante; entonces su mano me envolvió la curva del brazo. Abrí los ojos de repente cuando Jase me tumbó de espaldas. El aire se me quedó atrapado en la garganta cuando su cuerpo fibroso se cernió sobre el mío al alzarse sobre un codo.

—Tengo una idea —anunció con una sonrisa pícara, aunque en sus ojos serios ardía otro tipo de luz, una potente intensidad que me provocó un estremecimiento en el estómago—, y creo que ponerla en práctica te hará sentir algo completamente distinto.

—Ah, ¿sí? —El corazón se me aceleró.

—Ajá. —Jase posó las puntas de sus dedos en mi mejilla y las deslizó con parsimonia sobre mis labios entreabiertos para luego descender por mi cuello—. Tengo un diploma en arte.

Mis cejas se elevaron.

—¿Qué?

—¿No lo sabías? —Su mano siguió bajando por encima del dobladillo de mi camiseta hasta detenerse con la palma sobre la redondez de mis senos—. Tengo un diploma en el arte de la distracción.

Me reí.

—Qué cutre.

—Pero funciona, ¿no? —Sonrió con malicia al tiempo que bajaba la cabeza. Sus labios me acariciaron la curva de la mejilla, justo donde acababan de estar sus dedos—. ¿Y sabes qué más?

—¿Qué?

Sentí un escalofrío al notar cómo su mano se deslizaba entre mis senos y se detenía justo debajo de mi ombligo.

—Hay otra disciplina en la que tengo un diploma. —Sus labios rozaron la comisura de mi boca, provocándome un cosquilleo por toda la piel—. Vas a decir que es cutre, pero yo sé que no es verdad. Sé que, en realidad, te flipan mis habilidades.

—A saber qué será.

Iba a morderme el labio inferior, pero Jase se me adelantó y lo atrapó con dulzura entre sus dientes. Ahogué un suspiro ante la sensación inesperada, que él interpretó como una invitación. Cubrió mis labios con los suyos, introdujo la lengua y la enredó con la mía antes de alcanzar mi paladar.

Una oleada de calor se me instaló en el fondo del vientre. Cada parte de mi cuerpo se estremecía mientras Jase exploraba mi boca con la suya, como si tuviéramos todo el tiempo del mundo para besarnos. Cuando levantó la cabeza, sentí mis labios agradablemente hinchados.

Puse una mano sobre su pecho, complacida al descubrir que su corazón latía tan acelerado como el mío, y eso que él era quien me había besado.

—¿Tienes un diploma en besos?

—Sí… —La sensación de sus labios firmes sobre los míos se agudizó mientras su mano seguía descendiendo. Me desabrochó el pantalón con destreza—. Y en desvestir a las chicas.

Atrapó el sonido de mi carcajada en su boca, convirtiéndola en un leve gemido que me vi incapaz de reprimir. Respondió con un sonido profundo que me reverberó en el pecho. Con la boca seca, sentí cómo el deseo recorría mi cuerpo como una descarga. En el fondo de mi mente permanecía la incertidumbre, pero no por los mismos motivos que antes, sino por Jase y por mí, por lo que nos estaba sucediendo. Ni nuestra relación tenía nombre ni habíamos definido lo que éramos para el otro, y yo me moría por ponerle algún tipo de etiqueta. Necesitaba estar segura de cómo sería nuestro mañana, de que volveríamos a besarnos. Y deseaba mucho más.

Entonces su mano se deslizó por debajo de mis bragas y, al sentir cómo sus dedos se acercaban a mi centro, todo pensamiento y preocupación desaparecieron. Realmente tenía un diploma en el arte de la distracción, porque todo mi ser se concentró en lo que estaba haciendo con esa mano.

Trazó un sendero de fuego al paso de sus labios por mi cuello, mientras uno de sus largos dedos acariciaba la humedad entre mis piernas. Sentí una sacudida ante tan íntimo contacto. La última vez no me había tocado con las manos, por lo que el tacto de su piel contra la mía era algo nuevo, e igualmente embriagador.

La hilera de besos húmedos y cálidos prosiguió hasta el punto sensible situado bajo mi oreja, al tiempo que Jase me acariciaba de nuevo con el dedo. Mi cuerpo entero vibró.

Su mano se detuvo y Jase alzó la cabeza. Nuestras miradas se cruzaron. Sus ojos poseían un asombroso brillo plateado.

—No logro olvidar tu sabor —me confesó, haciendo que se me encendieran las entrañas—. Y me moría de ganas de tocarte.

Bien sabe Dios que estaba lejos de ser una doncella casta y pudorosa, pero sus palabras atrevidas me escandalizaron... de un modo perverso y maravilloso. Puede que el hecho de que nos halláramos al aire libre también contribuyera.

Volvió a besarme, apoyando la mayor parte de su peso en el brazo que tenía junto a mi cabeza. La presión de su dedo se incrementó y tensó el nudo que sentía en el bajo vientre. Mi cuerpo se agitó de forma refleja y a Jase se le escapó un nuevo sonido profundo y gutural.

—Estás tan húmeda —dijo, la voz teñida de deseo, y sus palabras me incendiaron—. Me encanta. Seguro que lo estabas incluso antes de que metiera la mano ahí debajo.

Ay, madre...

Tragué con dificultad. Jase rio.

—¿Te estoy avergonzando?

—No. —Lo que me provocaban sus palabras era algo completamente distinto.

—Bien.

Jase bajó la cabeza, apropiándose de nuevo de mi boca en un beso que me sacudió por dentro y por fuera, al tiempo que me insertaba un dedo. Sus labios capturaron el sonido que me subía por la garganta. Me agarré a sus hombros y mis caderas se elevaron, pidiendo más.

Y más recibieron.

Cuando presionó la palma contra la parte de mi cuerpo más sensible, un relámpago se abrió paso por mis venas. Los dedos de los pies se me crisparon en las chanclas y ambas piernas se agitaron. Sentí una punzada de dolor en la rodilla, pero el resto de las sensaciones que me invadían tapaban todo lo demás. El deseo me cegaba. Jase era un peligro, y de lo más exquisito.

—Dios —gruñó, tirándome del labio inferior con los dientes mientras su dedo entraba y salía de mí. Sumó otro dedo, abriéndome más, al tiempo que interrumpía el beso y apoyaba su frente sobre la mía.

Un estremecimiento sacudió su cuerpo cuando mis caderas imitaron el ritmo de su mano. Saber que estaba a punto de perder el autocontrol acabó con el mío. La tensión se desató de repente y se extendió por todo mi cuerpo como un latigazo. Buscando su beso, me corrí con nuestras lenguas enredadas. Tenía la impresión de que los temblores se prolongarían hasta el infinito.

Jase retiró la mano con cuidado, aunque la dejó encima de mí un instante mientras yo, mejilla con mejilla, respiraba hondo varias veces. Tardé varios segundos en darme cuenta de que su respiración era tan pesada como la mía. Cuando se giró sobre un costado, eché de menos su peso, su calor y su proximidad.

No obstante, volvió a ceñirme. Aunque un agradable estupor me calaba hasta los huesos, sentí su erección contra mi muslo. Deseaba verlo. El sábado por la noche estaba oscuro, pero lo que había logrado distinguir y tocar me había impresionado. Quería devolverle lo que me había regalado. Cuando tendí la mano hacia él, la atrapó en la suya y se la llevó a los labios. Depositó un beso en cada uno de mis nudillos.

—Te lo he dicho. Esto era solo para ti.

Sin saber qué decir, mis párpados se cerraron solos. Lo suyo habría sido darle las gracias, pero me pareció de lo más inapropiado. Aunque era evidente que no tenía nada en contra de hacer cosas poco apropiadas... Al fin y al cabo, seguía teniendo los vaqueros desabrochados y sabía que, si bajaba la vista, vería asomar las bragas de lunares. Tampoco es que me molestara como para subirme la cremallera, la verdad.

Jase me besó la sien y mi corazón hizo una nueva pirueta, seguida de una serie de saltos hasta formar la palabra AMOR. La toma de conciencia fue tan repentina e intensa que me consumió y me aterrorizó.

Madre mía, no me estaba enamorando de Jase.

Ya lo estaba.

Era probable que llevase enamorada de él desde aquella noche en la que se había presentado en casa de mis padres, casi tres años atrás, y mis sentimientos no habían disminuido al enterarme de que tenía un hijo. Cualquier día, la situación iba a volverse de lo más complicada, sobre todo si reaparecía la madre de la criatura, pero por el momento ahí estábamos, juntos..., pero sin estarlo.

—Ey —murmuró Jase, posando dos dedos bajo mi barbilla para volver mi cabeza hacia él—. ¿Adónde te has ido?

De cabeza a piradalandia. Ahí era adonde me había ido. De repente, tenía que hacerlo..., tenía que hablarlo con él. Porque mi corazón había tomado las riendas, había empezado a ser feliz y a hacerse ilusiones. Y, por el contrario, debía tener cuidado. Tenía que...

Tenía que poner nombre a lo nuestro.

Necesitaba saber de verdad lo que éramos el uno para el otro, y necesitaba saberlo ya.

16

—¿Qué estamos haciendo? —pregunté, a pesar de que me aterrorizaba articular la pregunta; pero si no la hacía, aquella relación, fuera la que fuese, podría seguir adelante, pero no sería suficiente.

—Nos estamos relajando.

Eché la cabeza hacia atrás y reprimí un suspiro cuando el roce de sus labios en los míos amenazó con sumergirme de nuevo en una neblina de sensualidad. Tenía que concentrarme.

—Ya sabes lo que quiero decir. Nosotros: ¿qué estamos haciendo?

Jase recorrió mi garganta con los dedos, haciéndome estremecer como si un viento fresco danzara por encima de mis huesos.

—¿Estás segura de querer abordar el tema ahora mismo?

Una sensación incómoda se me agarró al estómago, ahuyentando toda traza de placer.

—Creo que deberíamos, sobre todo después de lo que acaba de suceder. Y de lo de este fin de semana. Y, joder, de lo del granero.

—Ey, no es eso lo que quería decir. —Jase se volvió a erguir sobre el codo—. Es solo que han pasado muchas cosas estos últimos días. Con lo de tu rodilla y...

—Lo que me ha pasado con la rodilla no tiene nada que ver con esto. —Sentí que para una conversación así debía sentarme, por lo que me incorporé y me armé de valor. Aquello podía terminar como el rosario de la aurora y hacerme mucho, pero que mucho daño, pero necesitaba saberlo—. Jase, siento algo por ti desde que apareciste en casa de mis padres... aquella primera noche. Y sé que suena idiota e infantil, pero tú... eres como un héroe para mí.

Jase, sorprendido, abrió la boca.

—Espera. —Lo silencié posando un dedo sobre sus labios—. Como te he dicho, sé que suena idiota, pero así es como me sentía. Aquella noche, cuando me besaste, solo sirvió para afianzar mis sentimientos. Y después, cuando no volví a saber de ti ni a verte hasta que vine a la universidad, salí con otras personas.

Frunció el ceño y apartó mi mano de sus labios.

—No sé si me gusta oírte decirlo.

—Pero ninguno estaba a tu altura. Y no paraba de compararlos a todos contigo. No lo podía evitar. No..., no eran tú. —Las mejillas me ardían—. Ninguno era como tú.

—Eso ya suena mejor.

Lo fulminé con la mirada.

—En cualquier caso, lo que quiero no tiene que ver con la rodilla ni con el ballet. Siempre he querido estar contigo, a pesar del tiempo que estuvimos sin vernos o de que tengas un hijo. Mis sentimientos por ti no han cambiado.

Jase se quedó mirándome un instante antes de negar lentamente con la cabeza. El corazón se me paró antes de acelerarse.

—Cuando te vi por primera vez —dijo, incorporándose—, pensé que eras increíblemente preciosa.

No me esperaba esa respuesta, pero tampoco podía decir que me disgustara. Me costaba respirar.

—Me sentí como un cerdo —confesó al tiempo que se le coloreaban las mejillas—. Eras la hermana pequeña de mi mejor amigo. No tenías más que dieciséis años y acababas de salir de una situación terrible.

—No es exactamente el tipo de chica con la que nadie quiera tener una relación, ¿eh? —bromeé.

Jase rio entre dientes.

—Yo..., vaya, siempre he sabido que merecías a alguien mejor que yo. —Abrí la boca para protestar, pero prosiguió—. Es la verdad, Tess. No conozco a un solo hombre digno de ti. —Se pasó la mano por las ondas de color teja y, al levantar la vista, sus ojos se encontraron con los míos—. He intentado mantenerme alejado, ¿sabes? He intentado olvidar lo que siento por ti, porque lo consideraba algo inapropiado. Sin embargo, es una batalla perdida desde el principio y no quiero seguir luchando. No quiero seguir ignorando este sentimiento.

»Voy a serte franco, cariño, las cosas no van a ser fáciles conmigo. Va a haber un montón de pruebas que superar juntos. Y, la verdad, ni siquiera sé qué es esto. —Apoyó una mano a cada lado de mis muslos y se inclinó hacia delante hasta que su aliento cálido danzaba contra mis labios—. Hace mucho tiempo que dejé de preguntarme por qué hacemos ciertas cosas y por qué queremos ciertas cosas. La verdad es que nos conocemos desde hace años sin conocernos realmente. No de verdad. Y me gustaría conocerte.

Aquella declaración no era la más romántica que hubiera podido imaginar, pero al menos sus palabras eran sinceras. Y Jase tenía razón. Puede que nos deseáramos y quisiéramos estar juntos desde hacía tres años; además, habíamos compartido varios momentos íntimos desde nuestro reencuentro, pero aún desconocía muchas cosas sobre él. Cómo saber si funcionaría una relación entre nosotros. No obstante, lo que conocía de él me gustaba y quería intentarlo.

En sus labios apareció una sonrisa distinta, una sonrisa que veía por primera vez. Insegura, casi infantil en el modo en que se inclinaba por un lado.

—Quiero que estés conmigo.

Al principio no creí haberlo oído bien. Tal vez el orgasmo me hubiera fundido algunas neuronas. Llevaba tres años deseando que llegase ese momento, que Jase me dijese que había pasado por lo mismo que yo, que me deseaba tanto como yo a él y que quería estar conmigo, y ahora que me lo decía, dudaba.

No sabía si levantarme de un salto y hacer el baile de la victoria o abalanzarme sobre él, pero no podía hacer ninguna de las dos cosas. Mi rodilla no me lo habría permitido y, de todas formas, habría arruinado aquel instante casi perfecto.

Era extraño que una felicidad tan grande llegase después de una noticia tan catastrófica.

—Quiero tener una relación contigo —confesó mientras me acariciaba las mejillas con los dedos—. Es lo que llevo queriendo desde el primer momento en que bajaste las escaleras de tu casa y me abrazaste, aunque sabía que no estaba bien. Por un millón de motivos. Aun así, es lo que quiero.

Levanté la vista y lo miré a los ojos. Casi tenía miedo de hablar.

—¿Quieres estar conmigo?

Una de las comisuras de su boca se curvó hacia arriba al tiempo que torcía la cabeza, alineando su boca con la mía. Su beso fue increíblemente tierno y dulce. Se tomó su tiempo; el beso se prolongó hasta el infinito.

—Creo que es obvio, pero sí.

Madre mía, estaba a un paso de entrar en combustión.

—¿Quieres que sea tu novia?

—Sí.

Tratando de conservar una pizca de dignidad y no ponerme a reír como una tonta, me las ingenié para hablar con calma.

—Entonces ¿no me vas a pedir que sea tu novia?

Jase me rodeó la cintura con su mano y sonrió.

—Tampoco ibas a decirme que no.

Me quedé boquiabierta y le pegué en el torso.

—Pero bueno, menudo chulo estás hecho.

—Qué va. —Me besó la comisura de los labios—. Simplemente tengo una enorme confianza en tus sentimientos por mí.

—Guau. ¿Y cuál es la diferencia?

—¿Me equivoco?

Incapaz de contenerme, sonreí como si alguien me hubiera puesto delante una bandeja de galletas de azúcar recién horneadas.

—No.

—Ahí lo tienes.

Me reí.

—Pero ¿tú qué sientes por mí?

—Deberías tener la misma confianza que yo al respecto.

Abrí la boca, pero volví a cerrarla. Quería tener ese nivel de confianza, pero no era el caso. Después de todo lo que había sucedido, mi mente seguía a mil por hora.

Sus iris de plata centelleaban.

—Cierra los ojos.

Reprimí las ganas de preguntarle por qué y le obedecí. Transcurrieron varios segundos antes de que Jase me ayudara a tumbarme de espaldas y apoyara las manos a ambos lados de mi cabeza.

—No los abras —me advirtió.

No tenía ni idea de cómo iba a hacer que sintiera mayor confianza y me costó la misma vida no abrir los ojos cuando sentí el calor de su cuerpo sobre el mío. Aguanté la respiración.

Jase me besó la punta de la nariz.

Abrí los ojos lentamente, riendo, mientras él se apartaba. Cuando me sonrió, vi que se le formaban arruguitas alrededor de los ojos.

—Ahora viene lo aterrador —dijo, respirando hondo—. Debemos contárselo a tu hermano.

Y es verdad que era aterrador, al menos para Jase, pero sonreí.

—¿Quieres que simplemente actualice mi estado de Facebook a «en una relación» y te etiquete?

Jase se rio antes de depositar un nuevo beso en mi frente.

—Me imagino lo bien que reaccionaría.

Con la mirada llena de tristeza, Avery me tendió un vaso de té dulce. Me bastó dar un sorbo para comprender que Cam ya la había avisado. La cantidad astronómica de azúcar era un indicio infalible. Tomé otro traguito mientras miraba a Jase por el rabillo del ojo. Se había sentado a mi lado en el sofá de Avery, dejando unos respetuosos casi diez centímetros entre nosotros.

Al marcharnos de la granja, le había enviado un mensaje a Cam, preguntándole dónde andaba. Sorpresa, sorpresa: en casa de Avery. Con el estómago encogido, subí como pude las escaleras de su edificio, pero el motivo por el que habíamos ido a visitarlo quedó olvidado en cuanto mi hermano vio las muletas.

Cam permanecía de pie en un rincón del cuarto de estar, al lado de un sillón redondo. Estaba de brazos cruzados y tenía el ceño fruncido.

—¿Por qué no me llamaste para decirme que te habías hecho daño?

Abrí la boca, pero aún no había acabado.

—Habría ido a buscarte, Teresa. No hacía falta que llamases a Jase.

Cerré la boca de golpe.

—Y te habría llevado a ver al doctor Morgan —prosiguió; yo reprimí un suspiro—. Lo sabes, ¿no? ¿Has llamado siquiera a mamá y papá?

—Los ha llamado —respondió Jase, al tiempo que pasaba el brazo por el respaldo del sofá. Mamá había llorado; había sido una llamada terrible, muy difícil—. Y no me llamó; yo le mandé un mensaje ayer porque no había venido a clase.

—¿Así que me mentiste al contarme que estabas enferma cuando no lo estabas? —exigió saber Cam.

—Creo que ya conoces la respuesta —le dije.

La mirada que me lanzó habría hecho huir a casi cualquiera. Luego se volvió hacia Jase.

—¿Y tú no me llamaste? Joder, tío, ya te vale.

—Pero ¿qué dices? —Levanté el vaso de té—. No era obligación suya contártelo, sino mía. Y te lo estoy contando ahora. Simplemente no quería preocuparte sin necesidad. Bastantes cosas tienes ya en la cabeza. Quería saber a ciencia cierta qué me pasaba en la rodilla antes de decir nada.

—Me da igual —insistió Cam, fulminando a Jase con los ojos—. Deberías habérmelo contado.

—Podría haberlo hecho, sí —respondió Jase, sosteniéndole la mirada—, pero Tess quería ir al médico antes de inquietar a todo el mundo. Y yo he respetado su decisión.

—A mí me parece comprensible —terció Avery, diplomática, al tiempo que se dejaba caer en el sillón redondo—. Jase se ha comportado como un buen amigo.

—Un amigo estupendo —añadió este.

Estuve a punto de atragantarme con el té cuando sentí cómo empezaba a enredar sus dedos en mi pelo. Desde donde nos encontrábamos, Avery y Cam no podían ver lo que hacía.

Mi hermano no pareció calmarse hasta que Avery le rodeó la rodilla con el brazo.

—¿Cómo fue, por cierto?

Dejé el té en la mesita.

—No ha sido más que un accidente. Estaba de pie, me di un golpe con una bolsa de viaje y al intentar apartarme, caí mal sobre la rodilla.

Así contado, sonaba de lo más inocente. Hasta yo habría podido creérmelo.

Cam se pasó la mano por la gorra y bajó ligeramente la visera.

—Hostia, Teresa...

Cuando me apoyé en el respaldo, Jase bajó con los dedos más allá de mi pelo y los extendió. Abrí los ojos como platos cuando empezó a acariciarme la espalda.

—¿Y el médico realmente cree que no vas a poder volver a bailar? —preguntó Avery con mirada compasiva al tiempo que apoyaba la cabeza en la pierna de Cam.

Inspiré, pero el aire se me quedó atascado en la garganta. Asentí antes de repetirles lo que el doctor Morgan me había explicado. Para cuando terminé de narrar mi triste historia, Avery estaba a punto de llorar y Cam se había arrodillado junto a ella, con la frente baja y la vista clavada en la moqueta.

—Así que..., ya está —concluí, estremeciéndome al oír cómo la voz se me quebraba—. No puedo seguir bailando.

Aquellas palabras tuvieron el efecto de una puñalada con un cuchillo al rojo vivo.

—Lo siento muchísimo —dijo Avery.

Azorada, me removí en el sofá. Habría deseado que la mesita fuera lo bastante alta como para esconder la pierna debajo.

—Gracias.

Un silencio incómodo se extendió por el cuarto. Sin duda aquello era lo más difícil: nadie sabía qué decir porque no había nada que decir.

Jase retiró la mano de mi espalda y se inclinó hacia delante.

—¿No tenéis hambre? Porque yo me muero y haría cosas terribles e innombrables por zamparme unas patatas con queso a la australiana.

Avery soltó una carcajada.

—Mejor no preguntamos, ¿no?

Jase abrió la boca.

—No —lo cortó Cam al instante, incorporándose—. No quieres saber lo que Jase ya habrá hecho por unas patatas con queso.

—Lo único que puedo decir es que no tengo nada que envidiar a una prostituta desesperada —dijo Jase, guiñando un ojo cuando Avery se puso tan roja como el cojín sobre el que yo estaba apoyada.

Me eché a reír.

—Guau. Eso es... asquerosísimo.

La sonrisa de Jase se volvió pícara.

Los músculos de mi espalda se relajaron cuando Cam se volvió hacia Avery.

—¿Y tú? —le preguntó, y yo musité una oración agradecida por que la conversación hubiera tomado otros derroteros—. ¿Te apetece pillar algo de comer?

Su novia asintió al tiempo que se echaba la melena cobriza hacia atrás.

—Me apetecen unas patatas. Y algo de atún.

—Mmm —añadí yo, dado que ya me rugían las tripas.

—Pues vamos. —Cam tomó a Avery de las manos y la ayudó a levantarse—. Marchando al Outback Steakhouse.

Jase se incorporó y, para cuando me levanté, ya tenía mis muletas listas. Nuestras miradas se cruzaron cuando me las tendió y sentí arder las mejillas. Aparté la vista de inmediato, pero me percaté de que Avery nos observaba con atención. Me obligué a sonreír. Esta me devolvió el gesto, divertida, al tiempo que nos encaminábamos al rellano.

Mientras Cam y Avery bajaban por las escaleras para acercar el coche de esta a la puerta delantera, agarré a Jase del brazo para detenerlo. Bajé la voz.

—Tal vez deberíamos esperar a que esté de mejor humor.

Jase asintió con aire ausente.

—¿Fue un accidente?

—¿Cómo?

Le tembló un músculo del mentón.

—¿Lo de Erik y la bolsa?

No entendía muy bien a cuento de qué sacaba el tema. Erik era la última persona en la que quería pensar cuando acababa de anunciarle a Cam lo de mi pierna fastidiada y los cuatro estábamos a punto de celebrar nuestra primera cita doble..., aunque la otra pareja no fuera consciente de ello. Se me dibujó una sonrisa estúpida en los labios mientras mi mente retrocedía a toda velocidad hasta el lago y nuestra conversación.

Estábamos juntos.

—¿Tess? —me urgió en voz baja.

Me encogí de hombros al tiempo que aferraba las muletas.

—Probablemente.

—¿Venís o no, chicos? —La voz de Cam ascendió desde el fondo de las escaleras—. ¿O Jase está demostrándote de qué es capaz por unas patatas fritas con queso?

Ladeé la cabeza.

—¿Qué harías exactamente por un extra de queso y beicon?

—Me arrodillaría entre tus bonitos muslos y te devoraría como en tus sueños más locos —me susurró. Me quedé estupefacta. La madre que me parió, menudos calores. Entonces gritó—. ¡Ya vamos! ¡Hemos tenido un problema con las muletas!

Hice una mueca. Jase la ignoró y, bajando la voz, me preguntó:

—¿Qué quieres decir con «probablemente»?

—Erik estaba cabreado con Debbie y la estaba empujando. Yo me metí por medio. —Volví a encogerme de hombros—. Y él me golpeó con la bolsa. Fin de la historia. —Me detuve, preocupada—. No se lo digas a Cam o se pondrá hecho una furia, y lo sabes. No hace falta que se entere, ¿vale? Prométemelo.

Los ojos de Jase adoptaron un tono tempestuoso. Respiró hondo.

—No le diré nada a Cam.

17

Durante la cena con Cam y Avery, me sentía como una mirona que espiara a una pareja a punto de pasar al acto como dos conejos obligados a mantener el celibato. Durante la cena, conté cinco besos en la mejilla o la sien, cuatro besos en los labios, al menos diez veces en las que la mano de Cam pareció desaparecer bajo la mesa y otras cinco en las que el brazo de Avery se extendió a la derecha.

Cuando terminamos de cenar, estaban demasiado ocupados en meterse mano como para preguntarse por qué me dirigía al Jeep de Jase en lugar de volver con ellos. Si pasábamos tanto tiempo juntos, Cam y Avery acabarían con la mosca detrás de la oreja, pero no era una conversación que pudiéramos tener en el aparcamiento entre un Outback Steakhouse y una librería cristiana.

Aunque ellos no parecían tener problemas para comerse los morros en dicho aparcamiento.

El trayecto de vuelta a la residencia fue silencioso. En la radio estaba sintonizada una emisora con música de los noventa, que sonaba de fondo. Aún era pronto, pero tuve que taparme la boca con la mano varias veces para esconder mi bostezo. Habían pasado muchas cosas en un solo día. En los últimos tres, habían cambiado otras tantas. Un cansancio extremo se me había instalado en lo más profundo. Le lancé una mirada a Jase, cuyo perfil destacaba en la oscuridad. De repente me sentí mareada. Jase y yo... estábamos juntos. Era mi novio. Lo nuestro por fin tenía un nombre y me faltó muy poco para echarme a reír como si tuviera trece años.

Por desgracia, la tristeza no tardó en ahuyentar mi felicidad, y volví la vista hacia la ventanilla. Cerré los ojos, que de pronto me ardían. No volvería a bailar. La pérdida de algo que había sido tan importante para mí era como una sombra oscura que se cernía sobre todo lo demás. Me había sucedido lo mismo durante la cena. Me sentía feliz. Sonreía y reía y..., de pronto, recordaba lo que había perdido.

Todos mis proyectos. Mis objetivos. Mis esperanzas. Mi futuro. Todo se había esfumado.

No quería concentrarme solo en lo malo de mi vida, pero era difícil quitármelo de la cabeza. Aquellos pensamientos permanecían en el fondo de mi mente.

Jase subió conmigo en el ascensor hasta la suite, cogió mi tarjeta magnética y abrió la puerta. Cuando entró, encendió la luz para que no me chocase con nada con las muletas. Como de costumbre, la puerta del otro dormitorio estaba cerrada. En la pizarra junto al escritorio había una nota de Debbie, con fecha de ese día, en la que avisaba de que pasaría la noche donde Erik.

—¿Quieres quedarte? —me sonrojé porque parecía una invitación a hacer el ñaca ñaca. No es que tuviera nada en contra, pero no me sentía especialmente sexy allí plantada con las muletas—. En fin, que si quieres echar el rato, eres bienvenido.

¿«Echar el rato»? Dios, qué idiota sonaba.

Jase entró en mi habitación con una sonrisa de oreja a oreja.

—No querría estar en ningún otro sitio.

Mis labios se ensancharon en una amplia sonrisa y me giré antes de que viera hasta qué punto su respuesta me complacía.

—Vuelvo enseguida.

Dejando las muletas en un rincón, cogí con cuidado un pijama y mis artículos de aseo. Me puse unos pantalones de algodón y una camiseta, sin sujetador. Era negra, así que no dejaba entrever gran cosa. Me dejé puesta la ortesis y me lavé la cara a toda prisa. Me quité la coleta y me cepillé el pelo antes de volver al cuarto.

Jase se había acomodado en mi estrecha cama. Tumbado de espaldas, sobre su vientre plano reposaba el mando a distancia del televisor que teníamos encima del armario. Hasta se había descalzado. Verlo así me provocó un revuelo en el estómago, sensación que se acentuó cuando dio una palmadita a su lado en el colchón.

—¿Crees que es una buena idea andar por ahí sin muletas? —preguntó.

Avancé lentamente hacia él sin prestar atención al dolor de la rodilla y me senté.

—No es mucha distancia. Además, estas habitaciones son demasiado pequeñas para utilizarlas.

Dejó el canal Investigation Discovery y se puso de lado antes de depositar el mando a distancia sobre la mesilla. Me rodeó el brazo con la mano y tiró de mí mientras me observaba a través de sus largas pestañas negras.

—¿Te tumbas conmigo?

¿Cómo iba a resistirme a semejante invitación? Como Jase estaba de lado, pude tumbarme de espaldas junto a él. En el momento en el que mi cabeza tocó la almohada, sonrió de una manera que me hizo estremecer.

—¿Cómo estás?

—No lo sé —respondí con sinceridad.

—Lo entiendo. —Recogió un mechón de cabello que me caía por delante de la cara y lo apartó—. Hoy te han pasado muchas cosas..., bueno, en estos últimos días.

—Sí. No dejo de darle vueltas a la cabeza. —Mi pecho se alzó de repente cuando Jase trazó el contorno de mi labio inferior con el pulgar—. Ahora todo parece distinto.

—¿Sí?

Asentí antes de quedarme quieta, mientras su mano descendía por el valle entre mis senos y se detenía justo debajo. Sentí un cosquilleo a su paso y se me endurecieron los pezones. Vi que Jase se había percatado de ello, porque bajó la vista y se mordió el labio. Cuando alzó la cabeza, nuestras miradas se encontraron.

Curvó la mano alrededor de mis costillas.

—¿Te refieres a nosotros o a...?

—Las dos cosas —musité.

Sus ojos recorrieron mi rostro antes de detenerse en mis labios. Un calor dulce me bajó desde el vientre hasta la entrepierna. Hubo un momento en el que solo se oía mi corazón y el leve murmullo del televisor.

—Todo va a salir bien.

Sonreí mientras cubría su mano con la mía.

—Lo sé.

—En nuestro caso, ¿es distinto para bien o para mal?

—Para bien. Muy bien.

Bajó la cabeza y sus labios rozaron mi frente. Un escalofrío recorrió mi piel.

—Pues va a hacer falta que sea mejor que «bien».

—Ah, ¿sí?

—Ajá —murmuró antes de besarme.

Aquel beso fue diferente. Tal vez fuera porque estábamos en mi cama o porque era el primer beso de verdad después de nuestra conversación..., o por algún otro motivo. En cualquier caso, Jase devoró mis labios, bebió de mi boca. Me degustó y me exploró durante una eternidad. Yo no sabía que un beso pudiera ser tan potente, pero lo era.

—¿Qué te parece? —preguntó.

Un ligero estremecimiento le subió por el brazo cuando sus labios volvieron a acariciar los míos. Mi cuerpo parecía hundirse en el colchón. En ese momento, con mis labios enardecidos por el tacto de los suyos, era incapaz de pensar en todas las cosas que estaban mal en mi vida.

—Mucho mejor que bien. Ha sido increíble.

Volvió a besarme, pero esta vez lo hizo con movimientos lentos y dulces. Aquellos besos tiernos y lánguidos me afectaban más allá de lo físico, haciendo que el pecho se me colmara de un calor que hablaba de amor, eternidad y otras cursiladas que me negaba a admitir en voz alta.

Con todo y con eso, físicamente también me excitaba. Aunque la rodilla no dejaba de molestarme, mayor era el dolor que sentía en otras partes del cuerpo. Deseaba tanto a Jase que era casi un sufrimiento. La sola idea de su cuerpo desnudo contra el mío, dentro de mí, me volvía loca por explorarlo.

Jase levantó su boca de la mía y, con la respiración entrecortada, se tumbó a mi lado. Esperaba que me tocase. Notaba los senos hinchados por la proximidad de su mano. Sin embargo, no hizo nada.

Giré la cabeza hacia Jase. Sus ojos destellaban plateados y emitió un gemido ronco.

—Si sigues mirándome así, voy a tener que arrancarte la ropa y metértela tan dentro que no podré volver a salir.

En respuesta, mi cuerpo entero se tensó y sentí un espasmo en los músculos del bajo vientre.

—No veo dónde está el problema.

Se le volvió a escapar aquel gruñido grave y sexy, y mi propia audacia me encendió.

—Haces que sea muy duro.

—Ah, ¿sí?

Alargué la mano y, cuando mis dedos rozaron el contorno abultado de sus vaqueros, me agarró la muñeca con suavidad. Confusa, levanté la vista hacia él.

Jase cerró los ojos con fuerza.

—Sí, también me pones duro. Todo el puto día. Cuando estoy contigo soy como una erección andante, pero... esto quiero hacerlo bien.

Doblé los dedos contra su torso, donde me tenía sujeta la mano.

—¿Cómo que bien?

Cuando volvió a abrir los ojos, un ligero rubor coloreaba sus mejillas.

—Como tiene que ser. Ya sabes, que nuestra relación no se limite únicamente al sexo.

Mis labios se entreabrieron, pero no articulé palabra alguna. Lo que acababa de decirme y su sonrojo me habían dejado atónita.

Se puso aún más colorado.

—Por mucho que me cueste tomarme las cosas con calma... Joder, Tess, es que te deseo de todas las formas imaginables... —Hizo descender mi mano y me posó la palma contra su erección, como si quisiera demostrar la veracidad de sus palabras—. Te deseo tanto que me matas, pero todas las relaciones que he tenido después de..., desde hace mucho tiempo, se han reducido únicamente al sexo. A entrar, correrme y salir.

—¿Como con Steph? —solté sin poder reprimirme.

Su rostro se frunció en una mueca de incomodidad.

—Sí, como con Steph. Y con ella no me importaba, con ninguna de ellas. Porque, aunque suene como un cabrón, por ellas no sentía nada. No es como contigo, Tess. Quiero que esto..., que nuestra relación sea distinta. Quiero que vaya más allá del sexo. Necesito que signifique mucho más. ¿Lo entiendes?

Mientras lo miraba, me subió un nudo por la garganta y los ojos se me llenaron de lágrimas.

Sus pupilas se dilataron y me tomó la cara entre las manos.

—¿Por qué estás a punto de llorar, cariño? ¿He hecho...?

—No has hecho nada mal —me apresuré a responder, con la voz entrecortada—. Al contrario, es perfecto.

Su mirada se tiñó de confusión.

—No entiendo qué quieres decir.

Solté una carcajada ronca.

—Está bien. —Me incliné y lo besé. Fuera quien fuese la madre de Jack, ella se lo perdía—. Es perfecto.

—¿Estás segura? Porque da igual lo que yo crea que está bien o no, puedo desnudarme en dos segundos y tenerla dentro de ti aún más rápido.

Asentí y volví a reírme.

Jase apoyó su frente en la mía y cerró los ojos. Su aliento cálido danzaba sobre mis labios.

—Quiero tener una cita contigo. Quiero llevarte a montar a caballo. Quiero decírselo a tu hermano. Quiero que me acompañes a casa de mis padres y presentarte como mi novia. Quiero demostrarte todo lo que esto significa para mí. Quiero hacer las cosas bien.

Sentí una opresión en el pecho por todas las emociones que me embargaban en ese momento. Si aún no hubiera estado perdidamente enamorada de él, habría caído rendida esa misma noche, pero mi corazón ya era suyo. Mis labios formaron dos palabras mágicas, pero me las guardé al tiempo que me acurrucaba entre sus brazos, cerraba los ojos y me permitía disfrutar de su proximidad y de su anhelo casi desesperado por hacer las cosas bien.

A pesar de todo lo que tenía en la cabeza, dormí como un lirón una vez que Jase se hubo ido y desperté extrañamente fresca. Habría imaginado que sería duro afrontar la mañana del miércoles y un futuro que no había previsto, pero lo que sentí al levantarme era una curiosa anticipación.

Mientras me preparaba para ir a clase, recibí un mensaje de Jase. Aunque faltaría a Apreciación musical, iría a buscarme después. Cuando le pregunté si había algún problema, respondió rápidamente que no.

La emoción era palpable por los pasillos de Whitehall. Había olvidado que no tendríamos clase ni el jueves ni el viernes. Era el puente de otoño: un fin de semana de cuatro días. No había demasiada gente en clase de Historia, pero me costó lo mío moverme por el aula con las muletas.

Cuando Calla me vio entrar con ellas, su semblante adoptó una expresión compasiva.

—¿Qué te ha pasado?

Mientras me sentaba con dificultad, le conté que había perdido el equilibrio el domingo. No mencioné a Erik ni a Debbie, y no porque me importara lo que la gente dijera sobre semejante imbécil, sino por ahorrarle el mal trago a mi compañera de habitación. En algún momento entre el día anterior y el actual, había decidido que Deb y yo íbamos a tener una bonita charla en cuanto volviera a la residencia. Le iba a contar la verdad de lo que me había sucedido. Tal vez no sirviera de nada, pero tal vez sí.

—¿Y el ballet? —preguntó Calla, haciéndome arrugar el rostro.

—Mi rodilla es demasiado inestable y es más que probable que siga así para siempre. —Se me cayó el alma a los pies, como si al pronunciar las palabras la situación se hubiera vuelto real—. No debería haber cedido bajo mi peso el domingo, así que...

Calla se inclinó hacia delante y bajó la voz.

—¿No vas a volver a bailar?

Negué con la cabeza, incapaz de confirmarlo en voz alta.

Su semblante se cubrió de tristeza.

—Lo siento muchísimo.

—Gracias —respondí con voz acuosa.

Después, no tuve demasiadas ganas de hablar. Mi buen humor mañanero se evaporó del todo cuando perdimos el autobús al campus oeste y tuvimos que ir a pie. Al llegar al edificio de Arte, las axilas me estaban matando por el roce de las muletas. Cuando acabó la clase, todavía me dolían.

A saber cuánto tiempo tendría que seguir con ellas. Con una mueca de desagrado en los labios, traté de guardar el equilibrio mientras me tiraba hacia abajo de la camiseta. Todo sería más sencillo si no tuviera clase de punta a punta. Podía dejar la asignatura de música; o quizá Historia, y así solo tendría que ir de la residencia directa al campus este...

Corté aquellas ideas de raíz. Dejar asignaturas era rendirse, tirar la toalla. No iba a hacerlo por más coñazo que fuera.

—Ahí tienes a tu hombre —anunció Calla.

Casi di un traspié en mitad del patio. Estuve a punto de preguntarle cómo se había enterado, pero entonces me percaté de que solo me estaba tomando el pelo. Quería contarle lo nuestro, pero primero debía decírselo a Cam. Era extraño, pero hasta entonces no me parecería real, igual que las cosas no parecen de verdad hasta que no las has anunciado en Facebook.

Puse los ojos en blanco y me volví hacia ella.

—Te veo luego.

Se despidió con la mano mientras yo avanzaba laboriosamente hasta el Jeep, parado en una zona de estacionamiento prohibido. Jase se apeó y corrió hacia mí. El cabello castaño se le rizaba por debajo del gorro de lana gris. Le quedaba bien.

Abrió la puerta del copiloto y, cogiendo mis muletas, las dejó en la parte trasera. Cuando se volvió hacia mí, comenzó a bajar la cabeza como si fuera a besarme a modo de saludo y me tensé. Entonces se detuvo, soltó aire y me agarró del brazo.

—Monta —dijo; su voz grave me hizo estremecer.

Una vez subida al coche, me giré hacia él.

—¿Has conseguido resolver lo que fuera que tenías esta mañana?

—Sí. —Jase miró por el espejo retrovisor. Un coche de la policía del campus doblaba en ese instante la esquina. Con una sonrisa rápida y satisfecha, arrancó antes de que pudieran multarlo por haber parado donde no debía—. Mi madre me ha llamado esta mañana. Jack se ha pasado toda la noche enfermo, vomitando.

—Ay, no; ¿está bien?

Jase asintió.

—Ha pillado un virus. El médico dice que solo necesita beber mucho líquido y descansar. Faltará al colegio lo que queda de semana. No le ha gustado nada cuando se ha enterado.

—¿En serio?

—Sí, le encantan su maestra y el cole. —Se detuvo y se frotó el mentón—. Espero que siga así.

Me incliné hacia él.

—¿A ti te gustaba el colegio cuando eras pequeño?

—Sí.

—¿Y seguiste así?

Jase soltó una carcajada.

—Claro que no. Hacía más novillos que otra cosa, pero Jack es distinto. Él será distinto.

Sonreí, deseándole buena suerte en silencio.

—Si este fin de semana se encuentra mejor, había pensado que podíamos..., no sé, ¿llevarlo a comer o algo?

Qué fuerte. Asentí entusiasmada y un poco nerviosa también. ¿Y si Jack se despertaba una mañana y decidía que me odiaba? Los niños eran imprevisibles.

—Bien —concluyó, relajándose.

Como muchos estudiantes ya se habían marchado de puente, no tuvimos problemas para encontrar aparcamiento cerca de la cafetería, que estaba prácticamente vacía cuando entramos. Jase cargaba con mi bandolera y acortó sus largas zancadas para adaptarse a mi ritmo.

Cam y Avery eran los únicos sentados a la mesa, compartiendo un pedazo de pizza. Yo pedí un perrito caliente con patatas, para variar de la monotonía de las hamburguesas grasientas, mientras que, a juzgar por el montón de pizza sobre su plato, Jase se debió de pedir una pizza entera.

Nos sentamos enfrente de los tortolitos y yo extendí la pierna derecha.

—Me sorprende veros aquí, pensaba que os ibais de puente a Pennsylvania.

—Y nos vamos. —Cam agarró un puñado de patatas fritas de mi plato sin siquiera un gesto de disculpa—. Salimos esta noche.

—¿Tienes ganas? —le pregunté a Avery.

Esta asintió a toda velocidad, haciendo que su cola de caballo rebotase.

—No he estado nunca, así que me apetece un montón.

—¿Qué tenéis pensado hacer allí? —Jase apoyó el codo e, inclinándose hacia delante, cogió un segundo pedazo de pizza mientras dejaba caer la otra mano por debajo de la mesa—. Quiero decir, ¿qué hace uno en los Pocono? ¿Admirar los árboles?

Cam soltó una carcajada.

—No. Tienes rutas senderistas, saunas, enología, pesca... Voy a llevar a Avery a pescar. Nunca lo ha probado...

Mientras mi hermano hablaba sin parar, Jase se me acercó y pegó su pierna derecha a mi pierna izquierda. Al cabo de un segundo, su mano aterrizó justo por encima de mi rodilla. Abrí los ojos, estupefacta, con el perrito a medio camino hacia la boca.

—Y el sábado vamos a alquilar una barca —continuó Cam, lanzándole una mirada tan elocuente a Jase que el perrito caliente se me cayó de las manos.

¿Había visto lo que estaba haciendo su amigo? Ay, Dios...

Cam se volvió hacia mí con el ceño fruncido.

—¿Te encuentras bien?

—Sí —grazné, y recuperé mi perrito mientras la mano de Jase ascendía por mi pierna—. ¿Conque, esto..., una barca?

Mi hermano dijo algo que hizo que Avery rompiera a reír y le salieran un montón de arruguitas alrededor de los ojos, pero yo estaba demasiado pendiente de la mano de Jase posada en lo alto de mi muslo. Respiré hondo cuando se inclinó hacia delante para coger unas patatas fritas y aprovechó el acercamiento.

Su mano se introdujo entre mis piernas.

Ay, la leche...

Bajé la barbilla, con el rostro sofocado, pero el calor también me había descendido por el cuerpo hasta concentrarse en el punto exacto al que Jase dirigía la mano. ¡No sería capaz!

—¿Qué tipo de barca? —preguntó Jase y, la madre que lo parió, por la voz habría jurado que estaba tan tranquilo.

Ni me enteré de qué barca era aquella de la que mi hermano hablaba con tanto entusiasmo. La mano de Jase seguía deslizándose y la punta de sus dedos rozó la solapa que cubría la cremallera de mis vaqueros.

Inspiré hondo al tiempo que mi mano se crispaba alrededor del perrito caliente. Varios pedazos de pan se desgajaron. Jase no se atrevería a ir más allá. Imposible.

—¿Y vosotros qué tenéis pensado hacer? —preguntó Avery, apoyando la barbilla en las manos.

—Nada, en realidad. Yo voy a... —La voz se me entrecortó cuando aquellos largos dedos bajaron por la bragueta y apretaron un poco más. Una oleada de sensaciones me invadió, atravesándome de pies a cabeza. Aún no sé cómo no pegué un bote.

Cam ladeó la cabeza.

—Venga, dinos.

—Voy a... —Dejé el perrito en el plato mientras Jase deslizaba el dedo arriba y abajo, tirando de mis vaqueros. El movimiento intensificaba la sensación, provocándome una punzada en lo más hondo.

—¿Decías que ibas a…? —preguntó Jase con aire inocente.

Menudo cabrón.

—Voy a quedarme aquí —concluí.

—Tienes que hacerte con un coche —me recomendó mi hermano—. Así al menos podrías ir a casa a visitar a mamá y papá.

La mano de Jase regresó a mi muslo y no supe si sentir alivio o decepción. Tenía el cuerpo como una brasa, pero mi mente se aclaró un poco.

—Bueno, puedo comprarme un coche con el dinero imaginario de mi trabajo imaginario.

Cam me sacó la lengua.

—Sabes de sobra que papá y mamá te van a dar pasta.

—Sí, para comprar comida, no un coche —repliqué.

—Tú vas a dejar aquí la camioneta, ¿verdad? —Avery cogió el vaso de agua—. Tal vez Teresa podría…

—Ni de coña. —Cam miró a su novia como si hubiera perdido el juicio—. No va a coger mi camioneta.

Jase dejó la mano sobre mi muslo y, para cuando terminamos de comer, no sabía si propinarle un puñetazo o subirme encima de él, abrirle los pantalones de un tirón y…

—Ey —dijo Cam, interrumpiendo mis pecaminosos pensamientos—. Tengo que hablar contigo un momento. ¿Has terminado de comer?

El estómago me dio más volteretas que un niño colina abajo.

—Claro —respondí.

Lancé una mirada de soslayo a Jase. Este no parecía preocupado, aunque tampoco es que tuviera por qué. Cam no iba a hacerle demasiado daño una vez que lo descubriese, sobre todo porque ya me había confesado lo de Jack.

Me despedí de Avery y, agarrando las muletas, seguí a mi hermano al exterior. No fuimos muy lejos; nos detuvimos bajo uno de los grandes arces que proyectaban fascinantes sombras doradas y rojizas. Cuando Cam se puso la gorra de béisbol del revés, me arrebujé dentro de la chaqueta. Todavía no hacía demasiado frío, pero el viento cortaba.

—¿Qué pasa? —pregunté, con la sensación de que iba a vomitar lo poco que había comido.

Cam me sonrió, pero al instante volvió a ponerse serio. Respiró hondo y una desagradable sensación se me agarró al estómago. Ay, madre, se trataba de lo mío con Jase. Lo había descubierto. Tendríamos que habérselo dicho. No había sucedido más que el día anterior, claro, pero aun así...

—Este fin de semana voy a pedirle a Avery que se case conmigo —dijo de sopetón.

—Espera. —Casi se me cayeron las muletas—. ¿Cómo?

—Que voy a pedirle la mano a Avery este fin de semana, en la barca. Estaremos los dos solos. Voy a llenarla de flores y bombones. El anillo... no es demasiado grande. Solo dos quilates.

—¿Cómo que «solo» dos quilates?

—Sí, y voy a esconderlo en una de las rosas. —Los huecos de sus mejillas se sonrojaron ligeramente—. En fin, solo quería que...

Entonces salí del trance. La felicidad me burbujeó en el interior como si fuera champán. Con las prisas, casi me caí al rodearle los hombros con un brazo sin soltar las muletas.

—¡Ay, Dios mío! —chillé—. ¡Cam, que vas a casarte!

—Bueno, eso espero. —Me devolvió el abrazo y, al separarse de mí, sonreía de oreja a oreja—. Si acepta.

—Pues claro que va a aceptar. —Me dolían los carrillos de tanto sonreír—. ¡Ay, cuánto me alegro por vosotros! ¡Es una chica fantástica y la quiero un montón, y a ti también!

Cam se rio con ganas y volvió a abrazarme.

—Es..., es perfecta.

Asentí.

—¿Cuándo vas a hacerlo? ¿El sábado? —Cuando mi hermano respondió que sí, me alegré enormemente de no haberle dicho nada sobre Jase. No cuando estaba a punto de dar un paso tan importante. Necesitaba estar completamente concentrado en Avery y su futuro—. Llámame o mándame un mensaje cuando te diga que sí. Prométemelo.

—Te lo prometo.

Chillé de nuevo, haciendo que varios viandantes se quedaran mirándonos con cara rara. Volví a darle un abrazo torpísimo y al acabar, vi a Jase saliendo por las puertas dobles con mi mochila en la mano.

—Ahí llega tu asistente. —Cam sonrió divertido y me dio un beso en la mejilla—. Me vuelvo dentro con Avery.

—Buena suerte, aunque no la vas a necesitar.

Mi hermano me miró sin la confianza en sí mismo que normalmente mostraba.

—¿Tú crees?

Reprimí las lágrimas, lágrimas de felicidad.

—Estoy segura de ello.

—Gracias —respondió—. Te quiero, hermanita.

—Y yo a ti.

Respiré hondo varias veces mientras veía cómo Cam le daba un puñetazo amistoso a Jase en el brazo al pasar junto a él. Tenía los ojos anegados y era más que probable que empezara a repartir abrazos por doquier, incluso entre los lugareños.

—Imagino que ese pedazo de sonrisa gigantesca significa que Cam no te ha preguntado por nosotros. —Jase se echó al hombro mi bandolera rosa chicle—. ¿Te he dicho lo mucho que me gustan tus sonrisas?

Entonces mi sonrisa alcanzó proporciones épicas y solté sin poder aguantármelo:

—¡Cam le va a pedir la mano a Avery!

—A este chaval se le ha ido la olla.

—¡¿Cómo?! —Sujetándome a las muletas, le di un golpe en el pecho—. Pues claro que no se le ha ido. La tiene mejor que nunca.

Jase rio.

—Es broma; además, ya lo sabía.

—¿Qué? —chillé antes de golpearlo de nuevo—. ¿Cómo que ya lo sabías?

—¡Ay! —Se frotó donde le había pegado—. ¿Te molesta si te digo que esto me pone un poco?

Negué con la cabeza.

—¿En serio?

—¿Tal vez? —murmuró al tiempo que bajaba la cabeza, haciendo que se le agitaran los mechones que sobresalían por debajo del gorro—. Si te digo la verdad, ahora mismo estoy un poco empalmado.

—Ay, madre... —Me froté la mejilla caliente con la mano—. Vale. Volvamos a lo de la petición de mano. ¿Cuándo te lo dijo?

—Hará cosa de un mes. ¿Quieres pegarme otra vez? Podrías probar en el culo. Es probable que me guste. —Lo miré estupefacta. Se rio—. Fui con él a elegir el anillo. Estoy casi seguro de que el joyero creyó que íbamos a casarnos entre nosotros.

—Me lo podrías haber contado —protesté.

—Oye, que me pidió que le guardara el secreto. No quiere que Avery se entere. —Cuando abrí la boca para quejarme, se cruzó de brazos—. Es como cuando te llevé al médico, Tess. Tú no querías que se enterase...

Asentí.

—Ahí me has pillado.

—Ya lo sé.

Demasiado contenta por la noticia como para enfadarme por su silencio, sonreí de oreja a oreja.

—Me alegro muchísimo por los dos. Realmente son perfectos el uno para el otro. Es, ya sabes, ese tipo de amor que solo se encuentra una vez en la vida. A ti te parecerá una chorrada, pero yo creo en él.

—No creo que sea una chorrada. Sé... exactamente a lo que te refieres —admitió, descruzando los brazos.

Sus palabras estaban cargadas de un significado oculto, pero fue otra cosa la que me llamó la atención. Como había tenido las manos ocupadas durante gran parte del almuerzo, no me había fijado en ellas hasta entonces. Tenía la piel alrededor de los nudillos de una de ellas enrojecida, raspada e hinchada. Arrugando la frente, la tomé con cuidado entre las mías.

—¿Qué te ha pasado en los nudillos?

Se soltó y se miró la mano con el ceño fruncido.

—No lo sé. He debido de rozarme con algo en la granja.

—¿No lo sabes?

Jase negó con la cabeza.

—Es hora de llevar ese culito a clase. Venga, súbete al Jeep.

Aunque se le volvió a dibujar una sonrisa pícara en la cara, una sombra había atravesado su semblante. Volví a quedarme mirando sus nudillos y, por algún motivo, me acordé de las manos de Cam después de su enfrentamiento con Jeremy. Alejé el pensamiento de mi mente, porque me resultaba... demasiado extraño. Jase había dicho que se había rozado la mano en la granja y eso era lo que tenía que haber sucedido, porque no había otra explicación.

Ninguna.

18

El primer día del puente, a última hora de la mañana, me encontré frente a Relámpago, aferrando las muletas con tanta fuerza que hasta los nudillos me dolían.

—No.

—Me lo prometiste —me recordó Jase con dulzura, como si hablara con Jack.

—Me da igual.

—Eso no está bien.

Cuando lo fulminé con la mirada, sonrió divertido.

—No puedo subirme tal y como tengo la rodilla.

—Ya me encargaré yo de que puedas.

Hice un mohín con el labio inferior del que Jack se habría sentido orgulloso. El niño estaba guardando cama y había agarrado un berrinche monumental cuando Jase le dijo que no podía venirse con nosotros. Su madre estaba en la ducha cuando llegamos y su padre andaba en algún lugar de la granja. No estaba segura de si Jase iba a cumplir su promesa de presentarme como su novia, pero por algún motivo estaba nerviosa. Quizá porque era un gran paso.

Aun así, el niño me dio pena.

—¿Podemos ir a ver a Jack antes de irnos?

Jase, sorprendido, parpadeó una vez. Dos.

—Sí.

—Me siento mal por él —expliqué, cambiando el peso sobre las muletas—. Se moría de ganas de salir.

Una chispa de ternura brilló en los ojos de Jase.

—Podemos ir a verlo antes de irnos. Le gustará. —Se inclinó y rozó su nariz con la mía—. Y a mí también.

Sonreí.

—Pero no me vas a distraer cambiando de tema. Te vas a subir a ese caballo y se acabó.

—No intentaba cambiar de tema.

Hasta yo noté el tono lastimero de mi voz al mirar a Relámpago. El caballo resopló y volvió la cabeza en dirección opuesta. Por lo visto, pasaba de mí.

—No te muevas.

Jase me quitó las muletas de las manos y las apoyó en la cerca de madera. Dándole una última palmada en el hocico a Relámpago, cogió las riendas y lo rodeó. A la luz del sol, su pelo brillaba con reflejos rojizos y dorados.

Se subió de un salto al caballo con la gracia de quien llevaba toda la vida haciéndolo. A lomos del animal, parecía aún más grande y poderoso.

Y sorprendentemente sexy a horcajadas.

—Levanta los brazos —me dijo.

Era lo último que quería hacer, pero me armé de valor. Los músculos de sus muslos se apretaron contra los flancos del caballo y se inclinó para agarrarme por los costados. Nuestras miradas se cruzaron y, guiñándome un ojo, me levantó en el aire. No me dio tiempo a pasar miedo, porque en un instante estaba sentada a mujeriegas sobre el caballo.

—Pasa la pierna izquierda por encima —me indicó, al tiempo que deslizaba las manos hasta mis caderas y me sujetaba con fuerza—. No te dejaré caer.

Me agarré a sus brazos y me giré. Sin mover la pierna lesionada, levanté la izquierda por encima del caballo. Me mordí el labio y se me aceleró el corazón cuando Relámpago se movió hacia un lado, pero Jase no me dejó caer. Me acomodé nuevamente en la silla, entre las piernas de Jase.

—Bien hecho —me felicitó, y su aliento cálido contra mi nuca me hizo estremecer—. ¿Ves? No ha sido para tanto.

Tenía la boca seca.

—Supongo que no.

Su risa reverberó en mi interior. Me rodeó la cintura con un brazo y agarró las riendas con la otra mano.

—¿Lista?

Sacudí la cabeza.

—No —repetí, por si acaso no lo había entendido la primera vez.

Jase volvió a reírse.

—Te va a gustar, te lo prometo. —Bajó la cabeza y depositó un beso en mi nuca que me provocó un escalofrío por toda la columna vertebral—. No voy a dejar que te pase nada.

A un ligero movimiento de sus talones, el caballo echó a andar a paso lento, siguiendo la pista desgastada que discurría a lo largo de la cerca. Tardé un poco en acostumbrarme al vaivén. Jase me apretaba contra él mientras me contaba cómo había sido la primera vez que se subió a un caballo. Tenía seis años, se había resbalado de la montura y se había partido el brazo.

—¿Y volviste a montar enseguida? —le pregunté mientras dábamos una nueva vuelta—. ¿O tuviste miedo?

—Tenía miedo. —Su pulgar trazaba lentos círculos sobre mi ombligo—. Pero mi padre sabía que debía montar de nuevo. Y lo hice. No volví a caerme.

En mi mente se dibujó la imagen del pequeño Jase. Me habría apostado cualquier cosa a que era igualito que Jack y tan adorable como él, aunque seguro que más difícil. Al cabo de veinte minutos largos, me había relajado lo suficiente como para dejar de agarrar con tanta fuerza el brazo de Jase. Entonces me percaté de que le había dejado la marca de las uñas.

—Lo siento —me disculpé con voz ronca, la vista fija en los árboles.

—No pasa nada. Es solo piel.

Volvió a besarme el cuello con un movimiento tan fugaz que apenas lo detecté, pero entonces posó los labios por debajo de mi oreja.

Nuestra conversación de la noche anterior pasó a primer plano y se me hizo un nudo en la garganta. Sus palabras aún me daban ganas de llorar. Quería ir despacio. Quería que conmigo fuera distinto que con el resto de las chicas, que debían de conformar una lista bastante larga, pero preferí no pensar en ellas. Jase quería que el comienzo de nuestra relación no se basara únicamente en el sexo.

Jase me mordisqueó el lóbulo.

Una oleada de placer líquido inundó mis venas, despertando de inmediato en lo más profundo de mi ser ese anhelo lánguido que sentía cada vez que tenía cerca a Jase.

Los músculos de mi espalda se crisparon antes de relajarse. Entonces sentí su presión contra la parte inferior de mi espalda. Una sonrisa orgullosa apareció en mis labios al pensar que no era la única afectada por nuestra proximidad. Eché la cabeza hacia atrás, contra su pecho, y cerré los ojos sonriendo mientras una brisa ligera me acariciaba las mejillas. Aflojé un poco más la presión y, bajo mis piernas, Relámpago aceleró.

Un escalofrío de miedo descendió por mi espalda debido a la velocidad, pero al mismo tiempo se despertó otra emoción que se superpuso al pánico. Los músculos de mi vientre se contrajeron, no por la ansiedad, sino por la anticipación, como en aquellos momentos preciosos que ya no volverían, justo antes de salir a escena.

—Puedo sentirlo —musité, presa del asombro.

El mentón áspero de Jase me rozó la mejilla y su brazo me sujetó con fuerza.

—¿Pensarás que soy un imbécil si te digo que ya te lo había advertido?

Abrí los ojos y solté una carcajada al tiempo que me enderezaba sobre la silla, convencida ya de que no iba a caerme y romperme el cuello. Al mirar de reojo, vi sonreír a Jase y le devolví el gesto. La terrible decepción que había supuesto mi reciente lesión se alivió un poco.

—¿Podemos ir más rápido?

Y fuimos más rápido.

De vuelta en tierra firme, con las muletas bajo los brazos, tuve que admitir que montar a caballo molaba un montón. No me veía subiéndome a un animal yo sola en el futuro próximo, pero Jase estaba en lo cierto: montar era, en cierto modo, como bailar. No sustituiría por completo aquel vacío en mi vida, pero era un comienzo.

Y no era lo único que tenía.

Sonreí cuando Jase pasó a mi lado para llevar a Relámpago al establo. Mi corazón hizo una pirueta, un salto colosal y complejo que yo no volvería a ser capaz de ejecutar en la vida real, pero él sí.

Cuando Jase volvió, llevaba a su padre pisándole los talones. Verlos juntos resultaba desconcertante. La misma estatura. El mismo cabello oscuro. Hasta sus largas zancadas eran idénticas. Cuando se detuvieron delante de mí, el señor Winstead sonrió.

—Nunca había visto a una chica tan guapa con muletas.

Una oleada de calor me subió por las mejillas.

—Gracias.

—Me alegro de volver a verte, aunque no así. —Se sacó un pañuelo rojo y se secó las manos—. Al menos no será grave, ¿no?

Negué con la cabeza. En realidad, no creía que nadie quisiera escuchar mi historia.

—Ha estado montando a Relámpago —explicó Jase con una amplia sonrisa—. Para ser la primera vez, lo ha hecho genial.

Su padre enarcó las cejas.

—¿Te has subido a un caballo en ese estado?

—Como una campeona —respondió Jase, y sentí un estremecimiento de placer al ver su sonrisa orgullosa. Mamá y papá solían sonreír igual después de mi participación en recitales y competiciones.

El señor Winstead ladeó la cabeza.

—Caramba, si tuviera veinte años menos y no estuviera tu madre...

Jase se volvió de repente hacia su padre.

—Venga ya, papá, que es mi novia con la que intentas ligar.

Pues sí. Mi corazón hizo una nueva cabriola y me sentí tan ligera como una bailarina después de ejecutar un salto perfecto.

—¿Tu novia? —preguntó su padre con tono sorprendido, mirándonos a uno y otro.

Jase sonrió descarado. Las rodillas me flaquearon.

—Mi novia.

—Vaya...

El hombre inspiró hondo y negó con la cabeza, como si no supiera qué decir. Si en algún momento había llegado a dudar sobre lo que Jase me había dicho la víspera sobre otras chicas, en ese momento lo tuve claro. Era evidente que no había llevado a ninguna a casa y que mi presencia en la granja no era baladí.

—Me alegro de oírlo —terminó por decir el hombre con una sonrisa, haciendo que aquellos ojos extrañamente familiares adoptaran una bella tonalidad plateada. Al mirar a su hijo, asintió con un ademán que parecía cargado de significado—. Me alegro mucho.

Sin decir nada, Jase volvió la vista hacia mí.

—¿Por qué no venís los dos dentro? —propuso el señor Winstead, guardándose el pañuelo en el bolsillo—. Tu madre acaba de preparar té.

Los ojos de Jase se iluminaron y a mí se me escapó una risita.

—Iremos enseguida. —Jase se giró hacia mí en cuanto su padre se hubo alejado—. ¿No te importa que lo haya anunciado así? Supongo que podría haberlo hecho mejor, pero, francamente, ¿cómo se da la noticia de que tienes novia sin parecer idiota?

—No; ha estado bien. —Me callé un instante mientras Jase se me acercaba—. Entonces ¿soy la primera novia que traes a casa?

Se echó hacia atrás un mechón de pelo.

—Desde que estaba en el instituto.

Me daba la impresión de que eso habría sido hacía siglos. Seguro que se trataba de la madre de Jack. Uno de estos días tendría que conseguir que me hablara de ella.

—Es... Guau. Es...

—¿Un honor?

Al sofocar la carcajada se me escapó un ronquido. Qué femenino.

—Tampoco hace falta exagerar.

Jase rompió a reír y se colocó a mi lado.

—Bueno, soy de los que no llevan a nadie a casa a menos que vaya en serio o la chica me importe.

Era tarde cuando Jase me llevó a la residencia. Al aparcar, vi que la luz de mi dormitorio estaba encendida. Deb debía de estar de vuelta.

Jase siguió mi mirada.

—¿Aún está en pie lo de cenar mañana?

Lo miré confusa.

—Pensaba que íbamos a comer en Betty's.

—Eso no quiere decir que no podamos cenar —respondió con picardía.

—Cierto.

La carcajada que acompañó mi respuesta se esfumó al detenernos junto a la acera. No me apetecía separarme de Jase. La jornada... había sido muy agradable. Con el Jeep al ralentí, agarró la manija de la puerta, pero me adelanté.

—No tienes por qué acompañarme.

—Pero...

Lo acallé con un beso. Si subía, dudaba mucho que lo dejase marchar, y tenía que hablar con Deb.

—No te sientas obligado. Te llamo mañana.

Jase retiró la mano de la manija.

—Mándame un mensaje antes de irte a la cama.

Mi labios formaron una amplia sonrisa.

—Lo haré.

Antes de que pudiera reaccionar, me pasó la mano por detrás de la nuca y me besó. Mi boca se abrió al instante a la suya. Me saboreó de una manera que me hizo aún más difícil separarme de él.

—Buenas noches, Tess.

Cerré los ojos mientras me apartaba.

—Buenas noches.

Jase esperó a que estuviera dentro del edificio antes de marcharse. Avancé cojeando hasta el ascensor. Como había supuesto, Deb estaba en la habitación.

Sentada en la cama con las piernas cruzadas y el pelo recogido en una cola de caballo, llevaba una sudadera con capucha que le quedaba grande. Al levantar la cabeza, se tapó la boca con la mano.

—¡Dios mío!

Me quedé petrificada en el umbral.

—¿Qué pasa?

—¡Llevas muletas! —Descruzó las piernas, pero no fue demasiado lejos—. Sabía que tendrías que llevarlas, pero... no sé. —Se apretó las manos contra el pecho—. Lo siento muchísimo.

Apoyé las muletas en la pared y caminé con cautela hasta la cama, donde me senté. No sabía cómo iniciar la conversación, pero sabía que tenía que contarle lo de mi pasado. No era fácil decir: «Por cierto, Debbie, ¿sabías que salí con un cabrón que me zurraba?».

—Debbie...

—He roto con Erik.

Parpadeé, creyendo que no la había oído bien. Entonces la esperanza afloró en mi interior.

—¿Cómo?

Debbie se levantó y se sentó a mi lado.

—He roto con Erik hoy mismo.

—Eso es...

¿Qué decir? ¿Estupendo? ¿Fantástico? Todo aquello me parecía inapropiado, porque me daba la impresión de que mi compañera realmente sentía algo por él.

—No me quedaba otra. Tenía que hacerlo porque... —Bajó la cabeza, escondiendo la mirada—. Porque tenías razón el domingo. Erik... puede ser un tío genial, pero...

—Pero te pega —concluí en un hilo de voz y, por un motivo que conocía muy bien, se me encogió el corazón.

Debbie asintió lentamente.

—No me pegaba a menudo, ¿sabes? No era así todo el rato. A veces simplemente me agarraba o me gritaba. Y siempre, siempre, parecía arrepentido después. O al menos sus disculpas me parecían creíbles y acababa perdonándolo. —Se detuvo e inspiró hondo—. Nadie había dicho nunca nada. Hasta que lo hiciste tú. Supongo que, en parte, se debe a que... últimamente ha perdido los nervios con más frecuencia, pero la gente ha preferido mirar a otro lado.

—Es difícil decir algo —respondí al tiempo que doblaba la rodilla izquierda y me la abrazaba contra el pecho—. Yo no quería que te enfadaras.

Tampoco quería avergonzarla, porque esa era la emoción principal que me había embargado cuando mi familia descubrió lo que había estado ocultando.

—No estaba enfadada; me daba vergüenza —confesó, confirmando mis sospechas—, porque ¿cómo iba a seguir con él cuando era tan evidente que no me trataba bien?

—¿Porque a veces te trata como a una reina? —Me puse a juguetear con el bajo deshilachado de los vaqueros—. Y te aferras a esos momentos porque sabes que también es capaz de ser buen chico.

Noté cómo me miraba.

—¿Tú también...?

Sin pronunciar palabra, asentí.

Exhaló aire lentamente.

—¿Y rompiste con él?

—La verdad es que no. —Solté una carcajada triste—. Mi madre y Cam vieron los moratones y acabé contándoles la verdad. Antes de eso ya quería dejarlo, pero tenía miedo y...

—¿Y lo querías? —me preguntó con la voz llena de dolor.

Tragué saliva con dificultad, sin dejar de tirar de los hilos blancos de los vaqueros.

—Fue mi primer..., mi primer todo. Creía estar enamorada de él. Ahora, echando la vista atrás, sé que más bien tenía miedo de...

—¿De quedarte sola? —me preguntó, y yo asentí—. Qué tontas, ¿verdad? Como si la soledad fuera peor que el maltrato.

—Pero ya no somos tontas —señalé—. Has roto con él.

—Sí —concluyó. Los ojos se le llenaron de lágrimas y parpadeó rápidamente para sofocarlas.

La presión que sentía me ascendió por la garganta. Me alegraba por ella, de verdad, pero sabía que no le iba a resultar fácil. Para mí, lo peor había sido sobrevivir a la primera noche sin Jeremy. Porque, al igual que Erik, Jeremy había tenido una habilidad casi mágica para hacerme olvidar los malos momentos. Se le daba de vicio, hasta el punto de ser uno de los motivos por los que no rompí antes con él. Ahora que era más madura, me daba cuenta de que esa era una característica clave del maltratador: si hacía falta, podía mostrarse encantador, pero eso lo convertía en alguien tan peligroso como una serpiente de cascabel.

—¿Cómo se lo ha tomado Erik? —le pregunté.

Debbie esbozó una sonrisa trémula.

—No muy bien.

Sentí un peso en el estómago.

—No habrá...

—¡No! No me hizo nada. Al contrario. —Se enjugó los ojos con el dorso de las manos. Apoyé la mía en su brazo y le di un apretón amistoso—. Se disculpó, lloró, suplicó... —Negó con la cabeza—. Al final se enfadó, pero me fui antes de que pudiera llegar a nada.

—Bien.

Levantó la cabeza y nuestras miradas se cruzaron.

—Siento no haberte escuchado el domingo y siento lo que sucedió cuando volví a la residencia con Erik. Sigo pensando que fue un accidente, pero no debería haber sucedido porque, cuando se enfada, pierde el control.

—¿Es ese el motivo por el que has cortado con él?

—Sí y no. —Carraspeó—. Cuando Jase vino a buscarlo el miércoles por la mañana, me enteré de que te habías hecho polvo la rodilla...

—¿Que Jase fue a buscarlo? —la interrumpí con los ojos como platos.

Mi compañera asintió.

—Apareció justo cuando nos marchábamos a clase. No sabía que Erik te había hecho tanto daño.

Le quité importancia con un gesto de la mano, sintiendo cómo se me aceleraba el pulso.

—¿Qué le dijo Jase?

—Poca cosa, la verdad. Que si volvía a tocarte, lo mandaría al cementerio. Erik se lo tomó bastante mal. —Debbie alzó los brazos y se deshizo la cola de caballo—. Comenzó a insultarte y a llamarte... puta cotilla, y a decir que más te valdría mantenerte lejos de mí.

No me importaba una mierda lo que Erik dijera de mí, pero sentí el estómago revuelto.

—Jase tampoco se lo tomó bien —prosiguió—. Ni la cara de Erik, visto lo visto.

Cerré los ojos con fuerza y traté de respirar con normalidad, mientras sentía frío y calor al mismo tiempo. La imagen de los nudillos de Jase me pasó por la mente. Había ido a por Erik. Igual que Cam había ido a por Jeremy. En cierto modo, la historia se repetía tal cual. La cólera, la decepción y otro sentimiento que no acertaba a identificar se apoderaron de mí.

—¿Estás bien? —me preguntó Debbie.

—Sí, perfectamente. A partir de ahora todo va a ir a mejor, ya verás —le aseguré con voz ronca mientras trataba de centrarme en lo importante, que era Debbie, y no lo que había hecho Jase—. Lo digo en serio.

—Ya lo sé. —Me abrazó con fuerza y, al separarse, las lágrimas se habían secado—. Mi vida empieza ahora. Y solo me esperan cosas buenas.

19

Me quedé despierta hasta tarde hablando con Debbie. Al principio me dolió oír cómo Jase se había enfrentado a Erik la mañana que supuestamente había pasado con Jack. Tal vez hubiera hecho ambas cosas, pero tampoco es que importara, porque no cambiaba nada. En cualquier caso, acabé contándole a Debbie todo sobre Jeremy. Rebajé la gravedad de la reacción de Cam, pero de todas formas me sentí muy bien al quitarme aquel peso de encima, compartiendo lo sucedido con alguien que realmente podía entenderlo. Debbie, por su parte, me habló de los buenos tiempos, de los malos y de los verdaderamente aterradores. En algún momento me percaté de que tenía dudas; era natural, llevaban años juntos y a veces cuesta dejar marchar a alguien, aunque ese alguien sea un sociópata. Quien no hubiera vivido una situación como esa no lo entendería, nos consideraría estúpidas y débiles, pero hasta la chica más fuerte e inteligente puede caer en las garras de un embaucador de lengua envenenada.

Se derramaron lágrimas. Lágrimas purificadoras. Lágrimas de las que renuevan y no lastiman.

Después de trasnochar, el viernes me levanté tarde. Deb me anunció que se iba a visitar a sus padres para confesarles la verdad. Le deseé buena suerte. Yo también iba a necesitarla.

Había acabado por anular el almuerzo, Debbie se había marchado y Jase llegaría enseguida a recogerme para ir a cenar; era nuestra primera cita oficial. Sin embargo, mientras lo esperaba fuera sujetando con firmeza las muletas, no se me quitaba de la cabeza que había hecho exactamente lo mismo que mi hermano.

Aún no había logrado llegar a una conclusión sobre mis sentimientos al respecto: ¿debería estar así de enfadada o aún más? Jase sabía de sobra lo culpable que me sentía por lo que Cam había hecho.

Cuando Jase se detuvo junto a la acera, se bajó y rodeó el Jeep por delante. Llevaba vaqueros y un jersey oscuro de cuello de pico que, de algún modo, me hizo sentir poco elegante con mi vaquero y mi suéter. Daba igual lo que llevase, siempre estaba para comérselo, como recién salido de las páginas de la *GQ*. Nada que ver con el resto de los tíos que se veían por ahí, que más bien parecían modelos de catálogo de supermercado.

Agarró las muletas, me sujetó del brazo y me ayudó a montar. Encima del salpicadero me esperaba una caja rosa. La cogí y le lancé una mirada.

—Para el postre —explicó con una sonrisa. Yo no quería abrir la tapa, pero el glaseado marrón claro tenía una pinta deliciosa—. Adivina.

—¿Chocolate?

—Qué aburrido —respondió, al tiempo que se alejaba de la acera—. Está relleno y recubierto de mantequilla de cacahuete.

—Oh.

Momentáneamente distraída por la apetitosa combinación, me sentí tentada a abrir la cajita y devorar su contenido.

—Si quieres comértelo ahora, eres más que bienvenida. A la mierda con las normas, ¿vale? ¿Por qué no empezar por el postre?

Una leve sonrisa ensanchó mis labios. No sabía por qué los cupcakes tenían ese efecto sobre mí. No solamente eran deliciosos en el noventa y nueve coma nueve por ciento de las ocasiones, sino que esperaba con impaciencia su aparición.

—¿Dónde los compras? —pregunté, sorprendida de no habérmelo planteado hasta entonces—. ¿En la pastelería de la ciudad?

—No.

Mi mirada se posó en sus nudillos raspados mientras esperaba a que me ofreciera más detalles. Aunque empezaba a cicatrizar, la piel seguía rosada y magullada. Sentí un nudo en el estómago.

—Los hace Jen, mi prima por parte de madre.

—Guau. Pues saben como si salieran de una pastelería gourmet. Debería abrir su propio negocio.

—Es lo que le decimos. —Me miró de soslayo y esbozó una sonrisa—. Jen ha estado preguntándome por la chica para la que no deja de preparar cupcakes especiales. Le he dicho que iba a tener que presentársela cualquier día de estos.

Mis ojos iban a posarse de nuevo sobre sus manos, pero levanté la cabeza de repente.

—Pues... me gustaría mucho.

—A mí también —respondió al tiempo que alargaba la mano, entrelazaba sus dedos con los míos y me daba un apretón.

Una sensación levemente desagradable me descendió del pecho al vientre mientras escudriñaba sus nudillos. Su piel había impactado contra la de Erik. Había ido a por él por algo que podía haber sido o no un accidente. Era el momento perfecto para abordar la cuestión, pero no estaba lista.

—¿Tu prima sabe lo de Jack? —pregunté, cambiando de tema.

Jase asintió.

—La familia está al corriente, pero nadie habla de ello. Es como el secreto peor guardado del mundo.

Después de aquello, se hizo el silencio. Yo tenía la mente ocupada. La ciudad de Frederick no quedaba lejos y en el Bonefish

Grill nos sirvieron enseguida. Podría haber cenado a base de gambas bang bang. Jase alimentaba la conversación, hablándome de Jack y luego de mi hermano.

—Así que mañana es el gran día, ¿no? —dijo al tiempo que me robaba una vieira del plato—. ¿Crees que llegará hasta el final?

Ni siquiera me había planteado que no lo hiciera.

—¿Crees que se echará atrás?

—Está muy nervioso. —Jase se arrellanó en el asiento mientras reía—. Joder, nunca había visto a tu hermano así.

—Yo tampoco. Espero que lo haga. Son perfectos el uno para el otro.

Jase acarició el borde del vaso con el dedo mientras me miraba con los ojos entrecerrados.

—Tenemos que decírselo a Cam en cuanto vuelva.

Asentí, sin respiración.

—Sí.

La camarera nos trajo la cuenta y, cuando Jase se inclinó hacia delante para sacar la cartera, me besó rápidamente la comisura de los labios. El brillo plateado de su mirada hizo que se me encogiera el corazón.

—Debbie ha roto con Erik —solté de pronto.

Jase se quedó parado un segundo antes de extraer el efectivo de la cartera.

—Es una buena noticia, ¿no? Quiero decir, siempre se ha comportado como un gilipollas con ella. Nadie ha entendido jamás por qué seguía aguantándolo.

Lo observé mientras dejaba el dinero junto a la cuenta. El corazón se me había acelerado.

—Él... le pegaba.

Jase se quedó petrificado, pero esta vez a medio camino de apoyarse en el respaldo. Levantó la vista y me miró.

—¿Cómo?

Nada en su expresión delataba que me estuviera ocultando algo, pero yo lo sabía.

—Le pegaba. Igual que Jeremy me pegaba a mí.

Apretó los dientes antes de dejar escapar un silbido y apartar la mirada.

—No sé qué decir, Tess.

—¿Tal vez que ahora te alegras aún más de haberle zurrado?

Se quedó mirándome fijamente. Sus iris habían adoptado un asombroso brillo de plata. Abrió la boca, pero pareció pensarse mejor lo que iba a decir. Sus amplios hombros se tensaron.

—Estoy al tanto de todo —susurré—. Deb me lo contó anoche.

—¿Anoche? —repitió Jase como aturdido—. ¿Y hasta ahora no has dicho nada? —Se echó a reír y le tembló un músculo del mentón—. ¿Sabes? Notaba que te pasaba algo. Has estado demasiado callada. No te has comido el cupcake de inmediato. Creía que te molestaba la rodilla o algo así.

Me aparté el pelo detrás de las orejas.

—No me lo contaste.

Respiró hondo y se deslizó sobre el asiento para salir del reservado. Se levantó y cogió mis muletas.

—Mejor hablamos fuera.

Como no era el tipo de conversación que uno tiene mientras cena, esperé a estar montados en el Jeep antes de sacar el tema.

—Fuiste a por él.

—No fui a por él, Tess, no fue como lo de Cam. Sé lo que vas a decirme, pero no lo hice aposta. Me lo crucé en la fraternidad cuando volvía de casa de mis padres. Estaba tirado en el sillón como si no tuviera ni una puta preocupación en el mundo.

Con la respiración contenida, vi cómo se inclinaba hacia delante y ponía el coche en marcha. El motor rugió y no volvimos a hablar hasta que enfilamos la carretera principal, de camino a la interestatal 70.

—No podía dejar de pensar en que el muy cerdo había arruinado tus sueños. Te los había arrebatado y me importaba una mierda si había sido un accidente o no. El caso es que lo había hecho.

Sí.

—Jase…

—Después de todo lo que has sufrido, tenía que decirle algo. Me sentí obligado —prosiguió mientras su silueta se recortaba sobre las sombras del interior del vehículo—. Le dije que no quería que volviera a acercarse a ti y que más le valía que no se produjera ningún otro accidente. Y ya. Eso era todo lo que quería decir y, sí, puede que no se lo dijera con amabilidad, pero quería que lo entendiera.

Su versión coincidía con la de Deb, así que sus siguientes palabras no me sorprendieron.

—Pero entonces se puso a insultarte, Tess. Empezó a decir cosas impensables sobre ti, así que me aseguré de callarle la boca.

No lo contaba con orgullo. Si acaso con la satisfacción de un hombre que sabe que ha puesto en su sitio a otro. Y no tenía claro que Erik mereciese ser considerado un hombre.

—Le pegaste.

Jase me dirigió una mirada sombría.

—Sí.

—¿Y eso es todo lo que tienes que decir en tu defensa?

Volvió la mirada hacia la calzada oscura y se pasó una mano por el pelo alborotado.

—No me arrepiento.

Inspiré hondo.

—Cam tampoco.

—No es lo mismo. Yo no le he dado una paliza de muerte a Erik. No he acabado en la cárcel ni lo he mandado al hospital —espetó, haciendo que me encogiera de miedo—. Joder, Tess. No era mi intención…

—Sabes lo que pienso sobre lo que hizo Cam y lo culpable que me siento por ello. Mi hermano casi echa a perder su vida por mí…

—¡Pero no fue culpa tuya! Lo que hizo no fue culpa tuya y lo que yo he hecho tampoco. A Erik se le calentó la boca y le arreé un par de puñetazos. Punto.

La sangre me corría agitada por las venas mientras trataba de comprender cómo me sentía. Gran parte de la confusión se debía a que una minúscula parte de mí se alegraba de que Jase le hubiera dado a probar a Erik de su propia medicina. Era lo mismo que había sentido al enterarme de lo que Cam había hecho.

Y no tenía claro lo que eso decía de mí.

Me quedé mirando las manchas oscuras de los árboles que flanqueaban la interestatal.

—¿Por qué no me lo contaste?

—Yo… —Volvió a soltar otro taco—. Sabía que te enfadarías. Confiaba en que Debbie no dijese nada.

Cerré las manos sobre el regazo.

—¿Realmente creías que no diría nada?

—¿Tú querrías que la gente supiera que habían zurrado a tu novio? Yo no, por eso creí que lo mantendría en secreto. Sé que no está bien y lo siento, pero habría preferido que no te enterases.

La falta de remordimiento en su disculpa hizo que me costara aceptarla. El problema no era que estuviera presumiendo de lo que había hecho, simplemente era que no se arrepentía.

—Me prometiste que no dirías nada.

—Te prometí que no le diría nada a Cam, y no le he dicho nada. Y, créeme, Erik no va a decirle una mierda, porque entonces tendría que confesarle a tu hermano por qué le he puesto un ojo morado, que es lo único que he hecho. —La mano con los nudillos magullados se cerró sobre el volante—. Joder, no has disfrutado nada esta noche, ¿verdad? Se suponía que esta era nuestra primera…, yo qué sé. La madre que me parió. Nuestra primera cita y te la has pasado cabreada.

Continué callada, recta como un palo sobre el asiento. Esa noche era nuestra primera cita de verdad, pero no lo había parecido. No porque no quisiera estar con él, sino por lo que nos había estado rondando en la cabeza a ambos.

—Te lo tendría que haber contado el miércoles. No tendría que habértelo ocultado. Ahí es donde la he cagado. —Transcurrió un instante de silencio—. Di algo, Tess.

Cerré los ojos con fuerza y abrí lentamente las manos. ¿Qué podía decir? Él no era el único que había echado a perder la velada, que había arruinado lo que se suponía que sería un paso gigantesco en nuestra relación, por de pronto, secreta. Yo podría haber dicho algo en cuanto lo vi, o después de que me mandara un mensaje horas atrás, o cuando le envié yo uno antes de irme a la cama. Y no lo hice. Podríamos haber zanjado el tema y luego disfrutar de la cita. Quizá.

—No sé qué decir —acabé reconociendo.

Jase no respondió y el silencio duró la media hora o así que tardamos en llegar a mi residencia. Tal vez estuviera exagerando; era cierto que no había hecho lo mismo que Cam, pero de todas formas me había mentido y, al final, había recurrido a la violencia física para solucionar un problema.

Si bien había sido Erik quien lo había provocado.

Para cuando el Jeep se detuvo junto a la acera, me dolía la cabeza. Al igual que la noche anterior, Jase iba a apagar el motor, pero se lo impedí. Necesitaba aclarar mis ideas.

—Te llamo mañana —le dije.

Se quedó mirándome un momento antes de asentir.

—Al menos déjame cogerte las muletas.

—Vale.

Me bajé del coche apoyándome en la pierna buena y esperé a que Jase sacara las muletas del asiento trasero y me las diera. Cuando atisbé su mirada de acero, tuve la impresión de que estaba más afectado por la situación de lo que probablemente imaginara.

Estaba a punto de invitarlo a subir cuando me rodeó las mejillas con las manos, se inclinó, posó sus labios en los míos y me besó con tanta ternura que me recordó su inherente dulzura.

—¿Estamos bien? —me preguntó.

Sentí la tierra abrirse bajo mis pies. La idea de que no estuviéramos bien antes incluso de tener la oportunidad de llegar a ninguna parte con la relación me cayó como un jarro de agua fría. Las palabras se me escaparon de golpe, sorprendiéndome.

—No es solo que me recordara a lo que hizo Cam. Me recordó a él, a aquello. Todo lo que sentía cuando estábamos juntos y todo lo que sentí después.

Jase cerró los ojos un instante.

—Lo siento. Lo hice sin pensar.

—No pasa nada —musité.

No pareció creerme.

—¿Estás segura?

Asentí, porque era incapaz de articular palabra. Sus dedos se retiraron de mi cara y señaló la entrada del edificio con un gesto de la cabeza.

—Esperaré hasta que estés dentro.

Se me formó un nudo en la garganta de la emoción.

—Buenas noches, Jase.

—Buenas noches —murmuró.

Hasta que no estuve en el vestíbulo bien iluminado no caí en la cuenta de que me había dejado el cupcake y el corazón en el coche. Me giré, ardiendo en deseos de salir como buenamente pudiera y olvidarme de todo, pero, tal y como había prometido, Jase había esperado a que estuviera dentro.

El Jeep se había ido.

Me tragué el nudo de la garganta y me dirigí al ascensor. Los remordimientos me ardían en el estómago como una comida indigesta, pero que se hubiera marchado probablemente fuera lo mejor. Necesitaba aclararme la mente.

Aún no sabía qué pensar ni qué sentir, pero ¿cómo podía seguir enfadada? ¿Acaso debería? Lo único que quería era dormir. Al día siguiente sabría qué decirle.

Cuando pulsé el interruptor de la luz, esta emitió un breve destello antes de apagarse, sumergiendo la suite nuevamente en la oscuridad.

—Mierda —murmuré mientras rodeaba la mesita de centro, renqueando y golpeándola con las muletas. Encontré la lamparita y la encendí. La bombilla de bajo consumo apenas proyectaba luz suficiente para que no me rompiera la crisma al moverme por el cuarto de estar. Dejé las muletas en el rincón y me di la vuelta.

Solté un gruñido.

—No me jodas...

La bufanda rosa colgaba de la puerta entornada. ¡Pero si Deb había cortado con aquel imbécil! ¿Y ahora estaban dale que te pego? Me puse de un humor de perros; la sangre me hervía en las venas. Les iba a dar una buena tunda con las muletas que encima me sentaría de vicio, puesto que ya no podría seguir enfadada con Jase por haber pegado a Erik. Así al menos resolvería uno de mis problemas.

Fui cojeando hasta la puerta. El dolor me subía por la pierna al mover la rodilla por dentro de la ortesis, pero seguí avanzando y empujé la puerta. El cuarto estaba totalmente a oscuras y reinaba un silencio sorprendente. No se oían gruñidos ni gemidos ni el chirriar de los muelles cuando alguien intenta taparse a toda prisa.

Se me erizó el vello de la nuca.

—¿Debbie? —Los ojos aún no se me habían adaptado a la oscuridad cuando alcancé el interruptor—. ¿Estás...?

La luz no se encendió.

Lo intenté de nuevo y se oyó el clic del interruptor, pero no pasó nada... salvo un extraño crujido. Casi como un tablón suelto en el suelo.

Un escalofrío me recorrió la espalda mientras tragaba saliva.

—¿Deb?

No hubo respuesta alguna. Solo aquel crujido intermitente.

El instinto me gritaba que me diese media vuelta y huyera. Sentí las gélidas garras del miedo clavadas en lo más profundo cuando me adentré en el cuarto, pestañeando lentamente. Traté de llamar otra vez a mi compañera, pero no emití sonido alguno. Las palabras se me habían congelado en la garganta.

Poco a poco, la oscuridad del cuarto comenzó a disolverse. Las sombras fueron tomando forma, haciéndose más sólidas, más sustanciales.

Choqué con algo, algo que no debería estar en mitad del cuarto, balanceándose con aquella especie de crujido.

Con la respiración atrapada en la garganta, levanté la cabeza mientras iba recuperando la capacidad de ver.

Dos piernas desnudas. Desnudas y pálidas.

Una camiseta de pijama oscura.

Dos brazos colgando pesadamente a los lados.

Mis pulmones expulsaron el aire de golpe en cuanto tomé conciencia de lo que tenía ante mí pero, Dios mío, no quería creerlo. No podía creerlo. Era imposible. Un grito se escapó de mi garganta.

No era ella.

No era su cabello castaño el que le tapaba media cara. No era su boca la que estaba abierta. No era Debbie quien pendía de la lámpara de nuestro dormitorio. No podía ser ella.

Un sonido espeluznante inundó el cuarto e hirió mis oídos. Un sonido sin fin, que se repetía en oleadas. Había voces de fondo, gritos de alarma, manos sujetándome de los hombros cuando mis piernas cedieron. Sin embargo, los gritos eran más fuertes que todo lo demás.

Era yo quien gritaba. No podía parar. Cómo iba a parar.

Debbie se había ahorcado.

20

Los acontecimientos se sucedieron en una neblina continua de la que me sentía desvinculada. Acabé por dejar de gritar, pero solo porque me quedé sin voz. Las manos que habían tratado de impedir mi caída pertenecían a la persona que menos habría imaginado: a nuestra compañera de suite.

Y esta resultó ser la chica medio desnuda de la habitación de Jase, Steph. En cualquier otro momento me habría hecho gracia la ironía de que la compañera fantasma fuera precisamente ella. Casi me eché a reír, pero me reprimí porque sabía que si dejaba salir la carcajada ya no podría parar.

La preciosa Steph, con su cabello azabache recogido en una cola alta y un pantalón de pijama tan corto como los que llevaban las camareras de Hooters, había intentado hablarme una vez que habíamos llegado al vestíbulo bien iluminado, cuando nos sentamos en una de las incómodas butacas con cojines duros. Desistió en cuanto reparó en que simplemente la miraba sin verla.

Debbie estaba muerta.

Un escalofrío me recorrió entera, seguido de una serie de estremecimientos menos potentes.

El vestíbulo estaba lleno de gente agrupada por los rincones. Algunos murmuraban y otros lloraban. Otros se abrazaban.

Muchos parecían asombrados al enterarse de que pocas plantas por encima había una persona muerta.

Steph regresó a mi lado con una manta y me envolvió los hombros. Murmuré un «gracias» apenas audible. Asintió y se sentó a mi lado. Otra chica, que reconocí pero no acababa de ubicar, se nos acercó.

—Ahora no —espetó Steph, provocándome un sobresalto.

La chica se detuvo y sus dedos descalzos se encogieron sobre el suelo del vestíbulo.

—Pero...

—Pero nada —la interrumpió—. Déjala en paz.

Parpadeé aturdida mientras contemplaba cómo la chica se daba media vuelta y desaparecía entre la gente. Pocos minutos después se nos acercó un chico, pero Steph también lo ahuyentó. Se había convertido en mi perro guardián.

Las luces rojas y azules que venían del exterior proyectaban destellos extraños en el vestíbulo, por lo que cerré los ojos.

Debbie se había ahorcado.

No me lo podía creer. Me costaba comprender por qué lo había hecho. La víspera había tomado una decisión importantísima y esa misma mañana parecía tranquila cuando me contó que iba a ver a sus padres, y de repente...

Estaba muerta.

La policía del campus acabó viniendo a hablar conmigo; uno de los oficiales más jóvenes se agachó y en un tono bajo y suave me pidió que le contara cómo había descubierto a Debbie. Cuando me preguntó si había mostrado un comportamiento extraño en los últimos días, inspiré de manera entrecortada.

—No. Pero acababa de cortar con su novio —dije con voz áspera y monocorde—. La última vez que hablé con ella estaba de buen humor. Creía que se había marchado a contarle a su familia lo de la ruptura.

Los policías intercambiaron una mirada, como si el hecho de que Deb hubiera cortado con Erik lo explicara todo, cuando no era así. Si acaso, resultaba aún más incomprensible. ¿Cómo iba a suicidarse cuando había dicho que le esperaban grandes cosas?

Una vez que hube terminado de hablar con los oficiales del campus, apareció la policía del condado y la estatal para hacerme las mismas preguntas.

—Ya ha respondido a todo eso —saltó Steph cuando un agente me preguntó qué estaba haciendo antes de volver al apartamento.

—Lo entiendo —se disculpó este—, pero...

—Nada de «peros». ¿Es que no se da cuenta de que está, no sé, un pelín traumatizada por todo lo sucedido? ¿Es que no puede darle un poco de espacio? ¿Tal vez unos minutos para digerir lo sucedido?

El agente abrió los ojos desconcertado, pero antes de que pudiera responderle, Steph se puso de pie de un salto y lo rodeó.

—Gracias a Dios que ya estás aquí. Has tardado la vida.

No tuve la oportunidad de levantar la vista para ver con quién hablaba. El agente se apartó cuando una sombra alta se cernió sobre mí y, en menos de un segundo, unos brazos me rodearon por los hombros. Inhalé con fuerza al reconocer el sutil aroma de la colonia de... Jase. Temblando, me volví para abrazarlo y hundí el rostro en su pecho.

—Cuando me llamaste, estaba de vuelta en la granja —le explicó a Steph. ¿Que lo había llamado? Pero ¿qué...?—. Vine lo más rápido que pude. —Su mano ascendió por mi espalda y se enredó en mi pelo—. Ay, cariño, cuánto lo siento.

Incapaz de hablar, me acurruqué entre sus brazos y me agarré al mismo jersey que llevaba durante nuestra cita. No era suficiente. Tenía tanto frío que habría querido meterme dentro de él.

—Ojalá te hubiera acompañado. Joder, ojalá no hubieras visto nada. —Apoyó su cabeza sobre la mía y me estrechó más fuerte, impidiendo que la manta se me cayera—. Lo siento muchísimo, cielo.

El agente debía de haberse rendido, porque ya no me preguntaba sobre cosas en las que no quería pensar. Dios, es que no quería pensar en nada.

—Gracias —oí decir a Jase antes de que los pasos suaves de Steph se alejaran de nosotros.

Quería contarle a Jase que Steph había permanecido todo el tiempo a mi lado, pero tenía los labios demasiado apretados. Él me abrazaba y me susurraba al oído cosas que no tenían demasiado sentido, pero que de alguna manera me proporcionaban sosiego.

De repente se hizo el silencio en el vestíbulo. El cuerpo de Jase se tensó contra el mío. Alguien sollozó y se intensificaron los llantos de algunos de los residentes. Noté una desagradable sensación en el estómago y traté de separarme de Jase y mirar, porque tenía que verlo.

—No. —Su mano se posó sobre mi coronilla, impidiendo que me moviera—. No mires, cariño. No voy a dejar que lo veas.

Me aferré a su jersey hasta que los nudillos me dolieron. No me hacía falta mirar para saber qué sucedía. Estaban sacando el cadáver de Debbie. Un nuevo escalofrío me recorrió por dentro.

Transcurridos unos minutos, los policías se nos acercaron de nuevo. Querían tomarme declaración.

—¿No pueden esperar? —preguntó Jase—. ¿Por favor? Mañana la acompañaré a la comisaría, pero ahora mismo lo único que quiero es sacarla de aquí.

El agente se lo pensó un momento antes de acceder.

—Por esta noche tenemos información suficiente, pero aquí está mi tarjeta. Debe acudir mañana a la comisaría.

—Gracias —respondió Jase al tiempo que la aceptaba.

El policía carraspeó.

—Lo siento, señorita Hamilton. Trate de descansar y nos vemos mañana.

¿Descansar? Estuve a punto de echarme a reír.

—Ahora mismo nos vamos, pero primero tengo que ir a por tus muletas, ¿vale? —dijo Jase mientras se apartaba de mí y me rodeaba la cara con las manos. Sus ojos se clavaron en los míos. Tenía los labios fruncidos y arrugas de preocupación alrededor de la boca. Estaba tan pálido como yo me sentía—. ¿Puedes quedarte sola mientras voy a recogerlas?

No me había dado cuenta de que había bajado sin ellas. Cerré los ojos, respiré hondo varias veces y traté de calmarme.

—Sí. Estaré..., estaré bien.

—¿Segura?

Cuando asentí, empezó a levantarse, pero lo agarré de las muñecas.

—¿Adónde vamos?

—Podemos ir a la fraternidad o a casa de mis padres...

No quería verme rodeada de gente y, sobre todo, no quería toparme con Erik.

—Tengo una llave del piso de Cam. Está... en mi bolso. ¿Te importa si vamos allí?

—Claro que no, cielo, iremos adonde quieras. —Miró por encima de mi hombro—. Tendré que...

Le aferré aún más las muñecas.

—No le digas nada a Cam, por favor. Si lo haces, volverá del viaje y lo echará a perder. Por favor, no se lo digas.

—No se lo diré —me prometió con un beso en la mejilla—. Y no te preocupes por eso, ¿vale? Tú no te preocupes por nada.

Aliviada de que lo sucedido no fuera a interferir con los planes de Cam, me relajé un poco. Jase se fue en busca de uno de los oficiales para que lo dejaran subir a recoger mis cosas. Mientras lo esperaba, tenía la vista clavada sobre el suelo arañado. Notaba las miradas de los demás; me habría gustado encogerme bajo la manta hasta desaparecer.

Cuando Jase volvió, me moría de ganas de marcharme. Con mi bolso al hombro, me ayudó a levantarme y me condujo fuera. Apenas era consciente del aire frío cuando pasamos junto a los coches de policía estacionados a lo largo del bordillo de camino al aparcamiento.

El trayecto hasta University Heights transcurrió en silencio. Jase me tenía cogida la mano, pero apenas lo notaba. Estaba como alelada y me pregunté cuándo volvería a sentir algo. Me había pasado lo mismo inmediatamente después de lesionarme la rodilla por primera vez. Era como un vacío, como flotar en la neblina. La sensación de desconexión había durado varios días, pero esta vez estaba a otro nivel, mucho más profundo.

Cuando entramos en el apartamento de Cam, estaba a oscuras. Jase me rodeó y encontró el interruptor de la lámpara de techo sin dificultad. Supuse que aquel piso sería como un tercer hogar para él.

Se detuvo a un par de metros de mí y, dándose la vuelta, se pasó las manos por el pelo.

—Tess, cariño...

Negó con la cabeza como si no supiera cómo continuar. Al fin y al cabo, ¿qué se puede decir en una situación así?

Respiré hondo y sentí cómo me flaqueaban las piernas.

—Nunca..., nunca había visto una persona muerta.

Jase cerró los ojos un instante.

—Y estaba muerta. —Paré y tragué saliva. Era una aclaración absurda e innecesaria, pero me había salido de dentro—. Se ha suicidado. ¿Por qué?

—No lo sé.

Jase se acercó con una expresión de dolor en los ojos. La garganta me ardía.

—Anoche me dijo que estaba contenta de haber cortado con Erik. Que tenía toda la vida por delante. —Inspiré de manera entrecortada—. Hoy estaba bien. No lo entiendo.

—Ya lo sé. —Jase se detuvo delante de mí y bajó la voz—. Puede que nunca lo entiendas.

No quería creerlo. Tenía que haber sucedido algo para que tomase esa decisión y me negaba a aceptar que jamás lo entendería. Aunque no me había movido, de alguna manera me tambaleé. Las muletas cayeron con un ruido sordo sobre la moqueta. Jase me agarró del codo y me guio hasta el sofá.

—¿Estás bien? —preguntó al tiempo que se sentaba a mi lado y me posaba la mano en la mejilla fría.

Asentí, cerré los ojos y me concentré en su tacto. Las siguientes palabras me salieron sin pensar:

—Tal vez debería haberle dicho antes algo sobre Erik..., sobre mi experiencia con Jeremy. Podría haberla ayudado. Quizá podría haber prestado más atención...

—Basta —me cortó Jase, rodeándome las mejillas con ambas manos y apoyando su frente en la mía—. No hay absolutamente nada que pudieras haber hecho para cambiar las cosas. ¿Lo entiendes?

No estaba segura de eso. Me había callado desde el principio lo que pensaba sobre ella y Erik, y Debbie se había callado lo que sucedía. El silencio, se mirase por dónde se mirase, destruía vidas.

Jase emitió un gruñido profundo.

—Si quería suicidarse, lo iba a hacer independientemente de lo que nadie dijera o hiciera, Tess.

Suicidarse.

Había algo que no acababa de cuadrar, algo que me impedía creer que se hubiera ahorcado. Estaba en plena fase de negación, sí, pero en el fondo de mi mente había algo gritándome que Debbie no habría hecho nada parecido.

—Me pregunto si habrá dejado una nota de suicidio —reflexioné en voz alta, mientras sentía cómo se me instalaba un peso en el pecho y el estómago—. ¿Crees que la habrán encontrado?

Jase se echó hacia atrás y, apoyando las manos en mis piernas, negó con la cabeza.

—No lo sé. Puede que te lo digan mañana cuando te lleve a la comisaría.

Eso era lo último en lo que quería pensar. Me froté la cara con las palmas de las manos. Había tantos pensamientos rondándome la cabeza que tuve que expulsar uno de ellos.

—¿Sabías que Steph vivía allí? Es decir, ¿sabías que era mi compañera de suite?

—No. Nunca había estado en su residencia y tampoco le había preguntado.

Decidí creerlo, porque en ese momento sería absurdo preocuparme por ello.

—¿Te llamó?

—Sí, y... me dijo que estabas mal, gritando, y que por eso me llamaba.

Me estremecí al recordar los momentos terribles tras descubrir a Debbie.

—¿Cómo es que lo sabía?

Jase me miró, confundido.

—La noche de la fiesta... debió de adivinar lo que significabas para mí y que había algo entre nosotros.

Tenía sentido. Me giré un poco y me concentré en respirar hondo y con calma.

—Voy a ver si Cam tiene algo de beber.

—Que sea fuerte —murmuré.

—¿Estás segura? —Cuando asentí, me besó la mejilla—. Seguro que algo tendrá.

Al levantar la vista, me quedé mirando fijamente el lugar donde las muletas habían caído sobre la moqueta beis de Cam. Unos días antes había creído que mi vida estaba arruinada. No por completo, puesto que al mismo tiempo que me había pasado algo terrible habían sucedido cosas buenas. Tenía a Jase. Por fin, después de años deseándolo, era mío. Lo sucedido esa misma noche, cuando me había enfadado con él por haber pegado a Erik, parecía completamente irrelevante. Al igual que mi rodilla fastidiada. Todo palidecía en comparación con lo que acababa de sucederle a Debbie y a su familia. Mis problemas quedaban reducidos a la nada, porque Deb... había muerto.

Jase volvió con un vasito lleno de un líquido ambarino.

—Whisky —dijo, tendiéndomelo—. Debería ayudarte.

Tomé un sorbo y, al notar cómo me bajaba ardiendo por la garganta, arrugué la cara.

—Guau.

—El segundo será más fácil.

Jase bebió directamente de la botella. Por lo que se veía, estaba hecho un profesional. Y tenía razón: el segundo trago fue más fácil, y el tercero aún más. Cuando acabé, dejé el vaso sobre la mesita de centro.

—¿Mejor? —me preguntó al tiempo que depositaba la botella al lado del vaso.

¿Me sentía mejor? Me volví hacia él.

—Quiero... dormir.

Su semblante se suavizó.

—Probablemente sea una buena idea.

Sí. Una idea magnífica.

—¿Te quedas conmigo esta noche? No quiero estar sola.

—Por supuesto que me quedo contigo. De ninguna manera te dejaría sola esta noche.

Me acerqué a él y le rodeé el cuello con mis brazos.

—Muchas gracias por venir.

—No hay nada que agradecer —respondió mientras me devolvía el abrazo.

—Sí. No sé qué habría hecho sin ti. Seguro que se me habría ido la pinza. Yo... —No terminé la frase, abrumada por un sentimiento de gratitud—. Gracias.

Jase me dio un beso en la coronilla y tuve que hacer un gran esfuerzo para separarme de él. Encontré una camiseta de Cam, vieja y dada de sí, con la que dormir mientras Jase examinaba la habitación de invitados.

—Lo siento, pero no puedo dormir en la cama de Cam. Sería demasiado raro.

Entré cojeando en la habitación y observé la cama de matrimonio, pulcramente cubierta por una colcha azul.

—¿Esta no es la antigua habitación de Ollie?

Jase echó un vistazo a su espalda. Fue breve, pero no se me escapó la manera en la que había mirado toda mi piel desnuda. La camiseta de Cam me dejaba un hombro expuesto y me llegaba a medio muslo. A poco que me inclinara, alguien tendría una panorámica de mis bragas.

Jase apartó la vista y dio un paso atrás.

—Cam sustituyó la cama y el resto de los muebles porque los anteriores eran de Ollie. A veces duermo aquí.

—¿Seguro?

Jase soltó una leve carcajada.

—No dormiría en la misma cama que Ollie a menos que la hubieran desinfectado antes.

Mis labios temblaron.

—Qué malo eres.

—Eh, que tú tampoco querrías dormir en su cama —señaló, encarándome—. Al tío le gusta la acción. En su cama han entrado más tías que en el metro.

Esbocé una sonrisa divertida. Sus ojos chispearon.

—Así me gusta.

—¿El qué?

—Tus hoyuelos.

Mi sonrisa se ensanchó.

—Ahora más. —Se inclinó y me besó el hoyuelo izquierdo y luego el derecho—. Me encantan.

A pesar de todo, sentí un calor en el pecho que no tenía que ver con la bebida y que duró hasta que me metí en la cama, que olía a sábanas limpias, y Jase se fue a comprobar que la puerta estaba cerrada y a coger un vaso de agua para él.

Un nuevo escalofrío hizo que me arropase hasta los hombros y me ovillase de espaldas a la puerta. Cuando cerré los ojos, vi unas piernas pálidas y unos brazos inertes.

¿Por qué lo había hecho? Nada, absolutamente nada justificaba acabar con una vida. Los ojos se me anegaron y las lágrimas rodaron por mis mejillas. Debbie y yo no habíamos sido amigas íntimas, pero daba igual..., el corazón me dolía por ella.

La puerta se cerró con suavidad y me enjugué las lágrimas a toda prisa. La luz de la mesilla se apagó y oí el sonido de la ropa que caía sobre el suelo. El corazón se me paró. A continuación noté cómo se hundía el colchón y Jase se tumbaba a mi lado. De alguna manera, en la oscuridad del cuarto que olía a coco y vainilla, sus dedos encontraron mis lágrimas y las borraron. Sin decir nada, pegó su cuerpo al mío y me rodeó la cintura con el brazo.

Sentí el calor de su torso desnudo contra mi espalda y por las piernas; era como si la mitad de mi cuerpo estuviera hundida en la nieve y la otra mitad junto a una hoguera. Traté de cerrar los ojos, pero la imagen de Debbie se me apareció de nuevo. Me estremecí.

—No pienses en ello —me dijo, estrechándome con el brazo.

—No dejó de verla —admití al cabo de unos instantes—. Cada vez que cierro los ojos, la veo colgando ahí delante... —Me interrumpí. No quería pensar ni sentir nada.

A mi espalda, Jase se removió y me concentré en la sensación de su proximidad, en su cuerpo cálido y duro. Podría perderme en él. Una vez que la idea arraigó en mi mente, me pareció perfecta. Jase podía ayudarme a olvidar, aunque solo fuera de manera momentánea.

Contoneé las caderas y noté cómo se tensaba.

—¿Jase?

—¿Sí? —Su voz sonó profunda y áspera.

Cuando volví a hablar, las mejillas me ardían.

—Ayúdame a olvidar.

Su pecho se hinchó de golpe contra mi espalda.

—¿Qué me estás pidiendo?

—A ti —musité.

Inspiró hondo una vez más, como si le costara respirar.

—Tess...

—Tengo mucho frío. —Me tumbé de espaldas y giré la cabeza hacia él. Apenas unos centímetros separaban nuestras caras—. No quiero sentirme así. Por favor, Jase, quiero volver a sentir calor. No quiero pensar. No quiero verla colgando. Por favor, bórrame esa imagen. Aunque sea temporalmente.

Me giré hasta cubrir a medias su cuerpo. Mi pierna derecha, con su ortesis y todo, se deslizó entre las suyas y posé las manos juntas sobre su firme pecho. Antes de que pudiera negarse, uní mis labios a los suyos y lo besé. Al principio no respondió, como si lo hubiera asustado con mi audacia. Traté de recordar si alguna vez había iniciado yo un beso; más allá de la noche de la fiesta, me parecía que no. E incluso entonces no había sido su boca lo que había besado.

Había usado mis labios en otro lugar.

Tomar la iniciativa después de un evento tan trágico me sabía mal, pero aparté la sensación y la dejé junto al resto de emociones desagradables que quería evitar en ese momento.

Sentí sus labios firmes y cálidos bajo los míos, absolutamente perfectos. Entonces se movieron, siguiendo con dulzura mi dirección. Gemí cuando nuestras lenguas se encontraron y nuestro beso se volvió más profundo, extendiendo el calor al resto de mi cuerpo. En mi bajo vientre danzaban pequeñas llamas de deseo.

Jase me agarró de los brazos y me sentí invadida por la anticipación, a punto de estallar cuando noté cómo se endurecía contra mi cadera. Esperaba que me estrechase contra él, que nuestros cuerpos quedaran pegados, pero... me apartó.

Abrí los ojos de golpe.

—¿Por qué?

En medio de la oscuridad, su rostro se me antojó severo.

—Así no, Tess.

No era eso lo que quería oír. Me apreté contra él, arrancándole un gruñido que me reverberó entre los muslos. Se estremeció cuando bajé la cabeza y atrapé su labio inferior entre los dientes. Lo succioné y lo mordisqueé hasta que sus caderas se alzaron y se movieron contra mí. La sangre corría ardiente por mis venas. Esto, sí; esto era justo lo que necesitaba. Olvidar. Entrar en calor. Vivir.

Jase se movió una vez más y, sin avisar, me puso de espaldas y se subió sobre mí, su erección presionando mi entrepierna. Sentí una punzada de placer por todo el cuerpo. Mi espalda se arqueó y levanté la rodilla izquierda para sentirlo más dentro.

—Dios santo, Tess... —Me agarró las muñecas y me las sujetó contra el colchón. El pecho le subía y bajaba a toda velocidad—. No vamos a hacerlo.

Cuando moví las caderas, su cuerpo se estremeció por instinto.

—Diría que alguien no está de acuerdo.

Jase ahogó una carcajada.

Cuando volví a ceñirme contra él, me apretó las muñecas.

—¿Es que no me deseas?

—Joder —gruñó—. Siempre te deseo. Llevo años deseándote. Te deseo en todas las posturas conocidas por la humanidad. —Se detuvo y apoyó la frente sobre la mía—. Pero no quiero que nuestra primera vez sea después de algo como lo que ha sucedido hoy, cuando lo único que quieres es olvidar lo que viste y lo que sientes.

Con el corazón acelerado, lo miré a los ojos.

—¿Nuestra primera vez? —repetí, confusa, como si solo entonces cayera en cuenta de que nunca habíamos llegado hasta el final.

—Quiero ser lo único en lo que pienses. Y quiero que pienses en mí porque lo deseas, no porque tratas de escapar de algo más —dijo al tiempo que me soltaba lentamente las muñecas—. No quiero que lo que pase entre nosotros se vea ensombrecido por nada más, nunca.

Me invadía una neblina de sentimientos contradictorios, pero sus palabras se abrieron paso lentamente. Cuando recobré la cordura, Jase me observaba. ¿En qué había estado pensando? Mi rostro se descompuso.

—Lo...

—No te disculpes, cariño. —Depositó un beso dulce y breve en mi frente antes de hacerse a un lado—. Creo que nunca en la vida me ha costado tanto dejar de hacer algo.

Traté de calmarme, pero los ojos me ardían y se me anegaron de lágrimas. Cuando comenzaron a caer, no fue porque Jase hubiera puesto freno a mi propuesta sexual. Simplemente sentía lo que una debía en tales circunstancias: pesar, dolor, confusión, aflicción. Todo a la vez, como un tsunami de intensas emociones.

Jase me rodeó con sus brazos y me acercó a su pecho, envolviéndome la nuca con la mano. Parecía saber por qué lloraba, y me estrechó hasta que el cansancio me venció y me dejé arrastrar hacia un vacío dulce y sin sueños.

Debimos de dormir durante horas, puede que hasta el mediodía, porque, cuando abrí los ojos, la luz del sol se filtraba a través de la ventana más allá de la cama.

Y no estábamos solos.

Pero ¿qué...?

Las telarañas del sueño aún poblaban mi cabeza cuando fijé la vista en el cuarto. Mi hermano se hallaba al pie de la cama con la boca abierta de par en par. Entonces apareció la cabeza rojiza de Avery, asomándose por encima de su hombro. Parpadeé lentamente. ¿Qué hacían ahí? ¿Estaba soñando? ¿Era una pesadilla?

Con la mandíbula tan tensa que le tembló un músculo, Cam recorrió la cama con la mirada. Cuando bajé la vista, mis ojos se abrieron sorprendidos. En mitad de la noche, la colcha se nos había enredado entre las piernas. Tenía la izquierda fuera de la manta, cómodamente introducida entre los muslos de Jase. Aunque sabía que llevaba un bóxer, no lo parecía. Joder, si es que parecía que estábamos en pelotas: la camiseta de Cam se me había bajado por el hombro y, por la forma en la que abrazaba las mantas, no parecía que llevase nada; y además, Jase tenía el torso desnudo.

Y, lo peor de todo, tenía medio cuerpo encima de él.

Hostia puta.

Petrificada, miré a Cam a los ojos. Sus iris azules centelleaban cuando cerró la boca. Avery se puso a su lado y apoyó la barbilla sobre las manos que tenía unidas. Parecía que se mordiera los labios para no sonreír de oreja a oreja.

El brazo de Jase se movió sobre mi cintura, ciñéndome contra su cuerpo. Giró la cabeza y hundió la cara en mi cuello. Bostezó tan fuerte que resonó por todo el cuarto.

—¿Qué pasa, cariño?

Me había quedado muda.

Mi hermano se tensó de la cabeza a los pies, lo cual auguraba un problemón de cojones.

—¿«Cariño»?

Jase se quedó inmóvil; ni siquiera retiró el brazo con el que me rodeaba. Simplemente levantó la cabeza, volvió la vista hacia el pie de la cama y exhaló lentamente.

Se produjo un momento de silencio antes de que Cam exclamara:

—¿Qué coño pasa aquí?

21

La situación no podría haber sido más incómoda.

—¿Qué coño haces en la cama con mi hermana? —exigió saber Cam.

Jase agarró las mantas como quien no quiere la cosa y me tapó las piernas.

—Estábamos durmiendo.

Mi hermano apretó los dientes.

—¿Desnudos?

Genial, la cosa se iba poniendo cada vez mejor. Con la cara encendida, traté de sentarme, pero el brazo de Jase me sujetaba como si fuera de acero.

—No estamos desnudos.

—Bueno es saberlo.

Avery, mordiéndose los labios, apartó la vista.

—Y no estábamos haciendo nada —dije, aunque hasta a mí me sonó patética como excusa.

Jase me miró.

—Mentir está muy feo. —El corazón se me paró por la incredulidad mientras él se incorporaba, aunque al menos se aseguró de que siguiéramos tapados. No me cabía duda de que la camiseta se me habría subido hasta el pecho—. Puede que en este momento no estuviéramos haciendo nada, y anoche concretamente tampoco, pero hemos estado haciendo cosas. Cosas de las que estoy seguro que no quieres enterarte.

Ay. Dios. Mío.

—Pues mira tú, sí quiero enterarme del tipo de cosas que mi mejor amigo ha estado haciéndole a mi hermana mientras yo venía cagando leches nada más enterarme de lo que le ha pasado a Debbie.

Avery posó la mano sobre el brazo de Cam.

—No creo que su relación con Jase sea asunto nuestro.

—No —replicó Jase—. Sí que es asunto tuyo y te lo íbamos a contar, pero no nos ha dado tiempo.

—¿Contarme el qué exactamente? —quiso saber Cam, abriendo y cerrando airado los puños.

No era así como había imaginado que le explicaría a mi hermano lo de Jase. No mientras estaba en la cama con su mejor amigo, o con Avery de pie en un rincón, con cara de que preferiría estar haciendo el pino mientras le hacían la brasileña.

—Estamos juntos. —Me aclaré la garganta. ¿Es que no podían haberme dado tiempo al menos a lavarme los dientes antes de tener esta conversación?—. Jase y yo estamos juntos.

Mi hermano se me quedó mirando como si hubiera dicho que estaba saliendo con su tortuga.

—Y una mierda.

—¿Perdona?

—Que no estás con Jase —afirmó, sin hacer caso de Avery, que le había agarrado del brazo. Fue entonces cuando me percaté de que no llevaba un pedrusco en el anular de la mano izquierda—. No puedes estar con él porque este no dura con ninguna chica más que una noche o un par de revolcones.

Jase se quedó parado.

—Con Tess es distinto.

Mi hermano lo fulminó con la mirada.

—Joder, Jase, que estás hablando de mi hermana. ¡No es una tía cualquiera, hostia! Y no olvides que sé ciertas cosas sobre ti, así que no vas a...

—¡Ey! —grité—. ¿Cómo que «una tía cualquiera»? Además, entre nosotros es diferente.

Cam soltó una carcajada irónica.

—No me jodas, Teresa, ¿es que eres tonta?

No transcurrió más de un nanosegundo. Jase estaba a mi lado y, de repente, se había levantado y se había plantado delante de Cam. Puede que no me dejara en buen lugar, pero disfruté al contemplarlo medio desnudo. El calzoncillo negro se ceñía como un guante a la musculosa curva de sus glúteos. Tenía los muslos perfectamente moldeados, anchos, pero no demasiado. Su espalda fibrosa se tensaba haciendo ondular los nudos del tatuaje, que se extendía por el costado hasta su espalda.

—Cabréate todo lo que quieras conmigo, Cam, pero a ella déjala en paz. Después de lo que...

—No me toques los huevos. —Cam encaró a Jase y el estómago me dio un vuelco. Salí de entre las sábanas, tirándome de la camiseta hacia abajo. Mi hermano tenía el rostro coloradísimo—. Es mi hermana pequeña a quien...

—¡No soy una cría, Cam! Y sabes que Jase es un buen tío, así que deja de hacer el imbécil. Íbamos a contártelo, pero...

Ahogué un grito cuando, al apoyar sin darme cuenta la pierna derecha, la rodilla se me dobló. Jase dio media vuelta y se precipitó hacia mí.

—Tess...

—Estoy bien —respondí al tiempo que me inclinaba y me llevaba la mano a la rodilla.

Cam soltó una palabrota.

—Mira lo que has hecho.

—No ha hecho nada —terció Avery, abriendo desmesuradamente los ojos—. Cam, creo que deberíamos salir unos minutos para que todos tengamos tiempo de calmarnos.

—Estoy de acuerdo. —Jase me empujó con dulzura para que me sentara y, al hacerlo, mis ojos quedaron a la altura de su paquete. La situación se estaba yendo de madre—. Creo que los dos necesitamos calmarnos.

—Me importa una mierda —espetó Cam, pasándose una mano por el pelo. Se volvió hacia nosotros y negó con la cabeza—. ¿Cuánto hace? ¿Desde cuándo estáis así?

Jase se irguió y encaró a mi hermano.

—La primera vez que la besé fue hace un año…

Ahí fue cuando la situación se desmadró del todo.

Cam se abalanzó sobre él a la velocidad del rayo. Avery gritó y yo traté de levantarme de la cama, pero fue demasiado tarde.

El puño de Cam impactó en el mentón de Jase con tanta fuerza que le volvió la cara. Este chocó de espaldas con la pared y, soltando un taco, se deslizó hasta el suelo con la mano en la barbilla.

—Joder —gruñó.

Pegué un grito y me agaché a su lado. Sentí un latigazo de dolor en la pierna, pero no le hice caso. Agarré a Jase del brazo y le lancé una mirada asesina a mi hermano.

—Pero ¡¿qué coño te pasa?!

Cam respiraba con pesadez. Bajó las manos y parpadeó a toda velocidad. Avery lo había agarrado de los brazos.

—No debería…

—¿No debería qué? ¿Brindarme su apoyo? ¿Tratarme como me merezco? ¿Estar a mi lado? Porque eso es lo que está haciendo. Así que lo siento por ti, porque lo quiero y vamos a seguir juntos. Ya pueden darte por… —Mi voz se perdió cuando noté un cosquilleo en la nuca. Me di la vuelta lentamente y miré a Jase. La cara se me vació de sangre tan rápido que pensé que iba a desmayarme. ¿Qué acababa de decir?—. Ay, Dios…

Jase tenía la mitad de la cara enrojecida, pero levantó la vista hacia mí con los ojos echando chispas de plata.

—¿Cómo? —musitó.

Quería a Jase. Yo lo sabía y lo había aceptado plenamente, pero aún no estaba lista para decírselo, y menos delante de mi hermano justo después de que le hubiera partido la cara.

La situación, de romántica, tenía más bien poco.

—Venga, Cam, vamos a darles espacio. —Avery le tiró del brazo y mi hermano le hizo caso de una puta vez. Salió tambaleándose, siguiéndola como si estuviera medio ido.

Vi cómo se cerraba la puerta y me planteé huir del apartamento. Tal vez el de Avery no estuviera cerrado con llave y pudiera ir a encerrarme en el armario. Quizá durante una semana. No me lo podía creer, acababa de reconocer que quería a Jase. Por Dios, que hubiera entendido otra cosa, lo que fuera. Tal vez «lo hiero». Muchísimo mejor.

Jase me tocó las mejillas con las puntas de los dedos y giró mi cabeza hacia él. Su mirada, una mezcla de vulnerabilidad y pasión, me llegó a lo más hondo. Abrí la boca para decir algo que, con toda probabilidad, no debía.

Su boca se apoderó de la mía con un beso que no tenía nada de tranquilo o dulce. Nuestros labios y nuestros dientes chocaron, y su lengua penetró con furia. Ladeó la cabeza, extendiendo las manos mientras me devoraba. Un beso salvaje, intenso y sensual, increíblemente potente. Sentí escalofríos por todo el cuerpo.

—Espera —jadeé, interrumpiendo el beso—. Tu barbilla...

—Ahora mismo me importa tres cojones mi barbilla.

Deslizó las manos por mis costados y me sujetó de la cadera. Me cogió y me sentó a horcajadas en su regazo. No era una postura ideal para mi pierna derecha, pero la presión que sentí contra lo más íntimo de mí hizo que me olvidara de todo. La poca ropa que se interponía entre nuestros cuerpos no dejaba gran cosa a la imaginación.

No tenía ni idea de cómo se le podía haber puesto tan dura tan rápido.

Agarrándome las caderas, empujó de tal manera que las sensaciones se arremolinaron por todo mi cuerpo. Sus labios, pegados a los míos, acallaron el gemido que se me estaba formando en la garganta. Sus manos se deslizaron por mis muslos, se introdujeron por el bajo de la camiseta y me acariciaron los costados. Me estremecí cuando sus dedos rozaron la parte inferior de mis senos desnudos.

—Jase —susurré con la respiración entrecortada. Una pesadez casi dolorosa se había apoderado de mis senos, cuyos pezones estaban tan endurecidos que habría querido gritar—. Mi hermano está ahí fuera.

—Que le den a tu hermano. —Sus manos ascendieron hasta cerrarse sobre mis senos. Por fin—. Que le den a todo lo que no esté en este cuarto.

Mis sentidos enloquecieron cuando sus pulgares me rozaron los pezones y Jase empujó de nuevo con la cadera. Gemí su nombre, que atrapó en su boca mientras me acariciaba dulcemente los senos, envolviéndolos con sus manos. Una oleada de placer me atravesó. Hasta entonces no había estado demasiado satisfecha con el tamaño de mis senos, pero en ese momento vi que eran perfectos para el hueco de sus palmas.

Jase se estremeció antes de moverse. Abandonó mi pecho para pasarme un brazo alrededor de la cintura. En cuestión de un instante dejamos de estar sentados con su espalda apoyada en la pared; Jase me levantó con él sin dejar de explorar mi boca y me encontré tumbada sobre el colchón mullido.

Los ojos le brillaban como azogue líquido mientras se cernía sobre mí. Se le estaba amoratando el mentón, tosco recordatorio de lo que nos esperaba al otro lado de la puerta pero, madre mía, no me importaba. Lo deseaba tanto que mi cuerpo temblaba de excitación.

Cuando nuestras miradas se encontraron, entendí hasta qué punto Jase se había refrenado en todas las ocasiones anteriores. En este momento su autocontrol se había esfumado y solo quedaba una tempestad de pasión, deseo y algo mucho más profundo.

Sus bíceps se contrajeron cuando descendió sobre mí y se acomodó entre mis piernas. Empujó suavemente mientras se apoderaba de mi boca y su mano descendía por mi muslo para ayudarme a rodearle la cadera con mi pierna izquierda. Lo oí gemir cuando empecé a moverme a su ritmo, imitando con nuestros cuerpos aquello que ambos deseábamos. Sus labios trazaron un sendero ardiente por mi cuello, la piel del hombro y de vuelta a la clavícula.

Mis dedos se enredaron en su pelo sedoso mientras su boca se acercaba peligrosamente a mi pecho. Me quedé sin aliento cuando se cerró sobre el pezón izquierdo y succionó aquel pequeño botón endurecido a través del fino tejido. Mi espalda se arqueó hasta levantarse del colchón y apreté los dientes para no gritar. Su mano se cerró sobre mi seno derecho, atrapando la punta entre sus dedos hábiles y delicados. Me aferré a su pelo con los puños cuando me mordisqueó el pezón a través de la camiseta.

Un gemido sordo se me escapó al tiempo que un millar de sensaciones me estremecían. Lo quería más cerca, dentro de mí.

—Por favor.

Jase se puso a mi altura, sus labios hinchados y húmedos.

—Eres preciosa, joder —me dijo al tiempo que me embestía con las caderas, haciendo que se me crisparan los dedos de los pies.

Me invadió una oleada de calor. Le tiré del pelo para acercar sus labios a los míos. Su beso fue exigente y profundo. Cuando sus dedos atraparon el elástico de mis bragas, supe lo que iba a suceder si me las quitaba. Lo tendría sobre mí y dentro de mí, algo que necesitaba desesperadamente.

Su mirada me abrasó.

—Quería que fuera perfecto. Quería esperar, pero no puedo.

Mi corazón se aceleró, mis entrañas ya estaban enardecidas. Levanté las caderas, satisfecha al oír un gruñido de aprobación.

—Te deseo —afirmé con voz apasionada—. Te deseo desde hace tanto. Te qui...

Un suave golpe en la puerta del dormitorio nos interrumpió.

—¿Teresa? ¿Jase? Tengo una bolsa de hielo para ti.

Fue como si la bolsa de hielo se nos hubiera colado entre las piernas. Nos detuvimos de inmediato, con la respiración agitada.

—¿Teresa? —me llamó Avery con voz dulce.

Jase apoyó la frente sobre la mía y masculló una palabrota entre dientes. Un fuerte estremecimiento lo sacudió y se giró hasta quedar boca arriba.

—No puedo ir a abrir la puerta.

Bajé la vista. Su erección era tan prominente que me dieron ganas de llorar... por muchos motivos. Maldiciendo lo inoportuno de la interrupción, dominé mis hormonas y me aclaré la garganta.

—Ya voy, ¡voy corriendo!

Jase resopló.

—Eso habría querido yo, correrme.

Le golpeé cariñosamente y se echó a reír sin parar, con las rodillas pegadas al pecho. Alrededor de los ojos se le formaban arruguitas y las ondas de pelo alborotado brillaban con reflejos rojizos. En ese instante recordé por qué lo quería tanto.

22

Avery me había dado la bolsa de hielo y me había prometido que Cam estaba casi bajo control. En cambio, nosotros no lo estábamos tanto. Sabía que, al abrir la puerta, Avery había entendido a la perfección lo que estábamos haciendo Jase y yo minutos antes. Yo tenía el pelo como un nido de ratas, los labios hinchados y las mejillas encendidas. No dijo nada, pero cuando se dio la vuelta juraría haberla visto sonreír.

Ellos estaban en la habitación de Cam y nosotros en la otra. Jase y yo nos habíamos puesto la misma ropa que el día anterior, por lo que me sentía un poco más decente mientras le sostenía el hielo contra el mentón. Aún no había empezado a hincharse, pero la piel estaba muy enrojecida.

Me miró por encima de la bolsa.

—Las cosas no han salido como estaban previstas.

Me reí a pesar de todo.

—No me digas.

—¡Ay! —gimió de dolor en cuanto sus labios se curvaron.

—No sonrías —le ordené. Volví a apretar la bolsa contra su mandíbula. Pasaron unos instantes—. No todo ha estado tan mal...

—¿Tan mal, dices? —Sus ojos tenían un brillo de plata al rojo vivo desde que nuestros cuerpos se separaron, y en ese momento centelleaban. Me rodeó la cintura con el brazo, tiró de mí e hizo que me sentara sobre sus piernas dobladas—. Ciertas partes protagonizarán mis sueños más húmedos.

—Estás hecho un romántico —respondí con una mueca.

Me rodeó la muñeca con los dedos y tiró de la mano que sostenía la bolsa. Me clavó una mirada sincera.

—No quería perder tanto el control.

—No pasa nada —respondí, sonrojándome—. Ojalá hubiéramos podido terminar.

Se le escapó un gruñido sordo al tiempo que me sujetaba la nuca con la mano y me hacía bajar la cabeza. Sus labios capturaron los míos en un beso lento y lánguido que avivó las llamas del deseo. Se intensificó cuando su lengua se encontró con la mía, enredándose en una danza cada vez más osada. ¡Joder, qué bien besaba...!

La puerta del dormitorio se abrió de golpe y Cam entró como un rayo.

—No me jodas, ¿es que quieres que te atice otra vez, Jase?

—Mierda —gemí al tiempo que me apartaba de Jase y fulminaba a mi hermano con la mirada—. ¿No sabes llamar? Porque tan difícil no es.

Este miró a Jase sin el más mínimo atisbo de culpabilidad.

—Venía a hablar las cosas con calma y, al entrar, me encuentro con que tienes a mi hermana encima y te la estás follando con la lengua.

Jase abrió la boca y tuve el horrible presentimiento de que iba a explicarle que no era lo que estaba haciendo en ese momento, pero que ya tenía experiencia.

—Cam —me adelanté, cambiando la bolsa de hielo de mano—. A ver si te tranquilizas un poco, ¿eh?

—Y tú a ver si te bajas de encima de él.

Avery puso los ojos en blanco.

—Está donde quiere estar —replicó Jase con una calma sorprendente—. Y te voy a decir una cosa: no me importa lo del puñetazo; me lo merecía. Debería habértelo contado la primera vez que la besé, hace un año.

Cam se puso tenso.

—Déjame acabar —prosiguió Jase, aferrándome por la cintura—. Nos besamos aquella noche, antes de que nos marcháramos durante las vacaciones de otoño. No volvió a pasar nada hasta este curso. E intenté luchar contra ello.

—Buenooo, se nota que has hecho un esfuerzo sobrehumano.

La irritación me hormigueaba en la piel cuando alcé la mirada hacia a mi hermano.

—Sí que lo intentó, Cam. Y no es que lo hayamos estado escondiendo una eternidad. Teníamos pensado contártelo el miércoles, pero creo que tenías «otras cosas» en las que pensar. —Esperé a que se diera cuenta de a qué me refería—. Y después, con lo de Debbie... —La garganta se me cerró, y Jase me estrechó con el brazo—. En fin, que tampoco es que quisiéramos ocultártelo, es que no ha habido un momento oportuno.

—Y te lo están contando ahora —medió Avery. Por lo visto, se había convertido en la voz de la razón en lo tocante a mi hermano—. Eso es bueno, creo yo.

—Lo que yo creo es que a Teresa le cuesta distinguir entre el sentido común y las hormonas —murmuró Cam al tiempo que se pasaba la mano por el pelo.

La boca se me cerró de repente y le clavé una mirada que le debería haber encogido las pelotas. Jase, que había permanecido tranquilo durante la segunda ronda, tuvo la reacción opuesta. Me levantó de su regazo, me dejó en el borde de la cama y se levantó. Tenía la mandíbula apretada.

—Mira, no voy a echarte en cara el puñetazo, pero como vuelvas a hablarle así a tu hermana o decir nada de su inteligencia o la insultes o avergüences, en general, vamos a tener un problema. Pero un problema que te cagas de gordo. Tu hermana me importa. —Cuando Jase vio que esas palabras no parecían convencer a Cam, lo miró fijamente—. Me importa... tanto como Jack.

Mi hermano dio un paso atrás y palideció como si Jase le hubiera asestado un puñetazo en la garganta. Avery no comprendió las implicaciones de sus palabras, pero mi hermano sí. Cuando volvió la vista hacia mí, alcé las cejas para darle a entender que estaba al tanto de la verdad.

Mi hermano parecía a punto de desmayarse; de repente sentí un deseo irrefrenable de romper a reír. Sacudió lentamente la cabeza y dijo:

—¿En serio?

Jase asintió.

—En serio.

—Bueno... —Retrocedió, estupefacto—. Supongo que...

—¿Te alegras por nosotros? —sugerí, lanzando al aire la bolsa de hielo y atrapándola con la mano—. Porque ahora mismo me gustaría concentrarme en las cosas buenas, la verdad.

Cam me miró y su semblante se suavizó; ni siquiera abrió la boca cuando Jase volvió a la cama, me puso la mano en el muslo y me dio un leve apretón.

—Joder, Teresa, lo siento. Sabes que soy...

—Sobreprotector —concluyó Avery por él al tiempo que le sonreía—. ¿Y a veces un poco burro?

—Lo estás definiendo bastante bien, sí. —Sonreí maliciosa.

—Bueno, vale, puede que la reacción haya sido exagerada, pero es porque me importas. Eres mi hermana y se supone que tengo que comportarme como un imbécil cuando se trata de los tíos con los que sales.

—Te estás convirtiendo en experto en la materia —murmuró Jase.

Cam le sacó el dedo corazón y mis músculos comenzaron a relajarse. Si se hacían la peineta, es que las cosas habían vuelto a la normalidad.

—En fin, el motivo por el que hemos vuelto antes de tiempo es que esta mañana empezamos a recibir mensajes sobre Debbie —explicó Avery, retomando un tema menos agradable, pero necesario—. Teníamos que volver a casa.

—Ojalá no lo hubierais hecho —musité, pensando en los planes de Cam.

—Cómo no íbamos a hacerlo —replicó mi hermano, acuclillándose delante de mí—. Por favor, dime que los rumores no son ciertos, que no te la encontraste así.

Me abracé el pecho, como si así pudiera impedirme pensar en ella.

—Son ciertos.

Cam soltó una palabrota.

—Dios mío... —Avery se tapó la boca—. Qué horror.

Lo era, pero no tan horrible como lo que había hecho Debbie. Mientras Jase les explicaba que teníamos que ir a la comisaría para que me tomaran declaración, intenté comprender por qué lo había hecho. La noche anterior estaba disgustada, pero también esperanzada, mucho. No es que la conociera muy bien, pero no había visto ningún signo de depresión o de que se planteara tomar medidas tan drásticas.

—No puedes seguir en esa residencia —decidió Cam, poniéndose en pie—. Quédate aquí.

Jase me pasó el brazo por los hombros.

—Estoy de acuerdo.

Parte de mí habría querido aceptar de inmediato, porque ni en sueños iba a volver a aquella habitación, pero sabía que era mucho pedir.

—No quiero ser un incordio.

—Ahora mismo, Cam prácticamente vive en mi apartamento —intervino Avery—. Es probable que tengas el piso para ti sola la mayor parte del tiempo.

—Pero...

—Y es una oferta estupenda —terció Jase—. No quiero que vuelvas a esa suite. Así que o te quedas aquí o te vienes conmigo a la fraternidad.

La idea de vivir bajo el mismo techo que Erik me revolvió el estómago.

—Quiero contribuir al alquiler o algo. En cuanto esté mejor de la pierna, me busco un trabajo.

Cam quitó importancia al tema con un gesto de la mano.

—Si quieres, vale, pero no hay prisa. El alquiler está pagado hasta el verano.

Una vez tomada la decisión de quedarme en el apartamento, gran parte de mis temores se evaporaron. Habría preferido dormir en la calle antes que volver a aquella habitación. Hay quien lo consideraría exagerado, pero no estaba segura de querer poner el pie de nuevo en el edificio. Por desgracia, dudaba que jamás me librara del recuerdo de... Debbie colgando de la lámpara.

—Cam y yo iremos a por la mayoría de tus cosas —anunció Jase—. Dime qué quieres y te lo traeremos.

Miré a uno y a otro, inquieta ante la idea de que pasasen tiempo los dos solos. Cuando Jase se dio cuenta, me guiñó un ojo.

—Estaremos bien —dijo.

Cam sonrió incómodo e hizo crujir sus nudillos.

—Sí, de puta madre.

Sentada a mi lado en el sofá, Avery se estremeció al levantar la vista al reloj de la pared.

—Llevan mucho rato fuera.

—Sí —respondí, asintiendo lentamente.

Calla había vuelto esa mañana de visitar a su familia. Nada más enterarse de la noticia, me había enviado un mensaje y había venido desde su residencia poco después de que se marcharan los chicos. Acomodada en el sillón, frunció el ceño.

—Pero ¿por qué os preocupa que estén tardando?

—Bueno, existe la posibilidad de que se maten entre sí. Cam no da precisamente saltos de alegría por que Jase y yo estemos juntos.

—Espera. ¿Cómo? —Calla se echó hacia delante, los ojos fuera de las órbitas—. ¿Que Jase y tú estáis juntos? Pero qué fuerte, ¿no? ¿Desde cuándo?

Levanté el vaso de té dulce.

—Eeeh, desde la semana pasada.

—Pero ¡si nos vimos el miércoles! ¿Es que no pensabas contármelo?

Roja como un tomate, le lancé una mirada a Avery. Esta se volvió hacia la pared. Menuda ayuda.

—No sabía cómo contártelo. Acababa de suceder y…, no sé…, estaba todo demasiado… fresco.

—¿«Fresco»? —murmuró Avery.

—¡Guau! —Calla subió las piernas al sillón—. Bien por ti, Teresa. ¡Te has ligado a Buenorro Buenórrez!

—Sí que está bueno, sí.

—Mira que quiero a tu hermano con todo mi corazón —señaló Avery, mientras se enroscaba las puntas del pelo en los dedos esbeltos. Se puso tan colorada que se le dejaron de ver las pecas—. Pero lo de Jase… es otro nivel. Siempre me ha intimidado un poco.

—¿En serio?

Dejó de juguetear con los mechones.

—Sí. Es que siempre parece tan intenso, como…

—¿Como si una noche con él te fuera a cambiar la vida? —sugirió Calla con una sonrisa picante—. Estoy segura de haberlo pensado en algún momento.

No podía asegurarlo porque aún no había llegado tan lejos con él, pero mi poca experiencia confirmaba su teoría. Bajé la vista a mi té, extrañamente orgullosa de poder decir que Jase era mío. Qué raro. Era la primera vez que me pasaba algo así con otra persona.

Cuando se hizo el silencio, supe en qué pensábamos todas: en Debbie. Aunque pudiéramos hablar de otras cosas y reír, lo sucedido siempre estaba presente en un segundo plano.

—No sé por qué lo hizo —reconocí, sin darme cuenta de que había hablado en voz alta hasta que las chicas me miraron—. No lo entiendo.

—A veces es imposible entenderlo —respondió Calla, estirando las piernas. Por un instante, el rostro se le contrajo de tristeza—. Con cierta frecuencia, no es una sola cosa la que lleva a una persona a cruzar esa línea, sino una combinación de varias.

Avery asintió mientras jugueteaba con el brazalete de la muñeca.

—Es cierto, se van acumulando las cosas hasta que llega la gota que colma el vaso. Son muchos detalles, grandes y pequeños.

—Eso lo entiendo, pero Debbie era una chica feliz. Salvo por lo de cortar con Erik, estaba perfectamente.

—Pero ¿cómo iba a ser feliz de verdad después de estar tanto tiempo con él? —preguntó Avery—. Y no la critico por eso, pero ¿durante cuántos años estuvo tratándola así de mal?

Ahí tenía razón.

—No sé si, además, tendría otros problemas. —Calla se detuvo y clavó la vista en sus manos entrelazadas sobre el regazo—. Mi madre se suicidó.

Apreté la mano contra el pecho mientras intercambiaba una mirada con Avery.

—¡¿Qué?!

Calla hundió la barbilla y se mordió el labio inferior.

—Bueno, no como Debbie. No lo hizo de una sola vez, sino a lo largo de varios años.

—Lo siento muchísimo, Cal. —Dejé el té a un lado, cogí un cojín y lo estreché contra mi vientre—. ¿Cómo fue?

—Se dedicó a beber y a drogarse hasta morir. No fue un accidente —afirmó Calla, levantando la cabeza—. Mi madre no quería vivir; simplemente eligió el método pasivo. Y, en realidad, nadie se dio cuenta de la situación, nos engañó a todos. No digo que Debbie llevara tiempo queriendo hacerlo, pero es imposible saberlo a ciencia cierta.

Habría querido hacerle más preguntas, pero por su postura rígida me dio a entender que no era el momento.

—No lo sé. Hay algo que no me cuadra.

—¿Cómo va a cuadrarle a cualquiera algo así? —preguntó Avery en voz baja.

Ahí volvía a tener razón, pero mientras rememoraba lo sucedido aquella noche sabía que estaba dejando pasar un detalle, un detalle que mi mente había decidido suprimir. Al fin y al cabo, había sido bastante traumático.

Entonces, de repente, lo recordé. Al levantar la vista, mi mirada se encontró con la de Calla. Con el corazón desbocado, empecé a incorporarme.

—Ay, Dios...

—¿Qué pasa? —Calla también se puso en pie, aunque parecía confusa. Miró a Avery, que nos imitó—. ¿Qué pasa? —repitió—. Teresa, ¿qué te sucede?

Negué con la cabeza. ¿Cómo podía haber olvidado algo así?

—La bufanda rosa.

—¿Qué? —Calla volvió a mirar a Avery sin entender.

—¡Había una bufanda rosa en la puerta del dormitorio! —Las piernas me flaquearon, por lo que me dejé caer en el sofá—. Hostia puta...

—¿Estás bien? —Avery me agarró del brazo. Tenía los dedos fríos—. ¿Quieres que llame a Jase? ¿A Cam?

—¡No! ¡Pero tengo que ir a prestar declaración! Ahora mismo. —Sentí náuseas—. Necesito ir a la comisaría.

—Muy bien. —Calla agarró las llaves de su coche—. Nosotras te llevamos, pero tienes que contarnos qué demonios pasa.

—La bufanda rosa: Debbie siempre la colgaba del picaporte cuando Erik estaba con ella y querían intimidad —expliqué a toda prisa con las manos trémulas—. Colgaba la puta bufanda cuando no quería que los interrumpiera.

—Vaaale —soltó Avery lentamente.

—No lo entendéis. —Tenía la respiración entrecortada—. Cuando llegué, había una bufanda rosa colgando del picaporte. Pensé que estaría dentro con Erik, que se habrían reconciliado. ¡La bufanda significa que Erik estuvo en la habitación!

23

Avery y Calla entendieron lo que les decía, que en algún momento de la tarde Debbie no había estado sola, pero no parecían comprender la importancia de aquel detalle.

Yo, sí.

Mi mente se negaba a aceptar la idea de que Debbie se hubiera suicidado. No era tan tonta como para creer que fuera imposible, pero Erik había estado allí y, para mí, era más lógico que el muy cabrón hubiera perdido los nervios y... le hubiera hecho daño de verdad.

Las chicas me llevaron a comisaría para que prestara declaración y, una vez allí, insistí en la importancia de la bufanda rosa y de que Debbie no hubiera estado sola aquella tarde, pero a la policía no pareció preocuparle demasiado.

—Tenemos previsto hablar con su exnovio hoy mismo —me explicó el oficial de camino a la sala donde me esperaban Calla y Avery. La sonrisa que me dedicó era tensa y fingida, y tuve la impresión de que me trataba como a esas viejecitas que forman parte del comité de vigilancia del barrio y no hacen más que interponer denuncias falsas.

—Bueno, ¿qué han dicho? —me preguntó Avery ya de vuelta en el coche de Calla.

Suspiré.

—Les he contado lo que vi y lo que sabía. Que Erik y ella habían cortado, y que él…

Me mordí el labio al darme cuenta de que nunca les había dicho la verdad sobre la relación de mi compañera. De alguna manera, me parecía que estaba mal; aunque Debbie nunca me había prohibido contárselo a nadie, en su momento yo había pasado tanta vergüenza, y aún la pasaba, que estaba convencida de que no querría que se enterase nadie. A la policía sí se lo había dicho, y ellos habían tomado nota de los moratones que había visto y de las cosas que Debbie me había contado, pero se los notaba convencidos de que mi compañera se había suicidado. Y, si nadie presentaba cargos contra Erik, ellos no iban a poder hacer nada.

Avery, que iba en el asiento del copiloto, se volvió y me miró con los ojos muy abiertos.

—Le pegaba, ¿verdad?

Me pregunté si sabía leer la mente y, al volver la vista al espejo retrovisor, me topé con la mirada fugaz de Calla.

—Sí, él… le pegaba. Le pregunté una vez y lo negó, pero me lo contó después de que… —Cam aún ignoraba lo sucedido, y yo no quería que se enterase—. En fin, me lo contó la noche antes de morir.

—Madre mía —murmuró Calla.

Avery y yo intercambiamos una mirada, y la novia de mi hermano me sonrió comprensiva.

—El caso es que les he contado lo que sabía y que la bufanda rosa significaba que Erik había estado allí. Me ha dicho que tenían previsto hablar con él hoy.

Avery se mordió el labio inferior.

—¿Crees de verdad que le pegó y luego… la ahorcó?

Me estremecí ante la idea.

—No sé cómo nadie podría hacerle eso a otra persona, pero hay gente muy pirada en el mundo.

Calla asintió.

—Eso es muy cierto.

—Y ya había perdido el control con ella anteriormente. Puede que no lo hiciera a propósito —reflexione en voz alta—, pero que le entrara miedo y escenificara un suicidio.

—Parece un poco rebuscado, pero hay quien ha llegado a hacer cosas todavía más absurdas. —Avery se giró y se puso a mirar por la ventanilla—. He aprendido a no subestimar nunca a la gente.

—Ya —murmuré, retrepándome en el asiento.

Me parecía una barbaridad estar allí sentada planteándome que un universitario hubiera podido matar a su exnovia, por accidente o no, y escenificar un suicidio, pero, como Calla y Avery habían dicho, mayores locuras había cometido la gente.

Cam y Jase ya estaban de vuelta en el apartamento y, en cuanto atravesamos el umbral, nos acribillaron a preguntas sobre cómo nos había ido en la comisaría.

Ninguno de los dos parecía haber sido víctima de la violencia del otro, y atisbé dos cajas rosas sobre la encimera de la cocina. No pude evitar sonreír cuando me senté junto a Jase en el sofá. Él y sus cupcakes. Por lo visto, se lo había contagiado a Cam.

—No te hemos traído todo, pero es suficiente para que te las arregles durante un tiempo. —Jase me apartó un mechón de pelo—. Lo tienes en tu dormitorio.

—Muchas gracias. —Miré a los dos chicos—. A ambos.

—De nada. —Cam rodeó a Avery con los brazos y la estrechó contra su pecho—. Pero no me incendies el apartamento, ¿vale?

Todos se echaron a reír mientras yo lo fulminaba con la mirada. Calla fue la primera en irse; tenía turno en el trabajo. Poco después, Avery y Cam empezaron a ponerse ojitos y también desaparecieron.

Jase tiró de mí hacia él y me acurruqué contra su cuerpo. Por mucho que quisiera dejar de pensar y saborear la sensación de sus brazos envolviéndome, me vi incapaz.

—Crees que me estoy precipitando con las conclusiones, ¿verdad? —le pregunté al recordar su reacción cuando le había contado mi visita a la comisaría y mis sospechas.

Jase me apartó el pelo y me besó la sien.

—No diría que «precipitarse» sea la palabra, pero tal vez estés yendo rápido. Aunque una cosa es cierta: Erik tiene un humor de mil demonios y no sería la primera vez que alguien pierde el control y hace algo así.

Al menos no estaba diciendo que estuviera chalada.

—¿Crees que la policía le hará una autopsia?

—No lo sé. —Me estrechó entre sus brazos—. Supongo que sí, por si acaso.

Recé por que así fuera. Si mis sospechas estaban en lo cierto, aparecerían indicios durante el examen, ¿no? Detestaba pensar en Debbie con relación a autopsias y causas de muerte, como si eso fuera todo a lo que había quedado reducida.

—¿Sabes qué me pregunto? —Cerré los ojos—. ¿Y si Jeremy hubiera llegado tan lejos? Si ha sido Erik, podría haberlo hecho Jeremy igualmente.

Jase se tensó y permaneció callado largo rato.

—En tal caso, menos mal que Cam casi lo mató de una paliza. Perdón. Sé cómo te sientes al respecto, pero lo único que puedo hacer es dar gracias a Dios.

—Sí... —musité, con el estómago revuelto ante la idea de que Erik hubiera matado a Debbie. Sin embargo, cuanto más lo pensaba, más me temía que fuera la verdad.

—Quiero que me prometas una cosa, ¿vale? —Jase me levantó la barbilla con los dedos hasta que lo miré a los ojos—. No quiero que te acerques a Erik, especialmente si estás sola.

—Eso está hecho —respondí llanamente.

Una de las comisuras de sus labios se curvó.

—Y, a menos que hables con la policía o uno de nosotros, no quiero que le cuentes a nadie tus sospechas. —Abrí la boca con intención de protestar, pero Jase negó con la cabeza—. No es que crea que debas callártelo, pero, si ha sido Erik, no quiero que corras peligro porque piense que sabes la verdad. Es lo único que digo.

Sonreí levemente.

—Vale. Eso sí puedo hacerlo.

Nos quedamos un rato así, contemplando cómo se iba extinguiendo la luz que entraba por la ventana. Fuera se levantó viento y empezó a soplar entre los edificios. Me esperaba una noche larga y no quería pasarla sola.

—¿Te quedas conmigo esta noche? —pregunté, sabiendo que era mucho pedir. Era probable que quisiera pasarse por la granja o volver a la fraternidad.

—Me he adelantado a tus deseos. —Sonrió con picardía, a la vez que señalaba con la barbilla una mochila depositada junto al sillón. Ni siquiera la había visto—. Mientras estuvimos fuera, aproveché para ir a por una muda. Lo único que necesito es ducharme.

—Gracias. —Me estiré y le besé la mejilla—. Gracias por todo.

Apoyó su frente en la mía.

—¿Por qué no pides comida china? El restaurante al final de la calle hace entregas a domicilio; mientras tanto, voy a darme una ducha.

Parecía un buen plan. Llamé mientras Jase desaparecía en el cuarto de baño. En cuanto abrió el grifo, me quedé mirando la puerta con el corazón acelerado.

¿Y si me metía con él?

Me mordí el labio al imaginarme desnuda, sin muletas ni ortesis en la rodilla, metiéndome en la ducha con un movimiento sensual. Cogería el jabón y...

En fin.

En lugar de eso, fui cojeando hasta mi nuevo dormitorio y saqué de la maleta todo lo que pude hasta que oí cerrarse el grifo de la ducha. Regresé al cuarto de estar en el momento en el que se abría la puerta del baño.

—He pedido pollo... Guau.

Jase estaba parado en el umbral. El pelo mojado se le rizaba alrededor de los pómulos esculpidos. El fino vello del pecho estaba húmedo. Los vaqueros que se había puesto eran de tiro bajo y revelaban sus músculos, que descendían por sus caderas formando una uve.

—¿Pollo guau? ¿Es nuevo en el menú? —bromeó, mientras se secaba aquellos abdominales marcados con una toalla blanca.

—Digamos que es un plato que me gustaría probar.

Cuando me miró, sus ojos echaban chispas y el hambre se reflejaba en su rostro. En el momento en el que me acarició las mejillas con los dedos, sonó el timbre de la puerta.

Apartándose, dejó escapar un gruñido.

—Ya voy yo.

Lo observé acercarse a la puerta con la boca seca. El repartidor se quedó mirando el cuerpo semidesnudo de Jase, pero dudaba que fuera lo más raro que el adolescente había llegado a ver. Cenamos en el sofá, viendo la televisión.

Jase no se movió mientras yo desaparecía camino de la ducha para quitarme la suciedad de la jornada. Lástima que el agua que corría por mi piel no borrase lo que veía al cerrar los ojos ni los pensamientos recurrentes sobre la bufanda rosa y Erik.

¿Realmente habría sido capaz de hacerlo? Por lo que había visto y por lo que Debbie me había contado, sí. Cuando me golpeó, estaba a punto de perder el control, pero sacudir con violencia un bolso de viaje no lo convertía en un asesino en potencia.

El agua comenzaba a enfriarse cuando salí de la ducha y me envolví en una toalla verde y mullida. No era fácil ponerse la ortesis con la piel mojada y, para cuando lo conseguí, estaba casi sudando.

Al salir del cuarto de baño, lleno de vapor, no vi a Jase. Sujetando con la mano la toalla ceñida a mi alrededor, entré en el dormitorio sin hacer ruido.

Estaba colgando mi ropa, canturreando para sus adentros. No me oyó cuando me detuve en el umbral. Con un nudo en la garganta, observé cómo colocaba un jersey en una percha que debía de haber encontrado en el armario o traído de la residencia. Cuando se giró hacia mi cama, cogió el último montón de vaqueros, perfectamente doblados, para guardarlos. Se había encargado de todo.

—Eres un partidazo.

Se apartó del armario y lanzó una mirada hacia la puerta. Se olvidó de los vaqueros que tenía en las manos conforme su mirada gris descendía de lo alto de mi cabeza hasta los dedos de mis pies.

—La hostia.

Me sonrojé hasta la raíz del pelo.

—Gracias por guardarme la ropa.

—Ya, ya. —Dejó los vaqueros en el suelo y se acercó a mí a grandes zancadas. Su mirada me daba ganas de coger carrerilla y abalanzarme sobre él. Apenas posó las puntas de los dedos en mis brazos, pero me devoraba con los ojos.

—Te voy a hacer una propuesta un poco loca, ¿vale?

—Vale.

La comisura de sus labios se curvó.

—Creo que deberías andar así al menos dos veces al día cuando yo esté cerca: una vez por la mañana y otra por la noche.

Rompí a reír.

—¿Quieres que me pasee por ahí envuelta en una toalla?

—Que te pasees, que corras, que te sientes, que estés de pie, que respires... —Me acarició la mejilla con los labios, haciéndome estremecer—. Todo me viene bien.

Apenas moví la cabeza lo justo para que nuestros labios se encontraran. Al principio, mientras sus dedos recorrían mi mejilla, el beso era dulce. Cuando su lengua comenzó a juguetear con mis labios, invitándome a abrirlos, me olvidé de sujetar con fuerza la toalla.

Me encantaba la forma en la que me besaba, me degustaba y prácticamente me enloquecía sin otra cosa que sus labios y su lengua. La respiración se me aceleró cuando se acercó aún más; apenas nos separaban unos centímetros.

La necesidad de él era cada vez mayor; estaba tremendamente excitada. El anhelo iba mucho más allá de lo físico. No quería que hubiera nada entre nosotros.

—Te deseo —gimió Jase contra mis labios.

Por las venas me corría lava líquida.

—Yo sí que te deseo.

Sus manos se deslizaron por mis costados hasta llegar al borde de la toalla. Cuando emitió un sonido ronco, me pegué aún más a él.

—Soy tuya —le susurré.

Volvió a besarme, recorriendo mi lengua con la suya. Cuando se apartó, me mordió el labio y ahogué un gemido. Abrí los ojos lentamente y me perdí en su mirada de plata.

Jase había hecho bien al pararme los pies la noche anterior. No quería que nuestra primera vez se viera ensombrecida por nada. Al igual que él, deseaba que fuera perfecta. Quería que, al echar la vista atrás, no existiera el más mínimo arrepentimiento.

Aun así, sabía que no era algo que pudiera planificarse a la perfección. Lo importante era que ambos deseáramos lo mismo y, aunque sus ganas de hacer todo bien me derretían por dentro, no se daba cuenta de que ya lo estaba haciendo.

Respiré hondo y, armándome de valor, deshice el nudo que mantenía la toalla sujeta a mi cuerpo. Me sentía como al salir al escenario sabiendo que todos los ojos estaban pendientes de mí, pero esto era distinto, más potente. Porque solo sus ojos me importaban y, en ese momento, yo era su mundo entero.

Dejé que la toalla cayese al suelo.

—Dios mío —gruñó, los labios entreabiertos por una repentina inhalación.

Completamente desnuda, a excepción de mi ortesis azul supersexy, me sentí más vulnerable ante él de lo que me había sentido en toda mi vida.

No solo le estaba ofreciendo mi cuerpo, en verdad le estaba ofreciendo mi corazón.

Jase dio un paso atrás y dejó caer las manos a los lados. Abrió y cerró los puños.

—¿Sabes lo preciosa que eres? ¿El efecto que ejerces sobre mí? —Una agradable neblina me invadió cuando el corazón y el resto de mi cuerpo respondieron a sus palabras. Jase negó lentamente con la cabeza—. No creo que lo entiendas del todo, porque, si así fuera, no podrías quedarte ahí parada. Dios, Tess, no hay una parte de ti que no sea perfecta a mis ojos.

Había muchas partes de mí que estaban lejos de la perfección. Sin el entrenamiento diario, hacía cincuenta hamburguesas con queso que había perdido la silueta de bailarina. Tenía las caderas más redondeadas y los muslos ya no eran tan esbeltos como antes. En lugar del vientre perfectamente plano que tenía, ahora se curvaba, y me había crecido el pecho. Eso no estaba mal, pero el culo había hecho lo mismo.

Sin embargo, ante sus ojos, me sentí más bella que nunca.

Jamás había notado una impaciencia así. Su mirada me volvía loca. Sentía calor y excitación; sabía que estaba a punto de tomar la decisión correcta.

—Yo nunca... he sido así de atrevida —confesé con voz trémula—, pero creo que este es el momento perfecto para nosotros. Te deseo, Jase. ¿Tú me deseas?

—Sí —respondió con voz ronca. Su mirada descendió y se detuvo en mis senos hasta hacerme sentir una necesidad acuciante de que me tocara—. Te deseo.

Entonces me tocó, sus manos se cerraron alrededor de mis brazos y su cabeza descendió. Sus mechones mojados me rozaron las mejillas.

—¿Estás segura de que esto es lo que quieres?

—Más segura que en toda mi vida —jadeé.

Su pecho se elevó y rozó el mío. La sensación me atravesó como un rayo. Jase emitió un gruñido ronco desde el fondo de la garganta.

—Espérame; no te muevas, ¿vale?

—Vale.

Me dio un beso rápido e inspiró hondo antes de apartarse y salir del dormitorio. Volvió al cabo de unos segundos con varios paquetitos metalizados en la mano. Enarqué una ceja y sonreí divertida.

—Has venido preparado, ¿eh?

Sus labios se curvaron con picardía.

—Quería estarlo para ti. —Los arrojó a la cama, situada a mi espalda, al tiempo que yo caminaba hacia atrás hasta que mis piernas tocaron el colchón—. ¿Quieres mirar?

—Ni te lo imaginas...

Se me cortó la respiración cuando su sonrisa se ensanchó. Observé anonadada cómo sus manos descendían y desabrochaban el botón de los vaqueros. A continuación fue el turno de la cremallera, y el pantalón se deslizó por sus piernas. No tardó nada en caer al suelo, seguido del bóxer.

Me quedé sin aliento al verlo en toda su gloria, y Jase rio entre dientes. Era realmente magnífico. Su piel, de un moreno profundo, se tensaba justo donde debía.

Jase estaba... bien dotado. Pero que muy bien dotado.

Apoyó dos dedos en mi barbilla y me levantó la cabeza.

—¿Te gusta lo que ves?

Sentí un escalofrío.

—Oh, sí.

—Bien. —Cuando me besó, hasta el aire de la habitación se cargó de energía sexual—. No tienes ni idea del tiempo que llevo deseando esto —murmuró contra mis labios mientras envolvía mi cintura con un brazo y me cogía, pegándome más a él. El siguiente beso me enardeció—. O de las noches que, en la cama, te he imaginado así conmigo.

—Tantas como yo he soñado con esto —respondí mientras me tumbaba en el centro de la cama—. No quiero esperar más.

—Yo tampoco —confirmó antes de agarrar un condón, rasgar el envoltorio y enfundárselo.

A continuación descendió sobre mí, recorriendo con sus labios mi rostro enrojecido para luego bajar dejando un rastro ardiente sobre mi pecho, succionando y mordisqueando hasta que mis caderas se apretaron instintivamente contra él. En cuanto notó el contacto, se estremeció. Sus manos estaban por todas partes a la vez. Me acariciaba como si tratara de grabar en su memoria los contornos de mi cuerpo.

Cautivada por el anhelo, arqueé la espalda y deslicé las manos por su torso. El deseo me inundaba como las aguas de una presa rota por la tempestad.

—Quiero tomarme mi tiempo. —Jase pasó la mano entre nuestros cuerpos y, abriéndome las piernas, insertó un dedo en mi interior—. Quiero besar y degustar cada parte de tu cuerpo, porque es lo que mereces, pero no creo que pueda esperar, cariño. No voy a poder.

Jase temblaba al pronunciar estas palabras. Retiró con dulzura el dedo mientras su mirada se clavaba en la mía. Casi perdí todo control al sentir por primera vez su presión contra mí.

—Dios, estás tan… —Su voz se perdió, como si fuera incapaz de articular palabra alguna.

A mitad de penetración la presión era increíble; ya me sentía llena. Levanté las caderas, envolviéndole la cintura con mis piernas. Nuestros gruñidos llenaban el espacio y, con un movimiento, terminó de introducirse por completo en mí.

—¿Estás bien? —Jase, jadeante, trató de permanecer inmóvil para no perder el control.

Después de tanto tiempo, sentía cierta tirantez, pero lo estaba. Mejor que bien.

—Sí.

Sus labios acariciaron los míos en un beso tierno. Me posó la mano en la mejilla.

—No hay nada mejor en el mundo que sentirte.

—Podría decir lo mismo.

Enrosqué mis dedos en su pelo y alcé las caderas para encontrarme con las suyas. El poco control que le quedaba se evaporó. Jase empezó a embestirme, a adentrarse cada vez más con cada nuevo golpe de caderas, largo y potente. Mi cuerpo se tensó mientras lo rodeaba con las piernas, meciéndome con él. La intensidad creciente adoptó un ritmo endiablado hasta que, por fin, se abrieron las compuertas del placer. Una sensación maravillosa fue creciendo en mi interior conforme aumentaba la velocidad de las embestidas, chocando contra mí mientras sus manos se movían y exploraban mi cuerpo, multiplicando el goce hasta que una especie de mecanismo tensado en lo más profundo de mi ser llegó al punto de no retorno y estalló en mis entrañas.

Jase me besó con pasión y me rompí, estremeciéndome con él dentro. Los espasmos sacudían mi cuerpo y él no tardó en seguirme. En el momento en el que culminó, gritó y hundió la cabeza en el hueco de mi cuello. Tras una última convulsión, mis manos se deslizaron perezosas por su espalda mientras su cuerpo seguía temblando.

Transcurrieron algunos minutos antes de que se alzara apoyándose en los antebrazos.

—Tess, cariño...

Cuando abrí los ojos y me encontré con el brillo de plata de los suyos, volví a enamorarme por completo de él.

—Ha sido... maravilloso.

Permanecimos unidos una eternidad antes de que saliera de mí y se bajara a toda prisa de la cama para deshacerse del condón y tirarlo en la papelera cercana. Segundos después yacía de nuevo a mi lado, él de lado, yo de espaldas, sin dejar de mirarnos aun cuando nuestra respiración había recuperado hacía tiempo su ritmo normal.

Jase sonrió de oreja a oreja.

—¿Sabes? Ha sido como si... fuera la primera vez. —Una carcajada se escapó de su garganta; bajó la cabeza y me besó el hombro—. Suena estúpido, ¿verdad?

—No, en absoluto.

—La sensación ha sido realmente esa. Mi primera vez no fue así de buena, y mira que pensé que había descubierto el sentido de la vida.

Mientras reía, me giré para mirarlo de frente y mis senos se apretaron contra su pecho. Con los ojos centelleando, apoyó una mano en mi cadera desnuda. Cerré los míos, lista para recibir su beso. No tuve que esperar demasiado. Cuando me mordisqueó el labio inferior, suspiré.

—Suena bien.

—¿Sabes qué más suena bien? —Se acercó aún más y lo sentí duro contra mi vientre. Abrí los ojos desmesuradamente; en los suyos apareció un brillo malicioso mientras su cuerpo se juntaba más al mío. Su vello áspero me enardecía, incrementando la sensualidad de sentirlo contra mi piel.

Me quedé sin aliento.

—¿Otra vez?

—Te dije que, tratándose de ti, siempre estoy listo.

—Ya, pero... ¡Oh!

Su mano se había abierto paso entre mis muslos. La sonrisa que iluminaba su rostro era irresistible.

—¿Y tú?

Era como si controlase el interruptor de mi deseo sexual. Era absurdo y maravilloso. Mis caderas se estremecieron cuando deslizó un dedo en mi interior.

—¿Tú qué crees?

—Por tu respiración entrecortada, diría que sí. —Me besó la sien húmeda—. Tengo ganas de ti. Otra vez. —Sus labios recorrieron mi mejilla en ascuas hasta capturar mi boca en un beso ardiente y profundo—. Quiero hundirme en ti. Hasta el fondo. —Retiró la mano y la alargó hacia atrás, tanteando hasta dar con un preservativo escondido entre las sábanas. Un instante después, me agarró de las caderas y me sentó sobre él al tiempo que se tumbaba de espaldas. Un gruñido sordo ascendió por su garganta y un tsunami de calor se abrió paso en lo más profundo de mi ser cuando noté la punta de su miembro en mí.

—Quiero hundirme tan dentro que jamás pueda salir. ¿Tú también lo quieres?

—Sí —respondí con los ojos entornados.

—Mírame. —La orden sonó gutural y peligrosamente seductora. Obedecí de inmediato. Sus ojos eran lava plateada—. Dios, eres preciosa. —Me apartó la melena por detrás del hombro antes de descender con los dedos hasta mi seno. Lo tomó en la mano y deslizó el pulgar por el pezón endurecido—. Creo que jamás tendré suficiente de ti.

Con los dedos de los pies crispados por las sensaciones, me agarré a sus hombros. Centímetro a centímetro, me hizo descender hasta cumplir su promesa. Una cosa llevó a la otra y, como la primera vez, no tardamos en acercarnos al límite del orgasmo. La rodilla no parecía molestarme en esa postura; de todas formas, estaba demasiado concentrada en la presión cada vez mayor en mis entrañas mientras subía y bajaba sobre él. Nos fundimos el uno en el otro, disfrutando de la ondulación de nuestros cuerpos hasta que ambos nos quebramos en mil pedazos, en los labios el grito áspero de nuestros nombres.

Jase me envolvió en sus brazos y me estrechó contra su pecho, hundiéndose una vez más mientras se estremecía dentro de mí. Sus dedos acariciaban con languidez mi espalda y se enredaban en mi pelo.

No quería volver a moverme jamás. Y menos aún cuando Jase me giró la cabeza con dulzura y sus labios marcaron a fuego mi cuello mientras susurraba las palabras más poderosas que jamás hubiera oído.

—Te quiero.

24

Me quería.

Aquellas palabras susurradas resonaban por todo mi cuerpo en un eco infinito. Me quería. Era como un sueño que se hace realidad, el final feliz de las novelas románticas. El chico por el que había suspirado durante años, al que amaba, también me quería. Y era amor del bueno, del que nutre y florece, no del que lastima y destruye. El tipo de amor que veía entre Avery y mi hermano. Ya no tenía motivos para sentir envidia, tenía ese mismo amor épico, el del final de las pelis ñoñas.

Recorrí sus costados con manos temblorosas. Sus músculos largos y fibrosos iban relajándose y su respiración recuperaba el ritmo normal.

—Yo también te quiero —musité con los labios pegados a su cuello, sonriendo contra su piel húmeda.

Los brazos que rodeaban mi cintura se tensaron y sus manos se deslizaron hasta mis caderas. Jase me levantó y me colocó con suavidad a su lado antes de besarme la sien.

—Vuelvo enseguida.

Cerré los ojos y suspiré al tiempo que me ovillaba de costado. Jase desapareció en el cuarto de baño y, al regresar, apagó la luz del dormitorio. Se metió en la cama detrás de mí y me envolvió en sus brazos.

Permaneció en silencio y no me molestó, porque ya había dicho todo lo que necesitaba oír de él.

Acurrucada entre sus brazos, me dejé vencer por el sueño con la misma sonrisa que tendría el gato que se zampó al canario, y a todos sus hermanitos. La forma en la que me acunaba el cuerpo de Jase me proporcionaba calor y cobijo temporal frente a la oscuridad del fin de semana.

No sé cuánto tiempo dormí, y estoy segura de que no soñé, pero el calor que me había envuelto desapareció de repente y su ausencia me sacó de la agradable neblina del sueño.

Abrí los ojos y mi visión se ajustó lentamente. Una pálida luz azul se filtraba entre las sombras que cubrían el dormitorio. Tendí el brazo. El lugar donde había dormido Jase estaba vacío. Adormilada, me tumbé de espaldas.

Jase estaba sentado en el borde de la cama, los codos apoyados en las rodillas dobladas. Tenía la cabeza hundida entre las manos, con la espalda desnuda encorvada.

La preocupación borró los últimos rastros de sueño. Me incorporé.

—¿Te encuentras bien?

Jase levantó la cabeza sobresaltado, como si lo hubiese arrancado de golpe de sus pensamientos. A la débil luz, sus ojos se veían oscuros y lóbregos.

—Sí, es solo... algo que olvidé hacer.

Un poco confusa, lo observé levantarse y recoger los vaqueros del suelo. Se los enfundó y se subió la cremallera, olvidándose del botón, antes de volverse hacia mí.

—Tengo que volver a la fraternidad. Hay un par de cosas que necesito para clase.

—Vale. —Arrugué el ceño—. Podemos salir con tiempo si quieres y pasar primero por allí; no hace falta que...

—No te preocupes. —Se inclinó rápidamente, posó sus labios en mi mejilla y se retiró—. Cerraré la puerta con llave para que no tengas que levantarte. Aún puedes dormir un par de horas. Te recogeré sobre las ocho y media.

Asentí, sintiendo un frío repentino por dentro.

Jase retrocedió hasta la puerta, se dio la vuelta y, deteniéndose, giró la cabeza hacia mí. Apenas podía distinguir sus rasgos.

—Tess...

La respiración se me atascó en la garganta.

Jase pareció bajar la barbilla y lo oí inspirar hondo.

—Gracias por lo de anoche.

¿«Gracias por lo de anoche»?

Me quedé tan anonadada que oí abrirse y cerrarse la puerta delantera antes de poder siquiera abrir la boca. ¿Acababa de darme las gracias? No es que tuviera nada de malo, suponía, pero no parecía algo muy normal que decir, sobre todo teniendo en cuenta que horas antes me había dicho que me quería.

El estómago se me encogió y noté cómo se me formaba un nudo.

Los minutos se convirtieron en horas. No me moví de la cama hasta que la luz azulada se extendió por el suelo del dormitorio, ahuyentando los últimos retazos de la noche. «No pasa nada», me dije. No tenía que dar más importancia de la debida a su repentina marcha. Había dicho que necesitaba unas cosas para clase. No había más.

Pero, al irse, no se había despedido con un «te quiero».

Cerré los ojos con fuerza, desesperada por ignorar el vacío que se me estaba abriendo en el pecho y que no tardaría en llenarse de dudas e inseguridades.

Después de lo que habíamos compartido la noche anterior, las cosas estaban bien. No podía permitirme pensar de otro modo, porque... Hice un gesto de negación con tanta fuerza que sentí un latigazo en el cuello.

Todo tenía que estar bien.

Jase no abrió la boca cuando fue a buscarme pocas horas después para llevarme a clase. Yo tampoco. No había vuelto a dormirme y, para cuando llegó con el Jeep, estaba hecha un manojo de nervios. Me dejó delante del pabellón Whitehall y creo que no llegamos a intercambiar más de cinco palabras.

Algo iba mal.

Sin embargo, mi inquietud pasó a un segundo plano en cuanto entramos. La gente me miraba, y no por las muletas. Grupos de dos o tres personas se volvían; algunos susurraban, otros no.

—Es la que la encontró.

Para cuando llegué a clase de Historia una hora más tarde, había oído esa misma frase unas cuatro veces.

Calla arrugó el entrecejo al verme.

—Estás hecha un cuadro.

—Gracias —murmuré.

Se colocó un mechón rubio detrás de la oreja, cada vez más ceñuda.

—Lo siento. Menuda mierda de saludo. ¿Estás bien?

No, no lo estaba. Por un montón de motivos.

—Todo el mundo me está mirando.

Calla paseó la vista por el aula. Algunos de los alumnos de las primeras filas se habían girado en cuanto me senté.

—Nadie te está mirando.

Le puse tal cara que se encogió.

—Gracias por intentar hacerme sentir mejor, todo el mundo me está mirando como si fuera un objeto de fascinación morbosa.

Calla fulminó con los ojos a dos chicos en las primeras filas. Ambos se dieron la vuelta a toda prisa.

—No les hagas caso —me dijo— y dejarán de mirar. O a ti te dejará de importar. Créeme, lo sé bien.

Asentí e hice todo lo posible por pasar de las miradas curiosas de mis compañeros de clase. Una pensaría que lo que había experimentado no tenía nada de emocionante, pero era como la gente que estira el cuello al pasar cerca de un accidente de coche.

—Bueno, ¿cómo está hoy el buenorro de Jase? —me preguntó cuando salimos de clase de Historia, abordando otro tema en el que no quería profundizar.

—No sé —reconocí mientras agarraba mejor las muletas. Me moría por mandarlas a la mierda de una puta vez—. Hoy estaba callado y no parecía de muy buen humor.

Calla puso los ojos en blanco.

—Típico de los tíos. Mucho echarnos en cara lo del síndrome premenstrual, pero ellos tienen más cambios de humor que una embarazada.

Llegamos a la parada del autobús que nos llevaría al campus oeste. Eché un vistazo a los estudiantes que ya esperaban. Nadie nos prestaba atención y tal vez no debería haber dicho nada, pero necesitaba contárselo a alguien. Bajé la voz.

—Anoche nos acostamos.

Los labios de Calla formaron una O perfecta.

—Fue nuestra primera vez —añadí, mientras notaba las mejillas acaloradas—. Y, antes de que me preguntes, sí, estuvo genial. Estuvo que flipas, pero de madrugada, cuando me desperté, me lo encontré sentado en el borde de la cama. Después se fue, diciendo que necesitaba recoger no sé qué en la fraternidad y, cuando volví a verlo esta mañana, casi ni me habló.

Calla cerró la boca de golpe.

—Vale. ¿Habéis discutido o algo?

—No. Nada de eso.

—Tal vez realmente necesitaba recoger algo de su fraternidad y luego estaba cansado. O simplemente de mal humor —reflexionó al cabo de un momento—. En cualquier caso, pregúntale si se encuentra bien y ya. Es mejor que quedarte ahí estresándote. Bastantes preocupaciones tienes.

Tenía razón, pero ni siquiera ella parecía convencida por sus palabras. Volví a sentir un nudo en el estómago. Tenía que hablar con él y cuanto antes. Le preguntaría si estaba bien, él me respondería que sí y luego yo me sentiría estúpida por haberme comido la cabeza por nada.

Cuando Jase llegó a clase de música, su humor no había mejorado gran cosa. Saludó a Calla, me sonrió y, acto seguido, miró al frente, como ensimismado en el rollo que el profesor nos estaba soltando. Puro teatro, porque no creo que una sola persona en todo el aula tuviera la menor idea de lo que hablaba.

Además, mostraba una sonrisa tensa que no le llegaba a los ojos de acero. No le pegaba. Era falsa. Me recordó a la sonrisa del doctor Morgan. Me recordó a la sonrisa de los oficiales de policía cuando salimos de su despacho una vez que hube prestado mi declaración.

Las palmas de las manos me sudaban tanto que el bolígrafo se me resbalaba una y otra vez. No sé si llegué a escribir dos o tres líneas de apuntes durante toda la clase. Después de despedirme de Calla, fui cojeando hasta donde Jase había aparcado. Como siempre, me llevaba la mochila y la depositó en el suelo a mis pies para que me fuera más fácil cogerla.

Cuando vi que faltaba la caja rosa de siempre, me mordí el labio mientras lo observaba rodear el vehículo por delante. Llevaba el gorro gris tan calado que apenas sobresalían algunos mechones de pelo. Se montó y cerró la puerta. La forma en la que apretaba la mandíbula hizo que el alma se me cayera a los pies.

Sentí la boca seca mientras Jase salía marcha atrás y se incorporaba a la carretera que llevaba al campus este. Presa de la ansiedad y la incertidumbre, pasé todo el tiempo que tardó en buscar aparcamiento cerca del centro Byrd armándome de valor para hablar.

Con las manos entrelazadas con fuerza, tragué saliva.

—¿Va todo bien?

Jase paró el motor y sacó la llave. Reclinándose en el respaldo, se pasó la mano libre por el gorro. Mis músculos se fueron tensando conforme los segundos transcurrían en silencio.

—No —respondió al fin, en voz tan baja que creí no haberlo oído bien—. No va todo bien.

Abrí la boca, pero lo que fuese que iba a decir murió en la punta de mi lengua cuando me miró. Ay, ya me podía ir preparando. Iba a ser horrible. Me erguí con todos los músculos rígidos.

—No sé cómo decir esto. —Apretó los labios mientras un fuego abrasador se extendía por mi garganta—. Lo siento.

—¿Qué es lo que sientes? —respondí con la voz quebrada, porque era imposible que se disculpara por lo que había sucedido entre nosotros. Me negaba.

Apartó la vista e inclinó la cabeza a un lado.

—Esto es demasiado.

Parpadeé lentamente; me sentía como si me hubiera perdido la mitad de la conversación.

—¿A qué te refieres con «esto»?

—A esto —afirmó, levantando los brazos—. Todo esto es demasiado para mí... Tú y yo.

Cerré los puños con tanta fuerza que las uñas me dejaron marcas en las palmas.

—No..., no lo entiendo. —Las palabras sonaron débiles y patéticas a mis propios oídos. La cara se me vació de sangre—. ¿Qué está pasando?

—Es demasiado. —Cerró los ojos. Sus facciones se veían tensas y cansadas—. Es demasiado y demasiado rápido.

—¿El qué? ¿Nosotros? ¿Estamos yendo demasiado rápido? —¿Todo eso porque nos habíamos acostado? Me parecía una reacción exagerada teniendo en cuenta su reputación. Entendía que quisiera hacer las cosas bien, pero lo de anoche había estado mejor que bien—. Podemos ir más despacio si es lo que crees que...

—No puedo continuar —me interrumpió, abriendo los ojos—. Es demasiado serio y creía que estaba listo, pero no lo estoy.

¿Cómo que no estaba listo? ¿Qué demonios era lo que le impedía avanzar? Yo sabía lo de Jack y cómo podía afectar al futuro de... De repente, caí en la cuenta e inspiré hondo. No era por Jack ni por nosotros. Era por la madre.

—Es por ella, ¿verdad? Tú...

—No quiero hablar de ella —espetó Jase, haciendo que algo se resquebrajara en mi pecho, una grieta tan profunda y extensa que me partió por la mitad—. No quiero nada serio. No mientras Jack sea tan pequeño; además, tengo que centrarme en sacarme el título, conseguir trabajo y contribuir a su crianza.

—¿Y no hay sitio para mí en nada de eso?

Su mirada sombría se cruzó con la mía un instante.

—No. Es imposible. Porque no puedo volver a pasar por... —Apretó los dientes y meneó la cabeza con fuerza—. Lo siento. Jamás tuve la intención de hacerte daño, es lo último que quería. Debes creerme.

Mi pecho se elevó de golpe. Tenía la sensación de que Jase había introducido las manos en mi interior y me había estrujado los pulmones como una bola de papel. El dolor se incrementó y me ascendió hasta los ojos; traté de calmarme, pero era atroz, increíblemente real.

—Sé que te he hecho daño y lo siento muchísimo, de verdad. —Me lanzó una mirada rápida y, al verme, se tensó. La grieta se agrandó—. Seguiré yendo a llevarte y a buscarte a clase —se apresuró a decir mientras yo lo miraba fijamente—, así que no te preocupes por eso.

Me eché hacia atrás, presionando la espalda contra la puerta cuando lo que me estaba diciendo finalmente penetró en mi mente en estado de shock. El asiento, el mismo suelo, se abrió bajo mis pies. Parpadeé intentando reprimir las lágrimas que me picaban en los ojos.

—A ver que me aclare: no quieres ser mi novio, pero ¿quieres seguir siendo mi chófer?

Jase frunció las cejas.

—Quiero ser tu amigo, Tess, no tu chófer.

Inspirando a duras penas, volví la vista al frente. Los pensamientos se me agolpaban al tiempo que el estómago seguía haciendo de las suyas. La piel me hormigueaba de pura tensión.

—Lo siento...

—¡Deja de decir que lo sientes! —Una lágrima me bajó por la mejilla y me apresuré a quitármela con un gesto brusco—. Deja de disculparte, porque estás empeorando las cosas.

Jase asintió sin decir nada.

Las manos me temblaban cuando fui a coger la mochila. Aturdida, la recogí y extendí la mano hacia la puerta. Jase no intentó detenerme cuando descendí con torpeza, pero hizo ademán de bajarse para tenderme las muletas.

—Ni se te ocurra —le advertí con voz ronca—. No quiero tu ayuda.

Jase se quedó en el asiento. Sus fosas nasales se dilataron.

—Pero quiero ayudarte, Tess. Quiero que los dos...

—¿Seamos amigos? —Ahogué una carcajada— ¿Lo dices en serio?

Sí que lo parecía y, de alguna manera, aquello resultaba aún peor y demostraba hasta qué punto sus sentimientos por mí eran superficiales.

—No podemos ser amigos. No puedo ser amiga tuya porque uno: te quiero, y dos: me has hecho daño.

Jase dio un respingo, pero su reacción no me dijo nada. Al tirar de las muletas, perdí el equilibrio y me tambaleé hacia atrás. La mochila con los libros se me cayó.

—¡Tess! —exclamó Jase, abriendo la puerta—. Deja que te ayude, joder.

Maldiciendo entre dientes y cegada por las lágrimas, recogí la bandolera y me la crucé. Para entonces, Jase estaba delante de mí y sostenía las muletas.

Se las quité de las manos, temblorosa.

—Ya se te podría haber ocurrido que esto era demasiado para ti antes de decirle a mi hermano que estábamos juntos. —La voz se me quebró en un sollozo ahogado mientras me apartaba de él—. Habría preferido que lo decidieras antes de que hiciéramos el amor.

Jase, estupefacto, dio un paso atrás y abrió la boca.

Me di la vuelta y, sin mirar atrás, me alejé del Jeep, pero no hacia la cafetería, ya que en ese momento no podía encarar a Cam y a Avery. Clavando con fuerza las muletas en el suelo, me encaminé a un banco cerca del pabellón Knutti. Necesitaba calmarme y controlarme. Perder los nervios en público solo añadiría leña al fuego de mi humillación.

Ay, madre, Cam iba a ponerse como una furia. Iba a... La goma del extremo de la muleta se desprendió y estuve a punto de terminar de bruces en la acera.

Frustrada y apabullada por mil emociones más, repartí el peso sobre ambas piernas, agarré las muletas y las tiré a la papelera más cercana. Sobresalían como un par de piernas, y varios viandantes se me quedaron mirando mientras atravesaba renqueando la calle hasta llegar a un banco vacío.

Cuando me senté, la rodilla ya me dolía, pero no me importó, pues no era nada comparado con lo que sentía por dentro. Apoyé los codos en los muslos, la cabeza en las palmas de las manos y cerré los ojos con fuerza para reprimir las lágrimas que me cegaban.

¿Qué había pasado?

Jase había sido perfecto durante el fin de semana y la noche anterior..., la noche anterior había sido una de las experiencias más asombrosas de mi vida. No habíamos follado. No habíamos echado un polvo. Habíamos hecho el amor. Había sido perfecto, en el momento adecuado, pero...

Ay, Dios, ¿había sido tan tonta como para dar el primer paso? ¿Como para creerme las palabras pronunciadas en el fuego de la pasión?

Nunca me había sentido tan estúpida ni tan cándida como en ese momento. Dentro de dos semanas cumpliría los diecinueve, pero de repente me sentía demasiado joven y demasiado vieja.

Un viento frío se levantó en la calle, alborotándome el pelo. Me estremecí, pero apenas sentí la punzada del gélido aire de octubre. Curvé los dedos y me los pasé por la melena. Las lágrimas empapaban mis pestañas y los brazos me temblaban.

No sé cuánto tiempo me quedé allí sentada, pero empezaba a perder el control. No iba a ser capaz de seguir las clases de la tarde. Saqué el teléfono móvil y le envié un mensaje a Calla, rogándole que me recogiera y me llevase a la residencia. Cuando respondió que venía de camino, le dije dónde estaba y volví a guardarme el móvil en el bolso.

Respiré hondo y exhalé lentamente mientras recorría el césped con la mirada empañada. Me quedé helada cuando vi a Erik de pie bajo un pequeño árbol desnudo cerca de la acera.

Me miraba directamente a los ojos.

Un ligero estremecimiento me bajó por la columna cuando lo vi apartarse del árbol y recorrer la distancia que nos separaba a grandes zancadas. Era la última persona a la que quería enfrentarme en ese momento, sobre todo teniendo en cuenta mis sospechas.

A medida que se me acercaba, reparé en que él tampoco tenía buen aspecto, pero por otros motivos. Su pelo, normalmente tan repeinado, estaba revuelto, y tenía la cara pálida.

—Le dijiste a la policía que estuve con Debbie antes de... que muriera.

Parpadeé varias veces, me eché hacia atrás y traté de poner en orden mis pensamientos, al menos lo suficiente para mantener una conversación de lo más indeseada.

—Les dije que vi la bufanda rosa y...

—No estuve allí. Había roto conmigo, como supongo que sabrás y por lo que estarás encantadísima de la vida. —Se dobló por la cintura hasta quedar a la altura de mi cara, tan cerca que podía ver las finas líneas alrededor de sus ojos—. Y les dijiste que le pegaba. Sabes que eso no es verdad.

Es que no me lo podía creer. ¡No me jodas, pues claro que sabía que era verdad!

—Así que, si sabes lo que te conviene, más te vale tener la puta boca cerrada.

25

Menudo mamón! —Calla sujetaba una tarrina de helado que habíamos encontrado en el congelador—. Que les den a los tíos. En serio. Que les den, pero sin que les guste.

La contemplé pasear arriba y abajo con los ojos enrojecidos. Había muchas cosas sobre Jase que Calla no sabía y que no le iba a contar por respeto a su intimidad. Por mucho que me doliera, no iba a anunciar a bombo y platillo que tenía un hijo y que muy probablemente siguiera enamorado de la madre de la criatura.

Porque ¿no era ese el quid de la cuestión? Jase no estaba listo para tener una relación seria y yo sabía muy poco de esta chica, dónde vivía, si todavía estaba presente en sus vidas, cuánto hacía que lo habían dejado... Darme cuenta de que su corazón seguramente siguiera perteneciéndole a otra me hacía sentir aún más idiota. La primera vez que se negó a hablar de ella debería haberme puesto sobre aviso, pero no hice caso.

—Sí, que les den —musité.

Calla se detuvo delante de mí y me tendió el helado.

—¿Más?

Negué con la cabeza, estrechando el cojín contra mi estómago llenísimo.

Suspirando, se dejó caer a mi lado.

—Lo siento, Teresa. Esto es lo último que necesitabas justo ahora: la rodilla, Debbie, el pirado de Erik...

—Supongo que podría ser peor —murmuré, pensando que no volvería a ser capaz de dormir en esa cama. Sabía que guardaría su aroma y se me iba a hacer insoportable. Como no podía volver a la mía de la residencia, estaba a punto de convertirme en la mejor amiga del sofá.

Calla me lanzó una mirada inquisitiva.

—Pero ¿tú has visto la de marrones que te has comido en la última semana?

Ahí tenía razón, pero peor le había ido a Debbie. Al menos yo seguía viva. Cerré los ojos y me froté la sien. Me dolía la cabeza.

—Creo que no voy a volver a acostarme con nadie.

—Bienvenida al club. —Suspiró ruidosamente—. He renunciado a los tíos.

Me quedé mirándola.

—¿Por completo?

—Sí. La vida es más fácil así.

—¿Te gustan las chicas?

—Ojalá. —Rio—. Tan solo creo que el sexo complica las cosas y las ensucia. Sí, me mola hablar de lo bueno que está tal tío y hacer mil y una indirectas sexuales, hasta el punto de que cualquiera podría pensar que estoy fatal de la cabeza, pero nunca lo he hecho.

—¿Cómo? —repliqué con aire incrédulo—. ¿Eres virgen?

Calla rio de nuevo.

—¿Tan asombroso resulta? No puedo ser la única chica de veintiún años que no lo haya hecho nunca.

—No, no —respondí de inmediato.

—De todas formas, mírame, Teresa. No tengo ni tu físico ni el de Avery. No soy delgada y me parezco un poco al Joker —concluyó, señalándose la cicatriz.

Me quedé boquiabierta.

—Para empezar, no estás gorda.

Calla arqueó una ceja. Yo puse los ojos en blanco.

—Y no te pareces al Joker, tontaca. Eres muy guapa. —Y eso era cierto. Con cicatriz o sin ella, Calla era guapísima—. No me puedo creer que lo hayas dicho.

Encogiéndose de hombros, mi compañera se puso en pie.

—Basta de hablar de mí y de mi falta de experiencia sexual y demás; ¿lo que me has contado es todo lo que Erik te dijo?

El cambio de tema me descolocó.

—Sí, prácticamente todo.

—¿Vas a ir a la policía?

Negué con la cabeza.

—No ha hecho nada que pueda denunciar. Lo que me dijo no era realmente una amenaza, cualquiera habría hecho lo mismo si otra persona dejara caer esas sospechas sobre él.

—Sí, pero no me gusta.

—Ya, a mí tampoco —respondí, frotándome la cara con las manos.

Calla se fue a la cocina y tiró la tarrina de helado a la basura. Al volver, se repantingó a mi lado con el mando a distancia en la mano.

—Veamos alguna chorrada en la tele. Estoy segura de que eso lo cura todo.

Si bien la mala televisión cura muchas cosas, sabía que no me proporcionaría alivio. No estaba segura de qué podría conseguirlo. Me había entregado en cuerpo y alma a Jase y él me había rechazado.

Al acabar la semana, un par de cosas estaban claras: si la policía sospechaba que Erik fuera culpable de algo más que ser un mierda, no lo parecía. Lo vi por el campus y no parecía tener a la policía pegada a los talones o a punto de arrestarlo por asesinato.

Tal vez mis sospechas fueran totalmente infundadas, pero lo evité a toda costa, aun cuando eso supusiera cruzarme de acera cuando no tenía por qué o darme media vuelta y caminar en sentido contrario. Aunque esa vez no hubiera lastimado a Debbie, sí lo había hecho antes.

La otra era que no había cómo ocultarles a Cam y a Avery que Jase y yo ya no estábamos juntos. El viernes, cuando supongo que por tercera vez ninguno de los dos se presentó a comer en la cafetería, intuyeron que algo no iba bien.

Cam me acorraló cuando vino al apartamento a recoger algo más de ropa. Yo estaba en el sofá, viendo un maratón del reality *Dance Moms*, con una bolsa de Cheetos en la mesita y dos latas de refresco terminadas haciéndome compañía.

Se me sentó al lado y dejó caer las manos entre las rodillas.

—Bueno...

Yo exhalé ruidosamente.

—Ya —respondió en voz baja—. ¿Qué demonios os pasa a Jase y a ti? No habéis aparecido por la cafetería. Al principio pensé que queríais algo de intimidad, cosa que, por cierto, me fastidiaba, pero llevo sin ver su Jeep por aquí desde el domingo por la mañana.

Sin saber si contarle todo sin más o dejarlo correr, me tapé hasta la barbilla con la colcha que nuestra abuela le había confeccionado a Cam unos años atrás.

—No estamos juntos —respondí, como quien se arranca una tirita de un tirón. Me reí, pero la carcajada sonó falsa—. Ni siquiera tengo claro que el par de días que estuvimos cuenten como relación. Estoy segura de que Britney Spears y Kim Kardashian han estado casadas más tiempo que nosotros dos juntos.

A mí esto último me pareció tronchante, pero viendo a Cam se diría que alguien acababa de morir delante de nuestras narices.

—Lo sabía. Menudo hijo de...

—Ahora mismo no tengo ganas de oírte decir eso. —Me volví hacia mi hermano y lo que vio en mis ojos lo hizo callar—. No quiero que nuestras movidas afecten a vuestra amistad.

—¿Cómo no van a afectar? ¡Mírate! —Recorrió el cuarto de estar con la vista hasta detenerse en la bolsa de comida basura y los refrescos. Luego clavó la vista en la pantalla del televisor, donde una niña había estallado en sollozos—. Eres mi hermana pequeña y es evidente que te ha roto el corazón. Ya sabía yo que la iba a cagar; él tenía que saberlo también.

—¿Por qué lo sabías, Cam?

Abrió la boca y volvió a cerrarla.

Sonreí débilmente.

—Sé lo de Jack. Lo sé todo.

Se echó hacia atrás, la estupefacción asomando en su rostro.

—¿Te lo ha contado todo?

—Sí. ¿Por eso creías que la iba a cagar? ¿Porque tiene un hijo o porque sigue enamorado de la madre? —Lo último lo había lanzado un poco a lo loco. No estaba completamente segura de que siguiera enamorado de ella, pero lo parecía. Por el modo en que Cam abrió los ojos aún más, me dije que había dado en el clavo.

—¿Te ha contado lo de Kari?

—¿Se llama Kari? —pregunté.

Cam se me quedó mirando un momento antes de apartar la vista. Transcurrieron unos segundos.

—Así que ¿no te ha hablado de ella? Supuse que te había contado lo de Jack, pero ¿no te ha dicho nada de Kari?

—No. —Tragué saliva y bajé la colcha un par de centímetros—. Cuando me contó lo de Jack, no quiso decirme nada de ella y cuando..., cuando dijo que no podíamos estar juntos, lo achacó a que no estaba listo para nada serio. —Iba a dejar de lado lo del sexo porque, hasta donde Cam sabía, nuestra relación no había llegado a tanto. Como se enterase de que Jase había cortado al día siguiente de acostarnos, iba a hacer algo más que arrearle un puñetazo—. Le pregunté si era por ella, pero no quiso decirme nada. Creo que... sigue enamorado de ella.

Cam se pasó la mano por el pelo, haciendo que varios mechones se le pusieran de punta.

—Joder, Teresa, no sé ni qué decir.

Se me formó una bola de hielo en el estómago.

—Sí, sí que lo sabes, pero no quieres decírmelo. Sabes que está ahí y que Jase sigue enamorado de ella, ¿verdad? Por eso no querías que estuviéramos juntos. Es...

—Era... —Me corrigió en voz baja—. Se llamaba Kari y estoy seguro de que Jase la quería. La quería como solo un chico de dieciséis años puede querer a su novia.

Mi cerebro se detuvo al oír el verbo en pasado. No en el «la quería», sino en la propia referencia a la chica.

—¿Qué quieres decir con que «se llamaba», Cam?

Mi hermano dejó escapar un largo suspiro.

—Nunca le he contado esto a nadie, Teresa. Ni siquiera sé si Jase es consciente de que me habló de ella. Una noche estábamos borrachos y nos pusimos a charlar, ya sabes, cuando estaba en arresto domiciliario. Jamás volvió a mencionarla. De vez en cuando me habla de Jack, pero de ella nunca.

La bola de hielo era cada vez mayor, pero por otro motivo.

—Cam...

—Murió, hermanita. Murió poco después de que Jack naciera, en un accidente de tráfico.

Me llevé la mano al cuello mientras miraba a mi hermano fijamente.

—Ay, Dios mío...

—No sé gran cosa de sus padres, pero creo que eran como los de Avery: muy preocupados por el qué dirán y esas historias. Me dio la impresión de que la echaron de casa cuando se quedó embarazada y de que querían que entregase a Jack en adopción, solo que ahí intervinieron los padres de Jase. Sé que Jase y Kari llevaban juntos desde que tenían trece años o así. Y lo que sé a ciencia cierta es que la quería muchísimo y, desde que lo conozco, no ha vuelto a tener una relación seria con nadie más.

Sentí un dolor en el pecho cuando empecé a encajar las piezas. Aquella chica..., la madre de Jack ¿estaba muerta? Jamás se me habría ocurrido, pero tenía sentido. Joder, ¿qué podía ser peor que el que alguien te rompiera el corazón? Que esa persona muriera.

—Me sorprende que Jase te hablase de Jack. Nadie más que su familia sabe la verdad y no creo que la de ella siga viviendo por la zona —me explicó—. Cuando me enteré de que te lo había contado, desistí, porque sabía que iba en serio. O al menos lo esperaba, pero...

—Pero aún no lo ha superado, ¿verdad? —pregunté, sufriendo por Jase, pues no podía imaginar cómo debía de ser perder a la persona a la que amas de una manera tan definitiva—. Ese es el motivo. Ay, Dios mío...

—No lo sé, Teresa. No estoy seguro de que siga enamorado de ella. Es decir, en cierto modo sí, pero creo que... Dios, me va a matar, pero creo que lo que tiene es miedo de querer a alguien más y perderlo.

—¿En serio? —pregunté, dudosa.

—Míralo así. La situación no era normal. Eran jóvenes y se quedó embarazada. Sus padres la echaron de casa y entonces los de él dieron un paso al frente y adoptaron al niño. Así que Jase y Kari seguían en contacto con él, pero nadie más sabía que era su hijo. Era su secreto, y a saber lo que tendrían planeado para el futuro.

Jase me había contado que, al principio, no quería a Jack, pero que luego había cambiado de parecer, y eso podía haber sucedido cuando Kari aún estaba viva.

—Y entonces muere de manera completamente inesperada y muy joven. Esas circunstancias, sumadas, tienen que afectar a cualquiera. Así que no creo que siga enamorado de ella; lo que creo es que tiene miedo de volver a amar.

—Eso implicaría que me ama, pero no creo que sea el caso.

Cam esbozó una leve sonrisa.

—Se arriesgó a sufrir mi furia por estar contigo y te habló de Jack. Te lo estoy diciendo, Teresa, tiene que...

—Da igual —lo interrumpí, porque no quería oír que Jase tal vez me amara. Me llenaría la cabeza de cuentos y el pecho de esperanza. Lo que Jase me había dicho después de acostarnos no era más que el producto de un orgasmo—. No puedo competir con Kari. Nadie puede.

—Teresa...

—No quiero que le digas nada —insistí—. En serio, Cam. Sé que quieres zurrarle o yo qué sé, pero déjalo estar, porque... —Porque realmente me sentía mal por él. Lo de Kari cambiaba las cosas. No significaba que no siguiera enfadada, porque me había hecho sufrir, pero mucho más había sufrido él—. Porque de verdad que no importa; estoy bien.

—Pues no lo parece —replicó, enarcando las cejas.

Bajé la vista a la colcha, que formaba una especie de tienda de campaña.

—Gracias.

—No era eso lo que quería decir. —Me dio una palmadita cerca de la rodilla buena—. Es que me preocupo por ti. Has pasado por mucho.

—Estoy bien, pero tienes que prometerme que no le dirás nada. Tú déjalo estar. Por favor, Cam.

—Vale. —Suspiró—. No diré nada. Tenías razón al decir que no es asunto mío, pero verte disgustada y no plantarle...

—Lo entiendo —lo interrumpí con una débil sonrisa—, pero no siempre puedes sacarme las castañas del fuego, ¿sabes?

Cam rio.

—¿Y eso quién lo dice?

Negando con la cabeza, me arrellané en el sofá. Conocer los detalles me ayudaba a comprender un poco mejor a Jase, pero no hacía que dejase de dolerme el corazón. En realidad, todo me parecía aún más triste.

Llamaron a la puerta y Cam se levantó.

—Probablemente sea Avery. ¿Lista para disfrutar de un rato entre chicas?

—¿Cómo que un rato entre chicas?

Cam hizo una mueca.

—Lo que sea. ¿Quieres que entre?

—Claro. —Hablar con alguien más siempre era mejor que seguir allí sola lamentándome de mi suerte.

Si Avery sabía algo de lo que pasaba, evitó el tema y se dedicó a charlar de todo lo habido y por haber mientras me hacía levantarme del sofá y me ayudaba a ordenar el apartamento. Estaba hecho un asco, aunque no todo era culpa mía. Cam debía de llevar sin aspirar y quitar el polvo desde que el presidente juró el cargo.

—Me he enterado de que el funeral de Debbie se celebrará el martes —dijo mientras se ataba el pelo cobrizo en una coleta desordenada—. ¿Estás bien?

Asentí al tiempo que tiraba a la papelera el trapo con el que había quitado el polvo a la mesilla.

—Calla me llevará y me recogerá después. No es de asistir a funerales.

—Yo tampoco. —Se inclinó y recogió una bolsa que había en el interior del armario—. No creo que Cam vaya, pero, si quieres, seguro que te acompaña.

Sabía que lo haría por mí, pero no iba a obligarlo a ir a un funeral al que no tenía previsto asistir.

Avery se quedó pasmada al abrir la bolsa. Eché un vistazo por encima de su hombro y vi que estaba llena de zapatos que aún no había tenido tiempo de ordenar. Aquello me hizo pensar que todavía me quedaban un montón de cosas por sacar de la residencia.

Curiosa por saber qué le había llamado la atención, me acerqué renqueando.

—¿Qué pasa?

Sin abrir la boca, metió la mano y sacó un par de medias puntas viejas.

—Llevo sin ponerme unas ni se sabe.

Al verlas, sentí una punzada atravesándome el pecho. Me di la vuelta y me senté en la cama.

—Bueno, debemos de tener la misma talla, así que es probable que te valgan. Quédatelas si quieres.

—¿No quieres conservarlas?

Me encogí de hombros.

—No lo sé. Puedes tomarlas prestadas, ¿te parece?

Bajó la mirada a las zapatillas de satén y dio un pequeño suspiro. Una expresión de añoranza atravesó su semblante, haciendo que aumentara mi curiosidad.

—¿Por qué ya no bailas, Avery?

Levantó la vista, con las mejillas coloradas.

—Es una larga historia y tampoco es que importe ahora mismo. Qué más da. Es probable que ni siquiera sea capaz de levantar la pierna, no digamos ya hacer algún paso.

—Me apuesto algo a que sí —respondí, en vez de seguir indagando.

Se rio quitándole importancia, pero sus ojos se iluminaron con algo parecido a la ilusión, como si desease intentarlo.

—Seguro que me da un tirón.

—Qué va. —La rodilla se me empezaba a agarrotar, por lo que estiré la pierna—. Tú inténtalo.

Las medias puntas colgaban de sus dedos.

—Voy a parecer idiota.

—Solo estoy yo y hoy ni siquiera me he duchado. Además, no puedo andar sin cojear, así que no tienes que preocuparte por impresionarme.

Dudosa, atravesó la habitación y dejó las medias puntas a mi lado, sobre la cama.

—Como te rías, puede que me eche a llorar.

—¡Cómo me voy a reír! —No obstante, sonreí—. Venga, tú hazlo.

Avery dio un paso atrás y, paseando la vista por el cuarto, midió el espacio mientras se quitaba los zapatos y se quedaba en calcetines. Respiró hondo y levantó una pierna. Cerró los ojos, apoyó el pie en el muslo e hizo una pirueta y luego una segunda, estirando la pierna con elegancia. A pesar de la moqueta, de los vaqueros y de la falta de entrenamiento, tenía un talento natural que cualquier bailarín habría envidiado.

Cuando hubo acabado, estallé en aplausos.

—¡Ha sido perfecto!

Con la cara como un tomate, se estiró la camiseta.

—Qué va. La pierna...

—Pero, por Dios, que llevas años sin bailar y has hecho la pirueta mejor que la mayoría de la gente que entrena a diario. —Cogí las medias puntas—. Tienes que subirte a un escenario, aunque solo sea conmigo en el centro de Arte. Solo una vez.

—No lo sé...

—¡Claro que sí! —Agité las zapatillas y su mirada la siguió como si se tratase de algo precioso. No sé cómo, pero sabía que era importante hacerle volver a bailar—. Tienes que hacerlo, así yo podría vivirlo a través de ti. Solo una vez, antes del semestre de primavera. Por favor.

Avery inspiró hondo y me miró.

—¿Y yo qué gano con ello?

—¿Qué quieres?

—Quiero dos cosas. —Frunció los labios—. Lo primero: tienes que ayudarme a encontrar un regalo de Navidad para Cam, porque se me da fatal.

Reí entre dientes.

—Vale, es viable. ¿Qué es lo segundo?

—Tienes que quedarte con Michelangelo y Raphael este fin de semana.

—¿Las tortugas?

Asintió con una sonrisa de oreja a oreja.

—Vamos a comprar un terrario grande para que, ya sabes, puedan... saludarse con la cabeza o algo así. Cam quería ir al cine, pero tengo miedo de que se maten.

—¿Así que quieres que haga de árbitro entre las tortugas? ¿Separarlas si alguna se pone violenta?

A Avery se le escapó una risita.

—Justo.

—Vale. —Me reí—. Eso está hecho —concluí, agitando las medias puntas ante su cara.

Las agarró.

—Ah, y estoy casi segura de que Michelangelo es una hembra, así que intenta detenerlos si tratan de enrollarse. Cam y yo no estamos listos para ser padres de una camada de tortuguitas.

Soltando un quejido, me dejé caer en la cama.

—Ay, Dios...

26

El sol brillaba con fuerza, pero no lograba insuflar calor al aire helado la mañana del funeral de Debbie.

Como Calla había prometido, me dejó al comienzo de la ceremonia y, una vez que terminó la parte del cementerio, le envié un mensaje. Me había llevado a clase la semana anterior, pero esta semana Cam le había tomado el relevo sin aceptar un no por respuesta.

Empezaba a ser imprescindible que me agenciara un coche.

Me situé algo alejada de la tumba y traté de concentrarme en cuestiones estúpidas y mundanas. Nunca se me habían dado bien los funerales. Cuando murió mi abuelo, no había sido capaz de acercarme al féretro, y nada había cambiado demasiado desde entonces. Esta vez el ataúd no estaba abierto, pero igualmente había preferido permanecer en la parte trasera de la atestada iglesia del cementerio.

La rodilla me dolía de la caminata hasta la tumba, pero había merecido la pena. Sentía que necesitaba estar ahí por Debbie, y de no haber acudido, lo habría lamentado.

Sus padres parecían aturdidos, abrazados entre sí y con un chico que, por su aspecto, apenas había empezado el instituto. No podía ni imaginar por lo que estarían pasando o lo que se les pasaría por la mente.

A su derecha estaba Erik Dobbs, rodeado de lo que parecía la totalidad de los miembros de su fraternidad. No sé si Jase estaría entre ellos; el grupo ataviado con arrugados trajes formales era demasiado denso.

No costaba distinguir a los universitarios de los parientes de Debbie. Nosotros íbamos de negro, pero vestidos de cualquier manera. Esa mañana yo me había puesto unas mallas y un vestido de punto azul marino. No parecía lo más apropiado para un funeral, pero era lo único que tenía a mano.

Conforme la ceremonia se acercaba a su fin, me sorprendió notarme las pestañas mojadas. Hasta entonces había aguantado muy bien, con las mejillas relativamente secas durante todo el servicio religioso, incluso cuando habían reproducido la típica balada country para las ocasiones tristes. Me enjugué las lágrimas a toda prisa con las manos heladas al tiempo que me daba la vuelta.

Una mano me agarró con fuerza del hombro y me giró. Estuve a punto de apoyar el peso en la pierna mala, pero rectifiqué en el último momento. Con el corazón latiendo con fuerza por la sorpresa, levanté la vista.

Erik estaba delante de mí y me fulminaba con la mirada.

—¿Qué estás haciendo aquí?

Me quité su mano de encima, o al menos lo intenté. Me apretó durante un segundo antes de soltarme, pero no se fue.

—No vuelvas a tocarme jamás —le dije sin alzar la voz.

Algo oscuro y desagradable pasó por su rostro.

—No deberías estar aquí. Si está muerta y en ese ataúd, es por tu culpa.

Boquiabierta, di un paso atrás.

—¿Perdona?

—Está muerta porque le llenaste la cabeza de chorradas. —Su voz se elevó, atrayendo la atención de quienes estaban cerca—. Si te hubieras ocupado de tus asuntos en lugar de meter cizaña, ahora mismo seguiría viva.

Me quedé pálida de repente. ¿Estaba loco? El estómago me dio un vuelco al percatarme de que había más gente mirándonos, compañeros de universidad.

—No estaba metiendo cizaña y lo sabes.

Erik negó con la cabeza.

—Ha sido culpa tuya.

—Eh, tío —dijo uno de sus amigos, dando un paso al frente—. Creo que es hora de llevarte a casa.

—Es ella quien debe irse —replicó desdeñoso—. Precisamente ella no...

Alguien giró a Erik con la misma fuerza con la que él me lo había hecho a mí. No tengo ni idea de dónde salió Jase, pero de repente estaba allí, agarrando a Erik y con la cara a pocos centímetros de la suya.

—Sé que ahora mismo lo estás pasando mal —dijo Jase en voz baja y peligrosamente tranquila—, pero te sugiero que te alejes de ella antes de decir algo de lo que tengas que arrepentirte.

Erik abrió la boca, pero Jase negó con la cabeza.

—Lárgate, hermano.

Por un segundo no creí que Erik fuera a hacerlo, pero asintió brevemente, le estrechó la mano a Jase y se dio la vuelta sin mirarme, abriéndose paso entre la multitud de hermanos de fraternidad. Que yo viera, ninguno de ellos salió tras él. Si acaso, todos parecían repudiar su comportamiento.

Jase me tomó del codo e inclinó la cabeza hacia mí.

—¿Dónde están tus muletas? —inquirió.

Lo miré con desagrado, pero le dio igual.

—No es que sea asunto tuyo, pero las tiré a la basura.

Se me quedó mirando.

—¿Que las has tirado?

—Pues sí. —Con algo de efecto retardado, se apoderó de mí el enfado por lo que Erik me había dicho; para desgracia de Jase, que era el que estaba ahí delante—. Y no necesito que te metas en mis cosas. Lo tenía bajo control.

—Buenooo, se notaba un montón. —Echó a andar y, al tenerme agarrada firmemente del brazo, no me quedó otra que seguirlo—. Te llevo a casa.

—Me va a llevar Calla.

—Mándale un mensaje y dile que ya no hace falta. —Como no respondí, me dirigió una mirada. Sus ojos mostraban un gris profundo y tormentoso—. Por favor, no discutas conmigo, Tess. Solo quiero llevarte a casa, ¿vale? Y asegurarme de que no andas por ahí sola esperando a que Calla venga a buscarte.

Parte de mí quería permanecer clavada en el sitio, pero estaba siendo una tonta. Lo último que quería era quedarme parada en mitad del frío mientras Erik andaba merodeando, listo para señalarme con el dedo por algo con lo que no tenía absolutamente nada que ver.

—Vale —terminé por responder al tiempo que sacaba el teléfono móvil—. Pero no hace falta que me agarres del brazo.

Sus ojos centellearon.

—¿Y si quiero?

Me detuve, obligándolo a parar también. Nuestras miradas se encontraron.

—No tienes derecho a tocarme, Jase.

Su mano cayó de inmediato.

—Lo siento.

Cuando echamos a andar hacia el Jeep, le envié a Calla un mensaje rápido diciéndole que me iban a llevar. Una vez dentro del vehículo, Jase volvió a preguntarme por las muletas.

—¿Qué? —Tiré del cinturón de seguridad con todas mis fuerzas y me lo abroché—. No las necesito para siempre.

—El médico dijo que...

—Que las necesitaría unos días o, quizá, una semana, dependiendo de si me hacían falta. —Detestaba recordar que me había acompañado ese día, que había estado a mi lado para luego destrozarme el corazón unos días después, por muy trágicos que fueran sus motivos—. No las necesito.

—Has ido cojeando todo el camino hasta el cementerio y luego hasta el coche.

—¿Has estado observándome?

—Sí. —Su mirada recorrió mi rostro antes de volverse al frente—. No te quité el ojo de encima en casi todo el tiempo, pero tú no parecías darte cuenta.

No sabía qué pensar al respecto.

—No te vi.

—Estaba en la parte trasera, cerca de la puerta. Me fui antes de que la gente empezara a salir —explicó—. Da igual; ¿te ha hecho daño Erik? Te dio la vuelta muy rápido.

Negué con la cabeza antes de darme cuenta de que no me estaba mirando.

—No.

—Debería haber llegado antes, así que lo siento. —Por fin encendió el motor y salió aire frío por las rejillas. Ninguno de los dos habló hasta que estábamos en la carretera 45 de vuelta hacia Shepherdstown—. No quiero que se te vuelva a acercar, así que me aseguraré de ello... Ey, no voy a darle una paliza ni nada raro, ¿vale? Pero tiene que dejar de montar numeritos como el de antes. —Me lanzó una mirada rápida—. ¿Ha sido la primera vez que te decía algo?

—¿Por qué? —pregunté—. ¿A ti qué más te da lo que me diga, Jase?

Volvió a lanzarme una mirada cortante como un cuchillo.

—Qué estupidez de pregunta.

—No, no es una estupidez. No somos amigos. Somos dos personas que fueron un poquitín más que amigos durante un periodo muy breve de tiempo y que se acostaron. —El corazón se me encogió ante mis propias palabras—. Eso fue todo.

Jase aferró el volante con fuerza.

—¿Es eso lo que piensas de nosotros?

—¿No es eso lo que tú querías?

Jase no respondió de inmediato y, cuando lo hizo, fue en voz tan baja que no estaba segura de haberlo oído bien.

—No.

Inspiró hondo.

—¿No?

—No es eso lo que quería de nosotros. Dios, Tess, pues claro que no. —Colocó el brazo izquierdo sobre la ventanilla del conductor y apoyó la mejilla en el puño—. Pero yo..., ya te dije que es mejor no tener nada conmigo.

Mientras observaba su perfil, un calor abrasador me inundó el pecho y la garganta.

—Lo sé —musité, y recé por que no se enfadara demasiado con Cam—. Sé lo de Kari.

La boca se le abrió tan rápido y tan de golpe que no me habría sorprendido que se hubiera dislocado la mandíbula. Recorrimos más de un kilómetro antes de que dijera nada.

—No voy a preguntarte siquiera cómo te has enterado.

—Por favor, no te enfades con él. Pensó que ya lo sabía, igual que sabía lo de Jack. No puedes enfadarte con él.

—No voy a... —Suspiró ruidosamente—. Así que ya conoces la historia con toda su sordidez.

—Yo...; no me pareció una historia sórdida. —Me mordí el labio. Ahora que sabía que Jase había dicho que al principio no quería a Jack, su culpabilidad tenía más sentido, porque ¿y si Kari sí había querido tener al niño desde el principio?—. Simplemente triste.

—Oh, entonces no te lo debe de haber contado todo. —Soltó una carcajada ahogada—. Cuando Kari se quedó embarazada y se lo tuvo que anunciar a sus padres, no estuve a su lado. Debería haber estado; sabía que sería duro para ella y, cuando dijeron que la iban a mandar al sur de Virginia occidental con sus abuelos, en cierto modo me sentí aliviado porque, sin ella presente, yo no tendría que pensar en lo sucedido.

Volvió a reír, pero el sonido era tristísimo.

—En ningún momento estuve a su lado, ¿sabes? No era más que un chiquillo, pero aun así...

—Pero ¿cuántos años tenías...? ¿Dieciséis?

Jase asintió.

—Cuando mis padres intervinieron y adoptaron a Jack y Kari volvió, planteó un futuro para los tres y yo me cagué de miedo. Discutimos. Se marchó con el coche y murió. Fin de la historia.

Ay, la leche...

—No te culpes. Por favor, dime que no te culpas.

—Durante mucho tiempo lo hice, pero sé que yo no provoqué el accidente. Antes de que se marchara, más o menos nos habíamos reconciliado, pero, ya sabes, cuando hablas por última vez con alguien, no quieres que la conversación vaya de esas mierdas.

—Lo siento —murmuré—. Sé que no sirve de mucho, pero lo siento.

Jase no dijo nada hasta que llegamos a los edificios de apartamentos.

—Ni siquiera he visitado su tumba.

En ese momento me olvidé de mis propios pensamientos.

—¿Ni una vez?

Negó con la cabeza.

—Es solo que... No lo sé. Lo he superado, pero...

—No lo has superado, Jase. Si no has sido capaz de visitar su tumba, no lo has superado.

Estacionamos en una plaza en mitad del aparcamiento. Jase apagó el motor y me miró. Sus ojos descendieron hasta mis labios y pareció incapaz de apartar la atención de ellos. La mano que agarraba el volante se tensó.

—¿Todavía la quieres? —musité.

Jase tardó un largo instante en responder.

—Siempre querré a Kari. Era una persona estupenda. No sé dónde estaríamos ahora mismo si hubiera vivido, pero siempre me acordaré de ella.

Su pecho se elevó lentamente. Parecía querer decir algo más, pero cambió de idea.

Recordé que Cam me había dicho que Jase tenía miedo, y quizá fuera cierto. Tal vez sí me quería, pero el amor no bastaba. Ciertas heridas, ulceradas por el silencio, eran demasiado profundas. Y no había nada que yo pudiera hacer para cambiar a Jase o su opinión sobre las relaciones. Era él quien tenía que descubrirlo y quererlo. Esperaba que lo hiciera, y no solo por mí, sino porque, aunque la herida que había dejado en mi corazón estaba fresca y sangrante, era una buena persona.

Lo único que necesitaba era aclararse las ideas.

Mientras lo veía buscar las palabras adecuadas, tuve la que probablemente fuese la reacción más madura en mis diecinueve años de edad. Sabiendo lo mucho que aún me dolía todo lo relacionado con Jase, bien me merecía una medalla o una caja de galletas por mi madurez.

Me incliné sobre el asiento y posé mis labios en su mejilla fría. Jase inspiró hondo y se volvió hacia mí con mirada salvaje mientras me apartaba.

—Siento por todo lo que has pasado y... todavía te quiero, así que espero que algún día lo superes, porque te lo mereces, Jase Winstead.

27

Vivir en el apartamento de Cam debería haberme puesto las cosas más fáciles, y en muchos sentidos así era. Me permitía no obsesionarme con la muerte de Debbie y me ahorraba tener que quedarme en una habitación que me ponía los pelos de punta. También me ayudaba a no tener que cruzarme con el pirado de Erik. O Avery o mi hermano me llevaban a la uni y, como la rodilla ya no me dolía como al principio, la caminata desde la clase de música hasta el campus este no era para tanto.

Sin embargo, ya no almorzaba con Cam y los demás. No sabía si Jase seguiría haciéndolo, pero lo dudaba, dado que estaba segura de que mi hermano había ido a exigirle explicaciones a su amigo en cuanto se enteró de que ya no estábamos juntos. En cualquier caso, si Jase seguía yendo con ellos, yo no podía fingir que todo iba como la seda, así que prefería quedarme lejos de la cafetería.

Bastante me costaba verlo tres veces a la semana en Apreciación musical y, de vez en cuando, por el campus. Nunca me dirigía la palabra. Desde el funeral no había vuelto a acercarse para preguntarme qué tal estaba. Era idiota e inútil por mi parte dejar que ese dolor sordo arraigara y se extendiera por mi interior. Kari era un fantasma. Formaba parte del pasado, pero Jase la había querido. Habían traído juntos a un hijo a este mundo y, fantasma o no, yo no conseguía dejar de sufrir.

Pero el problema no se debía únicamente a Jase. Por fin había comprendido que mi sueño de convertirme en bailarina profesional se había terminado y que la universidad era mi único futuro, lo que significaba que tenía que ponerme las pilas y tomarme los estudios en serio, cosa que me estresaba un montón.

Cuando por fin llegaron los exámenes finales, me sentía agotada, como si hubiera donado demasiada sangre.

Me habían salido unas ojeras oscuras. Había días en los que se me hinchaban los ojos porque me despertaba en plena noche, rodeada de silencio, y me echaba a llorar. Me daba vergüenza ver que Cam y Avery me lo notaban. Tenía una pinta terrible, pero no había forma de ocultarlo.

En Acción de Gracias, cuando Cam y Avery fueron a visitar a nuestros padres, los acompañé por cambiar de aires. El viaje me hizo bien y mamá nos cebó con delicias caseras: la primera tarta de manzana de la temporada, dos bizcochos de calabaza y pan recién horneado. Cam se puso como si le hubiera tocado la lotería y yo me miré el trasero, que crecía a ojos vistas, y suspiré. Pero entonces llegó el momento de regresar a Shepherdstown y mi paréntesis terminó.

Habría preferido no volver, porque tenía la impresión de que allí tan solo me esperaba una enorme tristeza.

Justo antes de partir, había subido a mi habitación para recoger algunos jerséis que no me había llevado conmigo en agosto. Me había quedado mirando los trofeos sobre las estanterías, las escarapelas colgando de las paredes y las coronas relucientes que habían entregado en ciertas competiciones.

Había cogido casi cada uno de los trofeos, tratando de recordar cómo me había sentido cuando anunciaron mi nombre tras alcanzar una primera posición o ganar un premio, pero parecía que las emociones me estuvieran vedadas, como sumergidas en un pozo al que no podía acceder.

—¿Te encuentras bien?

Al oír la voz de mi madre, dejé el trofeo en su lugar y me di la vuelta. Asintiendo, me enjugué las lágrimas de la mejilla con el dorso de la mano. No sabía en qué momento había empezado a llorar.

Mamá atravesó el cuarto con una sonrisa triste y compasiva en los labios. Sus ojos azules brillaban de un modo que me aumentaron las ganas de llorar. Me tomó las mejillas entre las manos y borró las pocas lágrimas que aún quedaban.

—Con el tiempo será más fácil, tesoro. Te lo prometo.

—¿Qué parte? —farfullé.

Mamá sabía lo de Debbie, claro, y le había contado lo de Jase..., todo lo de Jase. Habíamos decidido ocultarle a mi padre esa parte por si algún día decidía venir a casa con Cam. Era poco probable, pero como papá se enterase de que Jase le había roto el corazón a su princesita, seguramente se lo llevase de cacería y tuviera un «accidente» con la escopeta.

—Todo. Todo será más fácil. Sé que ahora te cuesta creerlo —me dijo—, pero con el tiempo encontrarás una nueva pasión y a alguien que te quiera como te mereces.

—Jase merece quererme. Quiero decir, no es mal chaval —respondí, sorbiendo por la nariz—. Al menos, creo que merece volver a querer.

Mamá me envolvió entre sus brazos y su aroma a calabaza y especias hizo que me resultase aún más difícil marcharme. Quería volver a ser su niña pequeña, la que no estaba obligada a comportarse como una adulta y lidiar con la mierda que podía llegar a ser la vida.

—El pobre muchacho ha pasado por muchas cosas. —Me estrechó de la manera que más me gustaba—. Me recuerda a un chico que conocí en la facultad de Medicina. Llevaba años saliendo con una chica y, de repente esta murió durante las vacaciones de verano. Creo que fue algo del corazón. —Mamá se había retirado, aunque había envuelto mis manos frías en las suyas—. ¿Cuánto tiempo habrá pasado? ¿Varias décadas? Todavía me lo cruzo de vez en cuando y nunca llegó a casarse, y tampoco creo que haya tenido ninguna relación larga. Jase..., bueno, tuvo un hijo con esa chica. Para nosotros es aún más difícil de entender.

Oír aquello no hizo que me sintiera mejor. Aunque Jase no me quisiera, yo quería que lo superase, que volviese a encontrar el amor y disfrutase de una vida compartida con otra persona. No quería que le sucediera como al amigo de mamá, que pasase años solo, sin otra cosa que relaciones esporádicas e incapaz de abrirse a nadie.

Jase merecía una vida mejor, porque en el fondo era un buen chico que tan solo... estaba hecho un lío, de un modo que yo ni siquiera podía imaginar.

El domingo de nuestro regreso, me obligué a irme a la cama pronto, pero me pasó lo mismo que cada noche últimamente. Apenas lograba dormir unas horas antes de que llegasen las pesadillas. Algunas veces soñaba con Debbie en la residencia, ahorcada en la habitación. Otras, me veía de vuelta en el funeral y Erik, en lugar de gritarme, me arrojaba a una tumba abierta de un empujón.

En otras ocasiones soñaba con Jase. Que me quería y me decía que siempre estaría a mi lado. No estaba mal, hasta que despertaba y caía en la cuenta de que no eran más que eso, sueños. Luego estaban aquellos en los que nos encontrábamos atrapados en una casa desconocida y lo llamaba mientras él atravesaba una serie de puertas, pero no parecía oírme y yo no era capaz de alcanzarlo.

Al despertar por las mañanas tenía la impresión de no haber dormido en absoluto y me pasé las últimas clases del semestre flotando en una neblina. Aun así, aprobé sin dificultad la mayoría de los exámenes finales. Había pasado tanto tiempo a solas en el apartamento que me había dedicado a estudiar a tope. Y a comer. Pero a fuerza de tanto estudiar, me había preparado a conciencia, cosa estupenda, dado que ese iba a ser mi futuro. Puede que no fuese el que había previsto, pero tenía que aceptarlo. Y la docencia no estaba mal. Sabía que me iba a gustar. El caso es que aprobar los exámenes era importante.

Mis músculos se tensaron cuando Calla y yo entramos en el aula de música y llegamos a nuestros asientos. Mi amiga tenía las mejillas coloradas del frío, lo que hacía resaltar su cicatriz. Se frotó las manos mientras se sentaba.

—No soporto este frío —dijo, estremeciéndose—. Cuando termine la universidad, te juro que me mudo a Florida.

—Hace unos meses decías que no soportabas el calor. —Saqué un bolígrafo, lista para afrontar la clase, pero lista de verdad—. Probablemente deberías buscar un sitio que mantenga una temperatura templada todo el año.

Calla hizo un mohín.

—Ahí tienes razón. Solo hace falta encontrar el lugar adecuado. ¿Y tú, qué?

Veía tan lejos la graduación que ni me lo había planteado. Me encogí de hombros.

—Supongo que me quedaré por aquí.

Calla suspiró y alargó la mano para darme un tironcito en el bajo de la sudadera. Solo entonces me di cuenta de que llevaba la misma desde hacía tres días. Un momento, ¿me había duchado esa mañana? No lo creía. Solo me había cepillado el pelo antes de recogérmelo en una coleta descuidada.

Qué bonito.

—¿Quieres venirte esta noche a mi residencia? —me preguntó, tal y como llevaba haciendo las últimas dos semanas—. Podemos comprar un montón de comida basura o pedir mexicana. Ya sabes que me pirran los nachos.

Estaba a punto de decirle que no cuando me detuve. Tenía que dejar de regodearme en mi miseria. Al menos unas horas.

—Vale, pero ¿puedes pasar a buscarme? Hace demasiado frío como para atravesar el campus de noche.

—¡Pues claro! —En sus labios apareció una enorme sonrisa, una sonrisa que quitaba el hipo—. ¡Genial! Y compraré cerveza, porque no hay nada mejor que incitar a los menores a la bebida. O puede que compre unas limonadas con alcohol, de esas para chicas. Tía, te vas a pillar tal pedo que no... —Su voz se perdió y apretó los labios.

—¿Cómo? ¿Vas a abusar de mi inocencia? —bromeé. Cuando vi que no se reía, suspiré, pero entonces noté que me miraban y me di la vuelta. El aire se me congeló en los pulmones.

Jase estaba de pie al final del pasillo, con una sudadera y unos vaqueros gastados. Llevaba puesto el maldito gorro de lana gris, ese que tanto me gustaba. Habría querido arrancárselo de la cabeza y hacer alguna locura con él, como esconderlo debajo de mi almohada, o a saber.

Me di vergüenza ajena a mí misma.

Menos mal que esos disparates solamente se me pasaban por la cabeza y no los ponía en práctica.

Como siempre, verlo se me hizo muy cuesta arriba. Ya era duro antes de que estuviéramos juntos, pero ahora que sabía lo que era estar en sus brazos, sentir su piel contra la mía y deleitarme con sus besos, resultaba muchísimo peor. Y aún peor era tratar de conciliar su amabilidad, su buen humor y su instinto de protección con este Jase, el mismo que había pasado de mí después de nuestro primer beso.

Entendía que cargaba con una historia difícil, pero yo no me habría dejado vencer por ella. Lo habría ayudado una vez aceptadas sus circunstancias. Lo habría querido a pesar de todo.

El bolígrafo se me escapó de entre los dedos y se me cayó al regazo. Con el corazón encogido, vi cómo Jase se removía incómodo. Parecía querer decir algo, pero no podía imaginar qué sería, dado que había estado evitándome como si fuera más contagiosa que un puto herpes.

—Tess —dijo.

Mi cuerpo entero se tensó al oír su voz profunda, y tuve que cerrar los ojos. Oírle pronunciar mi nombre... Me obligué a reprimir las lágrimas que se me estaban formando y volví a abrirlos. No obstante, me dolió porque... ese chico me había roto el corazón.

Calla se puso rígida y supe que le faltaba poquísimo para hacer de mamá osa y darle una buena tunda. Él también debió de darse cuenta, porque sus ojos tormentosos se volvieron hacia ella antes de regresar a mí. Lo que fuese que iba a decir se perdió en la infinitud y ya jamás saldría de sus labios. Sacudió la cabeza rápidamente, dio media vuelta y, tras bajar varias filas, se sentó.

Mi mirada se quedó clavada en su nuca, en el modo en que las puntas de su pelo se le rizaban por encima de los bordes del gorro.

—Olvídalo —dijo Calla.

Pero no podía, no podía olvidarlo sin más.

—Lo digo en serio, Teresa. Mereces a un tío que no te deje tirada y pase de ti durante semanas.

—Ya lo sé —murmuré, sin dejar de mirarle la nuca, recordando con facilidad el tacto de su pelo entre mis dedos—. Pero eso no hace que sea más fácil.

Calla no volvió a abrir la boca, porque lo que había dicho era cierto.

Con un peso en el corazón y un dolor en el pecho que me hacía querer tirarme al suelo y llorar tirada bajo las sillas, volví mi atención al examen, determinada a no suspender por culpa de Jase.

Y a no derramar una sola lágrima más por él.

Acabado el último examen final, regresé andando a West Woods. Como no tenía pensado quedarme sola en el apartamento de Cam durante las vacaciones de Navidad como una pringada —sino volver a casa con mami y papi como una superpringada—, había un par de cosas que tenía que recoger de la residencia, dado que el semestre siguiente iba a seguir en el apartamento de mi hermano.

Aunque Cam había dicho que no le importaba que me quedase, tenía que buscarme un trabajillo y contribuir en cierta medida al alquiler. Además, me ayudaría a distraerme. Entre que no podía bailar, la muerte de Deb, Erik y ahora Jase, necesitaba algo en lo que concentrarme hasta que mi cerebro y mi corazón lo superasen.

No parecía que fuese a suceder en breve.

Atravesé el césped que conducía a la residencia universitaria mientras el viento frío me congelaba las mejillas y el aroma de la nieve flotaba en el aire. Cuando llegué al vestíbulo de Yost, la rodilla me dolía un poco. Como la mayoría de los estudiantes ya se había marchado, estaba bastante tranquilo. No había más que un par de personas en los sofás.

Mientras esperaba al ascensor, saqué la tarjeta de acceso de la mochila y traté de hacer caso omiso de la presión que sentía entre los omóplatos. Llevaba sin pisar la residencia desde aquella noche horrible. No quería entrar en nuestro cuarto, pero tenía que sacar mis cosas, ya que Cam vendría dentro de una hora a cargarlas en su camioneta.

Además, tenía que comportarme como una adulta. A la residencia no le pasaba nada y dudaba mucho que el cuarto estuviera embrujado. Era de esperar que me diera mal rollo, pero sería capaz de pasar allí los minutos necesarios para recoger lo que me quedaba.

Animada por mi propio discurso, me monté en el ascensor y subí hasta la planta correspondiente. Mientras atravesaba el pasillo, mi móvil sonó: me había llegado un mensaje. Pensando que se trataría de Calla o de Cam, lo saqué del bolsillo delantero de la mochila y, al verlo, di un traspié.

Voy con Cam a echar una mano. Tengo que hablar contigo.

Eso era todo lo que decía el mensaje de Jase, pero según me latía el corazón y se me había puesto un nudo en el estómago se diría que había escrito mucho más. Algo así como: «Soy un gilipollas integral, he cometido un error enorme y te querré siempre».

Solo que el mensaje no había dicho nada de eso, sino que iba a venir a ayudar a Cam. Eso significaba que había obtenido el permiso de mi hermano y que algo tendría que haberle dicho para que accediese..., algo nada fácil teniendo en cuenta que el estado lamentable en el que me encontraba era en parte por su culpa.

Me detuve delante de la puerta de mi suite con el corazón a mil por hora de la euforia. «No te montes películas», me dije. Que viniese a echar una mano y quisiera hablar conmigo no significaba nada. Y tampoco debería estar tan emocionada; apestaba a desesperación. ¿Debería aceptar siquiera su ayuda? Parte de mí quería rehusar, pero luego me pasaría el resto de la noche queriendo darme de tortas. Necesitábamos hablar... y tenía ganas de hacerlo.

La mano me temblaba cuando le envíe un «vale» completamente tranquilo y desprovisto de entusiasmo.

Su respuesta casi inmediata me dio un vuelco al corazón.

Nos vemos en nada.

Soltando la respiración que se me había quedado atascada, me guardé el teléfono en la mochila. Con Cam delante, la conversación tenía toda la pinta de alzarse al podio de las situaciones incómodas, pero no podía negar la alegría que se había despertado en mí a pesar de mi sentido común, que era un plasta y no me dejaba disfrutar en paz.

Pasé la tarjeta magnética y dejé de lado la emoción por la inminente visita de Jase mientras abría la puerta de la suite y entraba para luego cerrarla a mi espalda.

Pasé la mirada por el cuarto de estar. Todo estaba igual. Había un cojín sobre el sofá, otro en el suelo, bajo la mesita de centro. Flotaba un leve olor almizclado, como un recuerdo de la humedad del verano. La puerta del otro dormitorio —es decir, el de Steph— seguramente estaría cerrada con llave. Aunque me había ayudado la noche de la muerte de Deb, no la había visto mucho por ahí y no quería pensar en ella porque, cuando lo hacía, recordaba que había estado enrollada con Jase.

Y eso me hacía preguntarme si estarían acostándose de nuevo.

Al pensarlo se me encogió el estómago y solté una palabrota entre dientes. De verdad que no había peor enemigo que una misma.

Dejé la mochila en el sofá y volví a sacar la tarjeta para abrir la habitación del dormitorio. Parpadeé y ahogué un grito. El corazón se me aceleró. Al principio creí que la falta de sueño y el estrés me habían provocado una alucinación. No me creía lo que estaba viendo. Parpadeé de nuevo, pero la escena no cambió.

Erik estaba sentado en la cama de Debbie.

28

Sentí un hormigueo entre los omóplatos que me descendió por la columna. Erik estaba en la habitación. ¿Qué hacía allí? Tenía algo sobre las rodillas: un jersey. De pronto lo entendí. Era uno de los jerséis de Debbie.

No llevaba ni su pelo repeinado ni su ropa elegante habituales. Todo en él se veía arrugado y descuidado. Tenía los ojos hundidos y ojerosos. Le habían salido arrugas alrededor de la boca, como grietas en el mármol. Una leve barba le cubría las mejillas, como si llevara días sin ver una maquinilla de afeitar.

Cuando nuestras miradas se encontraron, un escalofrío me recorrió la espalda. Algo en sus ojos me abrió un vacío en el pecho.

—¿Qué haces aquí? —preguntó con tono monocorde.

Estaba demasiado sorprendida como para preguntarme a qué venía el comentario.

—Pues… necesito sacar el resto de mis cosas del cuarto.

Erik observó lentamente la habitación. Todos los efectos personales de Debbie habían desaparecido. La cama estaba hecha y las mantas dobladas, pero la almohada estaba hundida, como si alguien hubiera estado tumbado. La puerta del armario se encontraba abierta y dejaba ver lo que quedaba de mi ropa y mis libros.

—No has podido seguir aquí, ¿no?

Su voz acusadora me sacó del estupor. Lo miré a los ojos con dureza.

—No, no he podido. ¿Y tú?

Por un instante, un músculo se tensó en su mentón.

—No. —Dejó lentamente el jersey junto a él y demoró su mano un instante sobre la lana antes de apoyarla en la rodilla—. Pero aquí estoy ahora. Y tú también.

La boca y la garganta se me secaron mientras Erik continuaba observándome. En el fondo jamás creí que la muerte de Debbie fuera un simple suicidio, incomprensible para todos; seguro que Erik había tenido algo que ver. O bien la había arrastrado a hacerlo, o bien le había hecho algo y luego había escenificado un suicidio. Nadie podía explicar lo de la bufanda rosa en el picaporte, especialmente cuando Erik afirmaba no haber ido a visitarla ese día.

En sus ojos vi que sabía exactamente lo que estaba pensando.

Con la respiración entrecortada, di un paso atrás, incómoda.

—Cam y Jase van a venir a ayudarme. Llegarán en cualquier momento.

—Oí de pasada a tu hermano antes. Ahora mismo está en un examen. —Dio un paso adelante, lento y calculado—. ¿Por qué lo has dicho si no es verdad?

El corazón se me embaló al mismo tiempo que los pensamientos.

—Pensé que iba a venir antes. Me he debido de confundir con la hora...

Soltó una carcajada breve y oscura al tiempo que apartaba la vista y se pasaba la mano por el pelo.

—Y una mierda te vas a haber confundido.

Cogí aire y di otro paso atrás, acercándome a la puerta abierta. Que les dieran a mis cosas. No quería seguir ni un segundo más en la misma habitación que él.

—Volveré en otro…

Erik se precipitó a tal velocidad que no lo vi venir. En un momento estaba de pie junto a la cama de Deb y de repente lo tenía delante de mí. Un grito me subió por la garganta, pero no llegó a salir. Antes de poder emitir sonido alguno, ya lo tenía encima.

Me tapó la boca con la mano y, tratando de alejarme de la puerta, me giró y me retorció el brazo. Noté un sabor metálico cuando mis labios impactaron contra los dientes. Perdí el equilibrio y la pierna derecha cedió cuando me golpeó con la mano en plena espalda. Cuando caí del lado izquierdo, aterricé sobre las manos al mismo tiempo que oía cerrarse la puerta de golpe y con llave.

Desorientada por un instante, levanté la cabeza lentamente. Los mechones que me caían por delante de la cara oscurecían mi visión. Me ardía el interior de los labios y a mi cerebro le estaba costando procesar lo que sucedía, pero, cuando lo hizo y el terror se apoderó de mí, la piel se me cubrió de un sudor helado y el aliento se me congeló.

Erik me asió de la coleta y tiró de mi cabeza hacia atrás. Grité por el dolor repentino que me bajó por la columna.

—Todo es culpa tuya.

Le agarré la mano, intentando atenuar el fuego que se me extendía por el cuero cabelludo.

—Pero ¿qué…?

—No te hagas la tonta. —Tiró de mí hasta que me quedé arrodillada. Apoyé el peso en la pierna izquierda, pero la postura me dolía.

—Debbie está muerta por tu culpa.

—Estás loco. —Las palabras salieron de mi boca antes de que pudiera frenarlas—. Estás como una puta cabra. Mataste a…

Erik me soltó tan rápido que caí hacia atrás. Su mano salió disparada y me cruzó la cara. Todos mis pensamientos se dispersaron cuando caí de lado, con el mentón ardiendo, y la habitación pareció girarse ciento ochenta grados. Los ojos se me anegaron de dolor mientras trataba de coger aire. Cuando abrí lentamente la boca, una punzada me atravesó el rostro. Mi cerebro era incapaz de digerir lo que estaba sucediendo. ¿Cómo había pasado de los exámenes a aquello?

No podía ser verdad. Aquello no podía estar sucediendo.

Mi cuerpo entero se quedó petrificado. La sensación era demasiado familiar. La forma en la que el labio me dolía, en la que notaba la piel insensible, en la que me zumbaba el interior del cráneo. Ya había pasado por aquello, tirada en el suelo con la cabeza dándome vueltas por un golpe que no me esperaba.

De repente fue como si tuviera otra vez dieciséis años, acobardada en el suelo mientras Jeremy daba rienda suelta a su agresividad por una minucia cualquiera. Me sentí impotente, aterrorizada, confusa. El cuerpo y las manos me temblaban.

—No estoy loco y no es culpa mía que Deb muriera. —La cólera confería a su voz un filo acerado—. Si no le hubieras dicho nada y te hubieras metido en tus putos asuntos, no habría roto conmigo.

—¿Qué?

La sangre me goteaba por la comisura de la boca. Cuando me limpié con mano trémula, contemplé horrorizada una mancha roja.

Todo era demasiado familiar.

—¡Cuando le preguntaste por los moratones! Y luego aquel puto domingo. Es que tenías que meterte por medio. —Comenzó a caminar hacia mí—. Tenías que quedarte ahí plantada y lesionarte. Como si fuera culpa mía, joder. ¡Y una puta mierda! ¡Fue culpa tuya!

Una furia incontrolable fue sustituyendo al miedo cada vez mayor, e hice algo que jamás se me habría ocurrido con Jeremy por mal que estuvieran las cosas.

Ya no era una víctima. No volvería a ser una víctima jamás.

—Qué típico —espeté—. Golpeas a alguien y dices que ha sido culpa suya, ¿no? Nunca eres tú.

—Cállate, puta quejica.

Planté las manos en el suelo e intenté hacer caso omiso del mareo que me asaltaba.

—Imagino que los puños simplemente se te resbalan y caen sobre la cara de la gente, ¿verdad?

—Solo de aquellos que se lo merecen.

—¿Y Debbie se lo merecía?

Escupió una palabrota.

—Ni se te ocurra mencionarla. Tú no sabes una puta mierda.

Me puse en pie a duras penas y trastabillé hacia atrás hasta chocar con la cama. Al levantar la cabeza, vi a Erik avanzar hacia mí a través de una cortina de lágrimas. Me giré y eché mano del arma más cercana. Arranqué del enchufe la lámpara de la mesilla, más que preparada para mandarlo al edificio de al lado de un golpe en la cabeza.

Cuando se abalanzó sobre mí, lo esquivé. Mi momentánea pérdida de equilibrio le dio tiempo suficiente para recobrarse. Me quitó la lámpara de la mano y la lanzó al otro lado del cuarto. Chocó contra mi ropa antes de caer al suelo. El corazón se me detuvo y me volví hacia la puerta.

Entonces un dolor intenso explotó en mi nuca y me doblé por la mitad. Las paredes comenzaron a tambalearse a mi alrededor. Parpadeé para enfocar con la vista, pero tuve la impresión de que pasaron horas antes de volver a abrir los ojos. Antes de darme cuenta estaba en el suelo de espaldas, entre las dos camas, mirando al techo sin verlo.

Erik caminaba por la habitación, pisándome el pelo con sus zapatillas. ¿Cómo se me había soltado la coleta? El cuerpo entero me dolía como si toda yo fuera un gigantesco hematoma. Cuando inspiré hondo, se me resintieron las costillas y la espalda.

—Te has despertado. —Erik se inclinó sobre mí con una sonrisa de suficiencia—. Si ni siquiera te he dado tan fuerte.

Sentía la cabeza llena de telarañas. Debía de haberme desmayado y eso significaba que probablemente tuviera una conmoción.

Las conmociones no eran precisamente buenas, ¿no?

Con la misma sensación que cuando te despiertan de repente de un sueño profundo, me apoyé lentamente en los codos. Por un segundo me pareció que nadaba a través de un barro espeso.

—Ya he perdido demasiado tiempo. Tendría que haber... —Se detuvo, se apretó las sienes con las palmas y echó a andar de nuevo—. Yo no quería...

¿De qué hablaba? Hice un esfuerzo por sentarme y apoyar la espalda en la cama, casi sin aliento. ¿Qué era lo que no quería?

—Fue... un accidente. Vine a hablar con ella, a demostrarle que había cometido un error y que teníamos que reconciliarnos, pero me dijo que me fuera —explicó, con los brazos colgando a los lados y los puños cerrados.

Me estremecí al tiempo que me apretaba contra la cama, tratando de poner en orden el batiburrillo de pensamientos.

—No me escuchó. ¡Lo único que tenía que hacer era escucharme, joder! —Erik alzó la voz antes de bajarla—. Me cabreó y yo... la empujé. Fue sin querer.

Erik se agachó de repente y me agarró de la barbilla. Chillé cuando sus dedos se me clavaron en la piel, lastimándome.

—¡Fue un accidente! Cayó hacia atrás y no entiendo siquiera cómo sucedió. Su cuello chocó con la esquina de la cama y oí cómo se partía. Dios mío... —Se apartó de mí de un empellón, haciendo que mi cabeza se volviera a un lado, y se puso en pie. Sin dejar de mesarse el pelo, dio un paso atrás—. El cuello se le partió sin más.

Cerré los ojos con fuerza para alejar las imágenes que se me agolpaban en la mente.

—Sabía que nadie creería que había sido un accidente. ¡Me acusarían cuando yo no había tenido culpa de nada! Debbie simplemente... —Se interrumpió y se sentó en el borde de la cama—. No me escuchaba.

El terror se apoderó de mí. Siempre había sospechado la verdad, pero oírla de su boca me asombró y me dio náuseas.

—La mataste —dije, con la boca y la mandíbula doloridas.

—Fue un accidente. —Se puso en pie y echó a andar por el cuarto—. No habría sucedido si tú no hubieras abierto la puta boca. Es culpa tuya.

Erik tenía problemas psicológicos graves. Eso estaba más claro que el agua.

Mientras atravesaba el cuarto por enésima vez, mi cabeza comenzó a despejarse, a pesar de un dolor sordo que me percutía en la nuca. Cuando me giré, no pude encogerme de dolor por la punzada a lo largo del cuello. Notaba la cara hinchada y las costillas magulladas, pero cuanto más tiempo pasase allí con Erik, más graves serían las consecuencias e incluso... Me impedí continuar por esos derroteros. De poco servía alimentar la ansiedad.

—Es sobre tu conciencia sobre la que pesará lo sucedido. Es culpa tuya. Debbie seguiría entre nosotros si no hubieras dicho nada y no te hubieras metido por el puto medio —señaló airado, abriendo y cerrando los puños. Yo sabía que se moría por ponerme la mano encima, y no precisamente con cariño—. Lo has echado todo a perder.

Oí sonar mi teléfono en el cuarto de estar y sentí crecer la esperanza. ¿Ya había pasado una hora? Quizá, y solo quizá, Cam había salido del examen antes de lo previsto. O Jase había decidido no esperar a mi hermano y venir antes. «Por favor, Dios mío, que sea uno de ellos».

Erik no pareció darse cuenta y continuó caminando por el dormitorio, mesándose mechones de pelo. Se detuvo al pie de la cama de Debbie y se golpeó las sienes con los puños.

—Lo has echado todo a perder y mira ahora lo que ha pasado. No tengo elección.

Mi teléfono volvió a sonar.

«Por favor. Por favor. Por favor».

Me abracé las piernas contra el pecho, los músculos tensos al desear que, de un momento a otro, alguien se abalanzara contra la puerta.

—Esta vez no te vas a librar.

Erik bajó las manos y me clavó una mirada llena de locura.

—¿De qué no me voy a librar?

—De esto. —Apoyé las palmas de las manos en la moqueta, lista para salir pitando—. No sé qué pretendes hacer, pero no te vas a salir con la tuya.

Mi teléfono sonó una vez más y, esta vez, Erik se dio cuenta. Miró hacia la puerta con el entrecejo fruncido.

—Es que no pretendo librarme de nada.

Exhalé lentamente. Puede que no estuviera completamente loco; me conformaría con que solamente lo estuviera a medias.

—¿No? Porque podemos olvidar que esto ha sucedido. —Era una mentira como una catedral, porque ni de coña iba olvidarlo—. Nos vamos de aquí y…

Erik negó con la cabeza.

—No tengo intención de librarme de nada —dijo con llaneza, como si estuviéramos charlando sobre los exámenes—, porque no tengo intención de salir de esta.

El mínimo alivio que había sentido por sus anteriores palabras se esfumó al instante. Si no tenía intención de salir…

—Al oírte, cualquiera diría que jamás vas a salir de este cuarto.

—Y así es. —Soltó una carcajada mientras se volvía hacia mí—. Si salgo, será con los pies por delante.

El terror estalló en mis entrañas como una bomba. A la mierda con esperar el momento propicio para precipitarme hacia la puerta. El instinto de supervivencia se apoderó de mí y me puse en pie de un salto, maldiciendo mi rodilla lesionada. En otros tiempos había sido ligera y rápida. Ya no.

Erik se abalanzó sobre mí y me tiró al suelo. Se me escapó un grito. Al otro lado de la puerta, algo golpeó contra la pared mientras los dedos de Erik se me clavaban en los hombros y este me ponía de espaldas con violencia.

Cuando mis ojos, desmesuradamente abiertos, se encontraron con los suyos, el tiempo pareció detenerse un segundo. Una sensación horrible me invadió y me hundí en la moqueta al tomar conciencia de lo que estaba a punto de hacer.

Erik levantó la cabeza de golpe cuando alguien llamó a la puerta del dormitorio y un brillo salvaje centelleó en sus ojos. Aprovechando la distracción momentánea, levanté el brazo del suelo. Mi puño impactó en la comisura de su boca e hizo que girase la cabeza a un lado.

Se echó hacia atrás con un gruñido mientras la sangre y la saliva corrían por su labio partido. Aflojó la fuerza con la que me asía los brazos, por lo que conseguí rodar hacia un lado y abrir la boca para pedir auxilio.

—Maldita puta —gruñó al tiempo que me hundía el puño en las lumbares, con un golpe certero en el riñón que me inmovilizó.

—¡Tess!

Jase. ¡Era Jase!

La puerta crujió por sus golpes continuados.

—¿Estás ahí? ¿Estás bien?

Alargué la mano hacia la puerta. Mis dedos se clavaban en la moqueta.

—Jase... —Su nombre se perdió en un gruñido.

Erik volvió a ponerme de espaldas y, de repente, me encontré con los ojos de una persona que, definitivamente, había perdido la cordura por completo. Unos ojos que, sin duda, Debbie había contemplado decenas de veces y que probablemente fueran lo último que viese antes de morir.

El terror se apoderó por completo de mí y un grito desgarrador atravesó mi garganta y reverberó en el aire hasta que Erik lo interrumpió de forma abrupta al rodearme el cuello con la mano y apretar.

Las bisagras de la puerta se tambalearon.

—¡Tess! ¿Qué pasa, joder? ¡Tess!

El pánico clavó en mí sus garras frías y afiladas. Los dedos de Erik me herían y me comprimían la tráquea. Abrí la boca para gritar de nuevo, pero no salió sonido alguno. ¡No tenía aire! Con el corazón desbocado, abofeteé a Erik y le asesté un puñetazo en la barbilla. Gruñó, pero no logré que me soltara.

—¡Tess! —me llamó Jase. La puerta tembló como si alguien arremetiera contra ella con el hombro—. ¡Maldita sea!

Miles de estrellas explotaron en mis ojos. No podía más..., no conseguía respirar. Aferré las manos de Erik con fuerza y sentí cómo su piel se desgarraba bajo mis uñas. La puerta volvió a temblar, pero no iba a ceder a tiempo.

—¡Basta! —Erik me levantó y golpeó mi cabeza contra el suelo—. ¡Basta ya!

Mi campo de visión se fue estrechando y oscureciendo. Una quemazón intensa se expandió por mi pecho y subió rápidamente por mi garganta. ¡Necesitaba respirar!

—¡Teresa! ¡Cariño! —gritó Jase. El sonido de su voz me insufló un golpe de energía desesperada. La puerta tembló y crujió—. ¡Venga ya...!

Con todas las fuerzas que me quedaban, golpeé a Erik en el pecho, la cara y los hombros. Giré las caderas tratando de desestabilizarlo, pero él no cesaba de apretar. Sentí que me hundía en el suelo, que desaparecía lentamente en el abismo que me esperaba. Sabía que no debía tirar la toalla, que no tenía derecho a rendirme, pero mis manos resbalaron y mis brazos cayeron inertes a los lados.

A lo lejos, algo se rompió. Puede que fueran las últimas células desprovistas de oxígeno de mi cuerpo. De repente, los ojos sombríos de Erik se clavaron en los míos y supe que era el final. Mis párpados se cerraron. Su rostro sería lo último que viera, igual que Debbie antes que yo. No era justo. Ni siquiera había empezado a vivir esta nueva vida, este nuevo futuro, ni había recuperado a Jase. Porque, si sobrevivía, no iba a dejarlo escapar tan fácilmente. Ya no. Pero... todo aquello ya no importaba. Mi oído se había ido debilitando más y más hasta que no sentía más que un rumor monocorde, la circulación de mi propia sangre.

Pero de pronto desapareció la presión de mi garganta y mis pulmones se llenaron de aire al tiempo que un gemido de dolor reverberaba en el espacio. Algo se rompió con un crujido como de ramas secas. Sonó lejano, como si procediera del exterior.

Unas manos se posaron en mis mejillas antes de que unos brazos me elevaran. Sentí la cabeza demasiado pesada, blanda, como si el cuello no me funcionara bien.

—Ay, Dios mío, abre los ojos. Venga, cariño, abre los ojos. —Se produjo una pausa y aquel cuerpo enorme se estremeció—. Cuánto lo siento. Joder. Abre los ojos, te lo suplico.

A pesar de la impresión de tener los párpados pegados, conseguí abrirlos. Lo único que vi fueron los intensos ojos grises de Jase, más oscuros que nunca.

—Aquí estás —dijo, acunándome contra su pecho—. Quédate conmigo, ¡Tess! Ay, Dios, no me dejes. Por favor. No...

Sus labios se movían, pero sus palabras no tenían sentido y yo era incapaz de mantener los ojos abiertos. La oscuridad me envolvió.

29

Un pitido regular atravesó poco a poco y con insistencia las capas de sueño y aturdimiento hasta que noté cómo mi pecho se inflaba con una inspiración profunda y repentina.

—Teresa. —La superficie sobre la que yacía se hundió por un peso a mi lado. Una mano se apoyó en mi mejilla, fresca y reconfortante—. ¿Estás ahí?

¿Estaba ahí? Eso creía. Comencé a reconocer poco a poco lo que tenía alrededor. Me encontraba en una cama dura y la voz que oía era la de mi hermano. La cabeza me pesaba como si estuviera pegada al colchón.

Parpadeé lentamente hasta abrir los ojos, pero las lámparas del techo, demasiado brillantes, me hicieron engurruñar los ojos incómoda. Una vez aclarada mi visión, resultó evidente que me encontraba en una habitación de hospital. Las paredes blancas, la televisión montada en la pared y la cortina de color verde guisante así lo demostraban.

—Hola —dijo Cam con dulzura—. ¿Cómo te sientes?

Giré la cabeza levemente y me pasé la lengua por el paladar.

—Me siento… extraña. —Tenía la voz áspera y la mandíbula me dolía tras pronunciar esas tres únicas palabras.

—Has estado durmiendo un poco, lo suficiente para que llegaran papá y mamá, y luego un poco más. —Cam esbozó una sonrisa cansada mientras alcanzaba una jarra y servía agua en un vasito de plástico—. Están abajo, hablando con la policía.

¿La policía? Lo miré como atontada mientras él jugaba a las enfermeras, me colocaba la mano tras la nuca y me ayudaba a tomar un trago. El agua fresca fue como sumergirse en una piscina en pleno agosto.

Cam dejó el vasito en la mesilla. Su semblante cambió de repente al entender lo que pasaba.

—No te acuerdas, ¿verdad?

Al negar con la cabeza, arrugué la cara por el dolor lacerante entre las sienes. Cam echó un vistazo a la puerta como si quisiera correr a buscar a alguien, pero puso su mano sobre la mía, haciendo que me fijase en mis nudillos.

Estaban enrojecidos, magullados e hinchados.

Di tal respingo que los músculos y la piel me protestaron ante el movimiento inesperado mientras la neblina se disipaba de mi cabeza.

—Ay, Dios mío...

Los ojos de Cam se tiñeron de preocupación.

—¿Te acuerdas?

—Erik. Él...

—Ya lo sé. Todos lo sabemos. No tienes por qué volver a preocuparte por él —me aplacó Cam, apoyando con suavidad la mano en mi hombro para que no me incorporase—. Debes permanecer inmóvil. Tienes una conmoción; leve, pero no deberías moverte demasiado, ¿vale?

El corazón me latía con fuerza al contemplar la vía que llevaba en el brazo y que bombeaba líquidos transparentes a mi cuerpo. Aquel crujido horrible, como de huesos rotos, me vino de vuelta a la memoria.

—¿Está muerto?

—Joder, qué más quisiera. —En su semblante se leía la cólera—. Jase le rompió la mandíbula y le dio una paliza de tres pares de narices, pero el muy cabrón sigue vivo. Aunque va a ir a la cárcel. Se despertó cuando la policía y los de emergencias ya estaban allí, farfullando lo que le había hecho a Debbie ante todo el que le hiciera el más mínimo caso. No dejaba de decir que fue... —Se detuvo; sus labios apretados formaban una tensa línea.

—Diría que era culpa mía —acabé por él, cerrando los ojos conforme resurgían los recuerdos de la ira y la locura de Erik, pero fue otra cosa la que me preocupó—. ¿Dónde..., dónde está Jase?

Apartó la vista cuando abrí los ojos.

—La última vez que lo vi estaba con la policía.

—¿Qué? —Comencé a incorporarme, pero mi hermano me lo impidió—. ¿Qué quieres decir?

—No está en problemas. Ha hablado con ellos, como estoy seguro de que tú también tendrás que hacer en cuanto se enteren de que estás despierta. —Se calló un instante—. Necesitarán una declaración.

—¿Fue hace mucho?

Cam se removió como si estuviera incómodo.

—No lo dejaron venir cuando te trajeron al hospital. Yo no lo he visto, vine directamente aquí en cuanto me enteré.

¿Que no lo había visto? ¿Eso quería decir que no había venido a verme? Cerré los ojos tratando de apartar las emociones inútiles que me asediaban. Jase había dicho que quería hablar conmigo. Había ido y me había salvado la vida. Que en este momento no estuviera a mi lado no era como para ponerme así. Además, tenía cosas más importantes de las que ocuparme.

Cuando abrí los ojos, Cam me miraba fijamente. Transcurrieron varios segundos.

—Realmente estás enamorada de él, ¿no?

Suspiré.

—Sí.

Se removió y luego soltó una palabrota entre dientes.

—Sé que antes no querías oírlo, pero ahora me vas a tener que escuchar: puede que sea un imbécil, pero ese imbécil te quiere.

Abrí la boca, asombrada.

—Sí, sé que te rechazó o no sé qué, pero es un tío y es idiota. Ey, no tengo problema en admitirlo: hacemos gilipolleces una y otra vez. —Cam se inclinó hacia mí y bajó la voz—. En cierto modo me recuerda a mi Bollito, a Avery, ¿sabes? Al principio también era así. Por otros motivos, pero… tenía una serie de problemas con los que lidiar. Y creo que eso es lo que está haciendo Jase ahora. No lo sé. Yo no soy él, pero acarrea una historia difícil.

—Ya lo sé —respondí en voz baja, reprimiendo las lágrimas. Todo lo relativo a Jase era complicado. Siempre lo había sido, y no estaba segura de que lo único que necesitase fuera lidiar con sus problemas. Había cosas que uno no podía superar sin más.

Cam bajó la vista e inspiró hondo.

—¿Sabes? Hace tiempo me dijo que te sentías culpable por lo que le había hecho a Jeremy.

Sorprendida, me quedé mirándolo con los ojos muy abiertos.

—No deberías. —Levantó la cabeza y me miró fijamente—. Volvería a hacerle a Jeremy lo que le hice. No fue culpa tuya, ¿vale? Me da igual que no dijeras nada. Créeme, sé que la gente se calla sus mierdas y se lo guarda todo hasta que el silencio los destruye. Eras prácticamente una niña y yo sabía lo que hacía. Lo único de lo que me arrepiento es de que te sientas culpable por algo que yo decidí hacer.

No sé qué fue exactamente. Parte del peso ya se había aliviado en el momento en el que Jase habló conmigo, pero el gorila enorme y comilón que vivía instalado en mi pecho por fin se cambió de domicilio. Me invadió un sentimiento de alivio dulce y puro; tenía la impresión de encontrarme en mitad de una tormenta. Las lágrimas me subieron por la garganta y afloraron en mis ojos.

—No llores, Teresa. —Cam frunció el ceño— Yo no...

—No voy a llorar. —Sorbí por la nariz un par de veces, impidiendo que se abrieran las esclusas—. Gracias.

—No hay nada que agradecer.

No dije nada, porque mi hermano no quería oírlo, pero yo lo sabía: que Cam pronunciara esas palabras equivalía a tenderme un salvavidas, por lo que me aferré a ellas.

—Te quiero más que a los cupcakes.

Una sonrisa enorme y genuina apareció en su rostro.

—Pero qué boba eres; yo también te quiero.

No pasó mucho tiempo antes de que papá y mamá llegasen a la habitación. Se diría que papá quería matar a alguien; mamá también, pero disimulaba mejor. Prácticamente apartaron de en medio a Cam y me colmaron de atenciones hasta que llegó la policía para que prestase declaración. No fue fácil contarles el tiempo que había pasado en el dormitorio con Erik. Me gusta pensar que soy una persona fuerte, pero una serie de terremotos se habían apoderado de mi cuerpo cuando llegué a la parte en la que admitió haber matado a Debbie y escenificado un suicidio. Los temblores aumentaron cuando les conté que no tenía previsto salir vivo de la habitación.

Su idea era matarme a mí y luego suicidarse. Había dicho que la muerte de Debbie era culpa mía, pero, si no hubiera sentido la menor culpabilidad, no se habría planteado acabar con todo también. Puede que el sentimiento estuviera enterrado en lo más hondo, pero ahí estaba. Tenía que estar. Me negaba a creer que viviría el resto de sus días sin sentir remordimientos.

Papá me tomó la mano sana y se la llevó bajo la barbilla mientras el joven oficial cerraba su libreta.

—Por ahora es todo lo que necesitamos —dijo mientras se alejaba de la cama—. Descanse y volveremos a llamarla si tenemos más preguntas.

—Si tienen más preguntas, llámenme a mí —terció papá al tiempo que se erguía y miraba al oficial a los ojos, con aire de abogado puntilloso.

El agente asintió y se fue, aunque pronto lo sustituyeron un médico y una enfermera que parecían más jóvenes que yo. Me toquetearon por todas partes y me apuntaron con una luz brillante a los ojos. Me metieron analgésicos suaves en vena y, cuando empezaron a hacer efecto, las tripas me sonaron y empecé a sentirme más o menos normal. Mamá me arropó hasta el pecho con la delgada manta.

—Te darán el alta mañana. Papá y yo hemos pensado que lo mejor sería que vinieras a casa con nosotros en lugar de esperar a Cam.

Sentado en un rincón, mi hermano me dirigió una mueca.

—Nos sentiríamos más cómodos —añadió papá, apretándome la mano—. De verdad.

—Os sentiríais más cómodos si dejase los estudios y viviera con vosotros el resto de su vida —señaló Cam.

Mamá lo fulminó con la mirada.

—¿Después de lo que ha pasado? Sí. Quiero que pase bajo mi techo las próximas tres décadas.

—¿Solo tres? —murmuré.

Mamá apretó los labios.

—No hay motivo para que se quede aquí hasta que vengáis en Nochebuena.

Una gran parte de mí quería dejar que mis padres me llevasen a casa con ellos. Todo había resultado más sencillo cuando había estado de visita y de verdad que podía encerrarme en mi habitación hasta Nochebuena; la idea sonaba tentadora, aunque sabía que si me iba con ellos era muy probable que no regresase a Shepherdstown. Quería quedarme donde estuviera a salvo y todo fuese conocido y cómodo, pero mi vida ahora estaba aquí: la universidad, la posibilidad de una carrera profesional de la que disfrutaría. Tenía un futuro y ya no era una niña, por lo que no debía confiar en que mis padres me acogieran y me mimaran cada vez que sucediera algo malo. Por mucho que me molestase pensarlo, no siempre iban a estar a mi disposición.

—No lo sé, mamá. Deja que me lo piense —acabé por decir, a sabiendas de que sería mejor no negarme en redondo.

Ni ella ni papá parecían contentos con la respuesta, pero entonces Cam se puso en pie de repente. Mi mirada lo siguió al tiempo que mi padre se daba la vuelta, y juraría que el corazón se me paró en ese instante, aunque solo fuera un segundo.

Jase estaba en el umbral, los bucles rojizos disparados en todas las direcciones y la piel dorada más pálida de lo habitual. Llevaba torcido el jersey de cuello en pico azul oscuro y enseñaba más que ocultaba la camiseta blanca de debajo. Estaba hecho un cuadro, pero a mis ojos era el hombre más atractivo que jamás hubiera visto.

En las manos sostenía una caja cuadrada de color rosa.

Nuestras miradas se encontraron y se detuvo sin terminar de dar el paso, como petrificado. Sus ojos centellearon con un feroz gris plateado cuando el alivio y algo más, algo que no lograba identificar, se abrió paso entre los bellos rasgos de su rostro.

El aire se me escapó de los pulmones mientras mi madre se levantaba y se aclaraba la garganta.

—Bueno, parece que tiene visita, así que vamos a dejarla un rato tranquila.

Mi padre arqueó una ceja, observándonos a los tres.

—Tal vez deberíamos...

—Volver mañana por la mañana, a primera hora. —Mamá le lanzó una mirada a papá antes de inclinarse y besarme la mejilla—. Te quiero, tesoro.

—Yo también te quiero.

Papá me besó la otra mejilla y dejó su puesto al pie de mi cama a regañadientes. Al pasar junto a Jase, se inclinó y le susurró algo, ante lo que él asintió. A saber qué habría salido de su boca.

Cam le dio una palmadita al salir. Me sorprendió que no hiciera algún gesto inmaduro, como chocarle el puño o golpearle en el hombro.

Cuando Cam se comportaba acorde a su edad, la cosa era grave.

Jase no se movió hasta que mis padres y mi hermano hubieron desaparecido; entonces un par de rápidas zancadas lo situaron a un lado de mi cama. Se extendió un silencio pesado mientras dejaba la caja junto a la jarra de agua y se sentaba, su cadera tocando la mía. El corazón se me aceleró cuando sus dedos me acariciaron suavemente el pómulo y me colocaron un mechón de pelo tras la oreja.

Escudriñó mi cara sin prisa y con todo detalle, observando lo que probablemente sería un moratón impresionante que me había dejado el mentón tan hinchado como si me hubiera metido una naranja en la boca. Notaba rara la comisura derecha del labio y me dolía la piel alrededor del ojo.

Me apuesto lo que sea a que parecía que hubiera perdido en una pelea callejera.

—¿Te hizo daño? —preguntó con voz preocupada y temblorosa por algo que sonaba a miedo—. ¿Más de lo que se ve?

Al principio no entendí a qué se refería.

—No... Ay, Dios, no.

Jase cerró los ojos mientras un estremecimiento lo atravesaba.

—Cuando derribé la puerta y lo vi encima de ti y tú... no te movías, creí que era demasiado tarde. Creí que te habías ido.

—Pensé que iba a morir de su mano en aquel cuarto. Estaba convencida, pero llegaste a tiempo —le aseguré—. Me has salvado la vida. Gracias. —Volqué todas las emociones que sentía en esa palabra—. Gracias.

—Habría preferido que jamás hubieras tenido que agradecérmelo.

Jase se inclinó y posó la mano izquierda en la cama, junto a mi hombro, para apoyar su peso. Sin decir nada, bajó la cabeza y me besó la comisura izquierda de la boca mientras se me henchía el pecho de la emoción.

Habló sin moverse y, con cada palabra, sus labios acariciaban los míos, como si así sellase físicamente lo que decía.

—Las últimas semanas he sido un verdadero imbécil y ya sé que este no es el momento para abordar el tema, pero tengo que decirte algo, ¿vale?

Inspiré hondo.

—Vale...

Jase posó la punta de los dedos en mi mejilla izquierda.

—Me costaba tener relaciones profundas con chicas por lo de Kari y Jack, pero contigo..., contigo ha sido distinto. Tú has derribado mis muros y te has instalado en mi corazón, probablemente desde la primera vez que nos besamos. Creía que sería capaz de gestionarlo, de controlar estos sentimientos, pero cuando me di cuenta de lo hondo que me habías calado me cagué de miedo. No quería volver a sufrir. No quería perder a alguien otra vez. Pero hoy casi te pierdo de verdad. Eso es lo que más miedo me ha dado, que podría haberte perdido antes incluso de tenerte. Y el solo hecho de pensarlo me está matando. —Cerró los ojos, apoyó con delicadeza su frente en la mía—. Quería hablar contigo. Por eso te mandé aquel mensaje, porque te echaba muchísimo de menos y, joder, pensé que... —Se apartó y negó con la cabeza. El velo de humedad que se distinguía en sus ojos me provocó un nudo en la garganta—. En fin, ya hablaremos más tarde, porque ahora mismo no hace falta que te dé la tabarra con esto.

Quería decirle que sí hacía falta, que quería oír más, porque la sinceridad de sus palabras me desgarraba y me sanaba, me llenaba de esperanza y quitaba gravedad a lo sucedido ese día, pero se limitó a coger la caja rosa de la mesilla.

—Fui a buscar esto para ti después de la clase de música; quería dártelo cuando fuera a ayudarte a recoger en la residencia, así que lleva un buen tiempo conmigo y puede que no esté fresco. —Sus mejillas se tiñeron de rosa mientras abría la caja—. Es de vainilla cubierto de fresa. Sé..., sé lo mucho que te gusta este tipo de glaseado.

Observé cómo se ponía aún más colorado. Era poco habitual verlo incómodo o inseguro de lo que hacía. Bajó los ojos y me miró a través de las pestañas.

—Es probable que no quieras comértelo ahora mismo, pero ¿quizá solo la cobertura?

Mi estómago protestó aunque el nudo que se me había formado apenas dejaba espacio para el hambre. Sin embargo, se lo veía tan inseguro que no pude negarme.

—Me encantaría.

Uno de los lados de su boca se curvó mientras deslizaba el meñique por el delicioso glaseado rosa y recogía una generosa porción. No me esperaba ese método de degustación cuando levantó el dedo y lo llevó hasta mi boca.

En cuanto su mirada se encontró con la mía y abrí la boca, un enjambre de mariposas echaron a volar en mi estómago. Fui incapaz de apartar la vista mientras introducía el dedo en mi boca y me daba a probar la pasta azucarada. Repitió el gesto sin dejar de mirarme hasta que se acabó la cobertura y yo tenía el rostro acalorado.

Jase dejó la caja abierta a un lado e inclinó su cabeza sobre la mía. Ahogué un gemido de sorpresa cuando sacó la lengua y la pasó sobre mi labio inferior.

—Tenías un poco de glaseado en el labio.

—Ah... —Ni siquiera fui capaz de formular una respuesta coherente.

Se echó hacia atrás con los ojos chispeantes.

—Puede que fuera mentira.

Mis labios formaron una sonrisa.

—¿Puede?

—Está bien. —Volvió a inclinarse y, entrelazando sus dedos con los míos, acarició con sus labios la piel amoratada y dolorida—. Era una mentira bien gorda.

Se me escapó una breve carcajada.

—Es el tipo de mentira que no me molesta.

—Una mentira deliciosa, ¿no crees? —Cuando asentí, la tensión de sus hombros comenzó a relajarse; entonces bostecé y volvió a erguirse—. Necesitas dormir.

Entre los analgésicos y todo lo demás, la llamada del sueño era demasiado poderosa como para hacerle caso omiso, pero no quería despedirme de Jase. Bajé la vista a nuestras manos unidas y a su meñique levemente manchado de rosa.

—¿Te... quedarías conmigo? ¿Siempre que te dejen?

Sus ojos adoptaron un tono gris plateado al tiempo que sus labios esbozaban una sonrisa de lado.

—Cariño, soy todo tuyo si así lo quieres.

Sus palabras sonaron cargadas de sentido y mi pecho se estremeció.

—Sí, quiero.

Bajó la cabeza, me besó el centro de la mano y me soltó. Se puso en pie con una gracia que envidié y caminó hasta la cortina. Al cerrarla, echó un vistazo por encima del hombro y me guiñó un ojo pícaro.

Me ayudó a moverme a un lado y se tumbó junto a mí. Su largo cuerpo apenas cabía en la cama. Con los dos encima no había demasiado espacio en el colchón, pero no me importaba. Se giró a un lado, de forma que su cabeza quedaba cerca de la mía.

Posó la mano sobre mi vientre con tanto cuidado como si fuese de porcelana fina.

—¿Estás cómoda?

Obviando el dolor sordo y que me encontraba en la cama de un hospital, estaba más cómoda que nunca.

—Sí.

—Bien. —Sus ojos se encontraron con los míos y me sostuvo la mirada con una intensidad que bien parecía amor—. Tendrían que arrancarme de esta cama para apartarme. Yo no me muevo de aquí.

30

Al día siguiente por la tarde, los médicos me dejaron volver a casa con una receta de analgésicos por si tenía jaqueca o el dolor se me hacía insoportable, pero después de haber dormido casi toda la noche acurrucada contra Jase en la estrecha cama, mi cuerpo se sentía sorprendentemente mejor que el día anterior. A ver, notaba dolores y me movía a la velocidad de una tortuga coja, pero estaba bien.

Estaba mejor que bien. Estaba viva.

Cuando salí al frío del exterior, mamá y papá parecían querer llevarme a rastras con ellos, pero no iba a acompañarlos cuando dejaran la habitación de hotel a finales de semana. Iba a volver a mi apartamento.

Jase esperaba paciente en su Jeep, apoyado en la puerta con las manos metidas hasta el fondo en los bolsillos de sus vaqueros.

—Tesoro, realmente preferiría que te vinieras con nosotros.

Me volví hacia mi madre y le di un abrazo.

—Estoy bien, en serio. Solo quiero volver a mi casa y relajarme.

—¿Con él? —farfulló papá, observando al chico a quien siempre había recibido en su casa sin pensárselo dos veces.

Suspiré.

—Sí, con él.

—¿Ahora es tu novio o algo? —preguntó, pero no tenía ni idea de cómo responder, porque tampoco estaba segura de lo que éramos, cosa que no le pasó inadvertida. Su rostro adoptó una expresión pensativa, el tipo de expresión que no presagiaba nada bueno—. Tal vez debería volver a hablar con él.

—No —me apresuré a responder—. No tienes por qué. Para nada.

Papá me miró como si quisiera llevarme la contraria, pero mamá le puso la mano sobre la espalda.

—Llámanos luego, ¿vale? Solo para asegurarnos de que estás bien.

—Vale.

Imaginaba que apenas dispondría de un par de horas en el apartamento antes de que Cam se pasara a verme. En los próximos tiempos iba a tener muchas visitas inesperadas.

Después de una nueva ronda de lágrimas y abrazos, me dejaron marchar, por lo que me encaminé hacia Jase, quien se apartó del Jeep y me abrió la puerta.

—Diría que tu padre tiene ganas de llevarme de cacería. —Me agarró del codo para ayudarme a subir—. A una cacería especial y terrorífica en la que yo sería la presa.

Me reí entre dientes.

—¿Sabes? Puede que no vayas muy desencaminado.

—Fantástico. —Cerró la puerta y rodeó el vehículo corriendo. Al subirse, me lanzó una mirada—. Yo a tu padre le caía muy bien.

Aquello era cierto.

—Sí, antes de que sospechara de que hay algo entre nosotros.

—¿Algo entre nosotros? —murmuró pensativo, haciendo que me tensara. No volvió a abrir la boca hasta que salimos del aparcamiento del hospital—. Desde luego que hay algo entre nosotros.

No supe qué responder, porque lo que yo quería que hubiera entre nosotros era algo que él no había querido aceptar un par de semanas atrás, pero luego estaba lo de ayer y lo que había dicho antes de meterse en la cama conmigo.

Jase me tomó la mano y no volvió a hablar de camino hacia el apartamento. El silencio tenía algo de tranquilizador, por lo que aproveché para poner en orden mis pensamientos.

Encontró una plaza cerca de la entrada de University Heights para evitar que me quedase demasiado tiempo expuesta al aire frío con la poca ropa que llevaba. La camioneta de Cam estaba en el aparcamiento y, cuando llegamos al rellano de nuestra planta, oí la risa de Avery desde el interior del apartamento.

—¿Crees que le pedirá la mano pronto? —susurré.

Jase asintió mientras yo abría la puerta.

—Me apuesto lo que sea a que lo hará durante las vacaciones de Navidad.

Aquello sería perfecto, aunque tenía la corazonada de que lo haría en cualquier momento, sin planificarlo de nuevo. En cualquier caso, sabía que Avery aceptaría y que serían felices para siempre.

¿En cuanto a mi «felices para siempre»? Esperaba que también fuera posible y rezaba por que sucediera pronto.

Me detuve nada más entrar en el apartamento de Cam; perdón, en nuestro apartamento. Probablemente nunca me acostumbraría a considerarlo de ambos. Paseando la vista por la estancia, me dejé impregnar por la familiaridad del sofá gastado y el televisor de pantalla plana por el que mi hermano había desembolsado una fortuna. La consola de videojuegos y la mitad de estos habían desaparecido, trasladados a casa de Avery. Se me formó un nudo en la garganta de la emoción cuando, al echar un vistazo a la estrecha cocina, vi varias hojas de hornear dispuestas sobre la encimera. Avancé cojeando lentamente, abrumada por el peso de lo sucedido.

Jase cerró la puerta a sus espaldas y apoyó su mano en mi hombro.

—¿Estás bien?

—Sí —respondí al tiempo que asentía con la cabeza con convicción, como si necesitara oírmelo decir—. Es que no sabía si volvería a ver este lugar.

Me dio la vuelta, de manera que quedase frente a él, y me rodeó con la mano la mejilla ilesa. Su semblante reflejaba numerosas emociones contenidas. Miedo. Adrenalina. Alivio. Nuestras miradas se cruzaron y, en ese momento, supe que sentía lo mismo que yo. Casi nos habían arrebatado nuestro futuro y estábamos a punto de disfrutar de una segunda oportunidad. Tomar conciencia de ello era apabullante.

—Te necesito. —Su voz sonó gutural por la profundidad de lo que acababa de admitir—. Te necesito ya.

Mi mente no dudó de lo que quería. Yo necesitaba lo mismo.

—Sí.

La mano de Jase tembló cuando me besó la comisura del labio y luego el hueco de la mejilla. Sus labios se posaron en la piel bajo mi oreja, haciéndome estremecer. Trazó un sendero caliente y húmedo bajando por mi cuello para luego volver a subir. Un gemido ahogado escapó de mi interior cuando me mordisqueó el lóbulo de la oreja. Un dolor repentino se abrió paso entre mis piernas, haciendo que el deseo aflorase en mi interior; era su amor lo que me invadía y atizaba el fuego que se extendía sobre mi piel.

—Cómo deseo esto —dijo, deslizando sus manos por mis costados hasta agarrarme de las caderas—. Deseo estar siempre contigo.

Enlacé mis brazos alrededor de su cuello.

—Te deseo.

Jase emitió un sonido desde lo más hondo de su garganta.

—Podría pasarme casi toda la vida oyendo esas palabras.

—¿Casi? ¿Y el resto...?

Me alzó y, sujetándome las nalgas con sus anchas manos, caminó hacia atrás. El resto de la frase se perdió en cuanto me apoyó en la pared junto al sofá y presionó sus caderas contra mí mientras me besaba el cuello. Le rodeé la cintura con las piernas de modo que pudiera deslizarse entre mis muslos.

Cerré los ojos y eché el cuello hacia atrás para facilitarle el acceso. Y lo aprovechó, mordisqueándome y lamiéndome mientras empujaba con las caderas contra las mías, volviéndome loca por la anticipación creciente.

Jase levantó la cabeza y me besó la boca y la barbilla, evitando la zona magullada. Gemí cuando me bajó la chaqueta por los hombros y me rodeó un seno con la mano a través de la camiseta. El pezón se me endureció de inmediato, sensible y excitado. Un relámpago de intenso placer me recorrió de las puntas de los senos hasta las entrañas. Sus caderas se ondularon contra las mías, tocando un dulcísimo punto que me hizo gritar.

—Lo siento —gruñó Jase contra mi boca—. Si soy demasiado bruto, si te hago daño, tienes que...

—No —le aseguré, clavándole los dedos en los hombros. Tenía el cuerpo dolorido, pero la necesidad de estar con él era mucho mayor—. No voy a romperme.

—Y yo que me alegro. —Las manos le temblaban al acariciarme la cintura, demostrando hasta qué punto le costaba controlarse—. Porque eres el tipo de juguete con el que pienso divertirme mucho, muchísimo tiempo.

Cuando lo miré arqueando una ceja, me sonrió con malicia mientras me desenlazaba las piernas de su cintura y posaba mis pies en el suelo.

—Primero quería hablar contigo —dijo, quitándome la chaqueta y tirándola al suelo; a mí, en ese momento, hablar me parecía sobrevalorado—, antes de entrar en materia, pero no puedo esperar. Necesito estar dentro de ti. —Enganchó los dedos al bajo de mi camiseta—. Si no quieres, detenme ahora y paro. —Sus ojos de plata líquida se encontraron con los míos—. Haré lo que quieras que haga. Si quieres hablar, hablamos primero. Si quieres que me vaya a tomar por saco, lo haré; pero, si me dices que me quede, voy a hundirme tan dentro de ti que creerás que no voy a salir jamás.

Mi cuerpo entero se humedeció, derretido por sus palabras y su voz profunda y ronca. A veces tenía la impresión de que no jugábamos en la misma liga, pero estaba más que lista para recibirlo.

—Pero tienes que saber algo —prosiguió, acercándose tanto que nuestros muslos se tocaban—. Cometí un error tremendo al rechazarte. Fui un puto cobarde; tenía demasiado miedo a sufrir otra vez, pero empecé a hacerlo en el momento en que te alejaste de mí. Me hice daño y te hice daño a ti, y jamás he lamentado nada en mi vida como aquello.

Se me cortó la respiración al tomar conciencia de lo que me estaba diciendo y lo que significaba para nosotros, pero no fue nada en comparación con el tsunami de emociones que desataron sus siguientes palabras.

Apoyó su frente en la mía y, con un beso suave como la seda, me entreabrió los labios y enredó nuestras lenguas.

—Estoy más que dispuesto a pasar el resto de mi vida compensándote, porque te quiero, Tess. Joder, estoy enamorado de ti como nunca lo he estado. —Sus ojos refulgían de hambre y amor—. Por favor, deja que te lo demuestre. Por favor, Tess.

El vientre se me llenó de mariposas y el corazón se me aceleró mientras me perdía en la belleza de sus ojos. Ya me había dicho que me quería una vez, pero había sido en el paroxismo de la pasión y aquellas dos palabras se habían perdido en lo que había sucedido después. Las de ahora lo significaban todo para mí, y eso era lo importante. La gente cometía errores todo el tiempo. Bien sabía Dios que yo era una profesional a la hora de decir y hacer lo que no debía. Y Jase había cometido un error; si él estaba dispuesto a compensarlo, yo lo estaba a dejarle intentarlo.

Estaba dispuesta a dejarle quererme.

Las rodillas me flaqueaban y no tengo ni idea de cómo pude seguir en pie o pronunciar una única palabra:

—Quédate.

Jase cerró un instante los ojos.

—Hostia que sí.

Me quitó la camiseta a una velocidad vertiginosa. El muchacho tenía talento para desvestirme. Abrió los dedos sobre mis costillas, justo por debajo del encaje blanco de mi sujetador. La piel se me encendió cuando sus ojos devoraron mi semidesnudez.

—Estás buenísima, joder. Soy un puto suertudo. —Me besó el valle entre los senos antes de pasar por ambos—. Pero hay otra parte de ti que es todavía más hermosa.

Jase me besó el estómago y, acto seguido, deslizó su lengua por mi ombligo al tiempo que se arrodillaba. Mi espalda se arqueó contra la pared, cogí aire con fuerza y aguanté la respiración hasta que mi piel comenzó a hormiguear.

Se agachó y me descalzó para luego quitarme los calcetines. Sonrió mientras sostenía uno de ellos en la mano.

—¿Calcetines de elfos?

—Falta poco para Navidad.

—Muy monos —dijo antes de arrojarlos a sus espaldas. Sus dedos esbeltos se abrieron paso bajo el pantalón de chándal que me había llevado Cam al hospital. Cuando Jase me lo bajó por las caderas, el pulso se me aceleró—. Allá vamos. —Me besó justo bajo el elástico de las bragas de algodón. Una oleada húmeda me inundó. Jase me miró a través de sus espesas pestañas—. Ya sabes lo mucho que me gusta el dulce.

—Ay, Dios...

Con una carcajada grave, agarró el elástico y me bajó las bragas. Yo estaba prácticamente desnuda y él, vestido por completo. La diferencia me hizo sentir vulnerable cuando se levantó como un animal en frente de su presa. Sus manos me rodearon la espalda para desabrocharme el sujetador. Con ayuda de los dientes me bajó los tirantes, acariciándome al mismo tiempo la piel.

Dio un paso atrás y admiró su obra.

—Dios, cariño, es que me vuelves loco. Tú mírate.

Entonces posó su mano bronceada en mi cadera, sujetándome al tiempo que bajaba la cabeza. Las puntas de su pelo sedoso acariciaban la curva de mi seno, crispándome los nervios.

En ese momento se metió el pezón en su boca caliente e incendió cada una de las terminaciones nerviosas de mi cuerpo. Ahogué un grito conforme el placer me sacudía en tumultuosas oleadas. Mis dedos se hundieron en sus mechones mientras su mano libre se introducía entre mis muslos y acariciaba el lugar exacto en el que me estremecía con cada rápido latido de mi corazón. Gemí al tiempo que mi cabeza caía hacia atrás contra la pared.

Jase levantó la cabeza y frotó dulcemente su nariz contra mi cuello, justo por encima del hombro.

—Te quiero, Tess. Te quiero muchísimo.

Mi cuerpo se tensó. Me atravesó una serie de estremecimientos tórridos. Sus dedos apenas me tocaban y ya estaba a punto de precipitarme al vacío.

—Te quiero, Jase.

—Dímelo otra vez —murmuró contra mi mejilla—. Necesito oírtelo decir.

—Te quiero. Te quiero —repetí una y otra vez, perdida entre aquellas sensaciones únicas.

Mis caderas salieron disparadas hacia delante, clavándose entre su muslo y su mano. Una sonrisa satisfecha se dibujó en sus labios.

—Joder, me encanta oírlo. —El placer se intensificó cuando introdujo un dedo—. Dios, qué mojada estás. —Un gruñido grave escapó de su garganta mientras acariciaba con dulzura el punto en el que se concentraban todas mis terminaciones nerviosas. Mi cuerpo respondió con un espasmo y el calor me inundó—. ¿Te gusta?

—Sí —musité, trémula—. Un montón.

Su cabello oscuro me acariciaba los pezones mientras sus labios se deslizaban por mi clavícula. Un sonido femenino quedó atrapado en mi garganta cuando se arrodilló una vez más y me abrió las piernas hasta quedar completamente expuesta a él. Un relámpago me atravesó en cuanto su lengua se deslizó de mi ombligo a mi centro.

—Qué dulce. —Me besó el interior del muslo—. Qué preciosidad.

El aire se me escapó de los pulmones cuando su cabeza volvió a descender y me abrió con la lengua. Sentí una sacudida al tiempo que mis dedos se abrían y cerraban enredados en su pelo. Capturó mi carne con su boca, alternando entre las caricias firmes con la lengua y una succión profunda, como si necesitara mi sabor para sobrevivir.

Entonces grité mientras mis caderas embestían contra él conforme me llevaba rápidamente hacia la cumbre. Un calor ardiente fue ascendiendo en mi interior hasta hacerme estallar. Era incapaz de respirar. Cada músculo de mi cuerpo se crispaba y una oleada tras otra de placer rompía en mi interior, pero Jase proseguía, me sujetaba con su mano mientras con su lengua recogía cada una de mis respuestas hasta que cesaron los espasmos.

Entonces se levantó, sus labios húmedos e hinchados, y me atrajo hacia su pecho. Sus ojos ardían de deseo y amor cuando, sujetándome por la nuca, inclinó mi cabeza hacia atrás. La longitud de su erección quemaba a través de la ropa, presionada contra mi vientre.

—Y ahora te voy a hacer el amor.

31

Jase me tomó en brazos y me llevó al dormitorio, donde me tumbó con dulzura sobre el montón de cojines que había ido acumulando desde la mudanza.

Dio un paso atrás, sus ojos perdidos en los míos mientras se desvestía. Ver cómo iba revelando prenda a prenda su cuerpo exquisito fue probablemente una de las cosas más sensuales y excitantes de mi vida.

Nuestra primera vez había sido intensa y rapidísima. A su manera, había sido alucinante y maravillosa, pero sabía que esta iba a ser diferente.

Me estremecí, con los nervios a flor de piel, porque realmente íbamos a hacer el amor y eso era algo nuevo para mí.

Cuando se quitó el bóxer, me quedé sin respiración. El cuerpo de Jase parecía salido directamente de las más tórridas fantasías. En serio. Los hombros anchos, el torso esculpido y unos abdominales en los que rebotarían las balas. Sus caderas eran estrechas, sus piernas esbeltas y largas, y lo que colgaba entre sus muslos era absolutamente impresionante. Estaba muy excitado y me deseaba.

Y me quería.

Jase avanzó hacia mí con paso decidido, se subió a la cama y no se detuvo hasta cernirse sobre mí, encerrándome entre sus brazos.

—Tócame —me urgió con voz oscura.

No tuvo que pedírmelo dos veces. Posé las manos en su pecho, deslizándolas por los rígidos músculos de su vientre y siguiendo el fino trazo de vello hasta envolver mi mano alrededor de su miembro. Cuando se contrajo contra esta, me estremecí.

Sacudió la cabeza y lanzó un gruñido áspero mientras lo acariciaba en toda su extensión.

—Dios...

Sonreí cuando bajó la barbilla y dejó de apretar la mandíbula.

—¿Te gusta?

—Me gusta todo lo que haces. —Me besó la frente antes de cubrir de minúsculos besos todo mi rostro: las mejillas, los párpados, hasta la punta de la nariz—. Todo.

Espoleada por sus palabras, mi mano ascendió hasta el glande y lo oprimí con dulzura. Sus caderas se movieron de forma refleja y Jase emitió otro gruñido profundo y ahogado.

—Sí —jadeó, con los brazos temblando mientras se endurecía aún más bajo mis caricias—. Si sigues así, esto se va a acabar sin haber empezado y no es lo que quiero. Créeme.

—No. —Lo cual no significaba que quisiera dejar de tocarlo. Sin soltarlo, estiré el cuello para besarle el mentón antes de recorrer mi propio camino por su cuello y degustar la sal de su piel. Su pecho subía y bajaba a toda velocidad mientras movía la mano con parsimonia, tentándolo hasta que tuvo que apartarse.

Hice un mohín.

—Eso no es justo.

Rio entre dientes mientras recorría mi cuello con los labios.

—Paciencia, cariño. Pronto será todo tuyo, pero antes...

Su lengua describió un círculo alrededor de mi pezón antes de cerrar la boca con él dentro, succionando con una fuerza que me hizo arquear la espalda. Me aferré a su cabeza mientras mis caderas se sacudían descontroladas y Jase le dedicaba las mismas atenciones a mi otro seno. El deseo, vasto y potente, rugía en mi interior como una violenta tempestad.

Posando una mano en mi cadera con ademán posesivo, levantó la cabeza y respiró hondo. Sus facciones se veían tensas por el esfuerzo.

—No creo que pueda esperar más. Te necesito, Tess.

El corazón me dio un vuelco.

—Entonces no esperes más.

Jase comenzó a acomodarse entre mis muslos, pero se detuvo.

—Mierda. No tengo condones.

Le acaricié la mejilla.

—Sabes que tomo la píldora y eres la única persona con quien he estado desde..., desde hace una eternidad.

—Yo tampoco he estado con nadie desde hace mucho tiempo. Estoy limpio y, por si acaso, me retiraré antes. —Se cernía sobre mí, inmóvil—. Haré lo que tú quieras.

Deslicé las manos sobre sus hombros.

—Te quiero dentro. Ya.

Me acarició los labios con los suyos mientras sus caderas presionaban contra las mías, abriéndose paso en mi sexo. Me besó con tanta suavidad y tanta ternura que habría querido pasarme años envuelta en su abrazo. Apoyando su frente en la mía, empujó con dulzura, penetrándome de un modo delicioso. Me aferré a él, llevando las rodillas hacia los lados, facilitándole el acceso mientras se introducía cada vez más, colmándome. Se me escapó un gemido cuando estuvo dentro y se apoyó en los brazos.

Nuestros cuerpos se hallaban unidos, pecho con pecho y cadera con cadera. Lo notaba en lo más hondo, palpitante mientras trataba de no moverse.

—Jase —susurré en tanto que mis dedos descendían por sus brazos.

Depositó un beso leve sobre mis labios entreabiertos.

—Dios, cómo me gusta estar dentro de ti.

—Y a mí sentirte. —Mis dedos ascendieron hasta sus mejillas—. Es perfecto.

—Sí —gruñó.

Temblando, se retiró lentamente antes de embestir nuevamente con las caderas, haciendo que la sensación llegase hasta los dedos de mis pies. Instauró un ritmo lento, agradable y difícil de soportar a un tiempo. Con cada movimiento, suave y profundo, alzaba las caderas para ir a su encuentro. Había algo seductor en el acto amoroso, algo que faltaba cuando el corazón no intervenía en él. Cada movimiento, cada beso, cada caricia de sus manos contenía la promesa de lo infinito.

Hicimos el amor mirándonos a los ojos, tomando del otro al tiempo que nos entregábamos. El placer que crecía poco a poco era más profundo que la loca intensidad de nuestra primera vez. Sentía cómo Jase se inflamaba y se tensaba dentro de mí. Respiraba su aire y me estremecía con cada uno de los temblores que lo recorrían.

Pero nuestros cuerpos pronto pidieron más. Mis talones se clavaron en su espalda, urgiéndolo a incrementar el ritmo. Me obedeció. Sus embates tomaron velocidad, al igual que nuestra respiración y mi corazón desbocado. No pasó mucho tiempo antes de que el cabecero de la cama volviera a golpear la pared por la fuerza de su vaivén.

Cuando mi cuerpo se crispó y la tensión acumulada en lo más hondo comenzó a expandirse a un ritmo endiablado, jadeé:

—Te amo.

El poco control que le quedaba a Jase se esfumó en cuanto sus caderas adoptaron un ritmo salvaje y destructivo al que se acomodaron las mías. Me corrí con una potente sensación de liberación que se extendió desde lo más hondo, sacudiendo mi cuerpo y haciéndome gritar su nombre hasta quedar afónica.

No se retiró hasta el último instante, cuando las postreras oleadas del clímax amainaban en mi interior y, con su miembro trémulo contra mi estómago, apoyó su frente en mi hombro, besándome la piel desnuda mientras su caderas temblaban. Lo abracé con fuerza, saboreando la sensación de su cuerpo sobre el mío.

Su piel estaba mojada y seguía temblando cuando levantó la cabeza y me besó la comisura de los labios.

—Te amo, Teresa.

Permanecimos enlazados mientras nuestra respiración recuperaba un ritmo normal. En esos momentos de silencio, me sucedió la cosa más inverosímil. Algo... frágil se quebró en mi interior. Como si una esclusa vieja y oxidada se abriera por fin.

No sé exactamente qué lo provocó. Puede que fuera aquel año de mi vida que estaba a punto de acabar y todos los cambios por los que había pasado. De creer que solo me esperaba un tipo de vida a terminar aceptando que había mucho más que la danza. Tal vez fuera ver a Jase y experimentar tantos altibajos a su lado. Quizá fuera Debbie y lo que su pérdida simbolizaba. O acaso Erik y el horror de aquellos momentos en el dormitorio de la residencia y los recuerdos que me habían despertado.

Y quizá..., quizá también tuviera que ver con Jeremy y la relación abusiva de la que había sido parte, que aún era parte de mí. Por fin entendía que siempre me acompañaría, pero que no determinaba quién era en la actualidad. Me había moldeado, pero no me definía como persona. Antes de darme cuenta, tenía las mejillas empapadas.

Jase levantó la cabeza.

—¿Tess? ¿Cariño? —Me rodeó el rostro con la mano y enjugó mis lágrimas con el pulgar—. ¿Qué te pasa?

No estaba segura de cómo expresarlo y, al no responder, el rostro de Jase empalideció.

—¿Te he hecho daño? Debería haber esperado. Podría haber...

—No —lo interrumpí con voz ronca. Traté de sonreír a través de las lágrimas—. No es por ti. Es... todo lo sucedido y que tengo que asimilar.

Deslizó una vez más el pulgar por debajo de mi ojo bueno.

—Has pasado por mucho, Tess, y has podido con todo. Eres muy fuerte... Eres la persona más fuerte que conozco.

Ahogué una carcajada y las lágrimas brotaron renovadas. Un sonido áspero escapó del fondo de la garganta de Jase antes de que me tomara entre sus brazos y me estrechara contra su pecho.

—Jamás olvidaré cómo era estar con él —dije y, de algún modo, Jase supo de quién hablaba—. Y no pasa nada, ¿verdad? No me convierte en una víctima ni en una persona débil.

—No. —Me besó la coronilla—. No eres ninguna de esas cosas.

—No es quien soy ahora, pero forma parte de mí y... lo acepto.

Un estremecimiento recorrió mi cuerpo y, entre lágrimas, hablamos de Jeremy y hablamos de Debbie y de Erik. Hablamos de ballet y hablamos de docencia. Jase me envolvió y abrazó con fuerza hasta que las lágrimas se secaron, hasta que me quité de los hombros el peso que sabía que cargaba y otros tantos de los que no había sido consciente en todo ese tiempo.

Jase, tal y como vino al mundo y preparándome sopa para que mi mandíbula dolorida no sufriera, tenía que formar parte de las cinco cosas que una debía ver antes de morir. Puede que hasta por delante de asistir a una representación del ballet de San Francisco.

Dios bendito, tenía el culo más perfecto que jamás hubiera contemplado.

Nos sentamos en mi cama y, con la sábana sujeta bajo los brazos, compartimos un cuenco enorme de sopa de verduras. Lo de tener una cuchara para dos bocas resultó una experiencia de cama interesante. Un poco de caldo se me escurrió por la barbilla y Jase me lo limpió con la lengua.

—Mmm, ¿y si te tumbas y dejas que me coma el resto de la sopa así?

Me reí. Me sentía ligera, y mejor, a pesar de que estaba entumecida después de tantas lágrimas.

—Nos pondríamos perdidos.

—Pero sería divertido. —Removió la sopa con la cuchara, recogiendo varios pedazos blandos de verdura—. ¿Más?

Que te dieran de comer era absurdo... a menos que fuera Jase, desnudo, quien lo hiciera. En ese caso resultaba increíblemente excitante. Abrí la boca y tragué el caldo, masticando lo que podía.

—Gracias.

Encogió un hombro bronceado y se llevó la cuchara a la boca. Tras masticar con aire pensativo unos instantes, buscó un pedazo de carne en el cuenco.

—¿Sabes? Realmente había planeado hablar contigo antes de desnudarte.

—Pero ¿también habías planeado desnudarme? —No pude evitar picarlo un poco.

—Pues claro. —Sonrió de oreja a oreja antes de llevarse la carne a la boca. Bajó la vista y cogió más sopa—. De hecho, deseaba que la conversación terminase con una sesión de sexo salvaje. —Me acercó la cuchara a los labios, asegurándose de que no se cayera ni una gota—. Pero la he cagado tanto que suponía que me pondrías de patitas en la calle.

Ladeé la cabeza y me acerqué a él.

—¿En serio?

—Sí. Ya sé que soy un tío irresistible, pero la había jodido y...

Me incliné por encima del cuenco y posé mis labios en los suyos. Como tenía el inferior partido, no es que fuera el beso más excitante del mundo, pero se quedó petrificado como si le hubiera besado otra parte del cuerpo.

—La cagaste, sí —dije mientras me echaba nuevamente hacia atrás—. Y mucho, petardo. Y me hiciste daño.

Jase parecía compungido.

—Tess...

—Pero no me voy a quedar aquí sentada guardándote rencor para siempre. No cuando pienso que ayer podía haber acabado muerta. Puede que suene manido, pero la vida es corta. Y quiero estar contigo —reconocí con pasión—, con todo lo que implica, Jase. Sé que no va a ser fácil, pero estaba preparada cuando volví a ti. Jack es tu hijo, lo sepa o no, y no importa si se lo confiesas, siempre lo será. Si algún día decides contarle la verdad, tendrás todo mi apoyo.

Jase bajó la vista al cuenco.

—¿De verdad estás dispuesta a ello? ¿Y si se lo digo cuando me gradúe el semestre que viene?

El estómago se me encogió un poco, pero era de esperar.

—Tienes responsabilidades y estoy lista para compartirlas. No sé cómo se me dará nada que tenga que ver con él, pero me esforzaré al máximo.

Jase levantó la cabeza, con los ojos muy abiertos.

—Lo harás a la perfección. Ya le caes muy bien y..., bueno, algún día serás una madre magnífica.

Me puse colorada y, en lugar de sentir rechazo ante la idea de la maternidad, me sentí halagada por el cumplido.

—Gracias. —Respiré hondo—. ¿Y tú? ¿Estás listo para esto?

—Me lo he pensado mucho, Tess, y creo que sí. Creo que ya lo estaba, pero no quería reconocerlo. Lo que siento por ti me volvió loco. Al principio creía que estaba mal por Cam, pero cuando me di cuenta de que no era eso, de que tenía miedo de perderte, entendí que tenía que vencer mis temores. —Se pasó la mano por el pelo desordenado—. Y tenías razón, no lo había superado del todo. Sé que tengo que visitar su tumba. Quiero hacerlo. Eso es lo que te quería decir.

—¿Cuando me mandaste el mensaje diciendo que querías hablar conmigo?

Volvió a asentir.

—No era lo único, pero sí una parte de la conversación. Creo que si lo hago será como cerrar una puerta, ¿sabes? No es que vaya a olvidarlo, pero lo superaré de verdad.

Traté de no mostrarme asombrada. Puede que para otras personas no lo fuera, pero en su caso se trataba de un paso enorme.

—Creo que es una gran idea y, si me necesitas a tu lado, ahí estaré.

Jase sonrió levemente al negar con la cabeza.

—Eres..., eres alucinante, Tess.

—Qué va. Es solo que te quiero, Jase.

Pareció quedarse sin respiración por un momento, antes de rodearme para dejar el cuenco en la mesilla. Al volver a acomodarse, me acarició con suavidad el mentón.

—No sé si te merezco.

Cerré los ojos.

—No me gusta oírte decir eso.

—Y a mí no me gusta pensarlo, pero no puedo evitar sentirlo. —El roce de sus labios era leve cual alas de mariposa—. Y voy a hacer todo lo posible por que no sea así. —Apoyó la mano en mi hombro y me hizo descender hasta que mi cabeza se hundió en las almohadas. Se tumbó a mi lado, de costado, y apoyó la mejilla en el codo—. Te lo prometo.

—Te creo.

Una sonrisa tranquila se dibujó en sus labios mientras recorría mi hombro con la punta del dedo. Pasamos algunos instantes en silencio.

—¿Cuándo vuelven tus padres a casa?

—Mañana, creo. Querían que me fuera con ellos, pero no voy a hacerlo.

Cuando su dedo se deslizó por mi clavícula, me estremecí.

—¿Y Navidad? Sé que queda como una semana, pero ¿qué tienes pensado hacer?

Cerré los ojos, buscando sin querer aquel tacto de pluma.

—Subiré con Cam como estaba previsto. Se va el día de Nochebuena o el anterior.

—La Navidad también se celebra por todo lo alto en mi casa. —Su dedo descendió siguiendo el perfil de la sábana—. Jack todavía cree en Santa Claus, así que tengo que pasar la mañana con él, pero quiero verte. ¿Tal vez podrías pasar la Nochebuena conmigo y luego subir a tu casa en Navidad? Te llevaría yo por la mañana. Es decir, si quieres que vaya yo también y a tus padres no les importa.

Abrí los ojos como platos.

—Me encantaría que vinieras. —Una sonrisa boba y enorme se me dibujó al pensar en pasar la Nochebuena con su familia y la Navidad con la mía—. Pero no quiero que hagas un viaje sin necesidad.

—Siempre puedes pasar la noche conmigo. —Tiró de la sábana hacia abajo, exponiéndome por completo—. Si a tus padres y a ti no os importa.

—A mí me parece bien y a ellos se lo parecerá también porque es lo que yo quiero. —Me mordí el carrillo al percatarme de cómo su mirada descendía por mi cuerpo. Un músculo de su mandíbula se tensó—. ¿Crees que a tu padre y a tu madre no les importará?

—Claro que no —respondió con voz distraída.

—Serían nuestras primeras Navidades juntos. —Se me escapó una risita y, sonrojada, dejé caer la cabeza sobre la almohada—. Suena tontísimo, ¿verdad?

—En absoluto. —Rodó hasta colocarse sobre mí y noté su miembro endurecido entre los muslos—. Y no será la última.

Con la respiración entrecortada, me arqueé y lo agarré del pelo.

—¿Esto o pasar las Navidades juntos?

Soltó una risita grave mientras bajaba la mano y se agarraba la gruesa base.

—Las dos cosas.

—Oh. —Mi capacidad de formar frases coherentes había salido volando por la ventana. Se insertó en mí con una firme embestida de las caderas—. ¡Jase!

Gruñó al tiempo que me aferraba a él y se ponía de espaldas, sin salirse. A horcajadas sobre sus caderas, apoyé las manos abiertas sobre su pecho.

—¿Sí? —respondió, divertido.

—Eres de lo que no hay.

Sus manos me abarcaron.

—Pues aún no has visto nada.

32

Cuando salimos de Shepherdstown habían comenzado a caer minúsculos copos de nieve. Era la última hora de la tarde y el aire gélido parecía filtrarse por cada intersticio del Jeep; por muy alta que estuviera la calefacción, el habitáculo no conseguía calentarse.

Jase conducía en silencio, sin soltarme la mano. Mis nudillos aún estaban hinchados de cuando golpeé a Erik, pero la mayor parte del resto de arañazos y magulladuras se habían curado.

Las primeras noches después de que perdiera la cabeza habían sido las más difíciles. Gracias a Dios, Jase se me había pegado, me había reconfortado cada vez que despertaba de una pesadilla y se había quedado despierto cuando tenía demasiado miedo como para dormirme. Además, había aprovechado bien esas horas en mitad de la noche, distrayéndome de los recuerdos oscuros que me acechaban del tiempo que pasé con Erik.

Cuando lo miré, el corazón me dio un pequeño vuelco. Me amaba. Estaba enamorado de mí. Mi cerebro todavía no terminaba de asimilar todas las posibilidades de lo que eso significaba a largo plazo.

Le apreté la mano y, cuando volvió la vista hacia mí, le sonreí para infundirle ánimo. La preocupación teñía sus ojos de un gris acerado. Al despertar esa mañana, cuando me había preguntado si quería acompañarlo antes de ir a pasar la Nochebuena con sus padres, me sorprendió y me agradó que estuviera dispuesto a dar un paso tan importante.

—¿Estás bien? —le pregunté.

Los mechones de cabello castaño sobresalían por debajo del gorro de lana gris.

—Es extraño que seas tú quien me lo pregunte.

—Cierto. —De la lesión de la rodilla a la muerte de Debbie y el ataque de Erik, no había cesado de preocuparse por mí—. Pero te lo pregunto igualmente.

—Yo... no lo sé. —Calló mientras giraba a la izquierda y atravesaba una gasolinera—. Me siento triste. Confuso. Extrañamente feliz, como si estuviera orgulloso de mí mismo; y ya sé que suena estúpido.

—No es estúpido. Deberías sentirte orgulloso de ti.

Una sonrisa rápida apareció en su rostro antes de esfumarse.

—Supongo que todas las emociones me vienen a la vez.

Era comprensible. Habían pasado años desde la muerte de Kari, pero para Jase era la primera vez. Le apreté la mano de nuevo.

Cuando llegamos al cementerio, una fina capa de nieve cubría el suelo. Siguiendo las indicaciones de sus padres, giró a la derecha al acceder y siguió la curva hasta divisar el gran roble desnudo.

La tumba de Kari estaba cerca del árbol, a cinco lápidas de él para ser exactos.

Jase aparcó junto al bordillo. Solo entonces me soltó la mano para apagar el motor, pero no hizo ademán de salir del vehículo, sino que se quedó mirando al frente, hacia el árbol. Un vientecillo ligero agitaba sus ramas.

Sentí una opresión en el pecho.

—¿Estás listo de verdad? Porque podemos dejarlo para otro momento.

—Estoy listo —respondió en voz baja al cabo de unos instantes—. Tengo que hacerlo.

Estaba de acuerdo. Jase había aprendido a vivir con ello, pero no lo había superado del todo. Durante estos años se había comportado como si Kari no hubiera muerto, sino como si lo hubiera dejado. Como si siguiera por ahí, viviendo su vida, y tal vez eso lo hubiera ayudado a avanzar, pero no a aceptarlo del todo. Por eso me había rechazado después de haber admitido que me quería. Ahora lo entendía. Desde hacía años cargaba con el miedo a amar a alguien y perderlo.

Transcurrieron varios minutos antes de que levantara la cabeza y asintiera.

—Vale.

—Vale —musité.

Cuando abrió la puerta del vehículo, entró una ráfaga de aire frío. Hice lo mismo y me saqué los guantes del bolsillo mientras él cogía las flores de Pascua que habíamos comprado en un supermercado de camino al cementerio.

Mis botas crujieron al pisar la hierba helada y la nieve fina cuando rodeé el Jeep para colocarme junto a Jase, que se detuvo y me miró. La incertidumbre y vulnerabilidad de su expresión me rompieron el corazón. Me tendió la mano, expuesta a la intemperie y se la tomé de inmediato con la mía, enguantada. A través de la lana, el peso de nuestros dedos entrelazados pareció insuflarle la fuerza necesaria para avanzar.

Pasamos junto a las lápidas en silencio y yo traté de no pensar en el funeral de Debbie y en cómo Erik me había culpado de su muerte delante de todo el cortejo fúnebre, pero me costó. También estaba enterrada ahí, aunque al otro lado de la carretera principal.

Se suponía que los cementerios eran lugares pacíficos, pero la quietud y la ausencia de vida siempre me ponían la carne de gallina. No obstante, ese día era distinto. Cuando nos aproximamos al gran roble, no pensaba en *La noche de los muertos vivientes* o en que había un buen puñado de cadáveres bajo nuestros pies.

Solo pensaba en Jase y en lo difícil que era para él dar ese paso.

Cuando de pronto se detuvo, supe que habíamos llegado a la tumba de Kari. Seguí su mirada y se me cortó la respiración.

La lápida era de mármol gris, pulido, y la parte superior tenía forma de corazón. Había esculpido un ángel rezando y debajo aparecía el nombre de Kari Ann Tinsmen, así como las fechas de nacimiento y defunción, injustamente próximas.

Era ella. Sin rostro. Sin cuerpo. Toda su vida se reducía a una frase caligrafiada bajo las cifras: «Hermana, hija y madre bienamada, que ahora duerme con los ángeles».

Madre.

Se me formó un nudo en la garganta. En realidad, Kari no había tenido la oportunidad de ser madre. Joder, ni siquiera había tenido la oportunidad de ser todo lo demás.

Jase negó lentamente con la cabeza sin dejar de mirar la tumba. Yo no podía ni imaginar qué pensaría ahí parado. Probablemente en un poco de todo y en su breve vida en común.

De pronto, muchas de las cosas que Jase había dicho cobraron sentido. Que de la tragedia podía surgir algo hermoso. Él lo sabía de primera mano. Un embarazo inesperado le había dado a Jack y una muerte trágica lo había empujado en la dirección correcta.

Lo mismo podía decirse de mi incapacidad de seguir bailando. Esperaba que con la enseñanza pudiera cambiar algo en el mundo y ¿no era ese el propósito de convertirse en docente? Desde luego, por el dinero no era. El razonamiento era más profundo, más sustancial. Los maestros daban forma al futuro. Los bailarines entretenían. Y tampoco es que ya no fuera a formar parte de aquel mundo. Me había propuesto que Avery volviera al estudio y, si quería, podía echar una mano con los principiantes.

Y por supuesto que quería.

Hasta la muerte tenía su utilidad. La muerte siempre nos recuerda a los vivos que debemos vivir, vivir en el presente, y contemplar el futuro con esperanza.

—Realmente fue... una buena persona —dijo por fin Jase, rompiendo el silencio.

Sonreí, aunque con lágrimas en los ojos.

—Estoy segura de ello.

Se quedó un rato contemplando fijamente la tumba. Los pétalos rojos de las flores de Pascua que sujetaba entre sus manos temblaban, pero dudaba que fuese debido al frío cortante.

—Adoraba el invierno y la nieve. —Se detuvo y tragó saliva con la vista vuelta hacia el cielo. Los copos blancos caían ahora en ráfagas más densas. Cuando habló de nuevo, su voz sonó ronca—. Supongo que tiene sentido haber venido hoy.

Observé cómo un grueso copo de nieve se depositaba en la curva de mármol.

Jase tomó una inspiración honda y trémula.

—Creo que Jack se parece a ella en eso, ya sabes, en lo del gusto por el invierno. Es su estación favorita. Puede que sea por la Navidad, pero creo que es por ella.

Le apreté la mano.

—El invierno no es mala estación.

Se curvó un lado de sus labios.

—Yo soy más de verano.

Me soltó la mano y dio un paso al frente. Se arrodilló y dejó las bonitas flores rojas junto a la base de la lápida.

En silencio, vi cómo se quitaba el gorro y agachaba la cabeza, pero no supe si rezaba o le hablaba a Kari. En cualquier caso, me sentí una intrusa; era un momento íntimo y triste.

Reprimiendo las lágrimas, fijé la vista en el árbol y tragué saliva con dificultad. La nieve cubría sus ramas desnudas, haciendo que los extremos se combaran.

Cuando Jase regresó a mi lado, había vuelto a encasquetarse el gorro y tenía la nariz tan roja como yo sentía la mía.

—¿Te importa si nos quedamos un momento más? Sé que hace un frío que pela y puedes esperar en…

—Estoy bien. —Si quería quedarse un mes, yo permanecería a su lado—. Podemos seguir aquí todo el tiempo que quieras.

—Gracias. —Su espalda se relajó un poco cuando me rodeó los hombros con el brazo. Cobijándome contra su cuerpo, apoyó la mejilla en mi cabeza y suspiró—. Gracias por venir conmigo.

La granja de los Winstead se hallaba cubierta de nieve.

Se diría que Papá Noel había sembrado los campos del alegre espíritu navideño; era bonito. Había luces multicolores fijadas al cercado de madera que flanqueaba el camino de entrada. Lamparitas rojas, verdes y azules titilaban desde el granero y la fachada de la casa brillaba como una gigantesca bola de discoteca, aunque cuadrada.

Jase soltó una carcajada al ver mis ojos desmesuradamente abiertos, lo que me hizo sonreír, pues era la primera vez que reía desde que abandonáramos el cementerio.

—Mis padres pierden un poco la cabeza con la Navidad, sobre todo por Jack.

¿Un poco? Había un Papá Noel hinchable a la derecha del porche. Sobre el tejado, ocho renos de plástico. Rudolph, el noveno y más importante, no había acudido a la llamada. Había otro Papá Noel de plástico encaramado a la chimenea, cargado con un saco de regalos.

Delante del porche se erigía una bola de nieve gigante, como una pompa de jabón. Por los ventanales se distinguían las luces de los árboles de Navidad. Mis padres solían ceñirse a un patrón cromático cada año, pero esto me gustaba más. El caos luminoso resultaba más acogedor.

—Vamos a dejar los regalos en el Jeep —dijo Jase al apearnos—. Ya sabes, Papá Noel no ha llegado todavía.

Sonreí maliciosa.

—El del tejado tiene pinta de estar un poco borracho.

Jase levantó la vista y rio cuando el viento hizo que el muñeco girase alrededor de la chimenea.

—Es el tipo de Papá Noel que me mola.

Me detuve delante de los peldaños del porche y arrastré la bota por la nieve.

—¿Seguro que es una buena idea que haya venido?

Me puso las manos en los hombros y, lanzándome una mirada, bajó la cabeza hasta quedar a mi altura.

—Por supuesto. Mis padres están encantados de que pases la Nochebuena con nosotros y saben que estás al tanto de todo. —Me pasó la mano por la cabeza y me colocó un mechón tras la oreja—. Creo que están más ilusionados que yo por tenerte en casa.

Me reí.

—Eso es porque soy una compañía fabulosa.

—Ahí tienes razón. —Jase inclinó la cabeza y su aliento cálido danzó sobre mis labios. Cuando me estremecí, su boca se curvó—. Gracias por lo de hoy, en serio. Nunca te lo agradeceré lo suficiente. No creo que hubiera sido capaz de hacerlo sin ti.

Me eché hacia delante y me estiré un poco hasta tocar su nariz con la mía.

—Lo habrías hecho conmigo o sin mí, pero me alegro de haber podido acompañarte. De verdad. —Como había dejado los guantes en el Jeep, le acaricié la mejilla con la mano desnuda, disfrutando de la aspereza de la barba incipiente contra mi palma—. ¿Estás bien?

Sus densas pestañas descendieron.

—¿Sabes? No creí que fuera a sentirme distinto, pero así es. No es una gran diferencia, pero me siento bien por haber ido. —Posó su mano sobre la mía y con la otra me rodeó la nuca—. Creo que te debo un beso de agradecimiento.

—No me debes agradecimiento alguno, pero aceptaré el beso de todas formas.

Sonrió mientras sus labios acariciaban los míos una vez, y luego dos, leves como los copos de nieve que caían a nuestro alrededor. Su mano me sujetó mientras su lengua jugueteaba entre mis labios, invitándolos a abrirse. Me atravesó una oleada de calor y mis músculos se tensaron cuando su lengua rozó mi paladar.

Era el tipo de beso de agradecimiento que no me importaría recibir una y otra vez.

Y Jase..., bueno, no besaba sin más. Degustaba. Devoraba. Prometía deleites con sus labios y anunciaba placeres futuros con su lengua. El buen hombre podría dar clases magistrales sobre besar; había hecho un arte de ello. Se me escapó un leve gemido desde lo más hondo.

—Venga, hijo, pensaba que te había educado mejor. Uno no besa a una chica tan guapa ahí al frío —nos interrumpió su padre, haciendo que me sonrojase al tiempo que Jase se apartaba de mí.

—Así le hago entrar en calor —respondió con una sonrisa pícara. Cuando me giré para ocultar mi cara colorada, porque no había nada peor que ser pillada por los padres de tu novio cuando las piernas te flaqueaban por sus besos, distinguí en su semblante una ligereza y en sus ojos de plata un brillo hasta entonces desconocidos—. ¿Verdad?

Parpadeé lentamente y murmuré:

—Verdad.

Su padre sonrió divertido.

—Venga. Que tu madre tiene a Jack en la cocina, horneando galletas para el señor Papá Noel.

Jase se retrajo, asustado, antes de tomarme la mano para ayudarme a subir los peldaños del porche. Oh, allí estaba el noveno reno, haciendo guardia delante de la puerta.

—¿Tan terrible es?

—Casi peor que cuando tú cocinas. —Jase se volvió y sostuvo la puerta abierta—. Así que sí, terrible.

Me reí al ver la cara que había puesto.

—Ahora que lo dices, nunca te he visto preparar nada más que sopa de lata.

El padre de Jase rio al entrar en la casa. Olía a galletas y a abeto.

—Ay, mi niña, no es algo que quieras ver —bromeó el señor Winstead.

—Tan mal no se me da. —Jase frunció el ceño mientras se quitaba el abrigo—. Solo derretí la espátula en las galletas de Rice Krispies una vez.

—¿Una vez? —Colgué mi abrigo en el gancho de un perchero—. Creo que es más que suficiente.

—Lo que no te cuenta es que luego intentó dárselas de comer a sus primos.

La cara de vergüenza que puso Jase me hizo reír.

—Ay, Dios, ¿en serio?

—¡¿Y qué?! —Se encogió de hombros al tiempo que se quitaba el gorro—. No se las comieron.

—Solo porque estaban duras como un ladrillo y podrían haber matado a alguien —respondió su padre, divertido—. A mi hijo se le dan de maravilla muchas cosas, pero cocinar no es una de ellas.

—Gracias, papá.

—¡Jase! —exclamó Jack desde la cocina—. ¡Tess!

Nos dimos la vuelta justo cuando el pequeño atravesaba el comedor como un cohete.

—¡Eh, colega, echa el freno! —le advirtió Jase, dando un paso al frente con el tiempo justo para evitar que chocara de cabeza con la mesa—. Jack, que te vas a…

Imaginando que su hijo estaba a punto de abalanzarse de nuevo como un kamikaze, Jase se arrodilló y lo cogió en volandas en el instante en que se arrojaba hacia él. Lo envolvió entre sus brazos y se puso en pie. Jack se pegó a él, hundiendo las manitas en su pelo.

—He hecho galletas para el señor Papá Noel —anunció mientras le agarraba un mechón—. ¡Tienen chocolate y avellanas por dentro!

—¿En serio? —Jase se volvió ligeramente mientras estrechaba a Jack. El pecho se me encogió al verlos juntos. Aunque el niño no supiera la verdad, el amor entre ambos era evidente—. ¿Y las de chocolate con mantequilla de cacahuete? Ya sabes que son mis favoritas.

—También. Me he comido un montón. —Jack sonrió con malicia y apoyó la cabeza en el hombro de Jase.

—¿Un montón? —El señor Winstead rio—. Pero si se ha comido la mitad de la hornada.

La sonrisa de Jack se ensanchó y entonces, al verme, soltó otro chillido.

—¡Bájame! ¡Bájame!

Jase, sonriendo, puso los pies agitados del niño sobre el suelo. En cuanto los posó, echó a correr y me enlazó las piernas con los brazos.

—Hola —lo saludé, revolviéndole el pelo ya alborotado—. ¿Te hace ilusión que venga Papá Noel?

—¡Sí! Papá dice que el señor Papá Noel volverá pronto a su casa. —Se echó hacia atrás y me tomó de la mano—. ¡Ven!

Le lancé una mirada a Jase, quien se encogió de hombros y, sonriendo, se quedó con su padre mientras Jack atravesaba el comedor tirando de mí.

La cocina era un verdadero caos. La isla y las encimeras estaban cubiertas de masa de galleta. Había harina por el suelo y cuencos llenos de cáscaras de huevo, pero se me hizo la boca agua con el delicioso olor azucarado.

—¡Mira a quién me he encontrado! ¡Mira!

La señora Winstead se dio la vuelta y se limpió las manos en un delantal rojo decorado con árboles de Navidad.

—Ay, corazón, cuánto me alegro de verte. —Se me acercó con el mismo paso largo y firme de Jase—. Mírate —se lamentó compasiva mientras recorría con un dedo el perfil de mi mandíbula, donde aún se me veía el moratón—. ¿Qué tal estás, mi niña?

—Bien. —Sonreí al tiempo que Jack se soltaba, se subía a un taburete situado delante del mostrador y hundía la mano en la masa de galletas—. Me encuentro muy bien.

—Mira que me alegro. —Me rodeó con sus fuertes brazos hasta casi asfixiarme—. Cuando Jase me contó que... —Echó un vistazo a Jack, que formaba bolas con la masa, y bajó la voz—. No quiero que el niño lo oiga, pero me alegro de que estés bien y de que... el loco hijo de puta ese esté en la cárcel —concluyó en un murmullo.

Mis labios temblaron.

—Yo también.

La señora Winstead negó con tristeza mientras observaba a Jack dejar una bola de masa en la bandeja de horno.

—Pero esa pobrecita chica...

—Lo sé. —Me mordí el labio inferior—. No dejo de repetirme que al menos ahora se hará justicia por lo que le sucedió a Debbie.

Jack levantó la vista y nos miró por encima del hombro, su pequeña frente arrugada por la curiosidad.

—¿Qué es «justicia»?

—Cuando la gente mala recibe su merecido, tesoro. Es una cosa buena. —La señora Winstead me sonrió y las arrugas alrededor de sus ojos se hicieron más profundas. Volvió a bajar la voz—. Pero eso... no es todo. —Me posó la enorme mano en el hombro y su pecho se hinchó en una inspiración profunda y pesada—. Me alegro de que te hayas enterado de..., de que Jase te lo haya contado.

No supe qué responder, lo único que pude hacer fue asentir. La sonrisa de la señora Winstead se ensanchó al ver a Jack comerse a escondidas un pedacito de masa.

—Jase hacía lo mismo cuando era pequeño —señaló, parpadeando a toda velocidad—. Se comía más masa cruda de la que horneaba.

—Es cuando más rica está. —Mi voz sonó sorprendentemente ronca.

La mujer me dio una palmadita en el hombro.

—Eres perfecta para mi chico, perfecta. Llevaba sin tener una relación seria desde lo de Kari y tú has hecho que vuelva a abrir el corazón. Sé que no hemos tenido oportunidad de conocernos bien, pero solo por eso, siempre serás como una hija para mí.

Ay, Dios, iba a echarme a llorar. Aguanté las lágrimas, sonreí y, acto seguido, me reí.

—Lo siento. No quiero llorar.

Jack volvió a darse media vuelta.

—¿Estás triste?

—No, no estoy triste —me apresuré a responderle con una sonrisa—. Estoy contenta, muy contenta.

El niño me creyó sin más y volvió a concentrarse en la masa de galletas. Me enjugué los ojos y traté de calmarme.

—Gracias. Significa mucho para mí. Por nada del mundo le haría daño —dije, señalando a Jack con un gesto de la cabeza—, ni a Jase.

—No esperaba menos de ti. —Los ojos de la mujer se empañaron y carraspeó—. Ay, cómo me estoy poniendo. Estoy a punto de echarme a llorar y eso no puede traer nada bueno, sobre todo cuando mi chico ya está aquí.

—Hola, mamá. —Jase atravesó la cocina desordenada pero acogedora, se inclinó y besó la mejilla de la mujer. Al incorporarse y mirarnos a las dos, frunció el ceño—. ¿Va todo bien?

—Todo va bien —respondí y, concluyente, di una palmada—. Jack está de lo más ocupado.

Jase le lanzó una mirada rápida antes de volver a fijarse en nosotras.

—¿Seguro?

—Que sí, corazón. Estábamos de charla entre chicas, pero solo cositas buenas. —La señora Winstead se giró, abrió la puerta del horno y echó un vistazo—. Esto está casi listo.

Más tranquilo, Jase fue hasta donde se encontraba Jack y atrapó una bola de masa de la bandeja.

—¡Eh!

Jack ahogó una risita cuando Jase se metió la bola entera en la boca. Este besó la mejilla de su hijo, se dio la vuelta y, rodeando la mesa de la cocina, se colocó detrás de mí. Deslizó sus brazos alrededor de mi cintura y entrelazó las manos.

—¿Puedo llevármela ya? Quiero enseñarle el árbol.

La señora Winstead me guiñó un ojo.

—Solo si ella quiere que te la lleves.

—Bah, pues claro que quiere que me la lleve —respondió Jase, por lo que le propiné un golpe de nada en el brazo, que le hizo reír—. No tengas vergüenza.

Su madre negó con la cabeza y Jase dio media vuelta. Deslizó el brazo hasta mi hombro y me guio a través del comedor. Su padre ya no estaba en el recibidor y el salón se hallaba vacío.

El árbol de Navidad era de verdad y enorme, por lo que me recordó a mi casa. Estaba lleno de bolas disparejas y las luces titilaban cada pocos segundos. De la repisa de la chimenea colgaban calcetines.

—Mira. —Estirando el brazo, descolgó uno rojo y me lo mostró—. ¿Qué te parece?

—¡Oh! —Tenía mi nombre escrito con purpurina roja—. ¿Es para mí? ¿En serio?

—Sí. —Jase se rio y volvió a colgarlo—. Te lo ha hecho Jack esta mañana.

No sé qué tendría el calcetín con mi nombre escrito, pero hizo que el pecho se me hinchara como el del Grinch. Tenía la impresión de que iba a explotar.

—¿Te gusta? —me preguntó al tiempo que se sentaba en el suelo con la espalda apoyada en el sofá. Tiró de mi mano y esperó a que hiciera lo mismo—. Diría que te encanta.

—Así es. —Reí y volví a enjugarme las lágrimas—. Joder, estoy hecha una llorica. —Bajé las manos y recorrí con la mirada su rostro espectacular—. Me encanta de verdad.

—Me pregunto qué te meterá Papá Noel en él. —La forma en la que lo dijo me hizo pensar en cosas muy sucias—. Y qué te pondrá bajo el árbol.

Levanté un hombro antes de apoyar las manos en el suelo de parqué. Me incliné hacia delante y lo besé en los labios.

—Ya tengo todo lo que quiero por Navidad.

—Mmm. —Sus manos se acomodaron sobre mis caderas y deslizó sus labios sobre los míos—. Yo no —murmuró—. Como soy un egoísta, quiero despertarme contigo mañana por la mañana. Eso quiero.

—Pero...

—Cam ya se ha marchado con Avery y yo te iba a llevar a casa de tus padres mañana por la mañana. Así que ¿por qué volver esta noche al apartamento? —Me besó la comisura de los labios—. Puedes quedarte esta noche conmigo. A mis padres no les importa. Podemos fingir que tenemos dieciséis años y hacer guarrerías en silencio para que nadie nos oiga.

Rompí a reír.

—Menudo pervertido estás hecho.

—Pues sí. —Me besó la otra comisura—. ¿Te quedas conmigo?

Lo besé antes de echarme hacia atrás unos centímetros.

—Como para decir que no.

Jase me rodeó con sus brazos y me colocó de manera que quedara sentada en el hueco de sus piernas con la espalda apoyada en su pecho. Sentí cómo se curvaban sus labios pegados a mi cuello cuando Jack soltó una aguda carcajada por algo que el padre de Jase había dicho en la cocina.

—¿Sabes una cosa? —me preguntó.

Cuando me di la vuelta, sus labios me rozaron la mejilla.

—¿Una cosa mariposa?

Jase rio bajito.

—Ya te vale.

Me reí y me acurruqué entre sus brazos.

—Sí, pero me quieres igual, así que...

—Eso es cierto. —Me besó la mejilla—. Lo que nos lleva de nuevo a lo que quería decirte. —Se quedó callado un momento y su pecho se hinchó contra mi espalda—. En cierto modo, ya me has hecho el mejor regalo del mundo.

—¿Esta mañana? —Me volví para poder mirarlo a la cara—. ¿Cuando te desperté con la...?

—Bueno, eso estuvo genial, pero no. —Sonrió pícaro—. Algo aún mejor.

Contuve el aliento. Jase buscó mi mirada con la suya.

—Jamás me imaginé casado, ¿sabes? Después de lo que sucedió con Kari y de pasar estos últimos años siendo testigo de cómo mis padres criaban a Jack, no me veía formando una familia en el futuro.

El corazón se me aceleró.

—Pero eso ha cambiado —continuó, con su mirada clavada en la mía. En ese instante, sus ojos de plata lo eran todo para mí—. Y ha cambiado gracias a ti, Tess. Ahora puedo verme casado y con mi propia familia. Contigo. Y ese es el mejor regalo que podría haberme hecho nadie.

Abrí la boca, pero me había quedado sin palabras. Lo que acababa de decir me había afectado como el sol en pleno agosto, arrebatándome la capacidad de hablar.

—Ey. —Me rodeó las mejillas con las manos—. Di algo.

Algo tenía que decir, porque sus palabras habían sido potentes y maravillosas. El corazón me latía a toda velocidad y los pensamientos se agolpaban en mi mente. Un enorme alivio brotó en mi interior. Nosotros. Juntos. Matrimonio. Familia. Algún día. Volví a enamorarme de él hasta las trancas.

—Dios mío, Jase. —Cerré los ojos y suspiré—. Te quiero. Te quiero muchísimo.

Un sonido entrecortado surgió del fondo de su garganta al tiempo que cubría la corta distancia que separaba nuestras bocas. Nos besamos como si estuviéramos desesperados por el otro, vertiendo en aquel gesto todo lo que sentíamos. Y aun cuando la oleada de pasión amainó lo suficiente para dejarnos respirar, permanecimos unidos. Frente contra frente. Nuestros labios se encontraban cada pocos segundos. Ninguno de los dos habló, porque todo lo importante ya lo habíamos dicho.

Nos quedamos así hasta que el ruido de unos piececitos sobre el suelo nos obligó a separarnos. Jack se dejó caer junto a Jase con un plato de galletas en precario equilibrio sobre una mano y una tableta en la otra. Nos miró con unos ojos tan parecidos a los de su padre que el corazón se me encogió.

—¿Quieres una galleta? —Jack me tendió una galleta de pepitas de chocolate a medio comer.

La acepté y la partí antes de tenderle la mitad a Jase. Sus labios rozaron mis dedos cuando se la metió entera en la boca, haciendo que el niño rompiese a reír. Yo me comí mi mitad con un poco más de calma.

—Estas galletas son las mejores del mundo —le dije.

Una sonrisa de orgullo alzó sus mejillas redondeadas.

—Es porque las he hecho yo.

—¡Bien dicho! —Apoyando la barbilla en mi cabeza, Jase alargó su mano enorme y le revolvió el pelo a su hijo—. Horneas galletas de maravilla.

—El año que viene quiero prepararle a Papá Noel galletas de Krispies.

Jase gruñó.

—Esas a mí no se me dan tan bien.

—No pasa nada —tercié—. Puedo enseñarte yo. Preparo unas galletas de Krispies buenísimas.

Jack abrió los ojos como platos.

—¿En serio?

—Prometido.

Levanté la vista, con una sonrisa de oreja a oreja, y vi a sus padres parados en el umbral. Los ojos de la señora Winstead estaban húmedos y su marido le apretaba el hombro. Al mirar a Jack, que había dejado a un lado las galletas y ya estaba inmerso en un videojuego, me di cuenta de lo que la pareja veía.

Porque también lo veía yo.

El futuro.

Nosotros tres.

En poco más de cuatro meses habían cambiado muchas cosas. En agosto jamás me habría imaginado pasando la Nochebuena con los Winstead, los besos de Jase cosquilleándome en los labios. Nuestro futuro juntos no era algo que hubiéramos planeado. Yo siempre pensé que sería bailarina. Jase creía que no volvería a enamorarse. Nada de esto estaba previsto, pero no lo cambiaría por volver a bailar.

Mis sueños se habían roto, pero después se habían reconstruido y se habían transformado en algo más significativo y precioso.

Sin dejar de jugar con la tableta, Jack soltó un grito de alegría y sonrió a Jase. Algún día conocería la verdad sobre sus progenitores, y en el fondo de mi corazón supe que cuando ese día llegara estaría junto a Jase, que ambos me tendrían a su lado.

Mis manos se deslizaron por los brazos de Jase hasta detenerse donde las suyas estaban unidas, justo por debajo de mi ombligo. Extendí los dedos sobre los suyos y Jase los entrelazó.

—¿Te apetece jugar la siguiente partida? —me preguntó Jack, alzando la vista con sus bonitos ojos grises colmados de esperanza.

—Me encantaría.

Satisfecho, el niño volvió la atención al juego. Jase me besó la sien y, a continuación, sus labios formaron sobre mi piel unas palabras que jamás me cansaría de oír:

—Te quiero.

AGRADECIMIENTOS

En primer lugar, muchas gracias a Kevan Lyon y al equipo de Marsal Lyon Literary y Taryn Fagerness Agency. Tessa Woodward: cuánto me alegra que adores a estos personajes tanto como yo; tu mano editorial no tiene precio. Gracias a Jessie, Abigail, Jen, Molly y Pam: sois mi mejor arma para dar a conocer mi trabajo como escritora y haciendo que me resulte mucho más fácil.

Jen Fisher: gracias por dejarme convertiros a ti y a tus cupcakes en un personaje más. Eres la bomba, al igual que tus dulces. *Quédate a mi lado* no sería una realidad sin Stacey Morgan. No solo es una gran amiga y asistente, sino que es la pobrecita que tiene que leer los primeros borradores de mis libros. Un fuerte aplauso para unas señoras que lo petan dentro y fuera del mundillo de la escritura: Laura Kaye, Sophie Jordan, Molly McAdams, Cora Carmack y Lisa Descrochers.

Por último y más importante, mil gracias a todos los lectores y reseñistas que andáis por ahí. Sin vosotros, los libros no serían posibles. Sois la pieza más importante de este rompecabezas y solo puedo deciros GRACIAS desde el fondo de mi corazoncito.

Este libro se publicó
en marzo de 2023

«Para viajar lejos no hay mejor nave que un libro».

EMILY DICKINSON

Gracias por tu lectura de este libro.

En **penguinlibros.club** encontrarás las mejores recomendaciones de lectura.

Únete a nuestra comunidad y viaja con nosotros.

penguinlibros.club